화이트블러드

WHITEBLOOD
화이트블러드

임태운
장편소설

SIGONGSA

차례

모세가 두 아들을 가리켜 이르기를 하나의 이름은 게르솜이라 이는 내가
이방에서 나그네가 되었다 함이요. 하나의 이름은 엘리에셀이라 이는 내
아버지 하나님이 나를 도우사 바로의 칼에서 구원하셨다 함이더라.

출애굽기 18:3~4

1

번 견 의 이 빨

오랫동안 죽음의 근처를 헤맸다.

그러면서 인간의 근처를 서성이는 것들을 사냥했다.

사내는 자신의 마지막 사냥이 벌어졌던 날 속에 와 있었다.

멀리서 무릎이 꺾인 거인처럼 대방벽이 무너지고 있었다. 우주선 이륙장으로 쏟아져 들어오는 좀비들의 붉은 눈동자들이 그를 둘러쌌다. 생사의 경계를 타고 흐르는 스틱스의 강물이 둑을 깨고 범람하면 꼭 이럴까. 강바닥에 붙어 있어야 할 아귀들이 땅 위의 것들을 탐식하려 하는 광경이었다.

'분명히 탈출했는데. 어째서 다시 이곳에 왔지?'

떠오르는 의문을 억지로 삼킨 그는 반사적으로 칼을 들어 올리려 했다. 하지만 손은 텅 비어 있었다. 그의 살점을 뜯어 먹기 위해서 몰려오던 좀비들이 신기루처럼 눈앞에서 사라진 것은 바로 다음 순간이었다.

역전될 리 없는 시간이 거꾸로 흘렀다.

탄탄했던 사내의 팔다리는 어느새 가늘어져 있었고 눅눅한 습기와 추위가 몰아쳤다. 익숙한 손길이 머리를 쓰다듬었다. 쓰레기통에 어린 그를 숨기고 뚜껑을 덮어주며 기다리라 말하던 어머니의 까슬까슬한 손이었다. 흐린 날마다 철제 뚜껑을 거세게 두드리던 빗방울 소리는 누군가 거칠게 휘갈긴 장송곡들의 지겨운 변주나 다름없었다. 만약 그 음표를 그려낸 작곡가가 신이라면 악보를 동그랗게 구겨서 그의 목구멍에 처넣고 싶다고 늘 생각했다.

'시간 감각이 뒤죽박죽이야.'

기억의 역류와 감각의 혼재. 사내는 언젠가 이런 일이 벌어질 수 있다고 교육받은 적이 있었다. 그 기억을 떠올리는 데 성공하자 마음이 다시금 평온해졌다. 태풍이 지나간 자리의 호수처럼.

이것은 냉동 수면에서 강제로 해동될 때의 자연스러운 각성 과정이다. 그래서 눈을 뜨는 순간에는 미리 외워둔 매뉴얼대로 즉각 대응할 수 있었다. 캡슐 뚜껑은 이미 열려 있었고 얼굴에 살집이 통통한 남자가 자신을 내려다보고 있었다. 사내의 오른손이 반사적으로 튕겨 올라가 상대의 목을 틀어쥐었다.

"반란입니까!"

"으늡느드. 그러니 이 멱살 좀, 켁. 놔주시겠습니까."

오른손에 목덜미를 붙잡혀 버둥거리는 남자의 얼굴이 금세

붉어졌다. 곱슬머리에 둔중한 몸집의 그는 간편한 선내 활동복을 입고 있었고 무기는 보이지 않았다. 사내는 여전히 그를 놔주지 않은 채 동면 캡슐의 반대쪽에 서 있는 여인을 노려보았다.

"도기를 놔줘요. 제가 차근차근 설명하겠습니다."

연약해 보이는 여인의 손에는 A급 선원에게만 지급되는 총이 쥐어져 있었다. 아마 한 번도 격발해본 경험은 없는 듯했다. 그렇지 않으면 저렇게 파르르 떨고 있진 않을 테니까. 사내는 도기라 불린 남자의 목을 놓아줬다. A급 선원의 말에 불복할 만큼 상황이 급박하진 않다고 판단했기 때문이다. 그녀가 벌벌 떨다가 실수로 우주선 내벽에 구멍을 낼까 봐 우려되기도 했고.

"괜찮아요, 도기? 그러기에 물러나 있으라고 했잖아요."

도기는 잠시 심호흡을 하더니 씩 웃었다.

"궁금하잖아요, 일항사 님. 콜록. 이렇게 가까이서 '백혈인간白血人間'을 볼 수 있는 기회가 흔치도 않고. 와, 힘 한번 좋네."

일항사라 불린 여자는 총을 집어넣고 동면 캡슐의 제어판에 뭔가를 입력했다. 그러자 사내의 허리를 묶고 있던 3중 벨트가 풀렸다. 무릎에 힘을 가해봤다. 오랫동안 움직이지 않아서인지 다소 묵직한 통증이 느껴졌지만 곧 원래의 감각이 돌아올 것 같았다.

"왜 반란이라고 생각했죠?"

"창문을 봤습니다."

창문에는 광활한 우주가 펼쳐져 있었다. 넘실대는 별들의 바다. 감수성이 예민한 사람에게는 무척 낭만적인 광경이었겠지만, 사내에겐 그것이 이상 신호로 보였다.

"원래대로라면 저는 개척 행성 카난에 도착하기 전까지 잠들어 있어야 합니다. 창밖에 붉은 하늘이 아니라 우주가 보인다면 여행 도중에 뭔가 문제가 생겼다는 뜻이고, 그 첫 번째 고려 대상은 D급 노역자들의 반란이었습니다."

이어진 대답에 도기는 감탄한 듯 보였다.

"눈을 뜨자마자 그런 걸 생각했단 말입니까? 난 10분 동안 구토하고 비명을 지른 다음 캡슐 유리벽에 머리도 박았는데……."

그것이 보통 동면 캡슐에서 강제로 깨어난 사람들이 보이는 반응이다. 헛구역질을 참는 듯한 일항사의 안색을 보아하니 그녀는 이 모든 광경을 직접 지켜본 모양이다.

"반란은 아니에요. 지금 우주선에서 깨어 있는 사람은 우리 셋이 전부거든요. 두 번째 고려 대상은 뭐였나요?"

"이물질에 의해 태양 돛이 찢어져 우주선이 추진력을 잃어버렸을 경우, 선외 수리를 위해 우리를 깨울 거라 생각했습니다."

"그것 역시 탈락. 세 번째는?"

"……방주 게르솜을 통상 우주공간에서 발견했을 경우."

일항사가 슬그머니 아랫입술을 깨물었다.

사내는 자신의 세 번째 답안이 적중했다는 것을 깨달았다. 그가 캡슐에서 상체를 완전히 일으키고 신체에 달라붙은 수십 개의 케이블들을 제거하는 동안 일항사는 물끄러미 지켜보고 있었다. 벌거벗은 사내를 바라보는 일항사의 눈빛에는 조금의 어색함도 없었다.

원래 남성의 몸을 바라보는 데 아무런 감흥이 없을 정도로 태평한 성격인 것일까. 아니면 자신과는 완전히 다른 메커니즘으로 돌아가는 인간에게 향하는 은연중의 차별 섞인 시각일까. 궁금했지만 입 밖에 내진 않았다. 질문을 하는 쪽은 자신이 아니니까.

일항사가 선내 우주복을 건네주며 말했다.

"나이가?"

"40세입니다. 동면 기간 동안 흐른 시간을 더하지 않은 상태라면요."

"잠든 사이 283살을 더 먹었다고 하면 억울할 테니 넘어가죠. 제 이름은 사만다예요. 캡슐에 적힌 이름이 두 개던데. 둘 중 뭐라고 부르면 되죠?"

"이도입니다. 뒤에 붙은 것은 성이고요."

"그래요. 이도. 당신의 추측은 옳았습니다. 우리 엘리에셸이 우주 한복판에 멈춘 이유는 게르솜을 마주쳤기 때문이에요."

절전 모드로 돌아가고 있는 수면실의 푸르스름한 빛이 사만다의 얼굴에 어스름을 만들어내고 있었다. 한숨처럼 그녀가 내뱉었다.

"동생이 형을 따라잡고 만 거죠."

이도가 점프 슈트와 흡사한 선내 활동복을 입은 뒤 손목의

지퍼를 채우자 사만다는 턱짓으로 자신을 따라오라는 신호를 했다.

"관제실로 안내하죠. 직접 두 눈으로 보는 것이 이해가 빠를 거예요."

널찍한 수면실에는 수십 개의 기둥이 은은한 빛을 내뿜고 있었다. 그리고 그 기둥마다 여섯 개의 냉동 캡슐들이 뿌리처럼 달라붙어 전력을 공급받고 있었다. 사만다는 뒤돌아보지 않고 말을 이어나갔다.

"이 많은 캡슐을 보고 있으면 실감이 나지 않나요?"

"실감?"

"우리가 마지막으로 뛰쳐나온 '인류'라는 게."

이도는 아직도 망막에 대방벽 안으로 짓쳐들어오던 좀비들이 잔상처럼 남아 있는 기분이었다.

이도의 등 뒤에서 도기가 말했다.

"지구엔 누가 남아 있을까요."

그들이 떠나온 행성은 어느 방향일까.

자신은 그곳에서부터 얼마나 멀리 떠내려왔을까.

"누가 남아 있든지, 그걸 인간이라 부를 순 없을 겁니다."

이도는 손에 남아 있는 감각을 의식했다. 날붙이를 휘둘러 뼈를 부수고 살을 찢어내던 기나긴 세월이 판화처럼 이 손바닥에 새겨져 있었다.

"'무엇'이라고 불러야겠죠."

21세기가 황혼기에 접어들던 무렵. 인류의 우편함에 달갑지 않은 편지 한 통이 날아들었다. 지구로부터 발부된 퇴출 통지서였다. 인류는 먹이사슬의 정점에 선 이래 그 어떤 맹수에게도 왕좌를 내준 적이 없었지만 정작 그들에게 체크메이트를 선언한 주인공은 이빨도, 발톱도 없는 존재였다.

특수 광견병 Z19. 모든 대륙에서 동시 다발적으로 창궐한 초거대 역병이었다. 전 지구적 방역은 실패로 돌아갔고 치료제 개발 역시 성과가 없었다. 속도가 문제였다. 전염되는 속도가 대비책을 만드는 속도를 가볍게 앞지를 정도로 빨랐던 것이다. 살아남은 자들은 죽지 않는 자들로부터 안전해지기 위해 스스로를 격리했으나 그로 인해 조금씩 고사해갔다.

인류는 원래 자원 고갈과 이상기후를 돌파하기 위해 준비 중이던 우주 이민 계획을 무리하게 앞당겼다. 그동안 물색해온 행성 중 지구의 환경과 가장 유사한 BL91637번 행성을 '카난Canaan'이라 명명하고 그곳으로 떠나기 위한 방주를 만들겠다 천명한 것이다.

남아메리카 대륙 최북단의 프랑스령 기아나Guina는 가장 거대한 셸터가 되었다. 그곳은 적도에 근접한 대형 우주발사장일 뿐 아니라 라그랑주 포인트(달과 지구 사이에 정지 상태로 있을 수 있는 지점)로 건너갈 수 있는 유일한 길인 궤도 엘리베이터의 탑승 지점이기도 했다.

재앙으로부터 힘겹게 살아남은 자들은 하나둘 기아나로 모여들었다. 궤도 엘리베이터를 만들기 위해 쌓아둔 금속 자재들이 높은 장벽을 이루었다. 우주로 올라가려는 욕망에서 태어난 것이, 한때 동족이었던 자들과 격리되기 위해 쓰이는 아이러니. 누가 먼저 그렇게 불렀는지 모르지만 장벽에는 '대방벽'이라는 별명이 붙여졌다.

대방벽 바깥 세계에서는 문명이 맞이하는 가장 참혹한 날이 매일 갱신되고 있었다. 그사이 라그랑주 포인트에선 훗날 '첫 번째 방주'라 불리게 되는 거대 우주선 '게르솜'이 만들어졌다. 새로운 행성에서 토대가 되어줄 다양한 자재와 동식물을 재현할 수 있도록 조합된 유전자 캡슐을 싣고, 4만 4천 명의 승무원들이 탑승할 수 있는 방주.

지구에서의 신분과 재력은 게르솜 탑승에 아무런 영향을 주지 못했다. 뛰어난 두뇌를 갖고 있거나 아니면 강한 면역력과 신체 조건을 타고나야 했다. 최상위권의 두뇌를 가진 천재라 하더라도 공감 능력이 결여되었거나 공격적인 성품의 소유자라면 탑승할 수 없었다.

땅을 울리는 거대한 발진음도 없이,

첫 번째 탈출이 이뤄졌다.

우주공간에 떠 있는 라그랑주 포인트에서 게르솜이 발진하는 날. 그날 초저녁의 하늘을 바라본 이들은 모두 거인이 불을 뿜는 붓을 휘두른 것 같은 화인을 마음속에 담을 수 있었다. 게르솜은 썰물을 타고 바다로 나가는 방주처럼 천천히, 그러나 확실히 속도를 높이며 별들의 해원을 향해 사라졌다.

썰물이 빠져나가면 남는 것은 질척한 갯벌.

방주에 탑승하지 못한 자들은 악몽의 갯벌에 발이 잠긴 채 차곡차곡 종말 속에서 죽어갔다. 대방벽 안의 질서는 나날이 빛이 바랬다. 온갖 무법이 판치는 가운데 매일 찾아오는 밤은 대방벽 안에 동족상잔을 풀어놓았다.

그렇게 40년의 세월이 흘렀다. 대방벽은 무너지기 일보 직전이었고 그 안에 남겨진 인류는 고작 2천여 명에 불과했다.

끈질기게 생존한 이들은 게르솜이 남기고 간 잔해들을 수집하고 조립해 두 번째 방주 엘리에셀을 꾸역꾸역 만들어냈다. 엘리에셀은 게르솜에 비해 크기는 훨씬 작았지만 더욱 강력해진 엔진과 발전된 동면 기술을 갖고 있었다.

문제는 형편없이 적게 실린 물자와 자원이었다. 만약 카난에 도착한 게르솜 선원들이 행성의 척박함을 이기지 못하고 전멸했다면? 우주 여행 중 사고를 만나 애초에 개척 행성에 착륙조차 하지 못했다면? 그럴 경우 엘리에셀의 선원들 역시 형의 운명을 따라갈 수밖에 없는 위태로운 상황이었다. 더구나 세 번째 방주를 만들 재료가 없었기에 이번에 탑승하지 못하면 지구에 남겨진 인류를 기다리는 건 확실한 종말뿐이었다.

대방벽이 무너진 날, 엘리에셀은 발진했고 탑승객들은 일제히 동면 캡슐에 들어가 깊은 잠에 빠졌다. 40년 전에 출발한 게르솜이 카난에 무사히 당도해 살 만한 터전을 가꾸고 있기를 꿈꾸면서.

안타깝게도 그 꿈은 이뤄지지 않은 모양이다.

"이도. 알아보겠어요?"

그들은 엘리에셀의 관제실에 있었다. 시야를 가득 메우는 거대한 창문에는 익숙한 물체가 떠올라 있었다. 기다란 막대기가 수십 개의 반지를 관통한 형태의 초거대 방주. 이도와 동일한 시대를 살았다면 저것을 모를 수 없다. 대방벽 안의 기둥마다 빛바랜 포스터가 저 우주선을 휘황찬란하게 묘사하고 있었으니까.

"게르솜이군요. 저기서 대체 뭘 하고 있는 겁니까."

저들은 엘리에셀보다 먼저 카난에 도착해 있어야 했다. 우주 한복판에서 동생이 형을 따라잡게 된다면 그건 어떤 각도로 봐도 반가운 소식은 아니었다. 남겨진 자들의 머릿속에서 제멋대로 부풀려졌던 카난의 상상도들이 이 순간 무가치해졌다.

관제실의 스피커에서 맑고 또랑또랑한 목소리가 들려왔다.

〔아직은 알 수 없습니다. 게르솜이 정지해 있는 이유를 알기 위해 제가 여러분을 깨웠습니다.〕

이도가 천장의 스피커를 바라보자 일항사 사만다가 설명해 주었다.

"마리예요. 우리 우주선의 통합 AI죠. 비상사태가 발생하면 그 사태에 대응할 권한이 있는 담당 승무원을 먼저 깨우도록 돼 있어요."

"그럴 때면 선장을 깨우는 게 먼저 아닙니까."

이도의 질문에 답한 것은 마리였다.

〔선장은 노령이라 한 번 깨어나면 재수면을 감당할 수 있는 확률이 낮습니다. 엘리에셀 본체에 심각한 위해가 가해지기 전까지 그를 깨우는 것은 제게 허용돼 있지 않습니다.〕

마리의 목소리는 나긋나긋한 소녀의 그것이었으나 일말의 감정도 실려 있지 않았다. 마리가 설명을 하는 동안 이도는 창

가로 다가가 게르솜의 선체를 주시했다. 이곳에선 손등만으로 가려질 만큼 작아 보이지만 동체가 엘리에셀의 스무 배는 될 거대한 이민 우주선.

〔아론이 답을 하지 않습니다.〕

"아론?"

〔저의 남매라 할 수 있는 게르솜의 AI죠. 다양한 루트로 게르솜에 메시지를 보내보았지만 아무런 응답도 하지 않고 있어요. 표류의 원인은 물론 우주선의 상태, 생존자 여부까지 현재로선 파악할 수 있는 방법이 없습니다.〕

한 세대 먼저 지구를 떠났으나 우주 한복판에서 표류하고 있는 방주.

뒤따라온 동생의 부름에도 응답하지 않고 있는 형.

〔그래서 저는 일항사에게 당신을 깨울 것을 제안했습니다.〕

개척 행성에서 일어날 수 있는 모든 폭력 사태에 대응할 수 있도록 신체 능력을 증강시킨 백혈인간을. 그들은 폭염과 혹한을 모두 견딜 수 있고 심폐 지구력 또한 일반인의 여섯 배에 달한다. 걸어 다니는 전투 병기. 그런 자의 힘이 필요하다는 이유는 대강 짐작이 갔다.

"저보고 다녀오라는 거군요."

사만다는 미안하다는 듯 어깨를 으쓱했다.

"게르솜의 책임자를 찾아 무슨 사고가 일어난 것인지 알아내야 합니다. 만약 살아남은 이가 전무하다고 해도 게르솜의 화물칸에는 개척 행성에서 쓸 건축 자재와 식량 자원들이 가득 쌓여 있을 거예요. 그걸 카난으로 견인해 가야만 합니다.

저와 도기를 비롯한 선원들은 강화 시술을 받지 않은 일반인들이에요. 반면에……."

"반면에?"

"당신은 대방벽의 궂은일들을 모두 처리해온 '해결사'라고 기록돼 있더군요. 마리는 이 방주를 통틀어 당신이 미지의 공간에서 생존력이 가장 뛰어난 개체일 거라고 판단한 모양이에요."

"명령에 따르겠습니다. 이런 예측 불가의 상황에서 '사용'하기 위해 저 같은 F급 시민을 방주에 태운 거니까요."

"아니, 뭐. 꼭 사용이란 표현을 쓸 것까지는……."

무심하게 벽을 두는 이도의 표현에 사만다는 당황했으나 상대는 계속 말을 이어나갔다.

"동료가 필요합니다. 몇 명까지 데려갈 수 있죠?"

"두 명 더 깨울 수 있어요. 데브리 제거용 비상 셔틀은 4인용인데, 운전자인 도기가 타야 하니까요."

이도의 머릿속으로 함께 시술을 받았던 백혈부대원들의 얼굴이 좌르륵 펼쳐졌다. 부대를 훈련시켰던 전투 교관 살라자르와 투기장의 맹수 드미트리 등, 대부분이 일당백의 전사들이었다. 하지만 이도가 그들의 이름을 입 밖으로 꺼낼 기회는 오지 않았다.

〔탐사대의 동료를 고를 권한은 당신에게 없습니다, 이도.〕

"그러면?"

〔임무의 성공 확률을 계산해 제가 이미 두 명의 분대원을 추가 선정했습니다. 7분 전에 두 사람의 캡슐이 해동 단계에

들어갔습니다.]

"누구누군데?"

〔카디야와 보테로입니다.〕

사만다와 도기는 흠칫 놀랄 수밖에 없었다. 돌덩이인 줄 알았던 이도의 얼굴에 처음으로 표정이라 이름 붙일 수 있는 것이 떠올랐기 때문이다. 그 표정의 이름은 '경악과 당황'일 것이다.

이도의 입술에서 탄식이 새어 나왔다.

"하필 그 녀석들을 데려가라고?"

'카디야 센샤르마.'

벌써 세 번째 캡슐에 적힌 이름을 반복해 읽고 있었다. 구릿빛 얼굴의 여성이 캡슐 속에서 평온하게 잠들어 있었다. 이도는 캡슐을 열 수 있는 버튼에 손을 올리고 망설이는 중이었다.

〔이도. 왜 그러시죠?〕

분명 카디야는 그가 가장 신뢰하는 총잡이였다. 온갖 화기를 최고의 숙련도로 다룰 줄 알며 폭약 설치와 해체에도 능한 대원이다. 무엇보다 냉철한 판단력으로 이도를 위기에서 구해주었던 적이 한두 번이 아니었다. 즉, 그녀는 이도에게 있어 완벽한 경호원이라 할 수 있을 것이다.

'치명적인 단점 하나만 뺀다면 말이지.'

이도는 눈을 질끈 감고 버튼을 눌렀다. 천천히 눈을 떠 이도의 얼굴을 확인한 카디야는 속삭이듯 말했다.

"결국 반란을 벌여 우주선을 장악하시기로 한 겁니까. 척살은 제게 맡겨주십시오. 저는 죽을 때까지 당신과……."

"너의 개인적 충성은 고무적이지만 그런 거 아니다. 옷이나 입어."

그녀의 유일한 단점은 바로 '이도에 대한 과한 집착'이었다. 어렸을 적 이도가 목숨을 구해준 이후로 카디야는 그의 곁을 단 한 번도 떠나지 않으며 뛰어난 전투원으로 성장했다.

마리에게 상황을 전해들은 카디야는 조금의 망설임도 없이 이도를 바라보았다.

"마리가 저를 고를 수밖에요. 탑승 전 인터뷰에서 당신 얘길 꺼내며 그렇게 질척댔으니. 제가 뭐라고 했는지 궁금하지 않아요?"

"전혀. 말하지 마라."

딱 잘라 거절하는 이도의 얼굴을 보고 씨익 웃던 카디야는 마리의 안내에 따라 무기고로 내려갔다. 그곳에서 그녀가 들고 온 것은 저격용 레일건과 레이저 블라스터, 허리에 두를 수 있는 투척형 폭탄이었다.

〔이도. 두 번째 동료를 깨울 차례입니다.〕

인간이 인공지능의 의도를 이해하기 어렵다는 것은 널리 알려진 사실이다. 이도는 자신을 보좌할 부대원으로 보테로를 찍었다는 사실에서 괴상망측한 유머 감각 말고는 아무것도 유추해낼 수가 없었다.

'보테로 킨.'

천사 같은 얼굴을 한 금발의 소년이 캡슐 안에서 눈을 감고 있었다. 천진한 눈웃음 한 번으로 상대의 영혼을 굴복시킬 수 있는 아름다움. 하지만 이도가 아직 살아 있을 수 있는 이유는 이 소년의 해맑은 얼굴에 속지 않았기 때문이다.

보테로는 대방벽 안에서 악명이 높았던 청부업자로, 원래 이도의 목을 노리고 덤벼든 인간 사냥꾼이었다. 두들겨 패서 쓰러트린 다음 돌려보내긴 했는데 그 이후로도 끈질기게 이도의 목을 노렸다. 매번 격파당했지만.

"마리. 카디야는 몰라도 이 녀석을 포함시킨 건 명백한 실수야. 보테로의 숙원이 뭔지 알았다면 절대 고르지 않았을걸."

〔저는 보테로 킨의 숙원을 이미 들었습니다. 당신의 목을 잘라 자신의 둔부로 정수리를 깔아뭉개는 것이 그의 숙원이지요.〕

"……그걸 알면서 애를 골랐단 말야?"

〔저의 계산은 틀리지 않습니다. 카디야와 보테로, 둘과 함께할 때 당신의 임무 완수 확률이 가장 높습니다.〕

"어쨌든 나는 분명히 반대했다."

이도는 이렇게 말하면서 열림 버튼을 눌렀다. 잠시 후 눈을 뜬 미소년은 주변을 둘러보더니 이렇게 외쳤다.

"우주 오징어의 습격이군! 내 이놈들을 그냥……."

"너의 상상력도 인상적이지만 그런 거 아니다. 옷이나 입어라."

치아로 활동복을 낚아챈 보테로를 바라보던 이도의 귓가에 마리의 건조한 목소리가 들려왔다.

〔보테로의 가설을 완전히 부정할 수 있는 단계는 아닙니다, 이도. 우린 아직 게르솜의 표류 원인을 파악하지 못한 상태니까요. 우주 오징어의 습격도 가능성이 제로는 아닙니다. 그가 말하는 우주 오징어의 크기에 따라 확률은 달라지겠지만요.〕

이건 어쩌면 인공지능의 농담일 수도 있는 건가. 얼굴이 없으니 마주 웃어줄 필요가 없다는 점은 다행이었다. 반면, 마리가 자신의 편을 들어주자 보테로는 신이 났다.

"거봐. 대장은 뇌도 이두박근으로 이뤄져 있어서 생각하는 꼴이 딱딱하다니깐. 우주 오징어의 빨판에 대가리가 삼켜져도 안 구해줄 거니까 그렇게 알아."

무기고에서 보테로가 가져온 것은 이도의 예상대로였다. 그가 지구에서도 즐겨 쓰던 플라스마 피스톨과 팽창되는 전투 망치. 그런데 소년의 얼굴에는 짜증과 분노가 가득했다.

"씨발. 로켓 런처는 왜 안 된다는 거야? 게르솜 안에 뭐가 있을 줄 알고."

보테로의 투덜거림에 대꾸해준 것은 일항사였다.

"우주선 외벽에 막대한 파손을 일으킬 정도의 화력은 허용해드릴 수 없습니다. 저도 마리의 판단에 동의하고요."

보테로는 일항사 사만다의 얼굴을 빤히 쳐다보다가 이도의 등을 쿡 찔렀다.

"저기, 대장. 우리가 꼭 이 여자 명령을 따라서 사지로 들어가야 돼? 깨어 있는 사람이 이 둘뿐이라며. 그냥 얘네 목 따고 우주선을 입맛대로 점거하면 되잖아."

보테로의 오른손은 어느새 피스톨의 손잡이에 얹어져 있었다. 그의 말을 들은 사만다와 도기의 얼굴이 창백해졌다. 이도가 대꾸하기도 전에 카디야가 보테로의 뒤통수를 후려쳤다.

"이 멍청아. 시술받을 때 우리 몸에 심어진 제약을 잊었어? 고위 선원을 해치는 순간 생명 반응이 정지돼버릴걸? 마리에겐 그럴 권한이 있어."

〔맞습니다. 말씀하신 사태가 일어날 경우 저는 백혈인간에게 '즉사 조치'를 발동시킬 수 있습니다.〕

"제길, 이 컴퓨터가 조치를 취하기 전에 방주 밖으로 튀면 되지!"

"그게 가능하다 쳐도 이 망망대해에서 어디로 가려고? 카난까지 300년은 더 걸리는데. 헤엄쳐 가려고?"

뭔가를 곰곰이 생각하던 보테로는 자신의 의견을 철회했다.

"그건 그러네. 알았어. 당신들 살려줄게."

일항사와 도기가 안도의 한숨을 내쉬었다. 아마 실제로 죽다 살아난 기분일 것이다. 하지만 카디야는 사실을 나열했을 뿐이다. 이도를 비롯한 백혈인간은 자신보다 등급이 높은 '순혈인간純血人間'의 신체를 해칠 수 없도록 만들어졌다. 이도는 궁금해한 적이 있다. 마리가 백혈인간을 제거하기로 결정했을 때 정확히 무슨 일이 일어날지를.

'심장을 터트릴까. 아니면 머리가 폭발할까.'

물어보면 답해줄 것 같지만 이도는 호기심을 죽이는 데 익숙한 사내였다. 하지만 셋 중 가장 덩치가 작은 백혈인간은 이도와 정반대의 습성을 가진 모양이었다.

"그럼 죽이지는 못한다고 쳐. 마리, 내가 이 배의 선장 캡슐

위에 똥을 퍼질러놓으면 어떻게 되는 거지. 그때도 '즉사'가
발동되나?"

〔그렇지는 않습니다. 다만 선내 위생상 배변 활동은 정해진
장소에서만 해결하시기를 권장합니다.〕

"그래? 어쨌든 허용된다는 말이잖아. 대장. 나 위층 수면실
에 좀 다녀올게. 허락해줘."

"불허한다."

"니미. 그럼 하다못해 드미트리의 캡슐에 코딱지라도 묻히
고 오면 안 될까. 대장도 그 교관한테 엄청 굴려졌잖아. 안 그
래?"

"쓸데없는 소리 하지 말고 따라와."

이도는 일항사에게 보고했다.

"대충 정리된 것 같으니 출발합시다."

"그런데요. 이도. 겨우 그걸로 괜찮겠어요?"

이도가 무기고에서 챙긴 것은 1미터 정도의 날을 가진 단분
자 블레이드 한 자루였다. 대방벽 바깥으로 원정을 나갔을 당
시 숱한 좀비들의 목을 베어낸 칼날이었다. 어떠한 물질이든
경도에 상관없이 베어낼 수 있으며 손잡이에 있는 버튼을 누
르면 날을 감싸고 있는 단분자 코일이 실 형태로 변형된다. 검
과 채찍의 성능을 동시에 가진 전천후 무기였다. 그럼에도 큼
직한 총기를 하나씩 챙긴 카디야와 보테로에 비해선 무척 초
라해 보였다.

"충분합니다. 지구에 있을 때도 이걸로 살아남았습니다."

보테로가 사만다를 향해 싱긋 웃었다.

"그래. 우리 대장은 고기 방패들의 보스 출신이라고. 독종 중의 독종이지."

대방벽.

온갖 인신매매범과 마약상 그리고 흉악한 수배범들이 모여 있는 암흑가였다. 이도의 어머니는 그곳에서 홀로 아들을 키웠다.

대방벽을 계획했을 당시 기아나 우주센터장은 '평등'과 '박애'를 벽돌 삼아 장벽을 세우겠다고 설파했다 한다. 하지만 벽을 지나치게 높이 쌓은 모양인지 대방벽 안에서 가장 먼저 품절된 것이 바로 그 두 가지였다. 신체 등급에 따라 계급이 나뉘고 누구의 밑에서 태어나느냐에 따라 인생의 격차는 말할 수 없이 커졌다. 친구를 죽이고 은인을 배신해야만 살아남는 암흑가의 논리가 이도에게는 요람에서 듣는 자장가였다.

철이 들고 나니 대방벽 안의 폭력 조직 다섯 곳을 모두 접수한 뒤였다. 그러자 이도 같은 인재를 찾고 있었다는 듯 엘리에셀 탑승을 제의받았다. C급 이상의 시민들밖에 탑승할 수 없는 꿈의 방주에 F급 시민인 그를 태워주겠다는 것이었다.

다만 강화 시술을 받는다는 조건하에.

혈액과 골격 등 인체의 구성 성분을 모조리 뜯어고치는 그 시술을 견뎌내고 살아남을 확률은 10퍼센트에 불과했다. 이도는 수락했다. 그게 어머니의 마지막 소원을 이룰 수 있는 유일한 방법이었으니까.

그들이 향하는 행성 카난의 이름은 출애굽기에 나오는 약속의 땅 가나안에서 따온 것이다. 각기 다른 우주선의 이름은 선지자 모세가 남긴 두 아들의 이름에서 따왔을 것이고. 모세의 이름에 담긴 뜻은 '강에서 건져 올려진 자'.

메마르게 곱씹어볼 만한 농담거리 아닌가.

백혈인간의 피가 실제로 하얗지는 않다. 탁한 분홍색에 가깝다. 강화 약물의 독성을 이기지 못한 자들은 신체의 모든 구멍에서 분홍색 피를 내뿜으며 죽어갔다. 이도는 그 분홍빛 강에서 마지막으로 '건져 올려진 자'였다.

엘리에셀의 격납고 문이 열렸다.

셔틀의 운전석에는 두툼한 선외 우주복을 입은 도기가 앉아 있었다. 백혈분대원들은 그와 전혀 다른 복색이었다. 선내 활동만을 고려해 만들어진 매끈한 플렉시블 슈트였다. 전투에는 훨씬 적합하겠지만 우주공간에 노출되었을 때 착용자의 안전은 보장할 수 없는 슈트였다.

도기는 바로 그 점이 걱정됐다.

"정말 헬멧과 선바이저 없이 괜찮겠습니까?"

"우린 우주공간에서도 맨몸으로 20분을 버틸 수 있습니다. 조금 전에 보테로가 방주 밖으로 튀자고 한 말은 그런 자신감에서 나온 겁니다."

이도의 차분한 대답에 질색한 듯 도기는 셔틀을 발진시켰다. 데브리 제거용 셔틀은 엘리에셀의 선체로부터 조금씩 멀어지기 시작했다. 범고래의 복부에 달라붙어 있던 다랑어가 분리되어 나온 듯한 모양새였다.

왼쪽 귀에 연결된 헤드셋으로 사만다의 목소리가 들려왔다.

"여러분의 수색 결과에 인류의 존망이 걸려 있습니다. 부디 무사히 돌아와주세요."

방주 게르솜은 엘리에셀으로부터 5킬로미터 떨어진 거리에 멈춰 서 있었다. 여차하면 언제든 도망칠 수 있는 거리다. 폭발이 일어나도 안전하게 피할 수 있는 거리.

하지만 셔틀의 속도는 일정했다. 보테로가 느려터진 고철 덩어리라고 투덜대자 도기가 억울하다는 듯 변명했다.

"이건 어디까지나 비상용 셔틀이니까요. 그리고 여기서 속도를 높였다가는 게르솜의 마그네틱 필드에 휘말릴 가능성도 있습니다. 그러면 우린 사이좋게 우주의 미아가 되는 거예요."

마그네틱 필드란 말은 이도에겐 생소했지만 카디야는 그렇지 않은 모양이었다. 그녀가 고개를 갸웃하며 물었다.

"마그네틱 필드가 켜져 있다는 건 게르솜의 원자로가 가동 중이란 뜻이잖아요? 그런데 왜 멈춰 서 있을까요."

"방주가 통상 우주로 빠져나오는 이유는 한두 가지가 아니에요. 저기 오른쪽을 보시면 항성이 있잖아요? 확신은 못 하겠지만 저 항성으로부터 에너지를 공급받기 위해 통상 우주공간으로 나온 걸 수도 있어요. 워프 드라이브 중이었다면 태양 돛이 저런 형태를 할 수 없거든요."

"저 지점에 멈춰 선 데는 이유가 있다는 거군요."

그리고 그것을 알아내는 것은 탐사대의 몫이었다.

게르솜과의 거리가 절반 이하로 좁혀졌을 때 이도는 조금씩 방주의 거대한 크기에 압도되는 기분이었다. 그것은 인류가 축조해낸 가장 큰 운송 수단일 뿐 아니라, 건축물까지 포함해도 부동의 1위를 차지할 하나의 '인공 도시'였다.

그리고 셔틀에 탄 네 남녀는 거의 동시에 그 인공 도시가 겪은 커다란 재난의 흔적을 목격할 수 있었다. 게르솜은 원통형의 축을 둘러싸고 거대한 링 형태의 구획들로 나뉘어져 있었는데 방주 후미 쪽의 링이 무참히 박살 나 있었다. 마치 신화 속의 괴수가 발톱으로 할퀴기라도 한 것처럼.

그것을 가장 인상 깊게 표현한 것은 보테로였다.

"옆구리가 터져 있네."

도기가 보테로의 말을 받았다.

"뭐에 얻어맞으면 저렇게 박살 날 수 있을까요? 소행성 정도가 아니고서야."

'우주 오징어가 여섯 번째 다리를 휘둘러서'라는 보테로의 꿍얼거림을 무시하며, 셔틀의 스피커에서 마리의 목소리가 흘러나왔다.

〔폭발의 진원지와 형태를 분석한 결과 붕괴는 내부에서부터 발생한 것입니다. 유감입니다, 보테로 킨. 아직 인류가 맞닥뜨리지 않은 외계 괴수나 다른 문명의 우주선이 습격했을지도 모른다는 당신의 가설은 이 순간 폐기되었습니다.〕

이도가 마리에게 물었다.

"그러면?"

〔내벽 안쪽에서 폭발물질이 발화했을 가능성이 95퍼센트에 육박합니다.〕

"안쪽에서 무언가가 펑 하니 터졌다고? 끔찍한 사고였나 본데."

〔저의 시뮬레이션으로는 사고가 아닙니다. 폭발이 일어난 위치가 우연이라고 볼 수 없을 만큼 절묘합니다. 선미와 후미를 가르는 중심축에서 정확히 3분의 2 지점이 폭발의 진원지인데, 저기에서 조금만 위치가 어긋났어도 방주가 두 동강 났을 겁니다. 그렇다는 것은 게르솜의 선원 중 누군가, 혹은 어떤 집단이 특정한 목적을 위해서 선체에 충격을 가했을 것이라는 추론이 가능합니다.〕

"누군가 안에서 터트렸다 치자. 자신도 우주선에 타 있는데 그렇게 해서 얻게 되는 이득은 뭐지."

〔가장 가능성이 큰 이유는 격리입니다. 한쪽이 다른 한쪽을 몰아넣고 가둬버렸을 수도 있고, 반대로…….〕

"한쪽이 어느 한쪽으로부터 도망쳤을 수도 있겠군."

〔외양만으로 어느 쪽의 힘이 우위에 있었는지 알 수 없습니다. 그래서 격리의 주체를 파악하기에는 아직 근거가 부족합니다.〕

"이렇게 근거가 부족할 때 인공지능은 어떻게 판단하지?"

〔판단을 보류합니다. 불확정 요소가 많을 때는 복잡 연산에 기대지 않고 작전 수행자인 인간의 직관적 통찰을 우선시합니다.〕

보테로가 어깨를 으쓱거렸다.

"결국, 우리 눈으로 보고 오라는 거네."

그리고 얼마 지나지 않아 도기가 셔틀의 속도를 천천히 줄였다. 그 직후 셔틀은 격한 진동에 휩쓸렸다. 각종 계기판 액정에 노이즈가 찾아왔다가 원상복구되었다. 도기가 "방금 마그네틱 필드를 통과했습니다" 하고 알려주었다. 이도는 필드의 안으로 들어왔다는 걸 실감할 수 있었는데, 이제 게르솜의 동체를 눈에 다 담으려면 고개를 좌우로 크게 꺾어야 할 정도였다. '게르솜'이라는 대륙의 지면으로 추락하는 것 같은 기분이 들었다.

셔틀이 향하는 곳은 선두로부터 멀지 않은 도킹 스테이션이었다.

이도는 게르솜의 주변으로 거대한 파편이 둥둥 떠다니는 것을 확인하고 물었다.

"폭발의 잔해인가? 조심해서 운전해야겠는걸."

물론 도기는 이미 그러고 있었다. 선외 우주복 안으로 땀을 뻘뻘 흘리고 있는 것이 그 증거였다. 도킹 스테이션으로 다가갈수록 셔틀에 탑승한 네 명의 인간은 위협적으로 그들을 지나쳐 가는 금속 구조물의 파편에 몇 번이고 긴장해야만 했다. 개중 특별히 시선을 사로잡는 긴 원통 모양의 데브리가 여러 개 있었다.

"저게 뭐지?"

〔흥미롭군요. 저것들은 게르솜의 거주구획에 비치돼 있었을 8인용 비상탈출포드입니다. 게르솜은 단일 우주선. 저 탈출포드는 여러 척의 배로 꾸려진 선단 여행을 대비했던 초기 설계의 흔적에 불과할 텐데요. 그런데 확인된 것만 여든두 개의 탈출포드가 게르솜의 주변을 부유하고 있습니다. 합리적인 이유를 추측하기 어렵습니다.〕

이도는 곧 마리가 무엇을 이해하기 어렵다고 하는지 깨달았다. 포드를 이용한 긴급 탈출은 그것을 수거해줄 다른 구조선이 있거나, 아니면 근처에 상륙할 수 있는 행성이 있어야만 합리적인 행동이 된다. 포드 안에는 냉동 수면 장치나 비상식량 따위도 없다. 누군가 건져주지 않으면 질식해 죽거나 굶어 죽을 뿐이다. 그러니 현재 위치에서 비상탈출은 곧 사망. 아무것도 없는 냉혹한 우주로 뛰쳐나올 하등의 이유가 없는 것이다.

이도가 중얼거렸다.

"인간은 합리적이지 않지. 특정 상황에서는 밧줄 없이 빌딩에서 뛰어내리거나 불타는 기름 위에 몸을 던질 수도 있어."

〔어떤 특정 상황을 말씀하시는 건가요.〕

"공포에 질렸을 때."

순간 도기가 조종간을 크게 꺾어 회전하면서 날아오는 비상탈출포드의 궤적으로부터 셔틀을 비껴 나가게 했다. 셔틀의 내벽에 볼이 납작하게 찌부러진 보테로가 짜증을 냈다.

"이러다 멀미하겠어, 운전사 아저씨."

"실없는 소리. 우리 백혈인간은 멀미를 하고 싶어도 할 수 없어."

"그건 해봐야 알지. 셔틀에 대장을 밧줄로 매달고 뱅글뱅글 돌려봐도 그런 소리가 나올까."

이도는 보테로의 이죽거림에 맞받아치려다가 문득 카디야의 안색을 살폈다. 원래 보테로에게 일침을 놓는 것은 그녀의 몫일 텐데 정작 그 장본인이 멍하니 셔틀의 뒤편만을 바라보고 있었기 때문이다.

"카디야. 왜 그러는 거지?"

"방금 우릴 지나친 탈출포드에 사람이 타고 있었습니다."

그러자 도기가 화들짝 놀랐다.

"아니, 엄청난 속도로 회전하면서 지나갔는데 그 내부를 봤다고요?"

원래부터 뛰어났던 카디야의 동체 시력은 백혈 시술을 받은 후 인간을 초월한 경지에까지 다다라 있었다. 이도나 보테로는 불가능하겠지만 그녀만큼은 회전하며 얼굴 옆을 스쳐 가는 야구공에 새겨진 글씨마저 읽어낼 수 있을 것이다.

"누군가 타고 있는 걸 확인했다고?"

"네."

"탈출포드는 8인용이라고 했는데. 안에 몇 명이나 있었나."

"0.5명이요."

이도는 순간 카디야가 마리 흉내를 내는 줄만 알았다.

"그게 무슨 소리야. 풀어서 설명해."

"포드의 동그란 창을 통해 제가 본 것이 사람이었다면 1인분은 아니었어요. 배꼽 위의 몸 반쪽이 날아간 누군가의 하반신이었죠."

도기가 급브레이크를 밟지 않을 수 있었던 이유는 단 하나였다. 그가 조종하고 있는 셔틀이 바퀴 달린 자동차가 아니었기 때문이다.

셔틀은 게르솜의 도킹 스테이션에 사뿐히 내려앉았다.

한 쌍의 로봇 암이 셔틀에서 튀어나와 우주선 외벽의 돌출부에 앵커링Anchoring을 발사했다. 로프가 단단히 고정된 것을 보고 나서야 도기는 안도의 한숨을 내쉬었다. 자신의 몫을 다한 것이다. 그도 그럴 것이 도기는 카디야의 말을 들은 이후부터 안색이 파리하게 질려 움츠러들어 있었다.

"전 이만 엘리에셀로 돌아가겠습니다. 부, 부디 안전한 수색이 되길 바랄게요."

잠시 후 셔틀의 문이 열리자 세 탐사대원은 장비를 챙긴 채 로프를 타고 이동했다. 그들이 나가자마자 도기는 셔틀 문을 쾅 닫았다.

그 가차 없음에 보테로가 도기를 향해 온갖 욕설을 퍼부었으나 소리를 전달할 매질이 없는 우주공간에서야 덧없는 일일 뿐이었다. 그가 홧김에 셔틀을 걷어차지 않는 것에 이도는 만족해야 했다.

선두에 섰던 이도는 곧 게르솜의 도킹 스테이션 외벽에 손바닥을 댈 수 있었다. 장갑을 통해 전해지는 서늘한 느낌이 명징했다. 뒤를 따라 내린 카디야의 입가에 작은 거품이 맺혀 있었다. 헬멧 없이 진공의 우주에 노출된 대가로 체액이 끓어오르는 것이다. 물론 순혈인간이라면 90초 안에 의식을 잃는다. 하지만 이도를 비롯한 세 백혈인간은 약간의 불편함만 느낄 정도였다.

탐사대는 직경 6미터의 거대한 해치 앞에 서 있었다. 이도는 셔틀 안의 도기에게 손짓해서 자신을 주목하게 만들었다. 그리고 해치를 가리킨 다음 손가락으로 앵커링을 가리키더니 자르는 시늉을 했다.

'우리가 내부로 진입하면 그때 떠나십시오.'

잠시 멍하니 있던 도기가 셔틀 안에서 두툼한 장갑으로 동그라미를 그려 보였다. 그러는 와중에 카디야가 출입용 패드를 조작해보았지만 이내 이도를 향해 고개를 가로저었다. 퓨즈는 오래전에 나가 있었다. 이도는 외벽에 패인 홈에 양발을 집어넣어 단단히 고정시킨 후 해치를 꽉 붙잡았다. 그러자 보테로와 카디야가 조금씩 뒤로 물러섰다.

그가 무엇을 하려는지 직감한 도기는 셔틀 안에서 입을 쩍 벌렸다.

"저걸…… 손으로 뜯겠다고? 미쳤나?"

해치의 표면에 핸들이 없다는 것은 자명했다. 애초에 바깥에선 강제로 열지 못하게 만든 구조라는 것이다. 하지만 이도의 승모근과 삼각근이 부풀어 오르는가 싶더니 곧 믿기 힘든 광경이 펼쳐졌다.

해치와 외벽의 결합부에서 인간의 허벅지만 한 스크루 파일들이 압력을 이기지 못하고 하나둘씩 튕겨져 나온 것이다. 셔틀 바깥에서 핑핑 하는 소리가 들려오는 것 같은 착각. 둥그런 꽃이 허공을 향해 씨앗을 발사하는 모양이었다. 스케일에서 크게 달랐지만.

고대인들이 맨손으로 신전의 기둥을 부숴버렸던 삼손을 목격했을 때 이런 심정이었을까.

충분히 사람이 들어갈 수 있다고 판단한 이도는 카디야와 보테로를 안으로 들여보낸 후 도기를 쳐다보았다. 그리고 방금 신화급 용력을 보여준 주인공치고는 지나치게 담담한 얼굴로 고개를 끄덕인 다음 해치 안으로 사라졌다.

원래 도기는 지구에 있던 시절 사람들이 떠들곤 하던 백혈부대에 관한 온갖 괴담들을 믿지 않는 편이었다. 대방벽 바깥의 괴물들을 향한 공포를 이겨내기 위해 사람들이 만들어낸 미신으로 치부했던 것이다. 하지만 이제부턴 그럴 수 없었다.

하얀 피의 전사들은 이렇게 눈앞에 실존했다.

"우리 인류의 존속이 저 셋에게 달려 있는 거군."

풀을 뜯는 양과 그런 양을 지키는 번견은 둘 다 포유류다. 하지만 그렇다고 그 둘을 같은 짐승이라 할 수 있을지는 의문이었다. 울타리 바깥에서 엽총을 든 채 돌아다니는 양치기가 없어도 번견은 양을 지켜줄까. 도기는 정확히 번견을 바라보는 양의 심정이 되어 있었다.

번견의 이빨을 두려워하면서도,

그들이 죽지는 않길 바라는 것이다.

2

일 곱 번 째   해 맞 이

에어록의 문이 열리자 널찍한 대합실이 이도를 맞이했다.
인공으로 만들어낸 중력이 그들을 반겨주었다.

"동물의 배 속에 들어온 기분이에요."

카디야의 말에는 긴장과 경탄이 함께 섞여 있었다. 그들은
게르솜의 축이 되는 거대한 원통을 천장 삼아 서 있었다. 그리
고 그들이 서 있는 바닥은 거대한 반지의 안쪽 면이라 할 수
있었다. 도킹 스테이션에서는 게르솜의 거대한 동체가 태양을
가리고 있어 몰랐지만 내부로 들어서니 강력한 빛살이 우주선
내부 시설들을 흑과 백으로 나누고 있었다. 창문 너머 보이는
시야의 절반이 활짝 펴진 태양 돛으로 가려져 있었다.

그러나 주변에 인간의 흔적은 없었다. 보테로는 자신의 신
발 자국이 바닥에 그대로 남자 여기저기 발자국을 찍어대고

있었다. 얇은 먼지가 오랫동안 내려앉은 것이다.

"산소 농도가 낮아. 물론 우리가 고산병에 걸릴 확률은 낮지만 서둘러서 관제실로 갈 방법을 찾는다."

발자국으로 구불구불한 곡선을 만들어내고 있던 보테로의 발이 멈췄다.

"대장. 우리가 고산병에 안 걸릴 거라고 너무 확신하진 마. 대방벽 안쪽이 어땠는데. 깎아 만든 평지였잖아. 동산 한 번 올라본 적 없어, 우리는."

"너는 그렇겠지. 나는 달라. '이카로스 작전' 때 궤도 엘리베이터를 타봤으니까."

"아. 맞네. 쳇. 꼭 불리하면 그 얘기 꺼내고. 젠장. 내가 시술을 조금만 일찍 받았어도⋯⋯."

보테로가 투덜대고 있을 때였다.

이도로부터 두 걸음 앞 바닥에서 푸르스름한 형체가 불쑥 솟아올랐다. 그 형체가 어떤 모습인지 확인하기도 전에 버클에서 풀려 나온 단분자 블레이드가 이도의 오른손에 쥐어져 있었다. 여차하면 바로 휘두를 수 있도록 허리 뒤쪽으로 당긴 채.

눈앞에 나타난 것은 신장이 50센티미터 정도 되는 생쥐였다. 녀석은 밀짚모자를 쓰고 고개를 갸웃하고 있었다. 초현실적인 풍경이다.

〔죄송합니다. 제가 부적절한 타이밍에 나타난 건가요?〕

신경이 곤두서 있던 찰나에 뭔가가 앞을 막아선다면 누구나 질겁할 것이다. 하지만 이도는 배경을 투과시키고 있는 2D

모양의 생쥐를 마주하며 흐트러질 뻔한 자신을 다잡았다. 예상치 못한 상황이지만 녀석의 음성이 귀에 익었기 때문이다.

"마리, 너인가. 홀로그램으로 나타난 거야?"

〔네. 그렇습니다. 정확히 말하면 홀로그램은 아닙니다. 지금 세 분의 시각과 청각에 전기신호를 흘려보내 저의 존재를 드러내고 있습니다.〕

이도가 단분자 블레이드를 잡은 손에 힘을 풀며 등 뒤의 동료들을 힐끗 쳐다보았다. 카디야는 어느새 저격 총을 든 채 하늘 위를 겨누고 있었고, 보테로는 바닥을 바라보며 놀라고 있었다.

"어딜 겨누고 있는 거야, 카디야?"

"네? 자기가 마리라고 주장하고 있는 독수리와 대면 중입니다. 어떻게 날갯짓도 안 하면서 떠 있을 수…… 아, 그런 거야? 게르솜의 시스템에 접속하면 더한 것도 할 수 있다고?"

대충 무슨 일이 일어난 건지 이도는 감을 잡을 수 있었다. 마리는 지금 그들의 하얀 핏속을 떠다니는 나노봇을 통해 개별적으로 말을 걸고 있는 것이다.

〔이것은 여러분의 생체 에너지를 소모시키는 소통 방식이지요. 효율적이진 않기 때문에 최대한 자제해보도록 하겠습니다.〕

"지금 갑자기 튀어나온 건 중요한 전달 사항이 있어서겠지?"

〔네. 여러분이 중앙관제실이 있는 비행구획으로 들어가려면 트램을 타고 이동해야 합니다. 지금은 모두 작동을 멈춘 상

태이지만 제가 비상운행모드의 시행법을 알려드리겠습니다. 저쪽으로 가시면 됩니다.〕

곧 생쥐 모양을 한 마리가 짤막한 손―앞발이라고 해야겠지만―을 휘두르자 대합실 바닥에 일직선의 푸른빛이 새겨졌다. 이도가 가야 할 루트를 직관적으로 보여준 것이다.

〔트램을 찾으시면 카디야에게 말씀하십시오. 그녀에게 트램의 조작법을 전하겠습니다.〕

그러고 나서 마리는 시야에서 사라졌다. 푸르게 빛나는 루트를 따라가기만 하면 되는 상황. 하지만 이도의 머릿속에 심각한 의문이 생기는 것 또한 사실이었다.

"마리. 이건 우리의 임무를 보조하기 위해 만들어진 기능인가?"

〔그렇습니다. 아직 저의 남매 AI인 아론이 응답하지 않는 상황이므로 여러분의 몸속을 돌아다니는 나노봇의 신세를 지게 되었네요.〕

"만약 네가 마음만 먹는다면 내 시신경을 차단해서 장님으로 만들 수도 있나?"

이도의 질문에 카디야가 뜨악해하는 것이 느껴졌다. 저격수에게서 눈을 빼앗는다는 것은 흘려들을 수 없는 이야기였으니까.

〔가능합니다. 하지만 제가 그 기능을 실행할 확률은 극히 미미합니다. 질문하시는 저의를 모르겠습니다. 제가 어째서 이도의 시신경을 공격해야 하죠?〕

"그냥 가능성을 물어봤을 뿐이야. 엘리에셀을 만들고 너와 오랫동안 대화해온 설계자들과 달리 우리는 전장에서만 싸워온 투견들이니까. 머릿속에 누가 들어와 있는 기분이 결코 유쾌할 리 없지."

어쨌든 지금 마리의 본체는 게르솜에서 5킬로미터 떨어져 있는 엘리에셀이며, 세 명의 백혈인간은 마리의 의지를 수행하는 단말이라 할 수 있었다. 문제는 이 단말에게 지성과 감정이 있다는 것.

〔그렇군요. 이해했습니다. 하지만 안심하십시오, 이도. 저는 엘리에셀의 AI로서 최대 다수의 인류를 보존해 무사히 카난에 도착시킨다는 목적을 위해 만들어졌으며 그 목적을 벗어나는 어떠한 행위도 할 수 없습니다.〕

그래. 그렇겠지.

이도는 고개를 끄덕이고는 바닥을 바라보며 피식피식 웃는 보테로를 재촉했다.

"너에겐 마리가 어떻게 보이기에 그렇게 좋아하는 거냐."

"응? 대장한텐 안 보이지. 그거참 아깝다. 이렇게 큰 아나콘다가 나한테만 보이는 게 말야."

마리와 몇 마디를 나누던 보테로가 이도를 향해 눈을 찡긋했다.

"대장한테는 뭐로 나타났는지 물어봤더니 본인의 동의 없이는 알려줄 수 없다는데? 뭐기에 그래?"

밀짚모자를 쓴 생쥐.

이도는 그게 무엇을 구현한 건지 정확하게 알고 있었다. 다만 마리가 그의 기억 중에서 굳이 그런 캐릭터를 고른 이유를 모를 뿐이다.

"마리. 왜 하필 이 모습으로 나타난 거지?"

〔당신의 기억 속에서 가장 덜 위협적이고 정서적으로 친근한 존재라는 판단이 들어서였습니다. 하지만 이런 외양에 대해 카디야와 보테로에게는 밝히지 않을 것을 권합니다.〕

"그건 왜?"

〔저는 이해하기 어렵지만 리더로서의 품위를 손상시킬 수 있다는 시뮬레이션 결과가 나왔습니다.〕

자신의 얼굴을 멍하니 바라보고 있는 카디야와 보테로를 보고 이도는 일단 마리의 뜻에 동의하기로 했다. 물론 속도 없이 각자의 '마리'에 대해 먼저 털어놓은 카디야와 보테로의 투덜거림은 감수할 수밖에 없었다.

"아, 대체 뭐기에 그래? 용이라도 소환한 거야, 뭐야."

길쭉한 트램은 인간 열 명 정도가 탈 수 있는 크기였다. 역시 전원은 나가 있었지만 카디야가 마리와 대화를 나누면서 패널을 작동시키자 작은 진동과 함께 전원이 돌아왔다.

"다행히 조작법이 간단하네요. 원래는 자동으로 움직이던 거겠지만."

카디야가 레버를 밀자 그들은 자기력으로 움직이는 레일을 따라 비행구획에 도착했다. 마리가 보여주는 안내선을 따라가자 곧 중앙관제실의 거대한 문 앞에 도착할 수 있었다.

〔관제실은 인간의 몸으로 치면 두뇌나 다름없습니다. 그런데 기관실이나 원자로, 수면실 등 모든 곳에 명령을 내려야 할 관제실이 응답하지 않고 있어요.〕

"그렇게 중요한 곳이라면 분명 상주하는 승무원이 있어야 하지 않나?"

그러나 문 너머에서는 아무 소리도 들리지 않았다. 백혈인간의 예민한 감각으로도 인기척 자체가 느껴지지 않는 것이다. 중앙관제실의 문은 닫히던 도중에 고장이 난 모양인지 주먹 두 개 크기만큼 벌어진 채 멈춰 서 있었다.

"보테로, 넓혀봐."

문 앞으로 나선 보테로가 전투망치의 헤드를 틈에 꽂아 넣었다. 그리고 손잡이를 조작하자 헤드에 내장된 모터가 작동하며 강제로 면적을 넓혔다. 두꺼운 철문이 찌그러지다가 곧 사람 한 명이 들어갈 만한 틈이 만들어졌다.

보테로가 이도를 돌아보며 웃었다.

"익숙한 향취야."

금발소년의 말이 옳았다. 우주 한복판에서는 맡을 일이 없을 거라 생각한 냄새가 짙게 풍겨 왔다. 여름이 되면 대방벽 바깥에서 불어왔던 질척한 냄새. 지구에선 언제나 곁에 있었기에 오히려 구분하기 어려웠던 내음.

"피비린내군."

널찍한 반구 모양의 중앙관제실은 텅 비어 있었다.

생존한 승무원은커녕 시체도 보이지 않았다. 다만 군데군데 박살 나 있는 콘솔과 아무렇게나 넘어져 있는 의자가 이곳에 있던 선원들의 혼란스러웠던 상황을 대변해주는 듯했다. 피비린내의 근원지를 먼저 찾아낸 것은 보테로였다.

"천장과 벽면을 봐, 대장."

보테로가 가리킨 곳을 보자 딱딱하게 굳은 검은 얼룩이 보였다. 몇몇 콘솔의 기판에도 얼룩은 여지없이 묻어 있었다. 만져볼 필요도 없이 이도는 그 정체가 무엇인지 알 수 있었다.

"이렇게 피가 난장판으로 튀었을 정도면 보통 난리가 아니었을 텐데."

그런 점에서 통제실은 분명 위화감을 내뿜고 있었다. 다른 두 장의 그림을 억지로 짜 맞춘 듯한 위화감. 이도가 그 부자연스러운 느낌을 더듬어보고 있을 때 카디야가 한발 앞서 이유를 알아챘다.

"바닥이 너무 깨끗해. 콘솔의 아랫부분도 그렇고요."

그녀의 말이 옳았다. 생명체의 피를 거대한 풍선에 담아 단번에 터트린 것처럼 살풍경한 위쪽과 달리 인간의 허리 높이를 기준선으로 아래 구역은 먼지가 조금 쌓여 있을 뿐 정갈했다.

"웬 또라이 선원 하나가 물총에 피를 담아서 천장을 향해 뿌린 게 아닐까? 바닥만 빼고 뿌린 거지."

보테로의 추리에 카디야는 전혀 귀를 기울이지 않았다. 하지만 이도는 성실하게 답해주었다.

"물보다는 농도가 진하지만 피 역시 액체야. 천장에 저만큼이나 뿌려질 정도였다면 바닥에도 몇 방울은 떨어져 있어야 논리적으로 맞지."

고민해도 답이 나오지 않자 세 탐사대는 마리의 지침대로 중앙관제실의 전력을 복구할 방법을 찾으려 했다. 하지만 비교적 더럽혀지지 않은 콘솔들을 만져보던 카디야가 고개를 저었다.

"이 방 안에서는 전력을 복구시킬 방법이 없대요. 기판 뚜껑이 멀쩡한 걸 보면 케이블이 손상된 건 아닌 것 같아요. ……그래? 좋아. 마리가 알려줬는데 아래로 내려가면 비상 전력을 가동시킬 방법을 찾을 수 있을 것 같아요."

중앙관제실에서 외부로 이어지는 문은 총 네 개였다. 그들이 복도를 통해 들어온 입구. 그리고 '승무원용 숙직실'로 연결되는 좌측 문, '비상용 무기고'로 이어지는 우측 문, '설비실'로 이어지는 비상용 해치였다.

잠시 고민하던 이도는 흩어지기로 마음먹었다.

"우르르 몰려다니면 시간 낭비야. 카디야, 설비실로 내려가서 전력을 복구시킬 방법을 찾아봐. 그리고 보테로 너는 무기고로 가서 쓸 만한 것들이 있는지 찾아보고. 나는 숙직실로 가서 생존자가 있는지, 없다면 무슨 일이 일어났는지 알려줄 만한 단서를 찾아보겠다. 30분 뒤에 다시 이곳에서 만나지. 마리. 이견 있나?"

〔없습니다. 저는 어디까지나 안내역일 뿐. 세부 사항을 결정할 권한은 이도에게 있습니다.〕

이도는 고개를 끄덕인 뒤 승무원 거주 구역으로 발걸음을 옮겼다. 블레이드를 한 손에 쥔 채 긴장을 늦추지 않으면서.

비행 크루가 머무를 수 있는 승무원 거주 구역의 복도로 들어선 이도를 반긴 것은 어둠과 침묵이었다. 플렉시블 슈트의 오른쪽 어깨에 달린 램프가 전방을 밝혀주어 탐색에 큰 불편

은 없었다. 흔들리는 불빛에 맞춰 그림자들이 불길하게 굽이
쳤다.

2인 1실 방들로 이뤄져 있는 거주 구역의 문은 대부분 열려
있었다. 이불은 제멋대로 흩어져 있었고 책상 위엔 악력을 키
우는 운동기구들이 종종 보였다. 냉동에서 깨어난 후유증을
이겨내고 컨디션을 유지하려는 목적이 엿보였다.

또한 허리 위쪽만 핏자국으로 더럽혀져 있는 것은 이곳도
마찬가지였다. 이도는 스프링을 양쪽으로 잡아당겨 근력을 단
련시키는 용도로 보이는 운동기구를 손에 든 채 물었다.

"마리. 궁금한 게 생겼어."

〔네. 말씀하십시오.〕

"게르솜에선 깨어나서 활동하는 선원들의 숫자가 꽤 되었
던 모양인데, 어째서 그렇지? 자율 비행하는 우주선에 조종
인원이 필요한 것도 아니고. 모든 선원이 카난에 도착할 때까
지 잠들어 있는 편이 훨씬 나은 방법 아닌가."

〔게르솜과 엘리에셀은 막대한 질량 차이를 차치하고서도
다른 점이 많습니다. 물론 라그랑주 포인트에서 훨씬 오랜 시
간 동안 공들여 만든 게르솜에 비해, 어쩌면 게르솜이 남기고
간 잔해를 급조해 만든 엘리에셀이 성능상 대부분의 면에서
떨어집니다. 40년의 격차가 있다지만 인류가 처했던 특이한
재난 상황으로 인해 대방벽 안에서의 기술 발전은 멈춘 거나
다름없었기 때문이지요. 다만…….〕

"다만?"

〔냉동 수면 기술만큼은 엘리에셀이 게르솜보다 몇 단계 우

월합니다. 캡슐에 들어가는 부동액의 성분에서 질적 차이가 현저하죠. 제가 담당하고 있는 엘리에셀의 선원들은 한 번 수면에 들면 카난에 도착할 때까지 깨어날 필요가 없습니다. 그러나 게르솜 호의 경우엔 아니에요. 부동액의 인체 적합도가 우수하지 못해서 잦은 교체가 필수적이었습니다.]

"게르솜 선원들은 우리와 달리 중간중간 깨어나서 부동액을 갈아준 다음 다시 잠들어야 했다는 건가."

[네. 그러한 이유로 워프 드라이빙을 중단하고 깨어난 선원들이 활동할 수 있는 구획이 추가로 설계되었다는 기록이 남아 있습니다.]

어째서일까.

게르솜이 태양계를 떠난 이후 예정보다 훨씬 늦은 두 번째 방주가 만들어지기까지 40년의 시간이 흘렀다. 대방벽 안쪽에 광견병은 창궐하지 않았지만 문명을 지탱하던 질서는 빠른 속도로 몰락하고 있었다. 그런데 그런 와중에 냉동 수면 기술만이 게르솜을 앞질렀다는 말인가?

[그건 당신들 덕분입니다. 이도.]

"우리? 백혈 시술을 말하는 건가."

[제가 갖고 있는 기록에 의하면 인간은 오랫동안 자신들을 대상으로 하는 실험을 의도적으로 금지하고 있었습니다. 인체 실험으로 인해 얻게 될 성과는 탐이 났겠지만, 그 부작용으로 생겨날 윤리적 위험을 감수할 수 없었을 테니까요. 하지만 기아나의 대방벽 바깥에 존재하던 대형 셸터들이 하나둘 침몰하면서 그들은 결단을 내리게 됩니다.]

"알아. 피의 색깔을 바꿔보기로 한 거지."

〔혈관 속 나노봇을 통해 인간의 신진대사에 관여하며 생존 능력을 크게 높여주는 백혈 시술은 그래서 탄생하게 되었지요. 본래 하나의 기술이 메말랐던 강바닥을 채워 강물이 풍요롭게 넘실거리면 존재하는 줄도 몰랐던 지류가 함께 세례를 받게 됩니다. 백혈 시술의 완성을 위해 실시된 인체 실험이 답보 상태였던 냉동 수면 기술을 완성시키는 낙수효과를 일으킨 거예요.〕

이도는 고개를 끄덕이다가 문득 마리의 어휘가 풍부해졌다는 걸 깨달았다. 딱딱하기 그지없던 어조도 미묘하게 부드러워진 느낌이다.

"강바닥이니, 지류니. 너 그런 비유도 쓸 줄 아는 건가. 아니면 입력돼 있는 걸 이제서야 사용하는 거야?"

〔아닙니다. 저는 현재 여러 명의 인간과 동시에 대화를 나누고 있어요. 그 덕분에 저의 대화술도 풍부해지고 있다고 생각합니다. 아, 27초 전에 새로운 욕설도 하나 습득했어요. 들어보시겠어요?〕

"말해봐."

〔지네 신발 벗기다가 굶어 뒈질 새끼.〕

이도는 한숨을 내쉬며 고개를 가로저었다. 마리에게 새로운 욕설을 주입시킨 장본인이 누구일지 뻔했기 때문이다. 보테로일 것이다. 아마도 사냥감으로 잡은 지네의 신발을 일일이 벗기려 할 정도로 꽉 막힌 성격의 소유자를 욕한 것일 텐데, 그 비난의 화살이 가리키는 게 누구일진 고민할 필요도 없었다.

"이야기가 샜어. 어쨌든 게르솜은 엘리에셀과 달리 가속을 멈추고 선원들을 깨울 필요가 있었다는 말이군."

〔맞아요. 분류하자면 완벽한 냉동형 이민선이라 할 수 있는 엘리에셀과 달리 게르솜은 40퍼센트 정도 세대 우주선의 성격을 갖고 있는 거죠.〕

파앗.

그때 이도가 서 있던 2인실 천장에 밝은 불이 들어오며 시야가 환해졌다. 관제실 주변의 설비들이 돌아가기 시작하면서 가벼운 진동이 느껴졌다. 승무원 중 누군가 벽면에 매달아놓은 드림캐처의 그물망이 파르르 떨렸다.

"카디야가 비상 전원을 가동시킨 건가?"

〔네. 그렇습니다. 카디야는 보테로와 달리 침착하며 기계를 잘 다룰 줄 아네요. 그녀가 6초 전에 중앙관제실로 복귀한다고 전해달라 했습니다.〕

"알았어. 나와 이야기하는 와중에 카디야에게 전원 가동법을 알려준 거군. 이상한 기분이야."

〔이해합니다. 개별 장소에서 동시에 존재하는 의식이라는 개념을 인간은 어려워할 수밖에 없지요. 절대 체험할 수 없는 영역이니까요.〕

숙직실을 빠져나가려는데 무언가가 이도의 시선을 사로잡았다. 검붉은 글씨가 벽면에 쓰여 있었다. 피로 쓰인 글씨.

〔엘리에셀은 왜 오지 않는가? 라고 쓰여 있군요.〕

"나도 글씨는 읽을 줄 알아."

〔죄송합니다. 보테로는 문맹이더라고요. 그는 지금 무기고

에 쓸 만한 것이 없다며 화를 내고 있네요.〕

사과는 확실한 인공지능이군. 하지만 이도의 시야를 공유하는 것에 대한 미안함은 없는 모양이었다. 마리는 누군가 자신의 눈을 빌려 쓰고 있다는 불쾌감을 돌려서 드러낸 이도의 투덜거림을 다른 쪽으로 받아들이고 있었다. 아직 눈치는 덜 학습한 모양이야.

"이자는 엘리에셀을 기다렸던 건가."

이 방에 묵었던 선원은 모종의 사고를 당하는 순간에도 오지 않는 후발대를 기다리고 있었던 모양이다.

〔네. 우리는 그들의 예상보다 40년을 지각한 셈이니까요.〕

라그랑주 포인트에서 게르솜이 발진했을 때 바로 옆에서는 두 번째 방주 엘리에셀이 만들어지고 있었다. 정확히 게르솜과 같은 크기에 동일한 인원을 수용할 수 있는 우주선이. 그러나 남겨진 자의 추악한 질투심이 인류의 젖줄을 끊어버리고 말았다.

"미사일이 날아와 궤도 엘리베이터를 날려버렸던 탓이지."

그 미사일이 어느 대륙에서 날아왔는지 의견은 분분했다. 아시아일 수도 있고 유럽일 수도 있었다. 심지어 태평양에 떠 있던 핵잠수함의 힘으로도 가능했다. 명백히 악의를 담고 날아온 두 대의 미사일은 궤도 엘리베이터의 해발 2만 8천 킬로미터 지점을 직격했다.

한밤중에 깨어 있던 자들은 느닷없이 하늘 위를 가득 메운 유성우의 축제에 기뻐했다. 그러나 그것이 아름다운 별똥별이 아니라 파괴된 매스 드라이버의 파편들이 대기권 아래로 떨어지며 불타 없어지는 광경이었다는 걸 알고 망연자실했다.

탈출의 희망을 잃은 자들이 다른 자들의 희망까지 붙잡고 끌어내려버린 것이다.

〔지극히 합리적이지 않아요. 라그랑주 포인트를 공격한다 해서 다른 대륙의 생존 확률이 올라가진 않습니다. 그 미사일 은 무의미한 에너지의 낭비였을 뿐.〕

"방주에 올라타지 못할 바엔 함께 자멸하자는 거지. 무의미 하다고? 인간은 타인을 파괴할 때 의미를 따지지 않아."

기나긴 우여곡절 끝에 대방벽 안의 생존자들은 '원래 예정 보다 훨씬 축소된' 엘리에셀을 건조할 수 있었지만 이미 40년 이나 흐른 뒤였다. 당연히 먼저 떠난 게르솜의 선원들은 그 사 실을 알 리 없었고, 의도치 않게 한참 늦은 지각생이 된 이도 는 눈앞의 낙서를 마주하게 된 것이다.

〔이걸 남긴 사람은 오른손잡이였고 검지를 이용해서 메시 지를 남겼습니다.〕

필적을 보고 이도는 알 수 없는 것을 읽어내는 마리였다. 하지만 인공지능조차 읽을 수 없는 것이 하나 있었다. 바로 피 로 벽면에 글씨를 써야만 했던 자의 심정이었다.

딱딱하게 굳은 피딱지들이 풍기고 있는 감정은 지독한 원 망이었다.

"수고했어, 카디야. 뭘 좀 알아낸 게 있나."

중앙관제실로 돌아왔을 때 카디야는 실내의 한가운데 대형 액정으로 이뤄진 테이블을 내려다보고 있었다. 총잡이의 안색은 어두웠다.

"게르솜의 AI인 아론을 깨워보려 했어요. 그런데 자꾸 권한이 없다는 말만 반복하네요."

마리가 카디야의 설명을 이어받았다.

〔아론은 응답하지 않고 잠들어 있습니다. 제 부름도 듣지 못하는 것 같아요. 고위급 승무원의 바이오 코드Bio-Code를 요구하고 있거든요. 게르솜 호가 출항한 직후 기록된 자료들을 살펴보려 했지만 무리였어요. 누군가 그 데이터로 향하는 길을 잠가놓았군요.〕

순간 엉뚱한 상상이 이도의 머릿속을 지배했다. 지금까지 이도와 함께했던 마리가 카디야와 함께 있었던 마리와 합쳐지는 그림을 그려본 것이다. 밀짚모자의 생쥐가 독수리 위에 올라타는 그림이랄까.

"내가 해킹의 전문가는 아니지만 이건 어떤가. 마리, 네가 시스템을 뚫고 아론이란 녀석을 강제로 깨우면 안 되는 거야? 문을 부수고 단잠을 깨웠다 해서 아론이 네 얼굴에 베개를 집어던지진 않을 거 아냐?"

〔해킹이라는 것은 뒷문을 열고 들어가는 방식입니다. 하지만 게르솜의 시스템 방화벽은 엘리에셀보다 더 뛰어날 뿐 아니라 애초에 '뒷문'이라 할 수 있는 게 없습니다. 제가 갖고 있는 플러그가 아론에게 맞지 않는 셈이에요. 정식 초대장을 들고 초인종을 눌러야만 하는 거죠.〕

그러한 이유로 마리는 관제실의 시스템을 켜는 데는 성공했지만 아직 게르솜에 일어난 재난이 무엇인지는 알아내지

못하고 있었다. 이도와 카디야가 대화 끝에 내린 결론은 하나
였다.

"그 바이오 코드를 갖고 있는 승무원을 찾기 위해 직접 발
로 뛰어다니라는 거군."

불행 중 다행인 점은 마리가 게르솜의 시스템에서 얻어낸
것이 전혀 없지는 않았다는 것이다.

〔여길 보세요.〕

마리가 액정에 게르솜의 전체 지도를 띄워 올렸다. 우주선
의 내부 골격과 각 구획마다 드문드문 빛을 발하는 녹색 블록
들이 보였다.

〔녹색 블록들이 현재 전력이 가동되고 있는 구역입니다.〕

생존자가 존재한다면 저 녹색 블록으로 표시된 곳에 모여
있을 가능성이 높았다. 이도는 지도를 보면서 어디를 먼저 살
펴야 할지 순서를 정해보고 있었다. 가장 눈길을 사로잡는 것
은 게르솜 중앙에 위치한 구획이었다. 구획 전체가 밝게 빛나
고 있어 마치 게르솜이 밝게 빛나는 후프를 두르고 있는 것처
럼 보였다.

〔제3수면구획입니다. 제가 갖고 있는 설계도에 따르면 이
곳에만 9230대의 냉동 캡슐이 비치되어 있습니다. 태양 돛이
흡수한 에너지의 60퍼센트가 이곳에 쓰이고 있는 것을 볼 때
생존자의 수가 가장 많을 것으로 예측되는군요. 여러분의 첫
번째 목적지로 삼길 추천드립니다.〕

게르솜의 총 탑승 인원은 4만 4천 명이었다. 그중에서 5분
의 1가량의 냉동 캡슐만이 가동 중이라는 소식은 많은 것을

시사했다. 모두가 살아 있다면 3만 명이 넘는 생존자들이 우주선을 활보하고 있어야 하겠지만 인공지능의 도움이 없더라도 그런 계산은 터무니없어 보였다. 허나 이도는 굳이 그 사실을 입 밖에 내지는 않았다.

지금은 뭔가를 속단할 수 없는 단계니까.

"마리. 우주선의 후미 쪽에도 못지않게 빛나는 부분이 있는데?"

〔그곳은 원자로가 있는 제어구획입니다. 만약 저곳에 불빛이 암전돼 있었다면 여러분은 깨어나지 않은 채 계속 잠들어 있었을 거예요. 저 원자로가 발산하는 신호를 포착했기에 게르솜의 이상 사태를 눈치챈 제가 엘리에셀을 멈춰 세운 거니까요.〕

"우리가 게르솜을 지나쳐버렸다면 아무런 물자도 없이 황폐한 카난을 마주했겠지."

〔네. 저 화로는 인류 최후의 불씨입니다. 저것이 꺼지면 여러분은 필연적으로 멸종하게 됩니다.〕

낭창낭창한 말투로 끔찍한 소리를 하는군, 하고 이도가 대꾸하려 할 때 무기고에서 아스라이 웃음소리가 들려왔다. 무기고를 뒤지던 보테로가 키득거리며 웃고 있는 것이다.

"보테로가 왜 저러는 거지?"

〔그가 당신에게 전해달라는군요. 물총은 없었지만 더 재미있는 것을 찾았다고요.〕

보테로가 이도와 카디야를 부르고 있었다. 이도가 눈짓하자 카디야는 군말 없이 세워놓았던 레일건을 집어 들었다.

그리고 이도는 생각하지 않으려 애썼지만, 독수리에 올라
탄 생쥐가 아나콘다를 향해 날아가는 그림이 그려지는 것을
막을 방도가 없었다. 마리가 자신의 생각까지 훔쳐볼 순 없다
는 것에 안도할 뿐이었다.

무기고의 규모는 꽤 컸다. 아마도 카난에 정착했을 경우
자경단에게 지급할 총기나 전투 장비를 실었을 것으로 추측
됐다. 복도 벽면을 가로지르는 파이프에 군데군데 구멍이 뚫
려 있는 걸 보면 무기고에서 무기를 꺼낸 자들은 아마 곧바
로 그것을 사용해야 했던 모양이다. 하지만 무기고는 텅 비
어 있었다.

보테로는 기본 형태로 줄어든 망치를 어깨에 얹은 채로 둘
을 맞이했다.

"왔구나, 대장."

흩어졌을 때와 아무런 변화가 없는 보테로를 본 카디야가
짜증을 냈다.

"뭘 발견했다는 거야. 아무것도 못 찾아낸 것 같은데."

"그래. 딱총 하나 못 건졌지. 얼마나 짜증이 나겠냐고. 엘리
에셀은 허락해주지 않은 쌔끈한 무기가 혹시라도 남아 있나
싶어서 구석구석 뒤졌단 말야? 하지만 없었어. 누군지 몰라도
여길 털어 간 녀석은 전쟁이라도 벌이려 했던 모양이야."

그리고 보테로는 씨익 웃더니 이도에게 손가락 하나를 들
어 보였다.

"그런데 말이지. 홧김에 무기고의 빈 진열대를 망치로 부수

다가 흥미로운 사실을 발견했다고. 우주 명탐정 보테로의 첫 추리 성공이랄까."

그러자 카디야가 바로 반박했다.

"웃기지 마. 명탐정은 무슨. 마리는 네가 발견한 게 그냥 우연의 산물이라고 하는데?"

"……마리, 이 김새는 새끼. 의리도 없고 눈치도 없고."

탐사대의 리더는 둘의 잡담이 계속 이어지게 놔둘 생각이 없었다.

"그래서. 발견한 건 언제 보여줄 건가."

보테로는 처져 있던 어깨를 편 다음 느닷없이 복도 벽면에 설치된 비상 소화기를 향해 걸어갔다. 소화기는 투명한 유리 안에 보관돼 있었는데, 보테로가 겁지를 튕겨 한 방에 유리를 깨트렸다. 그리고 은색 소화기를 밖으로 꺼냈다.

"영문을 모르겠군. 보여주겠다는 게 그 소화기냐?"

"아니야. 볼일은 이 알갱이들에 있어."

보테로는 소화기가 있던 빈자리에 손을 뻗어 가루처럼 부서진 유리 조각을 바깥으로 쓸어냈다. 그러자 복도 위로 유리 조각들이 제멋대로 흩어져 빛을 반사시켰다. 보테로는 다시 소화기를 제자리로 돌려놓더니 겁지를 입에 갖다 대며 조용히 '뭔가를' 기다리라는 시늉을 했다.

잠시 후 기묘한 소리가 들려왔다. 우우우웅거리는 소리는 양쪽에서 들려왔는데 생명체가 내는 건 아니었다. 명백한 기계음. 그것도 모터로 작동하는 무언가가 천천히 다가오는 소리였다.

각각 다른 쪽을 주시하던 이도와 카디야가 동시에 '그것들'을 발견했다.

〔로보클리너군요.〕

납작한 원형 모양의 로봇 청소기인 로보클리너 두 대가 그들 쪽으로 다가왔다. 이도는 물끄러미 관찰할 수 있었으나 로보클리너의 이동 경로에 서 있던 카디야는 옆으로 두 발짝 물러나주기까지 했다.

로보클리너는 촉수처럼 늘어나는 네 개의 집게발로 유리 조각을 본체 안으로 능숙하게 쓸어 담았다. 그러곤 각기 왔던 방향으로 물러섰다. 곧 로보클리너들은 복도 하단의 기다란 홈으로 쏙 하니 자취를 감추었다.

"봤지?"

보테로가 웃어댄 이유는 로보클리너의 존재를 발견했기 때문이었다.

"이 녀석들이 핏자국을 닦은 거군. 전원이 들어오는 구획에 선 자동적으로 우주선의 위생을 담당하고 있던 거야."

이도의 말을 카디야가 받았다.

"집게가 늘어나는 길이에 한계가 있던 거군요. 그래서 일정 높이를 벗어난 곳은 닦지 못했던 거고."

로보클리너가 수집한 폐기물들은 어디로 가는 걸까. 이도는 궁금했다. 아마 한군데에 모아서 우주선 외부로 배출하거나, 아니면 따로 모아두는 장소가 있을 테지. 다만 보테로의 발상은 거기서 한 걸음 더 나가고 있었다.

"궁금하지 않아, 대장? 이 녀석들이 사람 시체에는 어떻게 반응할까. 핏자국은 여기저기 넘쳐나는데 왜 살갗이나 손톱 하나도 바닥에 돌아다니질 않는 걸까. 웅?"

"로보클리너들이 시체를 치웠을 거라는 거야?"

"그럴 수도 있다는 거지. 여기서 대장의 오른손 하나만 잘라보면 바로 답이 나올 텐데."

잊을 만하면 보테로는 이도의 신체를 훼손해보고 싶어 안달이었다. 물론 지구에서도 익히 보아왔던 것이라 이도는 아무런 대꾸도 하지 않는 것이 상책이라는 걸 알고 있었다.

"이제부턴 빨리 움직인다. 이 난리 통을 치운 쪽이 누구인지는 알았으니, 더럽힌 쪽이 누구인지를 알아내야지."

재배구획에 트램이 멈춰 섰다.

강렬한 태양빛이 내리쬐는 가운데 세 탐색자들이 트램 정거장에 내려섰다. 그들을 맞이한 것은 압도적인 크기의 목초지와 인공 수림, 그리고 분뇨 비린내를 품고 있는 흙 내음이었다.

"이겐 무슨 똥냄때야. 젱장."

보테로가 코를 틀어쥔 채 볼멘소리를 냈다.

〔냄새가 나는 걸 보니 미생물이 존재할 수 있는 환경이라는 뜻이군요.〕

재배구획은 태양 돛의 메인마스트로부터 무척 가까웠다. 대형 축구장의 여섯 배는 될 돛의 경이로운 규모에 이도가 시선을 빼앗겼을 때 카디야가 정거장의 반대편을 가리켰다.

"누군가 교통신호를 어겼나 본데요."

여러 대의 트램이 레일 위에서 꼬리를 문 채 멈춰 서 있었다. 선두의 트램 한 대는 레일에서 탈선한 채로 밑바닥을 드러내고 있었다. 지붕이 구겨진 흔적뿐 아니라 트램의 안팎 곳곳에 불에 탄 듯 얼룩이 덕지덕지 묻어 있었다. 트램을 지탱하던 여덟 줄의 로프 중 세 줄만이 남아 트램을 위태롭게 매어두고 있었다.

"출발 과정에서 변을 당한 건가."

〔트램이 하중을 이기지 못하고 바닥에 추락해 폭발 사고가 일어난 듯합니다. 규정을 넘어선 인원이 트램에 탑승하려다가 부하를 이기지 못한 걸로 보여요.〕

집단 패닉의 징후. 갑작스러운 이유로 이 구획에 머물렀던 자들이 탈출을 하려다 실패했다는 뜻이었다. 이도는 그 풍경을 오래 보고 있을 생각은 없는 듯 발걸음을 옮겼다.

"내부로 들어간다."

우주 한복판에서 흙을 밟는 기분은 묘했다. 그들은 구획의 너비 중 절반 이상을 차지할 만큼 폭이 거대한 대형 수목원에 들어서 있었다. 수풀이 우거지고 발밑에는 질척한 토양이 가득했다. 천장과 벽면에서 쏟아지는 인공 햇볕을 받은 나무들이 방사형으로 뻗어나 있었다. 하지만 어느 시점부터 수분 공급을 받지 못했는지 줄기들은 앙상하게 말라 있었다.

〔인공 온실입니다. 하지만 설계도에 기록된 면적은 이 정도로 넓지 않아요. 굴착기가 보이지 않는 걸 봐선 최소 80명 이상의 승무원들이 강제로 선실을 통합해 지금 보시는 거대한 규모로 만든 게 틀림없습니다.〕

그때 카디야가 바닥을 가리켰다.

"대장, 바닥에 흙만 있는 게 아니에요. 이 정도의 나무들을 키우려면 빛과 물만으로는 부족하죠. 하나가 더 있어야 돼."

거름. 즉, 유기체의 배설물이 있어야 한다.

"배설물만이 그 역할에 쓰이는 것은 아니야. 물론 시간은 오래 걸리지만 거름만큼 훌륭히 역할을 수행하는 존재가 있지."

시체.

이도와 나머지 탐사대원의 시선이 서로 마주쳤다. 그의 추측에 동의하는 눈빛이었다. 보테로가 질척이는 검은 물질을 손가락으로 만져 코에 대고 킁킁대더니 인상을 찌푸렸다.

"웩. 아무래도 똥오줌 냄새만 나는 게 아니다 싶더라니, 대장."

군데군데 인간의 것으로 보이는 유골들이 묘비처럼 튀어나와 있었다. 발치에 뒹구는 두개골을 내려다보니 마리 역시 이 광경에 집중하는 게 느껴졌다. 강력한 타격을 받아 깨져 있는 두개골.

"보고 있지, 마리. 게르솜의 선원을 드디어 만난 것 같군. 무슨 일이 있었는지 대답해줄 수 있는 상태는 아니지만."

〔인간의 유골입니다. 로보클리너가 진입할 수 있는 환경이 아니라 그대로 부패하고 만 것 같군요.〕

"이렇게 뼈가 박살 나는 건 자연적인 일이 아니지."

〔의도를 가진 폭력이 아니면 이런 일을 할 수 없지요. 하지만 연골이 찢어진 형태를 보면 금속 날붙이로 인한 것은 아님

니다. 그보다 더 투박한 물질에 으스러진 형태로……]

마리의 목소리에 귀를 기울이던 이도의 집중력이 순간 낮선 소음에 흐트러졌다. 나뭇가지들이 서로 부대끼면서 나는 마찰음. 그리고 카디야가 레일건의 인덕터를 충전시키는 작동음이었다.

전방을 경계하던 카디야가 말했다.

"보세요, 대장. 드디어 우리가 손님 대접을 받겠는데."

80미터 전방의 나무들이 미세하게 흔들리고 있었다. 바람이 불지 않는 인공 온실에서 그것은 불청객의 등장을 예고했다. 나무들을 밀어젖히며 존재감을 드러낸 것은 다리가 아닌 '발굽'이었다.

표류된 우주선에 들어서고 나서 처음으로 만나는 생명체면 반갑게 인사를 나누고 안부를 물어야 하는 것이 상식일 테지만, 탐사대는 입을 여는 대신 무기를 움켜쥐었다. 말이 통할 상대가 아니었기 때문이다.

"꾸르르르."

나타난 건 여섯 마리의 돼지였다. 우람한 덩치에 붉게 젖은 입가만 보더라도 우호적인 놈들은 아닌 듯 보였다. 어째서 우주선에 살아 있는 돼지가, 그것도 여섯 마리나 있는지에 대한 호기심은 접어둬야 했다.

놈들이 동시에 덤벼들었기 때문이다.

카디야가 전류를 내뿜는 레일건을 격발했다. 음속의 여섯 배로 날아간 탄환은 선두로 달려오던 돼지의 오른쪽 몸을 반파시킨 다음 뒤편의 거목을 직격해 커다란 구멍을 냈다. 부러진 나무가 흙먼지를 일으켰으나 돼지들은 동요도 없이 육박해 들어왔다. 개중 후미의 돼지들은 오히려 나무들 뒤로 숨으며 산개해 들어오는 영리함을 보였다.

"카디야, 빠져라!"

돼지 한 마리가 도약과 함께 턱을 쩍 벌리며 이도에게 덤벼들었다. 평범한 인간이라면 속절없이 당할 속도였지만 동체시력이 극도로 향상된 백혈인간은 그 궤도를 읽을 수 있었다. 이도는 오른쪽으로 허리를 숙이고 침착하게 단분자 블레이드를 비튼 다음 돼지의 습격 궤도에 갖다 놓았다. 칼날로 뛰어든 돼지가 턱 밑으로 장기를 흩뿌리며 이도의 등 뒤에 쓰러졌다.

뒤따라온 녀석 중 두 마리가 그 광경을 보고는 달려오던 방향을 틀어 오른쪽 나무를 박차며 머리 위로 솟구쳐 올랐다. 상반신을 낮추고 있던 이도가 미처 대응하기 힘든 각도였다.

"4번 타자 납시오!"

최대로 팽창한 전투망치가 바람을 가르며 그 돼지를 날려 버렸다. 가죽을 찢고 뼈를 부수는 감각이 보테로의 손바닥에 그대로 전해졌다. 거인이 후려친 거나 다름없는 파괴력에 돼지가 진흙탕에 뒹굴었다.

"꾸르륵!"

또 다른 돼지 한 마리가 이도의 가슴팍을 노렸다. 이도는 뒤로 몸을 굴려 피하며 어깻죽지를 물려는 녀석의 턱을 잡고 내동댕이쳤다. 발버둥 치는 돼지의 몸에 올라탄 이도. 그가 칼자루를 쥔 주먹으로 돼지의 머리통을 콰악 내리쳤다. 세 번 만에 두개골이 깨졌는지 버둥거리던 다리가 축 늘어졌다. 몸을 툭툭 털고 일어나니 카디야가 레이저 블라스터로 다른 돼지들의 머리에 구멍을 내 처치한 뒤였다.

"아쉽군요. 관중석까진 날아가지 못했습니다."

보테로는 자신이 날려버린 돼지의 사체를 발로 툭툭 치며 흥얼거리고 있었다.

대뜸 덤벼드는 바람에 몰살시키긴 했지만 황당한 마음이 드는 것은 어쩔 수가 없었다. 특히 이도는 실물 돼지를 태어나서 처음 보았다. 오랜 역사 속에서 인류가 가장 사랑하는 음식이었지만 대방벽 안에서는 진작 씨가 마른 짐승이었다. 만화에서 온순하기 짝이 없는 성격으로 그려지던 그 '포유류'가 맞는지 의심이 들었다.

"마리. 우리가 죽인 게 돼지가 확실한 건가."

〔그렇습니다. 하지만 게르솜 안에 돼지가 있다는 것이 납득되지 않아요. 신화와 달리 이 방주에는 살아 있는 동물을 한 마리도 싣지 않았습니다. 물론 다양한 동식물의 유전자 샘플을 싣기는 했지요. 그것은 어디까지나 카난의 테라포밍Terraforming을 마친 후 장기 프로젝트의 일환으로 준비된 샘플이었을 거예요. 게르솜의 승무원들이 돼지를 배양시키려면 선내 규정을 다섯 개나 어겨야만 합니다.〕

"입구의 트램을 탈선시키는 것도 선내 규정엔 없었을 거야. 이건 무조건 사람 손으로 한 일이다. 돼지 세포가 스스로 샘플병에서 기어 나와 자라나진 않았을 테니까."

적당한 나뭇가지를 꺾어 돼지들의 사체를 뒤적이던 카디야가 의문을 표시했다.

"단순한 돼지들이 아닌 것 같아요, 대장."

"그래?"

"야생의 돼지라 쳐도 이렇게 포악하다고요? 극도의 스트레스를 받으면 온순한 동물도 공격성을 보일 수 있겠지만 이건 정도를 벗어났습니다. 무엇보다 이 짧은 다리로 방금 전처럼 민첩한 움직임은 부자연스럽죠. 이빨도 보세요. 꼭 늑대 송곳니처럼 크고. 무엇보다 이 붉게 충혈된 눈. 얼음장 같은 체온. 고약한 냄새."

카디야가 굳은 얼굴로 이도를 노려보았다.

"더 늘어놓을 필요가 있나요?"

"나도 막 비슷한 추리를 해본 참이야."

"지구에 우리가 남겨놓고 온 동지들과 지나치게 비슷한 증상 아닙니까."

이도와 카디야의 대화가 아리송하게 느껴졌는지 보테로는 어깨를 으쓱거렸다.

"내가 지금 뭘 못 따라가고 있는 건데. 이 못생긴 네발짐승이 대체 어쨌다는 거야?"

카디야는 이도와 동일한 가설을 떠올린 듯 보였으나 입 밖으로 내기를 꺼려하고 있었다. 그녀는 '말이 씨가 된다'는 징크스를 신봉하는 타입이기 때문이다. 그래서 보테로에게 설명해주는 것은 이도의 몫이었다.

"이 돼지들…… 광견병에 감염된 것 같다."

보테로는 그 말을 듣고 잠시 양 눈을 끔뻑거렸다. 피를 뒤집어쓴 플렉시블 슈트가 아니라 연미복을 입고 있었더라면 천

진무구해 보였을 얼굴이다. 그러다가 퍼뜩 뭔가를 깨달은 듯,

"명탐정 보테로! 그러니까 대장의 말은 그 지긋지긋한 균들이 우주선에 숨어 있다가 돼지한테 들러붙어서 좀비로 만든 다음, 이 돼지들이 캡슐 속에서 자던 사람들을 우걱우걱 잡아 먹었다는 소리군. 마음에 드는 추리야."

"너무 나갔어. 그냥 미친 돼지일 수도 있지. 녀석들이 어떤 과정으로 배양되고 사육됐는지 알 수 없으니까."

이도는 보테로의 말을 부인했다. 아직 지나친 비약은 위험하다. 단지 돼지들이 보여준 증상이 좀비가 된 인간과 무척 흡사하다는 점만 지적할 수 있을 뿐이다.

〔제가 보유한 기록에 따르면 대방벽 안에서 특수 광견병이 창궐한 기록은 없어요, 이도. 우주의 무중력 공간은 미생물의 환경을 격변시켜 독성을 증가시키기 때문에 게르솜은 멸균 프로세스에 오랜 공을 들였습니다. 당연히 기아나 우주센터에서 철저한 정밀 검사를 통과한 자들만 방주에 탈 수 있었을 거고요.〕

"내장의 절반을 질질 흘리면서도 날 뜯어 먹으려는 돼지들을 보기 전이었다면 계속 그렇게 믿었겠지."

〔그렇다면 게르솜의 멸균 과정에 구멍이 있었다고 보는 게 논리적이군요.〕

지금의 대화는 마리가 다른 두 명에게도 전달한 모양이었다. 무거운 침묵이 인공 온실을 가득 메우는 것이 느껴졌다. 인류가 남은 기력을 다 짜내어 지구를 벗어나려 한 것은 역병으로부터 탈출하기 위해서였다. 그래서 우주 한복판에서 바이

러스가 다시 창궐하고 말았다는 이야기는 행성 하나의 질량만큼이나 거대한 허무감을 주었다.

인간이 불안에 잠식되면 어떻게 무너지고 마는지 이도는 누구보다 잘 알고 있었다. 대방벽의 7구역에서 그가 어둠의 정점에 오를 수 있었던 건 격투술이 뛰어났기 때문만은 아니었다.

스스로 누군가의 불안 요소가 되는 것.

하지만 정작 본인은 그 어떤 요소에도 불안해하지 않는 것.

그것이 이도의 생존 법칙이었다.

"이 돼지들을 성체까지 키운 배양 시설이 있을 거야. 아마도 이 구획 안쪽이겠지."

"생각해봐. 얘네는 사람과 달리 발굽이 있잖아. 우리한테는 좋은 징조지."

그것은 보테로의 생각이었다. 어려서부터 암흑가의 암살자로 키워진 소년은 인공 온실에서 돼지들의 발굽이 남긴 흔적을 분석해 따라가보자고 말했다. 이도는 그 발상에 고개를 끄덕였다. 마리와 대화를 나누는지 주변을 살피던 보테로가 이윽고 일행을 안내하기 시작했다.

그들은 곧 특대 배양실에 도착할 수 있었다.

"지독하군. 아무래도 여기가 문제의 시작인 것 같다는 예감이 들어."

배양실에선 온갖 종류의 실험이 자행됐음을 짐작케 하는 잔해들이 퀴퀴한 냄새를 자아냈다. 구겨진 강철 우리, 깨진 배양 캡슐, 전원이 꺼진 제어 시스템 등이 흉흉한 기운을 내뿜고 있었다. 배양에 실패한 정체불명의 유기체들도 있었지만 이미 형체를 알아볼 수 없을 만큼 부패해버려 악취만을 발산하고 있었다.

"여기엔 대체 뭘 가두었던 거야?"

이도가 만지고 있는 것은 높이가 3미터에 직경은 4미터가량의 초대형 우리였다. 한 손으로 움켜쥐기 버거울 정도로 굵은 금속 창살이 마름모꼴의 공간을 만들며 휘어져 있었다. 이도가 구부러진 창살을 붙잡고 힘껏 당겨보았다.

기이이잉.

주먹 한 뼘 정도 비틀리긴 했지만 더 이상은 무리였다. 이도는 한 발짝 물러서서 무언가가 뛰쳐나온 초대형 우리를 노려보았다. 그 주인공이 무엇인지는 알 수 없지만 맨손으로 우주선 해치를 뜯어낸 백혈인간의 완력으로도 쉽지 않은 탈출을 해낸 것이다.

"마리."

〔인류는 복원 가능한 공룡의 DNA를 수집하는 데엔 성공하지 못했습니다.〕

"……이젠 독심술도 하는 건가."

〔칭찬으로 받아들이겠어요. 그리고 공룡은 퇴화된 앞발 때문에 이런 광경을 만들어낼 수 없습니다. 저 우리에 갇혀 있던 생물은 앞발을 자유롭게 움직일 수 있는 생물이었을 거예요.〕

"흠. 불곰이라도 갇혀 있었던 건가."

이도가 턱을 쓰다듬고 있을 때 마리는 그의 주의를 다른 곳으로 돌릴 것을 제안했다.

〔저 연구실 문 너머에서 배양기가 가동되고 있는 진동이 느껴집니다. 귀를 기울여보면 이도 당신에게도 들릴 거예요.〕

마리의 말이 옳았다. AI가 주시하는 문에 귀를 대보니 분명 어떤 인공 장치가 돌아가고 있었다. 게르솜의 전체 지도에서 녹색 블록으로 표기되었던 지점 중 하나를 찾아낸 것이다.

"하지만 무척 튼튼해 보이는데, 이거. 밖에서 강제로 열린 흔적도 없고."

굳건한 철문엔 이도의 무릎 높이에서 찌그러진 흔적들이 낭자했다. 돼지들이 들이받은 것 같았지만 이 문은 돌파되지 않았던 것이다. 카디야가 문의 홈을 만져보더니 결론을 냈다.

"연구실 안쪽에서 용접을 한 것 같아요. 침입자의 습격을 막는 대신에 스스로를 고립시킨 거죠."

"내부로 들어가볼 방법을 생각해보자고. 무리해서 단분자 블레이드를 박아 넣어볼까? 하지만 문의 두께가 예상을 넘어서면 헛심만 쓰는 꼴인데."

카디야가 자신의 허리춤에 매달려 있는 폭탄을 가리키며 제안했다.

"이걸 터트려볼까요?"

"그것도 리스크가 너무 커. 폭발 반경에 있는 물체를 죄다 날려버릴 텐데. 안에 생존자가 남아 있거나 쓸 만한 데이터가 있을 경우에 손상되지 않으리란 보장이 없어."

돌파구를 제시한 것은 마리였다.

〔이도. 배양실의 환풍구 덮개를 뜯어내면 내부로 진입할 길

이 생길지도 모릅니다.]

고개를 끄덕인 이도가 단분자 블레이드의 모드 변경 레버를 밀어 올렸다. 그리고 그가 천장에 붙어 있는 환풍구를 향해 채찍을 휘두르자 늘어난 단분자 와이어가 패널을 뜯어냈다. 바닥에 떨어진 패널을 걷어찬 다음 위를 올려다보자 기어 들어갈 수 있는 공간이 모습을 드러냈다. 다만 성인이 몸을 집어넣기에는 무리가 있어 보였다.

"왜 그런 눈으로 쳐다봐?"

보테로는 이도와 카디야가 자신을 물끄러미 쳐다보자 눈썹을 일그러트렸다. 이도가 담담히 둘 사이의 과거를 상기시켜 주었다.

"보테로. 네가 지구에서 내 목을 따려고 덤벼들었을 때, 두 번은 천장에서 뛰어내렸고 한 번은 하수도에서 독침을 사용했던 거 잊었나."

"못 잊지. 내가 기계치만 아니었으면 대장의 수면 캡슐에 뭐라도 타서 미라로 만들어주었을 텐데."

"어쨌든 좁은 곳에 은신하는 게 네 특기잖아. 올라가서 반대쪽 연구실로 들어갈 방법을 찾아봐."

몇 번 투덜대다가 보테로는 전투망치를 이도에게 넘겼다. 버거우면 목마를 태워주겠다는 카디야의 제안에 코웃음을 친 소년은 무릎을 살짝 굽혔다. 그러곤 개구리처럼 훌쩍 뛰어올라 천장의 파이프를 붙잡았다. 곧 두 다리를 휘감아 파이프에 거꾸로 매달린 보테로가 통풍구 안으로 모습을 감추었다.

잠시 후 힘으로 두꺼운 철판을 우그러트리는 소리가 일정한 리듬으로 들려왔다.

"보테로. 아무거나 막 부수지 마라. 통로가 좁아질 수도 있잖아."

그러자 보테로의 대답이 이도와 카디야의 귓가에 바로 얘기하는 것처럼 생생하게 전달되었다.

"난 여기보다 훨씬 갑갑한 곳에서 3일을 버틴 적도 있어. 이 정도 너비면 우습지."

마리가 보테로의 음성 정보를 다른 둘의 감각기관에 그대로 쏘아주고 있는 모양이었다. 잠시 생각하던 이도는 보테로의 시야도 공유할 수 있는지 마리에게 물었고, 곧 이도의 시야 가운데 작은 창이 뜨듯 좁은 통풍구를 기어서 움직이는 시점이 공유되었다.

물론 보테로는 몹시 불쾌해했다.

"이런 시발? 내 뇌 속에 들어와 있는 것 같잖아, 기분 좆같네."

"그냥 관중석에 앉아 있는 거야. 필드에서 뛰는 건 너고."

"머릿속에서 목소리가 직통으로 울린다고. 졸지에 이중인격자가 된 기분인데."

"삼중인격자라고 해줘, 보테로."

"카디야! 넌 왜 들어왔는데."

"네가 쓸데없는 짓 할까 봐 그렇지. 흐음. 전방 7시 방향에 철근이 튀어나와 있어 방향 틀 때 조심…… 아, 늦었군. 이렇게 보니 시야가 흐릿하네. 내 시력이 뛰어나다는 걸 이런 방식으로 확인할 수도 있구나."

"쫑알쫑알 시끄러! 빌어먹을 노땅들아."

"아오, 진짜로 이 자식 뇌 속에 들어갈 수 있다면 이 비뚤어진 말버릇을 좀 교정해줄 텐데 말이지."

〔언어중추를 관장하는 부분은 좌측 두부로서 대뇌반구의 외측구를 손봐야 하지요. 하지만 보테로의 의식에 중대한 손상 없이 발언 양식만을 따로 교정하는 건 나노머신의 힘으로도 곤란합니다. 아쉽게 되었군요.〕

"그만! 저 AI의 유머감각은 섬뜩해서 못 들어주겠다니까."

〔세 명 중 두 명이 웃었으므로 이번 패턴은 폐기하지 않고 보존하겠습니다.〕

한 명의 머릿속에서 넷이 투덕거리는 동안 보테로는 세 번의 방향 전환을 마쳤다. 마리는 그를 멈춰 세우고 그의 배 밑 패널을 제거하는 것을 추천했다. 연두색 빛이 새어 나오는 패널을 보테로가 손바닥으로 밀자 모두의 시야에 연구실 내부가 들어왔다.

이도는 잠깐 시야가 혼잡해지는 것을 느꼈으나 곧 보테로가 바닥으로 뛰어내려 한 바퀴를 구르고 일어나는 상황이라는 걸 깨달았다. 주변을 휙휙 둘러보던 보테로의 시점은 곧 연구실 한쪽 벽면을 차지하고 선 워터 탱크에 고정되었다.

"여기 이상한 게 있어, 대장."

"보고 있다."

"아, 그랬지. 참."

"가까이 가보도록."

"명령하지 마."

말과는 달리 보테로의 시야 속 워터 탱크는 가까워졌다. 기포가 올라오는 녹색 배양액에 누군가가 담겨 있었다. 피골이 상접한 한 사내가 외부와 연결된 마스크에 의지한 채 둥둥 떠 있었다. 뼈에 가죽만 달라붙어 있는 정도였고 피부조직 또한 이미 괴사가 진행되어 흉측한 몰골이었다.

보테로가 캡슐의 바깥을 톡톡 두드리며 혀를 찼다.

"아무래도 우리가 늦었나 본데. 이건 진짜 미라잖아."

그때 보테로의 시야가 갑자기 맹회전하다가 천장을 비추었다. 뭔가에 놀라서 그가 엉덩방아를 찧은 것이다.

"뭐야? 왜 그래?"

"아씨, 깜짝이야. 저 새끼가 갑자기 눈을 떴다고."

보테로의 시점이 갑자기 빠른 속도로 점멸했다. 당황하면 눈꺼풀을 격하게 깜빡인다는 불필요한 정보를 이도는 또 하나 알게 되었다. 보테로가 다시 일어나서 워터 탱크를 노려보았을 때 이도 역시 잠깐 숨을 멈출 수밖에 없었다. 배양액 속의 사내가 분명 오른쪽 눈을 부릅뜬 채 보테로를 주시하고 있었던 것이다.

"오셨습니까. 참으로 오래 당신을 기다리고 있었습니다."

탱크의 외부에 설치된 스피커로 사내의 느릿한 목소리가 들렸다. 보테로는 가까이 가고 싶지 않은지 제자리에서 그를 노려봤다. 사내가 물어왔다.

"당신은…… 인간입니까?"

"보면 몰라?"

"보이지 않습니다. 다만 기척으로 알 뿐."

"……그래. 인간이야."

이도는 보테로가 자신을 '인간'으로 지칭하는 데에 몇 초의 망설임이 담겨 있었던 걸 놓치지 않았다.

"지구에서?"

"지구에서."

다시 한번 짧은 문답이 오가고 나서 긴 침묵이 탱크의 안팎을 가득 메웠다. 미라로 보이는 사내는 눈을 한 번 질끈 감았다가 떴다. 무언가를 오랫동안 갈구하다가 결국 체념한 자의 눈빛이었다.

"아무튼 넌 뭐 하는 놈인데?"

"잘 들리지 않습니다. 가까이 와서 큰 목소리로 말씀해주시면 고맙겠습니다."

아무래도 배양액 속에 오래 잠겨 있어 외부의 소리를 듣는 데에 장애가 있는 모양이었다. 보테로의 시야는 멈칫하다가 이내 캡슐의 발치까지 다가서서 질문을 반복했다.

"제 이름은 조레스 크로넨버그. 게르솜 재배구획의 수석 연구원입니다."

"기다렸다는 건 누굴 기다렸다는 거야?"

"지구에서 우릴 따라오기로 되어 있던 엘리에셸의 선원들. 저는 그들에게 위험을 경고하기 위해 스스로를 이곳에 가두었습니다. 우리는 구조되어선 안 됩니다. 돌아가십시오."

보테로는 흉측하게 돌출되어 있는 크로넨버그의 눈이 순간 쓸쓸해 보인다고 생각했다.

"게르솜은 악마의 소굴이 되었습니다."

"우리는 오랫동안 순조롭게 여행을 계속하고 있었습니다."

4만 4천명이 탑승한 거대한 방주는 태양계를 벗어나자마 자 워프 드라이브를 가동했고 승객 전원이 냉동 상태로 초공 간Hyper Space을 항해했다. 20년에 한 번은 통상 우주로 빠져나 와야 했는데 캡슐의 부동액을 교체해야 하는 승객들 때문이 었다.

"그 짧은 시기를 우리는 '해맞이 기간'이라고 불렀지요."

태양 돛을 펼칠 수 있는 항성계에 진입해 있는 동안 게르솜 의 승무원들은 바쁘게 움직였다. 우주선을 점검하고 깨어난 선원들의 신체와 정신을 관리해야 했기 때문이다. 그렇게 다 시 승객들이 깊은 잠에 들 준비가 되면 초공간 도약으로 날아 가는 기나긴 여행이었다.

"그러다가 일곱 번째 해맞이 기간에 설계자들이 전혀 예상 하지 못했던 일이 일어났습니다. 폭동이나 내란은 아니었습니 다. 그보다 훨씬 근본적인 곳에서 퍼즐이 엇나갔지요."

게르솜은 원래 지구에 미련을 두지 않고 떠나려 하는 개척 자들에 의해 설계되었다. 그러나 광견병이 창궐해 개척 이민 선은 긴급 탈출선이 되고 말았고 오락 시설과 문화 공간을 축 소시켜 더 많은 캡슐을 실을 수밖에 없었다.

"문제는 승객들의 혀였습니다."

오직 효율만을 위해 만들어진 우주선에서의 무미건조한 식 생활이 문제였다. 지나치게 많은 수의 탑승객이 냉동수면 중 고기를 뜯어 먹는 꿈을 꿨다. 그리고 해맞이 기간에 깨어나서 온 우주선을 뒤져가며 고기를 찾아다녔다. 언젠가부터 승객들은 딱딱한 인공육 에너지 바를 먹으려 하지 않았다.

"한 무리의 승객들이 굶주림에 못 이겨 어린아이를 공격하는 소요 사태를 일으켰습니다. 그것은 간단히 제압되었지만 결국 수뇌부로 하여금 결단을 내리게 만들었지요."

서로가 서로를 잡아먹는 카니발리즘의 창궐을 우려한 게르솜의 수뇌부는 임시방편을 생각해냈다. 계획에 없던 동물 배양실을 설치해 비상 가동하기로 한 것이다. 원래는 개척 행성인 카난에서 육종될 목적으로 실린 샘플들 중에서 압도적 투표율로 선택된 것이 돼지였다. 곧이어 깨어 있는 자들의 도축과 고기 파티가 이어졌다.

그렇게 몇 번의 해맞이 기간이 순조롭게 지나갔다.

그 동안 배양되는 돼지들의 숫자는 갈수록 늘어갔고, 육식을 원하는 승객들이 앞장서 돼지들이 뛰놀 수 있는 인공 온실을 넓혀나갔다. 그러나 우주선을 확장하는 데는 한계가 있었고 결국 위생에서 문제가 생기고 말았다.

"콜레라."

사육되는 돼지들 사이에서 배설물을 매개로 전파되는 전염병 콜레라가 창궐했다. 그것을 관리할 방법을 찾기도 전에 또 다른 재앙이 이번엔 인간들 사이에 퍼졌다. 무중력 구획의 테라피 룸에서 승객들을 재우고 평화로운 음악을 틀어주던 관리자가 잠들어 있는 승객들의 목을 물어뜯은 것이다.

"좀비 바이러스. 의심할 여지 없는 특수 광견병이었습니다."

그 뒤로는 지구에서 일어났던 재앙의 후속편이 상영될 뿐이었다.

　좀비 바이러스라는 별명 때문에 이 질병의 파괴력과 무시무시함이 가려지는 면이 있다고 생각하는 이들이 있었다. 좀비 바이러스는 인류의 오랜 악몽들 중에서 최신 유행이라 할 수 있었는데 가장 큰 특징은 물려서 감염된다는 점일 것이다. 그러나 광견병에 걸린 감염자들은 살아 있는 인간을 뜯어 먹고 이성을 잃어버리긴 하지만 감염의 정확한 메커니즘은 밝혀진 바가 없다.

　오랫동안 바다 밑을 항해하고 있던 잠수함 안에서도 광견병은 창궐했다. 우주로 이어지는 궤도 엘리베이터를 구축할 만큼 첨단 문명을 이룩한 인류는 왜 질병 하나를 이겨내지 못하고 멸망의 길로 걸어갔는가. 그전에 어째서 이 질병에는 창궐 지역을 유추할 수 있는 병명이 붙지 않고 특수 광견병이라는 명칭이 따라붙었는가.

　창궐 지역이 '지구의 모든 지역'이었기 때문이다.

　"삽시간에 게르솜 전역에 좀비가 된 자들과 깨어 있던 자들 간의 폭동과 전투가 벌어졌습니다. 재배 구역을 뛰쳐나갔던 자들은 모두 돌아오지 못했고, 저와 연구실의 동료들은 탈출을 포기한 뒤 온실의 돼지들을 보살피기로 했지요."

　하지만 그들은 잊고 있었다. 광견병은 인간에게만 달라붙지 않는다는 것을. 온실을 배회하던 돼지들 역시 광견병에 감염되어 생존자들을 사냥하고 다녔다. 조레스는 자신이 키워낸 돼지들이 함께 연구하던 동료들의 생간을 뜯어 먹는 광경을 본 뒤 연구실 안으로 도망쳤다.

"저는 이 연구실에 들어와 문을 열지 못하도록 녹여버렸습니다."

공포와 무력감이 판단력을 상실하도록 만든 것이다. 며칠의 시간이 흐르자 조레스 크로넨버그는 직감할 수 있었다. 선내 방송은 나오지 않았고 자신을 구하러 오는 자경단원들의 소식도 없었다. 지구를 떠났을 때 스물셋의 나이에 불과했던 이 젊은 연구원은 결국 자신이 식량과 물도 없이 50제곱미터의 무인도에 갇혀버리고 말았다는 걸 깨달았다. 선택할 수 있는 것은 단 하나, 스스로 목숨을 끊는 것뿐이었다.

"저는 어차피 굶어 죽어야 한다면 뒤에 찾아올 누군가에게 경고를 남겨야 한다고 생각했습니다. 그것이 이 온실을 만드는 데 일조했던 저의 속죄라고 생각했으니까요. 메스로 목을 찌를 용기가 없어서였을 수도 있지만요."

그렇게 조레스는 스스로를 배양 탱크에 가두고 자신의 삶에서 마지막 페이지가 덮이는 것을 가까스로 막아내고만 있었던 것이다.

감각이 하나둘씩 퇴화되고 본인이 살았는지 죽었는지조차 인식할 수 없는 가사상태에 빠져 방문자를 하염없이 기다려온 나날. 그는 자신이 도대체 몇 년 동안 이곳에 갇혀 있었는지조차 모르고 있었다.

"지구에서 오신 분이여. 부디 이 안으로 들어가지 마십시오. 당장 타고 온 방주를 타고 떠나는 것만이 답입니다."

3

죽 음 의 근 처

〔양파를 까면 양파가 울어줄 자로군요.〕

긴 이야기가 끝나자 마리가 나직하게 읊조렸다. 이도는 조레스 크로넨버그의 비참한 운명에 대한 적확한 표현을 찾던 AI가 누군가에게 주워들은 표현을 써먹었다는 걸 알아챘다. 공감에서 나온 것이 아니라 데이터를 조합했을 뿐이다.

보테로는 이도가 던진 질문을 조레스에게 전달했다.

"그렇다면 당신은 현재 게르솜이 어떤 상태인지 알 방법이 없었겠네."

"네. 언제인지 알 수 없으나 거대한 진동이 느껴진 적은 있었습니다."

게르솜에 처음 접근했을 때 보았던 거대한 폭발의 흔적. 조레스는 배양 탱크 안에서 그것을 느꼈던 것이다.

이번에는 카디야가 물었다.

"저 배양실에 엄청 큰 우리가 박살 나 있던데. 저기에선 뭘 키워낸 거지?"

"모르겠습니다. 제가 담당한 업무는 오직 돼지의 품종개량 뿐이었습니다. 그레타에게 너무 미안할 뿐입니다. 그 아이가 보고 싶군요. 다음번 해맞이 기간에 목마를 태워주겠다는 약속을 하고 지키지 못했습니다."

조레스의 눈이 탁해지며 내부의 기억으로 침잠해 들어가고 있었다. 그는 묻지도 않았던 그레타라는 아이에 대한 이야기를 쏟아놓고 있었다.

〔탱크에 갇혀 있는 동안 정신이 붕괴된 징후가 보이네요.〕

그렇게 혼자 중얼거리던 조레스가 다시금 정신을 차려 보테로에게 말했다.

"마지막으로 부탁이 있습니다."

"뭔데?"

"탱크의 전원 케이블을 뽑아주십시오."

"그러면 너 죽을 텐데?"

"안식을 취하고 싶습니다. 오래전에 그랬어야 했지만 하지 못했던 걸……."

보테로의 시야가 미세하게 좌우로 흔들렸다. 아마 머리를 긁고 있는 중으로 보였다. 마리가 보테로의 선택을 도와주었다.

〔이미 세포의 대부분이 괴사했습니다. 그를 살릴 수 있는 방법은 없어요. 소원을 들어주는 것이 어떻습니까.〕

보테로는 잠시 망설이다가 캡슐의 옆에 달려 있던 케이블을 움켜쥐었다. 한 방에 케이블을 뜯어내자 탱크의 상단에서 빛나고 있던 녹색 조명이 꺼졌다. 그리고 바닥에서 올라오던 기포도 더 이상 올라오지 않았다.

"내 전공은 살려달라고 비는 녀석들을 죽이는 건데. 이런 건 참 기분 더럽네."

"고맙습니다, 방문자여."

"당신이 질식해 죽어가는 걸 지켜봐줄 생각은 없어. 그러니까 남길 말이 있으면 지금 해."

조레스는 불 꺼진 탱크 안에서 눈을 감고는 말했다.

"사슴은 앞발로 풀잎을 지그시 누른 채 뜯어 먹습니다. 뿌리가 다치지 않게 하려는 것이지요. 그래야 또다시 자라난 풀잎을 뜯어 먹을 수 있거든요. 그런 지혜는 어미가 알려주는 걸까요? 아니면 유전자에 새겨져 있는 걸까요."

"엥?"

보테로는 조레스가 또 넋두리를 풀어놓는 줄 알고 눈썹을 찡그렸다. 하지만 회광반조처럼 조레스의 정신은 명료했다.

"새로운 행성에 풀을 심고 산소를 만들고…… 그렇게 일궈낸 카난의 하늘 아래서 사슴이 어떻게 풀잎을 뜯어 먹는지 알고 싶었습니다. 그 평화로운 풍경을 내 손으로 만들고 지켜보는 게 숙원이었지요. 부디 당신들만큼은 그 풀밭을 밟을 수 있기를."

보테로가 다시 합류한 탐사대는 다음 지역으로 이동할 방법을 찾아야만 했다. 그러기 위해선 파괴되지 않아 레일이 멀쩡한 트램 정거장에 당도할 필요가 있었다. 즉, 링 형태로 만들어진 구획의 정반대까지 걸어가야 한다는 이야기였다.

그들은 오랫동안 말이 없었다. 물론 조레스 크로넨버그와 직접 대면한 건 보테로 한 명뿐이었다. 하지만 시야와 음성을 공유했던 다른 둘 역시 사실상 그의 장례식을 함께 치러준 셈이나 다름없었다. 몽유병 속에서 죽어가는 그의 눈동자는 잊기 힘든 것이었다.

마리가 이도의 시야에 쏘아주는 안내선을 따라 그들은 새로운 트램에 올라탈 준비를 했다.

카디야가 트램의 비상 동력을 복구시키는 동안 보테로가 이도에게 다가왔다.

"아까 그 말 어떻게 생각해, 대장?"

"무엇 말인가."

"그 반건조 미라가 한 말 말이야. 우리가 카난에 도착해서 그 풀밭을 밟을 수 있을까."

"너는 그런 희망도 없이 시술을 받은 거냐. 모든 백혈인간이 카난에 가기 위해 죽을 수도 있는 시술을 받은 거 아닌가."

보테로는 이도의 대답이 마음에 들지 않는 듯 침을 뱉었다.

"그래. 소방벽 바깥에서 죽은 거나 다름없이 살던 우리한테 어느 날 녀석들이 다가와서는 두 번째 방주를 만들 거라고 꼬드겼지. 그리고 그 방주에 태워주는 대신 실험을 받으라고 말했어. 맨손으로 좀비의 목을 꺾을 수 있을 만큼 힘이 세지고 더 이상 늙지도 않는 초인으로 만들어주겠다고."

"그래. 그리고 실제로 백혈인간들은 그렇게 됐다. 네가 아직도 소년의 얼굴을 유지하고 있는 걸 보면 말이지."

"대장도 알고 나도 아는 걸 모른 척하진 마. 우린 늙지 않는 대신 언제 죽을지 모르는 몸이 됐어."

보테로의 말은 옳았다. 주입받은 나노봇 덕분에 백혈인간은 초인에 가까운 생명력과 힘을 얻었다. 그러나 하얀 피 속을 헤엄치는 나노봇의 수명은 영원불멸하지 않다. 이 나노머신이 언제 작동을 멈출지는 아무도 몰랐다.

"대신 좀비에게 물려도 우린 감염되지 않는다. 온몸이 뜯어 먹힐 때까지 녀석들과 싸울 수 있게 된 대가라고 생각해야지."

"물려도 멀쩡한 게 뭐? 왜 백혈 시술법을 만들어낸 잡놈들 중 아무도 우리처럼 피 통을 갈지 않았을까? 우린 1년 뒤에 뒈질 수도 있고, 내일모레 갑자기 황천길에 오를 수도 있기 때문이야. 그러니 내 처지에 만족하라는 개소리는 하지 마. 카난에 정착한 다음 인간이 살 만한 환경이 만들어질 때까지 우리가 버틸 거란 보장이 어디 있냐고."

"그래서 선장은 우리에게 선택권을 주었다. 카난에 도착했을 때 식민지는 이미 안정을 찾은 뒤일 테니……."

"우리를 다시 얼려준다고 했지. 핏속에서 나노머신을 배출하는 기술을 발명할 때까지."

"그래. 잘 알고 있군."

"하지만 그 반건조 미라를 보니 생각이 복잡해졌어. 그 녀석은 누군가 자기를 발견해줄 거라 믿고 탱크 안에 들어갔을 거야. 갈비뼈가 드러날 때까지 긴 시간 동안 방치될 거라 예상한 게 아니라고. 스스로 뒈질 용기도 없는 졸보였어."

보테로의 음성은 조금씩 격앙되었다.

"우리가 카난에 도착할 때쯤엔 이미 뚝딱뚝딱 터전을 만들고 있을 거라 믿었던 게르솜이 빵꾸가 나서는 이딴 곳에 붙잡혀 있어. 마리의 계획대로 이 게르솜의 시스템을 장악해서 어떻게든 카난으로 끌고 간다고 치자. 당초 우리가 생각했던 기간이 엄청나게 늘어난 거라고. 그래도 대장은 언제 우릴 깨워줄지 모르는 인간들만 믿고 잠자는 공주처럼 캡슐 속에 다소곳이 있을 거야? 응?"

"진짜 묻고 싶은 걸 물어라, 보테로. 말 돌리지 말고."

소년은 고드름의 물방울이 두 번 정도 떨어질 시간 동안 이도와 눈을 맞추었다. 그러더니 이윽고 속내를 털어놓았다.

"나는 대장을 따라 시술을 받았어. 엘리에셀에 올라탄 것도 다 당신 때문이지."

"그러라고 한 적 없다."

"알아. 결국 내 고집이고 집착이란 거. 하지만 말해줄 순 있잖아? 대장은 어떻게 그 반건조 미라를 보고 아무렇지 않을 수 있어? 애초에……."

보테로가 이도의 가슴을 가리키며 말했다.

"왜 목숨을 걸고 엘리에셀에 올라탄 거야?"

소년 살인 청부업자의 블랙리스트에서 유일하게 죽지 않고 살아남은 사내는 싸늘한 목소리로 거기에 답했다.

"물어야 할 것이 있었다."

"그런데?"

"내 질문에 답을 해줄 사람이 지구에 있지 않았거든."

어머니는 뛰어난 싸움꾼이었다. 어머니에게 사람의 목숨을 끊는 법과 살아남는 법, 누구도 믿지 않는 법을 배우기 훨씬 전부터 이도는 이미 그것을 알고 있었다.

유성우가 떨어진 밤을 기점으로 기아나 우주센터에 모여 있는 인간들은 두 부류로 나뉘었다. 소방벽 안에서 군대와 자원을 독식한 채 아무도 들여보내지 않는 자들, 그리고 대방벽 안에서 환란과 난동을 이겨내며 살아남은 독종들로. 맹수들 사이에서 죽지 않고 있다는 것만으로도 이도의 어머니는 스스로의 존재를 입증했다. 그녀 역시 맹수라는 것을.

하지만 그 맹수에겐 어린 자식이라는 약점이 있었다.

"내가 부르는 게 아니면 절대 나오지 말거라."

인간의 손이 닿지 않는 거대한 쓰레기장. 어머니는 매일 밤 미로와도 같은 그곳의 철제 쓰레기통에 이도를 집어넣었다. 그리고 밤이 되면 어디선가 식량을 구해 와서 어린 이도에게 먹이곤 했다. 어머니가 입에 넣어주는 칼로리 스틱에선 늘 두 개의 냄새가 따라다녔다.

훗날 처음으로 사람을 죽이는 데 성공한 날 이도는 깨달았다. 두 개의 냄새가 각각 무엇이었는지를.

화약과 피비린내였다.

"엄마. 왜 우린 소방벽 안에 못 들어가요?"

"엄마. 하늘 사다리에 불은 언제 들어와요?"

"엄마. 이 쓰레기장에선 언제 나갈 수 있어요?"

어머니는 그 모든 질문에 침묵으로 일관했다. 대신 아이의 몸이 어느덧 소년이 되자 손수 싸우는 방법을 알려주었다. 이도는 널찍한 쓰레기장에서 세상을 배워나갔고, 날붙이를 다루는 재능만큼은 자신이 어머니보다 훌륭하다는 걸 알게 되었다.

더 이상 철제 쓰레기통 안에서 잠들 필요는 없었다. 누군가에게 습격당하더라도 반격할 수 있을 만큼 성장했기 때문이다. 그래도 이도는 어머니가 떠나 있는 밤이면 다시 그 쓰레기통의 뚜껑을 들어 올리곤 했다. 그리고 이제는 새우처럼 몸을 동그랗게 말아야만 겨우 누울 수 있는 쓰레기통에 들어가 잠을 청했다. 그 안에 있어야 어머니가 자신을 쉽게 찾을 수 있으니까.

하지만 어느 날 어머니는 돌아오지 않았다.

길을 잃은 걸까.

그렇게 나흘의 시간이 흘렀다.

고집스럽게 버티던 소년은 쓰레기통의 뚜껑을 밀어 올렸다. 처음엔 누군가 뚜껑 위에 돌덩이를 올려놓은 줄 알았다. 며칠 동안 아무것도 먹지 못해 팔에 힘이 들어가질 않는 것이었다.

어머니는 쓰레기장의 입구에 엎드려 있었다. 복부와 등을 관통하는 커다란 상처. 이도가 있는 방향으로 기어 오고 있었는지 쓰러진 그녀의 발 뒤로 두 갈래의 핏자국이 길게 이어졌다.

코에 손을 대보았지만 아무런 반응이 없었다. 이도는 어머니의 시신을 바닥에서 들어 올렸다. 피에 엉겨 붙은 옷가지가 부우욱 찢겨 나갔다. 사후경직은 풀어져 있었지만 오래 굶은 상태여서 이도는 몇 번이나 끌고 가던 어머니를 내려놓았다가 다시 짊어져야 했다.

그리고 자신이 누워 있던 쓰레기통의 뚜껑을 연 뒤,

어머니의 시신을 누이고,

처음으로 그 뚜껑을 바깥에서 닫아주었다.

'내가 죽으면 이곳을 떠나. 그리고 너에게 웃어주는 자는 믿지 말고, 널 위해 울어주는 자는 죽여라. 널 보고 공포에 떠는 자들만 거두어라. 그래야 살 수 있다.'

자신이 세상을 뜨게 되었을 때의 방침을 오래전에 반복해서 알려준 어머니였다.

그때는 이미 어머니와의 모든 대화를 질문으로 메우는 나이는 훌쩍 지나 있었다. 그래서 정작 가장 알고 싶었던 질문에 답을 들을 수 있는 기회가 영영 사라졌다는 것을 깨닫고 말았다.

"엄마."

쓰레기통에 볼을 댄 채 이도는 중얼거렸다.

"그렇게 살아남은 다음엔 무엇이 있죠."

"대장. 뭘 그렇게 뚫어져라 보고 있어요?"

그들은 제1수면구획에 들어와 있었다. 해맞이 기간 동안 동면에서 깨어난 승객들이 활동하는 구역이었다.

이도가 손에 들고 있는 것은 만화책이었다.

"여기에서 다시 이걸 만나게 될 줄 몰랐거든."

만화책 표지에는 조각배에 올라탄 생쥐들이 파도를 헤쳐 나가는 그림이 그려져 있었다. 귀여운 외관과 달리 생쥐들은

비장한 표정이었다. 카디야가 이도의 곁에 다가와 만화책의
제목을 소리 내어 읽었다.

"쿤타와 생쥐해적단? 대장한테 만화책을 보는 취미가 있었
어요? 전혀 몰랐네. 그것도 이렇게 귀여운 주인공들이라니."

휘리릭 페이지를 넘기는 이도의 표정에는 변화가 없었다.
카디야의 말에 응답한 것은 마리였다.

〔이것은 기아나 우주센터의 공식 마스코트인 검은 생쥐 '쿤
타'를 주인공으로 한 출판물이에요. 제가 가진 기록에 따르면
더 넓은 대륙을 찾아 떠나는 생쥐해적단의 이야기를 통해 인
류의 우주 진출을 독려하고자 제작되었다고 합니다.〕

"흐응. 그래. 나도 이 그림들은 익숙해. 대방벽 안에서 몇
번 본 것 같기도 하고."

〔노예장을 뛰쳐나온 생쥐 쿤타가 동료들을 모아 해적단을
꾸리고 다양한 섬들에 상륙해 괴물들과 싸우며 생쥐들의 전설
속에 나오는 신대륙을 찾아가는 이야기입니다. 저는 18권 '쌍
두룡과의 대격돌'까지의 모든 내용을 알고 있지요.〕

페이지를 끝까지 넘겨본 이도는 턱을 쓰다듬으며 궁금증을
표했다.

"이상하군. 그림체는 똑같은데 뭔가가 달라졌어."

"뭐가 다른데요?"

"내용은 동일한데 주인공이 바뀐 느낌이야. 여기 3권의 초
반부를 봐. 선장인 쿤타는 거의 나오지도 않고, 비중이 형편없
는 엑스트라인 좀약술사 니모이가 약초를 조합해서 해적단을
위기에서 구하고 있잖…… 뭘 그렇게 뚫어져라 보지?"

이도는 카디야가 생경해하는 얼굴로 자신을 쳐다보자 물었다.

"아, 신기하잖아요. 대장이 내가 뭘 물었을 때 이렇게 친절하게 대답해주는 게 처음이니까. 대체 언제 본 거예요?"

"어렸을 때다. 오랫동안 나는 이 책을 깔고 잤어."

쓰레기장에서 어린 소년이 볼 거라곤 종이로 만들어진 만화책뿐이었다. 전원이 필요 없는 데다 불빛만 있어도 볼 수 있었으니까. 쓰레기통의 뚜껑을 열면 언제나 제일 먼저 눈에 들어오는 것은 생쥐해적단에 등장하는 생쥐들의 얼굴이었다.

〔이도. 당신에게 저는 생쥐의 모습으로 구현되지요. 그 이름을 알았습니다. 밀짚모자를 쓴 생쥐 검객 '페페'라고 되어 있네요?〕

"나와 쓰는 무기가 같으니까."

〔그림체가 동일한 건 충분히 가능해요. 아론은 다양한 그림체를 학습해서 흉내 낼 수 있으니까요. 인공지능에겐 초보적이라 할 수 있는 기능이죠. 그러니 이건 게르솜의 선원 중 누군가가 아론의 도움을 받아 만든 게 아닐까요?〕

그렇게 이도와 카디야가 멈춰 서 있을 때 선두에서 뭔가에 열중해 있던 보테로가 소리를 쳤다.

"이봐, 조수들! 그렇게 느려터져서 명탐정 보테로의 부하라 할 수 있겠냐."

이도는 '누가 명탐정이고 누가 부하냐'고 따지는 대신 미련 없이 만화책을 선실 바닥에 집어던졌다. 펼쳐진 페이지는 수정구가 박힌 지팡이를 든 좀약술사 니모이가 해골 족제비들에게 포위된 장면이었다.

보테로의 손에는 장난감 목마가 들려 있었다. 목마는 발이 한쪽밖에 남아 있지 않았다. 보테로가 다리를 하나씩 뚝뚝 떼어 바닥에 흘리고 있었기 때문이다. 어디선가 나타난 로보클리너 세 마리가 그런 보테로를 졸졸졸 따라다니고 있었다. 치워야 할 대상을 찾아낸 로보클리너의 동체에는 빨간 램프가 깜빡이고 있었다.

어미 오리를 좇는 새끼 오리들 같았다.

"너야말로 무슨 짓을 하는 거냐."

"실험 중이지. 우리가 왔던 길로 돌아가려면 흔적을 표시해야 하니까. 그런데 이 앙증맞은 친구들이 있는 한 안 되겠단 말이지."

"언제 어디서든 최단 경로를 알려주는 마리가 있잖아. 그냥 손이 근질거려서 뭐라도 부수고 싶은 건 아니고?"

이도의 말에 보테로는 속내를 들킨 게 무안했는지 머리와 오른쪽 앞발만 남은 목마를 휙 던지며 돌아섰다. 로보클리너 두 마리가 서로 목마의 머리를 가져가겠다고 낑낑대다가 결국 두 동강을 낸 후 다른 방향으로 사라졌다.

보테로가 그 장면을 보더니 휘파람을 불었다.

"이 새끼들 힘도 좋네."

고개를 내젓던 카디야가 문득 그들이 걸어온 뒤쪽에서 무언가를 느끼고 멈춰 섰다. 어느덧 그녀는 휘어져 올라가는 지평선에 익숙해져 있었다. 그들이 까마득히 이어지는 원통형 바닥에 발을 딛고 있기 때문이었다.

"보테로."

"왜?"

"너, 저 뒤에는 뭘 흘리고 왔기에 쟤들이 저러는 거야?"

"뭐?"

휘어진 지평선에서 불길하게 점멸하는 빨간 불빛들이 일렬로 늘어서고 있었다. 이도 역시 유심히 관찰해보니 그 불빛들은 분명히 움직이고 있었다. 하지만 속도는 로보클리너보다 무척 빨랐다.

이도는 단분자 블레이드를 허리춤에서 풀어냈다.

"저건 청소 로봇 따위가 아니다."

전방 500미터 안으로 불빛이 가까이 다가오자 탐사대는 그것이 기계에서 나오는 게 아니라는 걸 깨달았다. 그것은 광견병에 감염된 자들이 어둠 속에서 발하는 붉은 눈동자들이었다.

끝이 보이지 않는 좀비 떼들이 그들을 향해 질주해 오고 있었다.

"캬아아아아아악!"

광견병에 감염된 자는 지치지 않고 먹잇감을 찾아 달린다. 뜯어 먹힌 자들도 손상 부위가 신체의 5분의 1 이하라면 근육을 수복해 증강된 신체 능력으로 사신 행렬에 합류한다. 불사신의 괴물이라 해도 그 속도만큼은 살아 있을 시절의 신체 능력에 비례한다.

그렇기에 가장 경계해야 할 적은 늘 정해져 있었다. 다른 좀비들을 제치고 최선두에서 달려오는 좀비. 그 녀석부터 쾌

속으로 없애야 한다는 것을, 카디야는 지구에서부터 잘 알고 있었다.

'저놈이다.'

우람한 체구의 좀비가 앞을 가로막는 것들을 잔뜩 부수며 달려오고 있었다. 가슴과 어깨에 총기 보호대가 덧대어져 있는 걸 보니 감염자들을 사살하던 자경대원이 물린 모양이었다. 카디야는 껑충껑충 뛰어오는 녀석이 착지하는 타이밍을 계산하고 있었다.

피슝.

장전이 완료된 레이저 블라스터가 불을 뿜자 좀비의 노출되어 있는 유일한 약점인 얼굴이 아래턱만 남기고 날아갔다.

이도는 카디야가 뒤로 물러서면서 연속 사격을 하는 와중에도 한 발에 최소 한 마리의 좀비를 전투 불능으로 만드는 걸 보았다.

누군가 뛰어난 총잡이의 최고 미덕이 무엇이냐고 물었을 때 카디야는 이렇게 대답했다.

'낮은 심박수.'

실제로 그녀는 어떤 상황에서도 패닉에 빠지지 않는 대단한 저격수였다. 백혈인간들로만 꾸려진 원정대가 가끔 대방벽 바깥으로 나가야 했을 때 그들의 생존 확률은 모두 카디야의 심박수에 달려 있었다.

한 번은 등선을 달리던 호송선에서 몸을 내밀고 사격하던 카디야가 절벽 밑으로 추락하는 일이 있었다. 다른 원정대원들이 재빨리 호송선을 돌려 절벽 밑으로 내려가는 동안 그녀는 자신의 살을 뜯어 먹기 위해 덤벼드는 좀비들에 포위된 채 홀로 버텨야 했다.

카디야는 한 발 한 발 머리를 노려 사살했다. 동료들이 도착했을 때 그녀의 주변에는 열여덟 마리의 좀비들이 두개골이 박살 난 채 쓰러져 있었다. 불가사의한 것은 절벽에서 추락했을 때 카디야의 라이플에는 열일곱 발의 잔탄이 남아 있었다는 것이다.

'어떻게 죽인 거지. 총알이 하나 모자란 상황이었잖아.'

이도의 질문에 카디야는 대수롭지 않게 대꾸했다.

'먼저 덤벼든 놈의 턱을 잡고 두 번째 놈의 머리와 일직선에 세웠어요.'

좀비의 열린 턱이 내뿜는 악취가 코끝을 자극할 정도로 가까운 거리에서도 카디야는 오로지 두 마리 좀비의 머리와 라이플의 총구를 같은 선에 맞추는 데 집중한 것이다. 실패하면 바로 죽는 상황에서도.

'그래. 심박수로군.'

이도는 그 순간 그녀가 말한 뜻을 정확하게 이해했다. 한 발의 총알로 두 마리를 처리할 수 있다고 믿은 자기 확신과, 그토록 가깝게 다가온 공포에 흔들리지 않은 손가락에 경이로움을 느낀 것은 덤이었다.

"부술 게 잔뜩 배달돼 왔다!"

반면 침착함과 일정한 심박수 따윈 변기에 처박고 날뛰는 녀석이 보테로 킨일 것이다.

퍼어어억!

보테로가 휘두른 전투망치는 좀비들이 달려오는 속도 때문에 더욱 압도적인 파괴력을 발산하고 있었다. 최대로 확대된 망치를 휘둘러 땅에 꽂고, 그 순간의 원심력을 이용해 작은 몸을 날렸다. 그리고 망치를 들지 않은 왼쪽 팔꿈치와 무릎 사이에 좀비들의 머리를 끼워 터트렸다.

신난 표정으로 좀비들의 뼈와 살을 한 번에 눌러버리는 보테로였지만, 정작 그는 좀비들을 싫어했다. 증오와는 조금 다른 꺼려하는 감정이었는데, 그 이유가 참으로 독특했다.

'죽이는 맛이 안 나.'

보테로는 사람을 처리하는 임무에는 기꺼이 자원했지만 좀비들을 상대해야 할지 모르는 임무에는 늘 미온적인 반응을 보였다.

'나 같은 쾌락 살인마들에게는 그 점이 중요하거든. 살인은 얼음과자를 먹는 감각과 비슷해. 처음에는 혀로 살살 녹여가면서 맛을 보다가, 조금씩 녹기 시작하면 이빨을 이용해 씹어 먹고, 마지막에는 즙을 털어내 여운을 음미하는 거지.'

보테로가 그런 말을 할 때마다 카디야는 미간을 찌푸렸다.

'웩. 역겨운데. 그게 무슨 소리야.'

'한 방에 죽이는 건 하수들이지. 얼음과자를 그냥 한 입에 넣고 위장까지 밀어 넣어버리는 몰상식한 행위랄까. 난 달라. 인간이라는 주머니에서 생명이 조금씩 빠져나가는 과정을 즐기는 미식가라고. 상처의 크기를 조율해나가면서 비명의 강도를 조율하는 것. 공이 드는 만큼 아름답지. 그게 내 살인 예술관이야.'

그 말대로라면 보테로가 지금 전투망치를 휘두르는 건 미식가에게 맛없는 칼로리 스틱을 강제로 퍼붓는 것과 같은 느낌이 아닐까. 하지만 그와 별개로 '살인의 맛'을 느끼지는 못하더라도 지나치게 파괴에 열중하는 것은 얼마든지 가능한 일이었다.

카디야와 보테로의 분투에도 불구하고 저지선은 빠르게 갱신되고 있었다. 좀비들은 죽여도 죽여도 끝이 없었다. 이도는 둘을 뒤로 물려야 할 때라고 판단했다.

"계속 늘어나고 있다. 내가 막고 있을 테니 후방에 길을 뚫어!"

단호한 이도의 명령에 둘은 리더의 뒤로 몸을 뺀 다음 뒤도 돌아보지 않고 달려갔다. 자신들이 지구에서부터 따라온 자가 좀비보다 더 질긴 사내라는 걸 잘 알고 있기 때문이다.

이도보다 뛰어난 백혈인간은 많았다.

그는 근력도 최고가 아니었고 함정과 지뢰를 설치하는 솜씨도 다소 떨어졌다. 총기를 다루는 실력은 카디야를 비롯한 전문 총잡이들에게 살짝 밀렸다. 다만 다른 전사들이 범접조차 할 수 없는 경지에 다다른 분야가 있었으니, 바로 백병전이다.

지이이잉.

이도는 달려오는 좀비의 정수리를 좌우로 쪼갠 다음 상대의 견갑골에 칼의 손잡이가 걸리자 발로 뻥 걷어찬 다음 발도술을 준비하는 사무라이처럼 허리를 숙였다. 그리고 단분자 블레이드의 출력을 최대치로 올린 다음 와이어를 해방시켰다.

그러자 무엇이든 닿는 즉시 잘라내는 채찍이 전방에 부채꼴 모양의 살육도를 만들어냈다. 앞에서 덤벼오던 좀비들은 상하로 분리된 신체를 주체하지 못하고 와르르 무너졌다. 이도는 벽면을 향해 달려가며 좀비들이 자신에게 몰려오도록 유인했다.

　사방팔방에서 자신을 뜯어 먹기 위해 손을 뻗는 좀비들의 머리를 잘라내는 이도. 그의 모습은 빨간 불씨가 타오르는 장작 위에서 칼춤을 추는 무당 같아 보이기까지 했다. 이런 독특한 전투법으로 인해 이도는 보통 혼자 떨어져서 적을 상대하곤 했다. 피아를 식별하지 않고 주변의 움직이는 것들을 모두 척살하는 싸움법에는 그것이 더 잘 맞았기 때문이다.

　'가끔 보면 말야. 대장은 누가 좀 죽여주길 바라고 싸우는 것 같아. 사선을 막 넘나들잖어? 대체 좀비랑 다른 점이 뭐야?'

　보테로가 물어온 적이 있었다. 하지만 질문하는 쪽도 질문받은 쪽도 이도가 삶을 체념한 자가 아니라는 것은 자명하게 알고 있었다.

　'한 번도 죽기를 바랐던 적은 없다. 그러니까 가까이 왔을 때 물러서기만 하면 돼.'

　이도가 좀비들과의 육탄전에서 초월적인 능력을 자랑하는 것은 그가 몸을 사리지 않고 덤벼들 줄 알았기 때문이다. 이는 그가 죽음에 대한 공포에서 마비되었다거나 이성을 잃고 칼을 휘두르는 타입이란 얘기가 아니다. 절반은 재능이었고 절반은 학습이었다. 7구역에서 소년의 몸으로 칼 한 자루만을 쥔 채 생존한 이도는 무수히 많은 생명체들의 목을 베면서 인체의 어떤 급소에 어느 정도의 힘으로 칼을 밀어 넣어야 치명상을 줄 수 있는지 훤히 알고 있었다. 지독한 반복 학습은 감각을 본능의 영역까지 데려다 놓기도 한다.

'몸이 잠기도록 놔두되 빠져나올 수 있을 만큼만 걸어 들어가는 거야.'

이도는 그걸 가리켜 늪을 빠져나오는 감각이라고 했다. 바깥에서 보면 결코 보이지 않지만 늪 안에 들어가 촉각을 세운 채 걷다 보면 훅 빠져들어가는 지점이 있다고, 온몸이 경고를 내뱉는 분명한 경계선이 있다고 했다.

'죽음의 근처만을 맴도는 거야. 그러면 절대 죽지 않을 수 있어.'

보테로는 오랫동안 이도의 대답을 곱씹어보았다. 그가 잘못 추측하고 있었던 것이다. 이도는 사선을 넘나들면서 싸우는 광전사가 아니었다. 한없이 사선과 가깝지만 절대 그 선을 넘지 않을 수 있는 감각을 가진 사내였다. 그러니 온갖 방법을 동원해도 보테로는 이도를 죽일 수 없었던 것이다.

그리고 바로 그 감각이 어느 순간 이도를 섬찟하게 했다.

'여기서부턴 죽는다.'

단분자 와이어를 회수하면서 두 좀비의 머리를 땅바닥에 떨군 이도가 몸을 뒤로 뺐다. 저 멀리 보테로가 문을 열 생각도 없이 전투망치로 때려 부수면서 길을 뚫고 있었다.

이도가 달아나기 시작하자 좀비들이 서로의 머리와 어깨를 누르며 파도처럼 그를 쫓아왔다. 나노머신의 힘을 빌려 증폭된 대퇴근의 힘이라면 그들을 따돌리고 달아나는 것은 충분히 가능했다. 문제는 다른 둘의 작업 속도였다.

〔이대로라면 550미터 앞에서 여러분은 다시 감염자들에게 따라잡힐 겁니다.〕

보테로와 카디야가 복도의 끄트머리마다 벽을 부수면서 퇴로를 만들고 있기에 좀비들의 진격을 늦추는 것은 이도의 몫이어야 했다.

"그럼 녀석들이 달려오는 걸 막아 세울 만한 건 없어?"

그러자 한 호흡의 공백도 없이 마리가 답을 내주었다.

〔제가 눈앞에 나타날 테니 당황하지 마세요.〕

그 말이 끝나자마자 밀짚모자를 쓴 생쥐가 이도의 눈앞에 뿅 튀어나오더니 3미터 간격을 두고 앞서 나갔다. 잠시 후 생쥐가 손에 쥔 칼자루를 들어 전방을 가리켰다.

〔지금부터 제가 빛나는 경로로 표시한 천장을 베어내세요. 하지만 달리는 속도는 늦추면 안 됩니다.〕

"그러지."

그리고 생쥐는 중력에 전혀 구애받지 않는 동작으로 비상한 다음 이도가 잘라내야 할 궤적을 미리 보여주었다. 그 동작이 망막에 남아 있는 동안 그대로 따라 하기만 하면 됐다.

카가가각!

이도의 단분자 블레이드가 파괴한 천장에서 팔뚝 굵기의 호스가 바닥으로 떨어져 내렸다. 호스들은 잘린 단면에서 강풍을 내뿜으며 구렁이처럼 꿈틀대다가 달려오는 좀비들의 발에 얽히고 말았다. 그리고 선두에 있는 좀비들이 넘어지자 뒤따라오던 좀비 떼에도 자연히 체증이 생기게 되었다.

〔앞만 보십시오, 이도!〕

이도는 마리의 말에 따라 껑충껑충 뛰면서 칼을 휘둘렀다. 마치 천장에서 뱀을 쏟아져 내리게 하는 마술처럼 보였지만 아쉽게도 관객은 하나도 없었다.

곧 카디야와 보테로를 따라잡은 이도는 자신들이 어디에 와 있는지 알 수 있었다. 양쪽에 늘어서 있는 무수한 침대들. 피에 젖은 이불이 덮여 있는 수술대. 부러진 링거 대.

탐사대가 달리고 있는 곳은 거대한 병동이었다.

옆에서 따라붙던 보테로가 소리쳤다.

"갑자기 궁금한 게 생겼는데, 대장!"

"뭐냐."

"좀비들이 어떻게 우리를 보고 여기까지 쫓아온 거지?"

세 명의 머릿속에 마리가 동시에 말을 걸었다.

〔트램 승강장에서 내렸을 때 누워 있던 감염자들이 여러분을 목격한 것으로 추정됩니다. 게르솜의 구획은 둥그런 형태라서 한 방향으로 달리면 순환하는 구조니까요.〕

이어지는 보테로의 말투에는 그 자신이 이미 답을 알고 있는 질문이었다는 것이 담겨 있었다.

"시발, 그러니까! 저 많은 좀비들이 우리 꽁무니만 따라올까. 어떤 녀석들은 반대편으로 달려왔을 수도 있잖아?"

우려는 곧 사실로 드러났다. 방금 전 그들을 전율시켰던 광경이 전방에서도 재현되고 있었던 것이다. 붉은 눈의 파도가 앞에서도 넘실대며 그들을 향해 덮쳐 오고 있었다.

카디야가 멈춰 서면서 진저리를 쳤다.

"저 수술대에서 네 입을 꿰매주고 싶어, 보테로."

말이 씨가 된다는 그녀의 징크스는 우주에서도 어김없이 발현되는 중이었다. 주변을 둘러보던 이도는 황급히 이동식 침대들을 밀어내기 시작했다.

"뭐 하는 거예요?"

"저 많은 좀비를 뚫고 트램 정거장까지 가는 건 불가능해."

마리가 이도의 말에 동의했다.

〔맞아요. 전후방의 감염자들이 한데 모이면 그 체중만으로도 여러분은 압사당하게 됩니다.〕

이도가 널찍한 공간을 만들고 창문 앞에 서자 카디야는 그가 뭘 시도하려는지 어렴풋이 알 수 있었다. 그건 오랫동안 그의 뒤를 따라다니면서 생긴 일종의 예감 같은 것이었다.

"창문을 박살 내고 뛰어서…… 옆 구획까지 가겠다는 미친 소리는 하지 말아요."

"이걸 박살 내려는 건 맞아."

이도는 창문에 다가서서 단분자 와이어를 X 자로 휘둘러 금을 만들었다. 그러고는 창문을 등지고 서서 칼을 다시 허리춤에 장착시켰다. 그 후 몸을 공처럼 굴린 다음 말했다.

"나를 집어던져라. 자네의 핸드 아이 코디네이션이라면 믿을 수 있어."

"몸을 묶는 로프도 없이?"

"로프를 구할 시간이 없다. 좀비들이 로프를 붙잡고 따라와도 곤란하고. 가장 팔다리가 긴 사람이 두 번째와 세 번째 사람을 붙잡아줘야 한다. 그래서 내가 먼저 가야 해."

카디야는 자신이 총을 쏘는 여자이지, 사람을 쏘는 여자라고 생각해본 적은 한 번도 없었다.

"아니, 그게 될 거라 생각해요?"

"이전에 나보다 훨씬 무거운 바위도 정확히 던져서 구덩이를 막은 적이 있잖아. 그때보단 쉽겠지."

카디야는 담담하게 말하는 이도에게 버럭 화를 내고 말았다.

"바위는 사람이 아니잖아요! 긴장돼서 손이 조금이라도 빗나가면 대장은 태양 돛까지 날아가버릴걸요?"

"자네에게 바위와 내가 무슨 차이가 있지?"

입술을 질끈 깨문 카디야는 성큼성큼 걸어와 이도의 플렉시블 슈트를 붙잡았다. 목덜미와 둔부에 양손을 넣어 가볍게 들어 올린 그녀는 정확히 150미터 앞에서 돌아가고 있는 제3 수면구획을 노려보았다.

바위랑 당신이 무슨 차이가 있냐고?

"……눈치가 더럽게 없다는 점은 똑같군요."

카디야의 이두근이 두툼하게 팽창했고, 허리가 활처럼 뒤로 휘어졌다. 그리고 이도가 만들어놓은 X 자의 가운데를 향해 있는 힘껏 내던졌다. 박살 난 유리 조각이 양 볼을 할퀴는 순간에 이도는 직감했다. 여러 번 그를 구한 감각이 이번 작전 역시 성공할 것임을 알려주고 있었다.

자신이 아는 완벽한 총잡이가 이번에도 정확히 표적에 목표물을 적중시킬 것이란 걸.

4

피 네 와 다 카 포

　"뛰어서 쫓아오진 않는군. 저런 걸 보면 좀비한테도 지능이
있는 거 아닐까?"

　보테로가 머리 위의 박살 난 천장을 바라보며 말했다. 세
개의 구멍이 일정한 간격으로 뚫려 있었다. 가장 작은 원이 보
테로의 것이어야 하겠지만 아니었다. 맨몸으로 천장을 뚫고
떨어진 둘과 달리 보테로는 망치를 휘둘러서 천장을 박살 냈
기 때문이다.

　세 탐사대원은 몸에 붙은 유리 조각들을 털어내고 있었다.
카디야는 자신을 마지막에 남겨둔 이도가 여전히 못마땅한 얼
굴이었다.

　"레이디 퍼스트란 말이 있습니다, 대장. 근데 왜 내가 마지
막이에요? 점프가 조금만 늦었더라면 뒤쫓아 온 좀비에게 발

목을 붙잡힐 수도 있을 만큼 아슬아슬한 타이밍이었다고."

카디야의 항의에 이도는 오래전에 그녀가 들려준 이야기를 반대로 돌려주었다.

"심박수."

"뭐라고요?"

"조금만 엇나가면 죽을 수 있는 상황에서도 변함없었던 자네의 심박수. 그걸 믿었어."

"아오, 말이나 못하면."

언제 했던 이야기인지도 가물가물한데 이도는 그 대화를 정확히 기억하고 있는 모양이었다. 머쓱해진 카디야는 괜히 주변을 살피는 척했다. 그들은 제3수면구획의 중앙 라운지에 떨어졌다.

가장 먼저 느낀 것은 주변이 밝다는 점이었다.

지금까지 그들이 거쳐 온 게르솜의 다른 구역에 비해 확연히 밝은 이유는 부서진 등이나 퓨즈가 나간 설비가 없다는 뜻이기도 했다.

〔생존자가 있을 확률이 가장 높은 구획에 왔습니다, 여러분.〕

마리의 말대로였다. 중앙관제실에서 확인해본 바 가장 많은 전력이 사용되고 있는 구획이 바로 이곳이었다. 냉동 수면 캡슐이 무리 없이 돌아가고 있을 거란 추측을 가능하게 할 정도로.

이도가 마리에게 물었다.

"냉동 수면 캡슐이 멀쩡했다면 긴 시간을 교대로 버틸 수 있었겠지?"

〔그렇습니다. 이 구획에는 거의 1만 개에 달하는 캡슐이 배치돼 있으니까요.〕

"그러면 40년을 교대로 버티는 건 어렵지 않겠어. 맞나?"

〔그 계산은 틀렸을 수도 있습니다. 여러분은 게르솜이 떠나고 40년 뒤에 지구를 떠났지만 두 방주의 시간 차는 40년보다 짧을 수도, 길 수도 있습니다.〕

"뭐? 그게 무슨 소리야."

〔저는 아직 게르솜의 항해 일지에 접속해보지 못했습니다. 이 우주선은 워프 드라이브와 통상 우주공간에서의 유영을 반복해왔습니다. 이 배의 승객들이 어떤 항성계에 얼마나 머물렀는지 파악하지 못하면 시차를 알 수 없어요.〕

"이해하기 쉽게 말해줄 수 없나."

〔이건 어떨까요? 쿤타의 생쥐해적단이 요정들이 지배하는 섬에 상륙했던 에피소드 기억하시나요.〕

갑작스레 만화책 이야기를 꺼내는 것에 카디야와 보테로는 당황했으나 이도는 천천히 고개를 끄덕였다.

"기억해. 홀로 남아 있던 해적단원 아퉈아는 의심이 많아 요정 섬에 상륙하지 않았지. 그리고 요정들에게 저녁 식사를 대접받고 돌아온 나머지 단원들은……."

〔돌아왔을 때 할머니가 된 아퉈아를 보고 크게 질겁했지요. 요정 섬에서 흐르는 시간이 바다 위와 달랐기 때문입니다. 그 일이 게르솜에도 일어났을 수 있어요. 시간 왜곡 효과지요.〕

"그건 요정족의 족장이 마법을 부린 거잖아. 쿤타가 족장의 시험을 통과하자 다시 시간이 원래대로 돌아왔고."

〔게르솜이 여정 중에 회전하는 블랙홀에 가까운 항성계를 거쳐 왔다면 그 '마법'같은 일이 일어나게 됩니다. 엘리에셀은 지구를 떠난 지 283년이 흘렀고 게르솜과 같은 방향으로 날아왔지만 중간에 한 번도 멈추지 않았어요. 그러니 323년 전에 지구를 출발했지만 게르솜의 시간은 더 많이 흘렀을 수도 있어요. 물론 배의 상태를 보면 지나치게 긴 시간이 흐른 것은 아닌 것처럼 보이지만요.〕

"생존자를 만나야 확인할 수 있는 부분이겠군. 하지만 살아남은 자가 한 명도 없다면 어떻게 되는 거지."

〔그럴 가능성은 극히 낮습니다. 중앙관제실에서 아론을 절전 모드로 승인한 누군가는 분명 바이오 코드를 갖고 있을 거예요. 선장이거나 그에 준하는 고위 승무원이 명령을 내린 겁니다. 제 시뮬레이션에 따르면 그가 살아 있을 확률은 82퍼센트입니다.〕

"내가 좀 전에 머리를 날려버린 좀비들 중에 그 바이오 코드를 가진 자가 없기를 바라야겠군."

〔여러분이 있는 곳이 정말로 만화책 속의 요정 섬이라면 편하겠다는 생각이 드는군요. 시간을 자유로이 되감는 요정의 마법이 있다면 광견병 창궐 전으로 역사를 되돌릴 수도 있었을 테니까요.〕

하지만 우주의 물리법칙상 각기 다른 시간에 도착하는 일은 있을 수 있어도, 시간을 되감을 수 있는 방법은 없었다.

그렇게 이도와 마리가 대화를 나누는 동안 그들은 대합실을 완전히 빠져나갔다.

보테로는 문을 강제로 뜯을 필요가 없다는 사실에 감격해하고 있었다.

"이것 봐. 마리. 가까이 다가가니까 자동으로 문이 열리네? 망치를 꺼낼 필요도 없어."

그리고 복도에 들어선 순간 탐사대는 환하게 밝혀진 복도의 끄트머리에서 자신들을 노려보고 있는 세 형체를 맞닥뜨렸다. 붉은 눈도, 성대를 긁는 으르렁거림도 없었다.

그들은 깨끗한 남색 유니폼에 정돈된 얼굴을 하고 있었다. 의심할 여지 없는 게르솜의 생존자들이었다.

"움직이지 마라! 한 발짝 더 다가오면 발포하겠다!"

다만 요정들에게 환대받은 생쥐해적단과 달리 게르솜에 상륙한 세 명을 맞이한 것은 싸늘한 경고였다. 바리케이드 위에 놓인 흉흉한 머신건이 그들을 협박해오고 있었다.

"일단 자극하지 않는 것이 좋겠군."

이도는 그들이 잘 볼 수 있도록 양손을 올린 채 소리쳤다.

"진정하십시오. 우린 당신들을 공격할 의사가 없습니다."

"닥쳐라! 어딜 통해서 여기까지 왔는지는 모르겠지만 우리가 그 루트도 찾아서 없애버리지 못할 줄 알고?"

탐사대의 입장에선 영문 모를 상황이었지만 그들은 적대적인 태도를 취하고 있었다. 이도는 근접 거리라면 손가락만으로 그들 셋을 쓰러트릴 자신이 있었지만 장애물도 없는 직선 거리, 그리고 본인들을 노리고 있는 육중한 크기의 머신건을 무시할 순 없었다.

"다 말라 죽은 줄 알았는데 아직 살아 있었다니. 징그러운 자식들!"

"아니면 위스퍼러의 똘마니들인가! 꽁무니가 빠져라 도망 갈 때는 언제고."

게르솜의 선원들이 하는 이야기는 도무지 알아들을 수가 없었다. 아무래도 다른 누군가와 그들을 혼동하는 것 같아 보였다. 뒤로 물러나 있던 보테로가 답답한지 소리를 질렀다.

"이봐! 뭐라고 지껄이는지 모르겠는데. 우린 위스퍼러가 뭔지 몰라! 우린 지구에서 왔다고."

그러자 게르솜의 선원들은 코웃음을 쳤다.

"그건 또 신선한 핑계군. 그 말이 맞는다면 뭘 타고 왔다는 거냐. 설마 순간 이동으로 게르솜까지 날아왔다고 하진 않겠지, 꼬마."

꼬마란 말에 보테로가 울컥하자 카디야가 그의 입을 틀어막았다. 대화로 뭔가를 풀어나가는 자리에서 파탄과 훼방의 역할을 제외하면 보테로의 입은 영 쓸모가 없다는 걸 알고 있었기 때문이다.

이도가 다시 말했다.

"우리는 엘리에셀의 선원입니다. 당신들이 떠나고 40년이 흐른 후에 두 번째 방주를 만들어 출발했지요."

"진짜로? 그렇다면 그 큰 방주가 왜 우리 눈에만 안 보이는 걸까. 엘리에셀은 우리 뒤를 따라오다가 표류했다! 그러지 않고서야 말이 안 돼."

"이 방주에 비하면 무척 작은 우주선입니다. 당신들이 항해

시스템을 정지시켜놓지 않았더라면 진작 엘리에셀의 신호를 받았을 겁니다."

"흥. 원자로의 찌꺼기 같은 놈들은 방사능을 너무 많이 쐬어서 정신이 미쳐버리곤 하지. 네 녀석의 말을 믿기엔 우린 너무 많이 속았다. 닥터는 말씀하셨지. 늑대는 언제나 양의 얼굴을 하고 있다고. 그리고 언제나 우리를 꼬드겨서 둥지로 숨어들려 할 거라고 말야."

대화를 주도하던 게르솜의 선원은 단호하게 이도의 말을 받아쳤으나, 그 옆의 두 명은 생각이 다른 듯 보였다.

"만약 저들 말이 사실이면 어떡하지? 돌아가서 보고해야 하는 거 아니야?"

"그래. 자세히 보니까 차림새도 너무 다르잖아. 놈들이 저런 옷을 입고 있는 것도 본 적이 없고."

무리 중 우두머리인 듯한 사내는 동료들의 말에도 귀를 기울이지 않았다.

"적재구획에 있는 프린터라도 탈취했겠지. 정신 안 차려? 이런 일로 닥터를 번거롭게 하는 건 우리 임무를 저버리는 일이야."

게르솜의 선원들이 저희끼리 떠들고 있을 때 이도는 머신건 뒤에 서 있는 우두머리의 안색과 몸을 살폈다. 말과 행동이 일치하지 않는 위화감이 있었다. 외부의 방문객을 경계하는 자들이라면 위협사격이라도 하든가, 자신들끼리의 대응 방침을 미리 공유해놓아야 한다. 하지만 머신건의 조종석에 올라서 있는 자도, 옆에서 불안한 표정을 하고 있는 자들도 하나같이 이 상황에 당혹스러워하는 것처럼 보였다.

이도가 뒤를 돌아보지 않고 속삭였다.

"카디야. 조종석에 있는 놈. 내 다리 사이로 녀석의 머리를 쏴. 다른 둘이 우왕좌왕할 때 내가 달려가 처리하겠다."

그러나 마리가 즉각적으로 반대 의사를 표했다.

〔불가합니다. 그것은 제가 두고 볼 수 없군요.〕

"뭐?"

〔생존자의 생명을 해치는 적대 행위는 여러분께 허용되어 있지 않습니다. 제게 즉사 조치를 발동할 권한이 있다는 걸 잊지 마십시오.〕

"마리. 지금 저들은 우리를 보고 잔뜩 긴장해 있어. 이런 상황이면 저놈들 요구대로 물러났다가 거꾸로 우리가 쫓길 수 있다고. 지금은 상대를 무력화시킨 다음 정보를 얻어내야 해."

〔그렇다 해도 사살은 불가합니다. 확률은 낮지만 저들 중에 게르솜의 바이오 코드 보유자가 있을 수도 있고요.〕

꽉 막힌 AI 같으니.

이도는 한숨을 내쉰 다음 자신의 처지를 받아들이고 다른 방법을 구상했다. 우두머리의 머리통을 날린 다음 다른 두 명이 패닉에 빠지면 붙잡아 협상하는 것이 가장 확실한 방법이었지만 폐기된 이상 미련을 둬선 안 된다.

반대쪽에서 잔뜩 날이 선 경고의 목소리가 날아왔다.

"뭘 소곤거리고 있는 거냐. 셋 셀 동안 뒤돌아서 꺼져라. 그러지 않으면 쏴 죽인다."

"알았다. 물러나도록 하지."

이도는 게르솜의 생존자들에게 고개를 끄덕이고는 한 발 물러섰다. 그리고 뒤돌아섰을 때 이도를 기다리고 있던 것은 카디야의 격한 포옹이었다. 이도의 어깨에 레일건을 받친 카디야가 속삭였다.

"숨 참아요."

이도는 그녀의 명령에 고개를 끄덕이는 멍청한 짓은 하지 않았다. 대신 차분히 숨을 참았을 뿐. 레일건의 자기력이 탄환을 밀어내는 진동이 느껴지고 등 뒤에서 무언가가 터져 나가는 소리와 함께 비명이 들려왔다.

이도가 뒤를 돌아보자 박살 난 패널이 게르솜 선원들의 머리 위로 떨어지고 있었다. 질겁한 둘은 바리케이드 뒤로 엎드렸으나 우두머리는 발라당 넘어졌던 몸을 일으켜 다시 머신건의 조종석 의자를 붙잡아 오르고 있었다.

"이 자식들! 역시 속내를 드러냈군."

하지만 그는 바리케이드 위로 머리를 드러내자마자 다시 황급히 엎드려야 했다. 보테로가 있는 힘껏 집어던진 전투망치가 회전하면서 날아오고 있었기 때문이다. 바리케이드의 구조물에 적중한 전투망치는 머신건을 조종석째로 넘어트리는 데 성공했다.

그사이 이미 이도는 두 진영 사이의 거리를 절반으로 좁히며 전력 질주해 오고 있었다.

"으악! 달아나!"

세 탐사대원은 도주하는 게르솜의 선원들을 추격했다. 이도가 그들을 쫓아 다다른 곳은 널찍한 원형 라운지였다. 그들이 라운지의 계단을 올라 2층에 헐레벌떡 당도했을 때 이도는 중앙에 심어놓은 인공 수목을 밟으며 뛰어올라 2층의 난간을 붙잡은 뒤였다.

불가사의한 도약력을 확인한 게르솜의 선원들은 더욱 겁에 질렸다.

"뭐 저런 자식이 다 있어."

그들을 턱밑까지 추격했을 때 원형 슬레이트가 내려와 이도의 앞을 가로막았다. 이도가 주먹으로 그것을 몇 차례 가격했으나 조금 찌그러지기만 할 뿐이었다. 등 뒤에서 보테로의 외침이 들려왔다.

"옆으로 비켜서 있어, 대장."

어느덧 이도를 따라잡은 보테로가 최대치로 팽창한 전투망치를 내려찍었다. 구획 전체를 쩌렁쩌렁 울리는 진동음이 지나간 후 슬레이트는 고깔 모양이 되어 바닥에 나뒹굴었다. 세 백혈부대원이 그것을 훌쩍 뛰어넘자 달아나고 있던 우두머리가 소리쳤다.

"인간이 아니다, 좀비였어!"

"누구더러 씨발 좀비래. 말하는 좀비 봤냐, 이 새끼들아."

잔뜩 약이 오른 보테로가 받아쳤다. 그가 전투망치의 헤드를 다시 원상태로 복구시키는 동안 이도와 카디야가 어깨를 나란히 하며 달려 나갔다.

그 순간 이도의 눈앞에 양팔을 벌린 생쥐가 튀어나왔다. 동시에 마리가 경고를 해왔다.

〔이도. 당신이 향하는 목적지 부근에서 예상 경로 기능이

발동되지 않습니다. 도면 투시도 불가합니다.〕

"그게 무슨 소리야."

〔미지의 구역이에요. 멈추길 권합니다. 위험 요소가 다분합니다.〕

"하지만 지금 놈들을 붙잡지 않으면 분명 동료들을 데리고 올 거야. 추격해야 한다는 직감이 든다."

〔직관보다 시간을 두고 차분히 고려하길 권장합니다.〕

그때 보테로가 소리쳤다.

"아오! 너 지금 앞에 안 보인다며. 마냥 기다리면 저절로 그게 뚫리냐? 그런데 지금 저 새끼들은 눈에 보이는 거리에서 도망치고 있잖아."

날렵한 원숭이처럼 뛰쳐나간 보테로는 가장 뜀박질이 느린 선원의 뒷덜미를 붙잡았다. 그리고 상대의 오금을 걷어차 넘어트리는 데 성공했다.

"끄악!"

이도는 지구에서 보테로의 싸움법을 많이 보아왔기에 곧 소년 백혈인간이 선원의 몸에 올라타 괴롭힘을 선사할 것이라 예상했다. 그러나 정작 보테로는 머리를 감싸 안고 비틀거리더니 엉덩방아를 찧고 말았다.

"보테로?"

자유의 몸이 된 선원은 허겁지겁 일어나 도망쳐버렸고, 이도는 보테로에게 다가갔다.

"왜 그러는 거냐."

"눈이…… 잠깐 동안 앞이 안 보였어."

뒤에서 달려오던 카디야가 넘어지는 소리가 들렸다. 그녀 역시 보테로처럼 몸이 마음을 따라주지 않는 것처럼 엎드려 있었다.

"으윽."

이도는 보테로가 흘린 전투망치를 주워 들려는데, 그 순간 팔꿈치에 전해지는 무게에 망치를 떨어트릴 수밖에 없었다. 그리고 보테로와 카디야에게 찾아온 이상 증세가 무엇인지 공감할 수 있었다.

시야가 암전되고 누군가 관자놀이를 세게 후려친 듯 균형 감각이 상실되었다.

"마리? 우리가 뭔가에 중독된 건가?"

언제나 귓가에 직접 속삭이는 것 같았던 마리의 음성이 마치 물속에 잠긴 채 수면 바깥의 외침을 듣는 것처럼 멀게 느껴졌다.

〔……정체를 알 수 없는…… 역장이…… 이탈을…… 권고…….〕

그리고 마리와의 연결은 완전히 끊겼다. 이도는 입술을 질끈 깨물고는 몸을 일으켰다. 잠시 타인의 몸을 움직이는 것처럼 어색했다. 무릎을 펴라고 뇌에서 명령을 내리면 몸이 그것을 수행하기는 하되, 관절에 가해지는 힘과 각도가 제멋대로인 느낌이었다.

"일단 수습하고 물러난다. 왔던 길로 되돌아가야겠어."

이도가 카디야를 부축해 일으켜 세웠다. 그녀는 멍한 표정으로 레일건을 양손에 쥐고 있다가 무언가를 깨달은 듯 말했다.

"이런 느낌, 이전에 딱 한 번 받은 적이 있지 않아요?"

"이전에?"

"시술을 처음 받았을 때 말예요. 물론 그때는 정반대였지. 조금만 힘을 주면 뭐든 다 박살이 났으니까."

그제야 이도에게도 기억이 되살아났다. 카디야의 말이 옳았다. 가혹한 실험을 이겨내고 시술을 끝낸 자들에게 부여된 막강한 힘. 아예 새로운 몸을 선물받은 것처럼 한계를 시험하며 날뛰던 백혈인간들.

엉뚱하게도 또다시 생쥐해적단에서 보았던 장면이 떠올랐다. 생애 처음 배에 올라타 멀미를 겪는 쿤타에게 노련한 선원은 이렇게 말해주었다.

'금방 익숙해질걸세. 멀미라는 건 몸이 환경에 적응하는 것이니까. 몇 번의 파도를 넘어 멀쩡해지고 시간이 흐르면 오히려 육지에 발을 내디뎠을 때 멀미가 나는 수도 있다구.'

그 선원의 말에서 이도는 지금 자신의 상태에 대한 해답을 찾을 수 있었다.

"나노봇이 몸속에…… 없었을 때처럼."

그 순간 바닥을 울리는 진동과 함께 무언가가 그들을 향해 점점 가까이 다가오고 있었다. 처음엔 흐릿한 시야 때문에 2미터가 훌쩍 넘는 거인들이 걸어오는 줄만 알았다. 거인의 머리는 검은색 구체였고 가슴과 주둥이를 잇는 굵직한 줄에서 쉭쉭거리는 소리가 들렸다. 거인들이 더욱 가까이 다가오자 이도는 그것이 강화 장갑으로 만들어진 파워드 슈트Powered-Suit를 입은 네 명의 사람들이라는 걸 깨달았다.

"무기를 버려라, 침입자들."

내부를 볼 수 없는 탁한 헬멧 안에서 목소리가 들려왔다. 카디야가 이도를 밀쳐낸 뒤 레이저 블라스터를 그들에게 발사했으나 거인은 팔목에 달린 프로텍터로 레이저를 튕겨냈다. 그리고 주먹으로 카디야의 복부를 쳐올렸다. 발이 붕 떠오른 채 날아간 카디야는 벽면에 등을 부딪친 다음 기절했다.

"이 새끼들이!"

발끈한 보테로가 전투망치를 들어 올리려 했으나 그 순간 등을 내리누르는 거인의 부츠에 깔려 제압당할 뿐이었다.

이도가 단분자 블레이드에 손을 가져간 순간 다른 거인이 장갑을 뻗어 그의 목을 붙잡아 들어 올렸다. 이도는 쓰레기장에서 온갖 고철들을 찌그러트리는 압착기에 목이 끼인 듯한 통증을 느껴야만 했다.

"전투 사제에 대항하는 것은 어리석은 짓이다. 너희는 꼭 피를 봐야만 과오를 반성하지."

파워드 슈트의 상완 부분에서 총구가 튀어나와 이도의 관자놀이를 겨누었다. 이도는 양손을 뻗어 장갑을 뜯어내보려 했지만 무리였다.

"그만 두세요, 사제님들."

그때 거인들 사이에서 한 여인이 걸어 나왔다. 매끈한 흰색 가운을 입고 있는 그녀의 등 뒤로 대합실에서 마주쳤던 선원들 셋이 의기양양한 얼굴을 하고 있었다.

"침입자들을 포박해 둥지로 데려가겠습니다. 이들의 이야기가 진실인지 판단해보겠어요."

이도와 카디야, 보테로는 제3수면구획의 중심부인 컨트롤 센터에 와 있었다.

눈이 시리게 느껴질 정도로 환한 조명에 거대한 원형 테이블이 놓여 있고 바닥은 투명한 유리로 되어 있었다. 그들의 발 아래엔 끝이 보이지 않을 만큼 수많은 냉동캡슐들이 이상 없이 가동되는 중이었다.

수백 개의 기둥. 그리고 그 기둥에 원형으로 붙어 있는 수천 개의 캡슐들. 이도는 자신이 거대한 곤충의 군락지에 들어와 있는 듯한 기분을 느꼈다. 마치 알을 관리하는 일벌들처럼 몇몇 승무원들이 캡슐을 체크하면서 돌아다니고 있었다. 그 풍경은 이도로 하여금 맞은편에 앉아 있는 여인을 여왕벌과 같이 느끼게 했다.

그녀의 이름은 파테카르 소남. 게르솜의 고위 승무원 중 한 명이라는 것 외엔 자신에 대해 알려준 것이 없었다. 그러나 파테카르를 마주치는 모두가 그녀를 '닥터'라 부르며 고개를 조아리는 것을 이도는 확인했다.

"당신은 의사인 겁니까."

이도의 질문에 파테카르는 소탈한 웃음을 지었다.

"한때는 그러했지요. 그러나 지금 깨어 있는 승무원들은 너나 할 것 없이 모두 세 종류 이상의 역할을 맡고 있습니다. 구획의 방비를 담당하는 전투 사제님들도 거기에선 예외가 없지요."

파테카르가 전투 사제라 부른 근육질의 사내들은 몸에 달라붙는 평상복을 입고 컨트롤 센터의 출입구에 도열해 있었다. 이도는 파워드 슈트를 입고 자신에게 총구를 들이댔던 자가 누구일지 특정해보려 했지만 쉽지 않았다.

파테카르는 머리를 긁으며 말을 꺼냈다.

"당신들의 이야기에서 논리적인 흠결을 찾아내진 못했습니다."

"진실이니까요. 우리는 엘리에셀에서 왔고 응답하지 않는 게르솜에 승선한 겁니다. 표류의 원인을 찾고 생존자와 접촉하는 임무를 수행하기 위해서."

이도는 상대의 눈을 똑바로 마주하며 대답했다.

"그래요. 그리고 게르솜의 운항 AI인 아론을 깨워 카난까지 견인해 가겠다는 말씀을 하셨지요."

'카난'이라는 단어가 파테카르의 입에서 흘러나올 때 이도는 그녀의 표정을 유심히 살폈다. 하지만 표류선의 생존자가 도달하지 못한 목적지를 언급할 때 드러날 수밖에 없는 애수의 흔적은 조금도 찾아볼 수 없었다. 그것은 석상처럼 파테카르의 뒤에 서 있는 전투 사제들에게서도 마찬가지였다.

잠자코 듣고 있던 카디야가 손목에 채워져 있는 수갑을 들어 보였다.

"이거 풀어주세요. 엘리에셀의 수색대와 게르솜의 생존자들이 서로 적대할 이유는 없지 않나요?"

"그렇습니다. 하지만 그건 엘리에셀이라는 두 번째 방주가 실존했을 때의 이야기지요. 짐작하실지 모르겠지만 엘리에셀이란 이름은 우리에게 양가감정을 불러일으킵니다. 많은 선원들의 기다림이 배신당했으니까요. 엘리에셀은 기억의 저편에 묻어둔 뒤 다신 꺼내고 싶지 않은 애증의 존재입니다."

이번엔 보테로였다.

"그래서 다 설명했잖아, 썅! 당신네들이 떠나자마자 궤도 엘리베이터가 두 동강이 났다고! 좀비 소굴이 된 지구에서 기를 쓰고 찾아왔더니. 오히려 알아 모셔야 하는 입장은 니네들 아니야?"

전투 사제 중 하나가 보테로에게 험악한 표정을 지으며 다가왔다. 당장에라도 뺨을 후려칠 기세였지만 파테카르가 오른손을 한 번 들어 올리자 그는 입을 꾹 다문 채 제자리로 돌아갔다.

"그것이 꾸며낸 이야기가 아니라는 보장이 어디 있죠? 보시다시피 우리는 만 명의 생명을 책임지고 있습니다. 또한 우리는 오랫동안 테러리스트들과 적대하며 싸워왔어요. 분명한 증거가 없는 한 당신들이 그들이 보낸 간자가 아니라는 걸 믿을 수가 없지요."

증거.

무엇을 보여주어야 자신들이 엘리에셸에서 왔다는 것을 믿어줄까.

'외통수군.'

이도는 자신이 궁지에 몰렸다는 걸 인정할 수밖에 없었다. 엘리에셸이 게르숌에 가까이 접근하지 못했던 이유는 이 방주를 둘러싼 마그네틱 필드 때문이었다. 만약 지금이라도 엘리에셸이 아슬아슬할 만큼 가까운 거리로 기동해 우주선의 존재를 육안으로 확인시켜준다면 오해가 풀릴지 모른다. 그러나 원인 불명의 이유로 마리와의 연결은 여전히 불통이었다.

"그리고 당신들이 엘리에셀의 대표로 뽑힌 이유는 신체 능력을 업그레이드한 개량 인간이기 때문이라고 했죠?"

보테로가 이죽거렸다.

"그래. 오죽하면 아까 그 졸보들이 날보고 좀비라고 했겠어."

"자경단원들은 전투 사제님들처럼 고도로 훈련받은 자들이 아니지요. 그들은 선량하나 때론 습격의 공포 때문에 보고 들은 것을 과장하곤 한답니다."

파테카르는 다시 보테로에게서 이도로 시선을 돌렸다.

"만약 여러분이 실제로 인간의 한계를 뛰어넘는 힘을 지녔다면 어째서 맥없이 전투 사제님들 앞에 무릎을 꿇었을까요? 지금 그 수갑을 저에게 풀어달라 요청하기 전에 이미 수갑 따위 두 동강 나 있어야 하지 않습니까."

일정한 톤으로 자신의 평정심을 드러내면서 입가에 띤 웃음으로 상대를 압박한다. 그러나 눈은 웃고 있지 않지. 팔을 어깨 안으로 감추지도 않아. 본인의 위치에 대해 확고한 부동심을 가진 자다.

그것이 파테카르 소남에 대한 이도의 평가였다.

어머니는 이도에게 어떤 종류의 인간은 상대에게 바라는 것이 있을 때마저도 그것을 철저히 숨길 수 있다고 가르쳤다. 그리고 그런 자를 만났을 때엔 상대가 바라는 것을 먼저 짚어내어야 시험에 통과하는 법이라고 알려주었다.

파테카르의 눈은 세 방문자가 어디에서 왔는지 따위는 중요하지 않다고 말하고 있었다. 대신 무엇을 할 수 있는지를 궁금해하고 있었다. 손이 묶인 채 시험대에 오른 이도는 일단 그녀의 장단에 어울려줘야 한다는 걸 깨달았다.

그가 다물고 있던 입을 열었다.

"제 팔을 베어보십시오."

"뭐라고요?"

파테카르의 동공이 미세하게 흔들리는 것을 못 본 척하고 이도는 수갑에 묶인 팔을 테이블 위에 올려놓았다.

"순혈인간들은 우리를 백혈인간이라고 부르지요. 그리고 그런 별명이 붙여진 이유를 당신에게 직접 확인시켜 드리겠습니다."

이것이 일종의 기 싸움이기도 하다는 것을 파테카르 또한 알고 있었다. 그래서 스스로 자리에서 일어나 전투 사제가 건넨 날카로운 단검을 건네받는 데 주저함이 없었다. 이도에게 성큼성큼 걸어온 파테카르는 테이블 위에 살포시 걸터앉은 채 이도의 손을 붙잡아 올렸다.

"당신의 혈관에 흐르는 게 우리의 피와 다르지 않다면 즉결 처분될 겁니다."

이도는 아무런 대꾸도 하지 않았다. 비유적인 의미에서나 실제로나 칼자루는 상대의 손에 쥐어져 있으니까.

파테카르는 칼자루가 위로 가도록 단검을 역수로 잡았다. 그러고는 망설임 없이 이도의 팔목을 일직선으로 그었다. 칼날은 잘 벼려져 있었고 벌어진 상처에서 이윽고 분홍색의 탁한 혈액이 꿀렁꿀렁 흘러나왔다.

지켜보던 자들이 헛하고 숨을 들이마시는 것이 보였다.

"좋아요. 당신들의 말을 믿지요."

파테카르는 단검을 뒤로 밀어놓고 전투 사제 중 우두머리로 보이는 거한에게 턱짓했다.

"자롬스키 사제. 이들의 수갑을 풀어주세요."

그렇게 세 탐사대원은 속박에서 풀려날 수 있었다. 파테카르는 자신이 이도의 팔목에 남긴 상처를 치료해줄 사람을 부르겠다고 했다. 그러나 이도는 그럴 필요 없다고 고개를 내저었다.

"벌써, 자상이 아물었다고요?"

분홍색 피를 닦아내자 이도의 상처는 어느덧 오래전에 아문 것처럼 달라붙어 있었다. 나노봇들이 자신의 몫을 한 것이다.

"그렇습니다. 뼈가 절단될 정도의 상처가 아니면 우리는 금세 재생할 수 있지요. 당신들의 '적'이 누군지는 몰라도 인간이라면 이런 능력을 갖고 있진 못할 겁니다."

카디야는 이도가 자신을 바라보며 미세하게 고개를 끄덕인 것을 캐치했다.

'그렇구나. 대장은 우리의 회복력이 남아 있는지 시험해보고 싶었던 거야.'

마리와의 연결은 끊어진 데다 초인적인 근력 또한 없어졌지만 나노봇 자체에 치명적인 문제가 생긴 것은 아니라는 뜻이었다. 카디야는 이도의 추리에 동의할 수밖에 없었다. 만약 혈관 속 모든 종류의 나노봇이 미리 입력된 반응마저 하지 못할 정도의 상황에 처했다면 세 백혈인간들은 온몸의 구멍에서 혈액을 내뿜으며 사망해야 마땅했다.

즉 방금 이도가 카디야에게 보낸 눈빛의 의미는 이러했다.

'우리의 능력 감퇴는 일시적인 증상일 가능성이 커. 그러니 섣불리 뭔가를 시도할 필요 없다. 흘러가는 대로 지켜봐.'

다만 카디야와 달리 보테로에게는 그 신호가 전달되지 않은 모양이었다.

"좋아! 이제 믿어주는 거지. 내 무기 수거해 간 새끼 누구야? 돌려달라고. 응?"

자신의 자리로 돌아간 파테카르는 피식 웃고야 말았다.

"물론 그래야지요. 하지만 그 전에 우리의 이야기를 끝내야 하지 않겠습니까. 지구와 엘리에셀에 일어났던 일은 너무나 비극적인 일이로군요. 궤도 엘리베이터를 폭격한다는 발상을 진짜로 실행하는 자가 있다니. 우리 게르솜과 지구를 이어놓은 탯줄을 잘라버린 거나 다름없지요. 실로 악마의 사역입니다."

이 타이밍에 성호라도 그으면 참 어울리겠다 생각했지만 파테카르는 아래층에 도열한 냉동 캡슐들을 아련히 쳐다볼 뿐이었다.

"40년의 공백이 생긴 이유는 잘 알겠습니다. 그렇다면 여러분은 대체 무슨 수로 궤도 엘리베이터가 부서진 상황에서 두 번째 방주를 만들어낸 겁니까."

이도에게 그것은 8년 전의 일이었다. 하지만 얼린 상태로 우주를 관통하면서 실제로는 300년이나 더 된 까마득한 일이 되어버렸다.

"우리는 그것을 '이카로스 작전'이라고 불렀습니다."

어머니는 인간을 가리켜 종종 '독주머니'라고 부르곤 했다. 겉으로 드러나지 않을 뿐이지 누구나 타인을 죽일 수 있는 독을 거죽 안에 품고 있는 것이 사람이라 했다.

"탈출구가 없다는 걸 알았을 때 인간은 주변을 향해 마구 독을 풀어놓아 버리지요."

궤도 엘리베이터가 파손되었다는 소식은 결국 소방벽과 대방벽 안을 가리지 않고 널리 퍼졌다. 기아나 우주센터의 연구원과 고위 승무원, 그리고 군수업체에서 파견된 군인들은 소방벽을 둘러싸고 매일 폭동과 시위를 벌이는 자들을 상대하느라 진땀을 빼야 했다.

그들이 원하는 것은 소방벽 안에 사는 자들과 동일한 식량과 자원이었다. 잔존 인류의 수뇌부들이 뭔가 희망의 끈을 만들어내지 못하는 한 돌이킬 수 없는 파멸이 찾아오리라는 것은 자명했다.

"언젠가부터 소방벽 안의 연구자들이 두 번째 방주를 만들어낼 것이라는 소문이 돌았습니다. 그리고 우주에서 만들어졌던 게르솜과 달리 엘리에셀은 지표면에서 만들어져 발사될 것이라 사람들은 떠들었죠."

그리하여 소방벽 바깥에 터전을 잡은 이들의 분노와 광기는 가라앉는 듯 보였다. 하지만 문제는 방주가 정확히 언제쯤 완성될지는 오리무중인 반면에 대방벽 바깥에서는 광견병에 휩쓸린 식인 괴물들이 계속 늘어나고 있었다는 점이다.

　남아메리카 대륙의 최남단에서부터 좀비들은 꾸준히 북진했다. 마치 아무리 멀리 떨어져 있어도 싱싱한 고기를 탐지하는 방법이라도 있다는 듯이. 자연스레 대방벽 주변에서 목격되는 좀비 떼의 숫자가 늘어나고 있었다. 그리고 개중에는 대방벽의 거대한 높이를 위협하듯 기어오르려는 특이 개체들도 섞여 있었다.

　"어느 날엔가 보초를 서는 병사들이 대방벽의 높이 절반을 우습게 뛰어넘는 위치에 새겨진 자국을 발견했습니다. 양팔을 가진 누군가가 있는 힘껏 할퀸 자국이었죠."

　그 소문은 어떤 악취보다 빨리 퍼졌고 생존자들의 꿈자리는 한층 더 사나워졌다. 방벽 위의 자동 포탑은 모든 면적을 감당할 수 없었다. 언젠간 대방벽 위에 좀비 한 마리가 최초로 올라오는 순간이 다가올지 몰랐다.

　"그래서 7구역이 만들어졌습니다. 바닥까지 내려가버린 자들 중에서도 결국 밀려나버린 자들이 모인 곳이 바로 7구역이었죠."

　대방벽의 남쪽에 '임시 방벽'이 생겼다. 대방벽의 절반 높이에 불과한 위태로운 벽이. 그리고 태양이 작열하는 낮이 되면 우주센터에서 날아온 헬기가 7구역 중앙에 식량을 떨구고 사라졌다.

　갈 곳 없이 버려진 아이들, 끔찍한 범죄를 저질러 추방된 인간 말종들이 그 식량을 줍기 위해 임시 방벽 너머를 제 발로 걸어 들어갔다. 식량을 둘러싸고 매일 살육이 벌어졌고 패거리가 만들어졌다. 교활하게도 헬기가 날아오는 시간은 일정하지 않았다. 그렇기에 유리한 지점을 차지하기 위한 고지전이 연일 반복되었다.

그리고 그런 '고기 방패'들을 뜯어 먹기 위해 좀비들이 습격해 왔다.

"보테로는 제게 독종 중의 독종이라고 말하곤 합니다. 그것은 제가 어릴 적부터 7구역에서 버티며 살아남은 존재이기 때문이지요."

하지만 이도가 말하지 않은 것이 있다. 자신은 단순한 생존자가 아니라 그들의 제왕이었으며, 그 왕좌는 세습된 것이었음을. 가장 오랫동안 7구역에서 싸웠고 쓰레기통에 숨겨놓은 어린 아들을 위해 목숨을 걸었던 여인이 있었음을.

이도는 쓰레기장을 떠나서야 7구역에서 원하는 것을 가져오는 자가 얼마나 대단한지 깨달을 수 있었다.

좀비가 굶주린 자들을 덮칠 때 경비대가 출동하는 20분 동안 생존할 수 있는 기력을 지닌 자, 서로를 음해하는 패거리들 사이에서 뒤통수를 맞기 전에 한 발 앞서 상대의 뒤통수를 쪼개버린 자, 그런 자들 사이에서 왕으로 인정받는다는 뜻이었다.

어머니는 언젠가부터 좀비를 맞닥뜨렸을 때 경비대를 기다리고만 있어선 안 된다는 걸 깨달았다. 좀비를 '사냥'하는 법을 알아야 했다. 포식자에 대해 공부하고, 녀석들이 어떻게 움직이는지, 어떤 환경에 반응하는지 익혀나갔다.

즉, 고기 방패들을 밀어 넣은 7구역에서 가장 뛰어난 좀비

사냥꾼들이 만들어지기 시작했다. 이도는 그것마저도 소방벽 수뇌부들의 계획 안에 있었는지 궁금할 때가 있었다. 물론 그 생각에 매달리는 대신 자신의 발목에 매달리는 좀비의 머리를 쪼개는 데 열중하곤 했지만.

"그리고 어느 날. 단 한 번도 바깥을 향해 열리지 않았던 소방벽이 7구역의 생존자들을 불러들였습니다. 그리고 말했죠. 우리야말로 끊어진 하늘 사다리에 다시 올라갈 수 있는 자들이라고. 자신들이 '이카로스 작전'이라고 이름 붙인 대계를 성공시키기 위한 열쇠가 우리들이라고."

소방벽 안에서 실제로 방주는 만들어지고 있었다. 그러나 그것을 쏘아 올릴 수 있는 엔진과 핵심 부품은 지구와 달 사이의 라그랑주 포인트에 떠다니고 있었다. 화룡점정. 누군가 천공을 향해 뛰어올라 용의 눈을 가져와야만 했다.

대가는 달콤했다. 방주의 한편. 소방벽 안의 사람들이 전유하고 있는 카난행 티켓.

"애초에 백혈인간은 전투를 위해 만들어진 것이 아닙니다. 우주공간에서 맥없이 죽어버리는 인간의 한계를 넘어서기 위해 고안된 시술이었죠."

죽음의 문턱을 넘어 새로운 신체를 부여받은 백혈인간들은 훈련을 거친 다음 '이카로스 작전'에 투입되었다. 그것은 화물용 운반수단인 매스 드라이버를 타고 궤도 엘리베이터가 끊긴 지점을 돌파, 목숨을 걸고 라그랑주 포인트까지 날아가야 하는 무모한 작전이었다.

급격한 기압 변화를 견디며 적은 산소로도 오래 활동할 수 있는 백혈인간만이 가능한 임무였다. 그럼에도 불구하고 궤도 엘리베이터가 끊긴 지점에서 열두 명의 백혈부대원들이 데브리에 맞아 돌아오지 못할 강을 건넜다.

끝끝내 라그랑주 포인트에 도착한 이도와 동료들은 방주 엘리에셀의 심장이 될 '이카로스의 상자'를 지상으로 떨어뜨렸다.

기아나의 북해에 불시착시켜선 곤란했다. 바다에서 회수하다가는 좀비 떼에게 포위당할 가능성이 너무 컸다. 그래서 '이카로스의 상자'는 대방벽의 동쪽 평원에 운석처럼 충돌했고 주변을 배회하던 좀비 떼들을 가루로 만들어버렸다.

거대한 인공 크레이터가 만들어졌고 어쩌면 온 남미 대륙에서 배회하던 좀비들이 그 소리를 들었을 것이다. 상자를 회수하는 작전엔 살아남은 모든 백혈부대원들뿐 아니라 대방벽 안의 병력 전체가 투입되었다.

좀비 떼가 다시 몰려들기 전까지 상자를 대방벽 안으로 들여오는 것. 그 수송 작업에 전 인류의 생명이 걸려 있었기 때문이다.

우주로 올라갔던 이도.

상자를 대방벽 안으로 끌어왔던 보테로.

그리고 그들이 귀환하고 문이 닫힐 때까지 무수한 좀비들을 척살한 카디야.

스스로 피를 바꾸는 선택을 하고 우주에서 태양의 마차를 훔쳐 온 세 전사들은 지금 표류선의 선장과 독대하는 중이었다.

"닥터 파테카르 소남. 당신의 눈으로 직접 확인했지요. 내가 흘린 탁한 피가 바로 우리를 이곳까지 도달하게 한 연료였습니다."

길쭉한 수면 캡슐에는 얇은 성에가 끼어 있었고 직경 30센티미터의 창을 통해 잠들어 있는 이의 평온한 얼굴을 들여다볼 수 있었다. 이도와 파테카르 소남은 냉동 캡슐이 열을 지어서 있는 수면실을 거닐고 있었는데, 파테카르는 승객들의 얼굴을 하나하나 확인하면서 천천히 걸었다. 이도나 그의 뒤를 따라오고 있는 백혈인간들과 달리 평범한 인간인 파테카르는 두터운 방한 슈트를 걸친 채였다.

"사람들이 왜 저를 닥터라고 부르는지 물었지요."

"의사였다 하지 않았습니까."

"그렇게 말하면 좀 부끄럽군요. 정확히 말하면 저는 수면 테라피스트였습니다. 캡슐 속에서 잠들어 있는 동안 악몽을 꾸는 승객들이 적지 않았거든요. 저는 사이버네틱스 연구자들의 도움을 받아 그들이 '원하는 꿈'을 꿀 수 있도록 뇌파를 조정하는 일을 했습니다."

파테카르가 어느 캡슐 앞에 멈춰 섰다. 얼굴에 주근깨가 난 어린 소년이었다.

"이 아이의 이름은 요르겐센입니다. 카난의 바다에서 다이빙을 해보는 것이 꿈인 친구였지요."

이도는 왠지 파테카르의 다음 말을 예상할 수 있을 것 같았다.

"지금 이 순간에도 꿈을 꾸고 있다는 겁니까?"

"네. 꿈속에 있을 때 그들은 자신이 실제의 삶을 체험한다고 생각합니다. 요르겐센은 아무런 사고 없이 가족과 함께 카난에 도착해서 물장구를 치고 있을 겁니다."

"행복한 꿈을 꾸다가 깨면 더 우울해지는 법입니다."

그러자 파테카르는 확신에 찬 얼굴로 답했다.

"깨우지 않으면 되지요. 영겁에 가까운 시간 동안."

"영겁이라니."

요르겐센의 캡슐에서 손을 뗀 파테카르는 다시 속을 알 수 없는 표정으로 돌아와 설명을 시작했다. 엘리에셀의 선원들은 지금껏 모르고 있었던, 게르솜의 연대기를.

첫 번째 방주에 역병이 창궐했을 때 최후의 저지선이 되었던 구획이 바로 파테카르가 담당하던 제3수면구획이었다.

"재난이 일어나고 머지않아 이곳은 포화 상태가 되었습니다. 워프 드라이브에 돌입하려면 승객들이 캡슐 안으로 들어가 냉동되어야 하는데, 감염된 구획이 너무 많았기에 그것은 위험천만한 일이 되었습니다."

"승객들이 잠들어 있는 동안…… 좀비들이 넘어올 수 있으니까?"

"네. 그래서 우리는 태양 돛을 펼친 뒤 두 번째 방주인 엘리에셀이 오기만을 기다렸습니다. 그러나 우리가 계산한 시점으로부터 한 해가 지나고 두 해가 흘러도 엘리에셀의 접근 소식은 들려오지 않았습니다. 그들이 우리를 지나쳤다 해도 신호조차 받지 못한다는 것은 불가능한 일이었는데 말이지요."

게르솜의 생존자들이 지구의 궤도 엘리베이터에서 일어난

비극을 알 수 있을 리 없었다.

"결국 우리는 두번째 방주에 무언가 사고가 일어났다는 걸 받아들이기로 했습니다. 아무도 우릴 구조하러 오지 않는다는 걸 깨닫기까지 얼마나 많은 한숨이 우주선을 채웠을까요. 그 직후 두 파벌로 나뉘어서 몇 달 동안이나 토론을 계속했습니다. 제2수면구획에 우글대는 좀비들을 처리하고 무리해서 비행을 계속하자는 비행파와……."

파테카르는 자신의 가슴에 손을 올렸다.

"이 배가 유령선이 된 것을 인정한 뒤 태양 돛의 에너지를 모두 수면 캡슐로 돌려 우주공간에서 영원한 잠에 빠지자는 수면파로 나뉘었지요. 짐작하시다시피 저는 수면파의 대표였고요."

주변을 둘러보면 어느 쪽 진영이 승리했는지는 쉽게 알 수 있었다. 그러나 이어지는 이야기는 그것이 피로 물든 승리였다는 걸 암시했다.

"결론은 쉬이 좁혀지지 않았습니다. 수면파는 지구에서도 몰아내지 못한 좀비들을 이 우주선 안에서 깨끗이 청소한다는 것이 자살 행위라고 비난했고, 비행파는 영원한 잠이라는 것이 결국은 확정된 멸종의 속도를 늦추는 일일 뿐이라고 공격했지요."

재난에 직면하는 인간의 태도가 두 개로 나뉜 것이다.

그것을 듣고 있던 보테로가 상황을 단순화시키는 자신의 재주를 발휘했다.

"희망 고문에 시달리다 좀비한테 물려 죽든가, 깨지 못하는 꿈속에서 얼어 죽든가. 그런 선택이군. 어렵네."

파테카르가 물어왔다.

"이도. 당신이라면 어떻게 했겠어요? 누구의 손을 들어주고 싶나요."

이도의 등 뒤에서 카디야의 시선이 느껴졌다. 하지만 이도는 고민할 것도 없다는 듯 잘라 말했다.

"나는 굴복하는 순간 죽는 곳에서 자랐습니다. 자신을 속이는 건 한 번도 선택지에 없었지요. 좀비들과 싸우려 했을 겁니다."

"그래요? 당신이 개량된 신체를 선물 받지 못했더라도 그런 용기가 생겨날 수 있었을까요?"

"그랬을 거라 생각합니다."

더 밀어붙일 생각은 없다는 듯 파테카르는 다시 걸음을 옮겼다.

"그 말을 믿습니다. 실제로 나는 당신처럼 말하고 당신처럼 행동하는 자들을 보았으니까. 우리와 그들의 갈등은 점점 심해졌고 이대로라면 서로를 공격해서 주도권을 가지려 할 수 있겠다는 생각이 들었어요. 그래서 제가 의견을 냈지요. 만 명의 승객을 모두 깨워 투표를 하자고. 그리고 더 많은 표를 받은 쪽의 방법에 따르자고."

"투표에서 수면파가 승리했군."

그녀가 고개를 저었다.

"아니요. 투표는 끝을 맺지 못했습니다. 모두가 자신의 운명을 스스로 선택한 뒤 표를 모았으나, 그것을 집계하는 와중에 비행파가 군인들을 습격하고 무기를 훔쳤습니다. 그리고 우주선의 최후미에 있는 원자로를 향해 달아나버렸지요."

카디야가 끼어들었다.

"미리 계획된 습격이었겠군요. 투표에서 패배할 거라 예상해서 일을 벌인 거예요."

"우리로선 그들을 막아설 힘이 없었습니다. 애당초 좀비들에 대한 공포심을 투쟁심으로 이겨낼 만큼 강인한 자들로만 이뤄진 비행파였으니까. 문제는 우리가 그들의 속내를 알 수 없는 상태에서 무기까지 쥐어줬다는 점이었습니다. 그들이 원자로에서 엔진을 수동 모드로 바꾼 뒤 축의 회전 속도를 올리면 수면 캡슐에 들어가지 못한 자는 저기압 때문에 기절하게 됩니다. 최악의 경우엔 그들이 원자로를 폭발시켜 게르솜과 자폭할 거란 이야기도 나왔지요."

"좀비를 너무 미워한 나머지 동귀어진한다. 충분히 가능성 있는 이야기입니다. 나는 지구에서 플라스마 수류탄을 입에 넣고 좀비 떼 한가운데로 뛰어든 녀석도 봤습니다."

"우리 수면파 역시 벼랑에 몰린 상황이었습니다. 그들이 얼마든지 극단적인 선택을 할 수 있었으니까요. 우리에겐 선택지가 없었습니다."

선택지가 없었다는 말이 이도의 눈썹을 꿈틀거리게 했다. 이도가 지구에서 그 말을 들었을 때는 보통 독한 선택을 한 자들이 죄책감을 덜기 위해 꺼내는 변명이곤 했다.

"그들이 원자로에 도착하기 전에 중앙관제실로 한 무리의 동지들을 보냈습니다. 그리고 아론을 수면 모드로 잠들게 했지요. 원자로를 누구도 조작할 수 없도록 하기 위해서. 작전은 성공했으나 떠났던 이들은 돌아오지 못했습니다."

이도는 중앙관제실에서 보았던 처참한 흔적들을 떠올렸다.

"수면파와 비행파가 돌아올 수 없는 강을 건넌 것은 그때부터였지요. 그 후로 몇 년이나 비행파는 우리를 끈질기게 괴롭혔습니다. 그들의 무기에 대항하기 위해서 우리도 무장을 강화할 수밖에 없었지요."

"게르솜 안에서 내전이 벌어졌군요."

"무의미한 희생이 계속되고 있었습니다. 서로의 병력을 깎아 먹다가 어느 한쪽이 완전히 끝장날 때까지는 절대 멈추지 못할 만큼 증오의 골이 깊어졌습니다."

좁혀지지 않는 입장 차이는 필연적으로 점점 넓어지는 피의 강을 낳았다.

"그래서 우리는 전쟁터를 없애버리기로 했습니다. 원자로의 테러리스트들이 우리 구획으로 건너올 수 없도록. 그리고 우리 역시 원자로에 숨어든 그들의 터전을 습격할 수 없도록 중간 구획을 날려버렸지요."

보테로의 표현을 빌리자면 '옆구리 터진 방주'의 몰골을 만든 것은 수면파였던 것이다.

"그제야 우리는 미뤄두었던 계획을 실행할 수 있었습니다. 지구에서의 참혹함을 잊고, 방주에서의 악몽도 지우고, 동족을 말살하기 위해 싸웠던 과오도 묻어둔 채 모두를 깊은 잠에 빠져들게 했습니다."

결국 방주 게르솜은 돛을 부러뜨려 닻으로 삼은 꼴이 되고 말았다.

그리고 기나긴 시간이 흘렀다.

방향타가 부서진 유령선은 찾아오는 이도, 찾아갈 곳도 없는 채로 까마득한 시간을 부유하고 있었다.

탐사대는 파테카르가 꺼낸 숫자에 흠칫 놀랄 수밖에 없었다.

"382년이라고요?"

"네. 저는 해를 세는 것이 무의미하다고 생각하지만 기록을 남기는 사제가 있으니까요."

엘리에셀과 게르솜의 시간 차는 40년 따위가 아니었다. 그 열 배에 가까운 시간 왜곡이 일어난 것이다. 이도는 마리가 자신에게 설명해주었던 '시간 지연' 효과가 실제로 일어난 결과를 보고 있었다.

기나긴 침묵 이후 이도가 입을 열었다.

"하지만 당신은 깨어 있잖습니까. 그리고 이 수면구획 안을 부지런히 돌아다니는 승무원들까지 합치면 족히 100명은 돼 보이는데. 그들은 잠들지 못하는 건가요."

"누군가는 자장가를 불러주어야 하니까요. 사제들 역시 교대로 잠에 들곤 하지만 인간의 수명에는 한계가 있지요. 우리는 신을 믿는 종교 집단이 아닙니다. 다만 잠든 자들을 지키기 위해 깨어 있는 자들은 스스로의 삶을 비료 삼아 타인의 보금자리를 만드는 소명을 받아들인 사람들입니다. 그래서 우리는 서로를 사제라고 부른답니다. 이곳의 냉동 캡슐이 꺼지지 않으려면 계속해서 신선도를 유지하기 위한 냉기가 필수지요. 사제들은 우리가 일궈낸 행복의 온도를 유지하기 위해 스스로 얼음이 된 숭고한 자들입니다."

그제야 이도는 이 수면구획에 들어선 이래 계속 느끼고 있던 어색한 공기의 정체를 깨달았다. 지구에서 단 한 번도 보지 못했던 이타적인 동기로 자신을 불태우는 자들이 이 구획에는 잔뜩 있었던 것이다.

파테카르가 양팔을 펼쳐 등 뒤에 펼쳐진 캡슐들의 행렬을 돋보이게 했다.

"우리가 지켜낸 것을 보십시오. 그 누구도 같은 꿈을 꾸고 있지 않습니다. 지구에서의 가장 소중했던 순간을 반복해서 재생하는 사람도 있고, 아직 오지 않은 미래, 상정할 수 있는 최고의 순간들로 직조된 미래의 벌판을 개척하듯 걸어가는 사람들도 있지요."

파테카르는 세 탐사대원에게 눈을 감고 상상해보라 했다.

누구도 서로를 차별하지 않고 자신도 겁에 질려 타인을 벼랑 끝으로 밀쳐내지 않아도 되는 땅. 기도하면 응답해주는 신이 있는 하늘. 신이 없는 곳에서는 자신이 신이 될 수도 있는 우주. 그 어떤 소망도 거부당하지 않는 세계.

하지만 이도는 파테카르의 말에 고개를 저었다.

"모든 소망을 들어주는 것은 아니로군."

"뭐라고요?"

"좀 전에 카난의 바다에서 뛰노는 소년 이야기를 하지 않았습니까. 딱 하나 저 다이버가 잠수 못 하는 영역이 있다는 얘깁니다."

"그게 무엇인가요."

엄지와 검지를 펴서 총 모양을 만들어낸 이도는 그것을 자신의 관자놀이에 가져다 댔다.

"죽을 수는 없잖습니까. 그저 지루하기 짝이 없는 행복 속에서 질식하는 것. 아니, 질식하는 느낌만 받겠지, 진짜로 숨이 멎지는 않겠지요."

파테카르의 안색이 미세하게 굳었다.

"누구도 스스로 목숨을 끊고 싶어 하지 않습니다."

"그럴까요. 나는 평생 동안 제발 죽여달라고 말하는 이들을 많이 봐왔는데. 그들이 모두 거짓말쟁이였을까."

"고문을 했었나요."

"……모두에겐 아닙니다."

"자살을 하는 이들이 죽고 싶어 한다는 해석은 잘못된 오해입니다. 그들은 삶이 주는 고통을 벗어날 최후의 방법으로써 죽음으로 밀려나는 것이지, 그 누구도 1등을 하고 있는 마라톤에서 제가 먼저 주저앉아 기권하지는 않는 법입니다. 제가 만든 수면 테라피는 모두를 마라톤의 1등으로 만들어주는 수단이고요."

"그 마라톤은 언제 끝납니까."

"끝날 필요가 없습니다."

"그 필요라는 것도 당신이 정한 겁니다. 인간이 계속 1등으로 달리고 싶어 하는 이유는 언젠가 결승점이 올 것이라는 걸 믿기 때문이지요. 아무리 1등으로 달려도, 모든 관중이 자신을 향해 웃어주고 박수쳐주는 환상 속에서도…… 영원히 달려야 한다면 경기장 바깥으로 도망치고 싶어 하는 게 제가 생각하는 인간입니다."

"흐음. 약속된 안식이 인간을 달리게 만든다는 건가요."

파테카르는 잠시 자신의 안으로 침잠한 듯 생각에 잠겼다. 어쩌면 그것은 그녀가 무의식적으로 차단해두었던 생각의 한 갈래였을지도 모른다. 다만 무조건적으로 자신의 말에 복종하는 사제들 사이에서는 그 갈래를 발견할 수 없었던 것이다.

그것이 파테카르를 그리운 상념 속으로 빠져들게 했다.

인간의 자유 의지는 삶 안에서만 유효한 것인가. 자신의 의지대로 끝맺음을 할 수 있어야만 하는 것 아닐까.

노래는 끝이 나야 완성이 되는 법.

피네Fine가 없고 다카포D.C만 있는 악보를 누가 연주하고 싶어 할까.

그것이 이도가 파테카르에게 던진 도발적인 질문이었다.

5

사 냥 꾼 과   사 냥 감

일행은 곧 수면구획의 끝에 다다랐다. 역시 바리케이드와 머신건으로 방비되어 있는 통행로. 그리고 저 멀리 휘어져 올라가는 지평선 너머 트램 정거장이 보였다. 이곳에서 파테카르는 전투 사제들이 갖고 있던 무기를 모두 백혈부대원에게 돌려주었다.

"여러분은 아론을 다시 깨울 바이오 코드를 원하시지요."

단분자 블레이드를 허리춤에 차던 이도가 고개를 끄덕였다. 파테카르가 자신의 방한복 소매를 밀어 올렸다. 그러자 전완근 안쪽에 문신처럼 새겨진 기하학적인 무늬가 드러났다.

"바이오 코드라면 제가 갖고 있습니다. 저 역시 고위 승무원이었으니까요."

보테로의 눈이 휘둥그레졌다. 그리고 소년은 어서 눈앞의 여인을 납치하자는 사인을 이도에게 보내기 시작했다. 그래서 이도는 파테카르도 알고 자신도 알고 있는 사실을 굳이 입 밖에 내야 했다.

"무기를 돌려준 다음에 그걸 보여주는 이유는, 바이오 코드 하나로는 아론을 재가동시킬 수 없다는 의미겠군요."

"명석하군요. 그렇습니다. 아론을 깨우려면 바이오 코드 세 개가 필요합니다. 저 안에 잠들어 있는 고위 선원 중에는 바이오 코드 소유자가 여럿 있지요. 여러분이 그 무기로 우리를 협박한다면 글쎄요. 누구를 깨워야 할지 알아내기란 무척 힘들 것이란 걸 약속드리지요."

파테카르의 협조 없이 얼굴만 나와 있는 냉동 캡슐을 보고 정확히 소유자를 가려낼 수는 없다. 고문과 협박을 할 순 있겠지만 파테카르의 눈빛에선 단호한 자부심만 엿볼 수 있을 뿐이었다.

"여러분이 엘리에셀에서 왔다는 말을 저는 믿습니다. 하지만 다른 사제들에겐 여전히 의심하는 목소리가 있지요. 그런 상황에서는 아무리 저라고 해도 의견을 하나로 모을 수 없습니다.

그리고 잠들어 있는 게르솜은 알갱이가 가라앉아 있는 물통 같은 상태입니다. 아론이 깨어난다면 그 알갱이들이 다시 밑바닥에서 솟구쳐 오르는 셈이죠. 묻어두었던 혼돈이 재림하는 겁니다. 그러니 여러분이 우리 편이라는 보다 확실한 증거가 필요해요."

"증거?"

파테카르는 바리케이드 바깥을 가리키며 말했다.

"원자로의 테러리스트들 중에는 이 구획의 변방을 떠돌며 사제들을 괴롭혀온 존재가 있습니다. 우리는 그자를 '위스퍼러Whisperer'라고 부르지요. 그자를 생포해 와주세요. 그러면 당신들이 적이 아니라는 것, 그리고 아론을 깨울 수 있는 능력까지 있다는 것을 모두에게 납득시킬 수 있을 겁니다."

카디야는 바리케이드의 양옆을 지키고 서 있는 거인, 두 대의 파워드 슈트를 노려보며 말했다.

"저런 살상 병기를 갖고 있으면서 왜 당신들이 직접 그 위스퍼러를 처리하지 않는 거죠?"

"우리는 이미 그자에게 많은 희생을 치렀습니다. 그리고 저 강화 장갑은 위스퍼러에게 통하지 않아요. 이도. 당신은 저에게 지구의 7구역에 대해서 많은 이야기를 해주었죠. 그 이야기를 들으면서 저는 생각했습니다. 오랫동안 우리의 심대한 위협으로 자리 잡은 위스퍼러를 당신이라면 제압할 수 있지 않을까."

"우리가 당신의 부탁을 거절한다면? 이대로 엘리에셀로 돌아간다는 선택지도 있습니다."

이도의 코앞으로 파테카르가 걸어왔다.

"방금 전까지 그 많은 이야기를 나누는 와중에도, 당신의 눈은 계속 캡슐의 얼굴들을 향해 있더군요. 그건 분명한 사실을 말해줍니다. 저는 만 명의 소망을 관리하는 존재. 아무리 태연함을 가장하더라도 절실하게 무언가를 바라는 자의 눈은 저를 속일 수 없답니다."

흘러나오는 입김에는 파테카르의 확신이 함께 담겨 있었다.

"당신은 게르솜에서 누군가를 찾고 있어요. 그리고 그 사람의 존재가 당신으로 하여금 지구에서의 삶을 버텨내게 했을 거예요."

이도는 자신도 모르게 주먹을 움켜쥐었다. 그 반응에 카디야와 보테로가 놀랐음은 물론이다. 그들에게도 밝히지 않았던 깊은 속내를 방금 파테카르가 짚어냈기 때문이다.

이번에는 이도가 파테카르를 향해 한 걸음 걸어왔다. 조금만 움직이면 이마가 맞닿을 만큼 가까운 거리.

"내가 그 사람의 신병을 원한다면 어떻게 할 겁니까."

"드리지요. 위스퍼러가 없어진다면 지금 깨어 있는 채로 생명의 모래시계를 낭비하고 있는 사제들을 다시 꿈의 세계로 보낼 수 있습니다. 단순한 시험이 아녜요. 이건 저에게도 절박한 문제입니다."

"거래를 하자는 거군요."

"물론 이것이 깨끗하지 못한 거래라는 걸 알고 있습니다. 하지만 말씀드렸듯이 저는 '닥터'이지 '랍비'가 아닙니다. 얼마든지 손을 더럽힐 수 있어요."

"반드시 생포해 와야 하는 이유는?"

"그것까지 알려드릴 순 없습니다."

"위스퍼러라는 자가 감염되었을 수도 있습니다."

그러자 파테카르는 소리 내어 웃었다. 마치 어이없는 농담을 들었을 때처럼.

"제가 게르솜을 가리켜 유령선이라고 말하는 건 자조의 의

미만 담긴 것은 아닙니다. 진짜 유령이 이 배 안에 돌아다니고 있기 때문이에요. 우리에게 좀비보다 훨씬 무서운 것이 있다면 단 하나, 위스퍼러입니다."

파테카르는 이도에게 유령을 잡아 와달라고 부탁하고 있는 것이다.

"사냥꾼이라 하셨지요. 부디 이번에도 여러분의 사냥이 성공하기를."

꾸웅.

보테로는 결국 최대치로 팽창시킨 전투망치를 떨구고 말았다. 쥐가 온 듯 손가락이 파르르 떨리고 있었다.

"안 되나?"

"씨발, 안 돼. 근력이 형편없어졌어."

전투망치는 대기 중에 떠다니는 수소를 압축해 헤드의 끝부분으로 끌어당겨 무게를 변환시키는 무기였다. 백혈인간의 괴력으로만 휘두를 수 있는 좀비 분쇄기. 하지만 언제나 자유롭게 망치를 휘두르던 보테로가 지금은 들어올리기도 버거워하고 있었다.

이도는 낑낑대던 보테로를 바라보다가 더는 시간 낭비를 할 수 없다고 판단했다. 평범한 망치 상태로 줄인 뒤 소지할 수밖에 없다는 뜻이었다. 보테로는 투덜대며 "나 칼도 잘 쓰는데 빌려줄 생각 없어, 대장?" 하고 질척댔지만 일언지하에 거절당할 뿐이었다.

"이유는 알 수 없지만 나노머신의 움직임에 큰 제약이 걸려 있는 것 같다. 마리와의 통신이 끊어진 순간에 우리의 힘이 약화되었지. 두 현상이 동시에 일어난 걸 우연이라고 볼 순 없어."

카디야가 생각났다는 듯 말했다.

"그러고 보니 마리는 지금 뭘 하고 있을까요? 녀석 입장에서는 갑자기 우리와 접촉이 끊어진 상황이니 어딘가에서 발만 동동 구르고 있을 텐데."

"뭔가 조치를 취하고 있을 거다. 우리의 지능으로 AI의 다음 수를 예측하는 건 비효율적이야. 세 개의 맷돌을 돌려봤자 돌 부스러기만 많아질 뿐. 차라리 우리의 다음 행동을 마리가 시뮬레이션으로 예측할 거라 믿고 지금 상황에 집중하는 수밖에."

카디야는 물끄러미 이도의 얼굴을 쳐다보았다. 분명 그의 태도는 평소와 달랐다. 만약 카디야였다면 '위스퍼러 사냥' 같은 요청 따윈 묵살하고 왔던 길로 되돌아가 마리와 재접촉할 길을 찾으려 했을 것이다. 자신이 봐온 이도 역시 생존에 필요 없는 수는 던지지 않는 사내였다.

'생존이라.'

백혈 시술을 받은 직후 살아남은 자들은 부적합 판정을 받은 이들의 시체 더미 사이에서 일어나야 했다. 카디야는 그들의 몸에서 흘러나온 분홍색 피로 온몸을 적신 채 익숙한 얼굴들을 내려다봤다. 그들을 전우라 부를 순 없을 것이다. 오히려 기회만 나면 시체 토막으로 만들기 위해 서로를 노리던 앙숙들이었다. 그래도 동정심이 드는 것은 어쩔 수 없었다.

부조리했기 때문이다.

왜 카디야는 살고 그들은 죽었을까.

신체 능력의 차이도 아니었고, 갖고 있는 신념의 유무나 쌓아온 업보 때문도 아니었다. 그저 우연이었다. 확률의 장난은 누구도 예측할 수 없으니까. 얼마든지 지금 피의 강에 엎드린 채 죽어 있는 게 카디야의 처지일 수 있었다.

살아남은 자들은 한데 모였다.

그들은 음식도, 물도 거부했다.

다만 서로 한데 뭉쳐 격렬하게 난교를 펼치기 시작했다. 폭력에 가까운 성교였다. 성별도 가리지 않았다. 쾌락을 위해서는 아니었다. 죽을 뻔한 위기를 극복하고 나자 자신이 살아 있다는 감각을 확인해야만 안도할 수 있었기 때문이었다. 누구도 그것을 방해할 수 없었다. 수뇌부들은 그들을 내버려두었다. 그 강력한 운동에너지를 서로가 아닌 다른 이들에게 해방시킨다면 그것 또한 재앙이었을 테니.

그러나 이도는 혼자서 쓸쓸히 있었다. 카디야가 알몸으로 다가왔을 때도 무덤덤했다.

'왜 왔나.'

'왜일까요.'

'자네, 나랑 그런 감정 있지 않았잖아.'

'꼭 감정이 있어야만 몸을 섞진 않습니다. 우리의 피가 하얀색이 아니었을 때도 그건 마찬가지고요.'

'서로가 괴물이 아니라 여전히 인간이라는 것을 확인받고 싶은 거지. 일종의 자기 최면 의식이야. 하지만 내겐 그런 의

식 따위 필요 없어.'

'저런 의식 없이도 본인이 인간이라는 것을 의심하지 않는 다는 건가요?'

'아니. 내가 인간이든 아니든 상관없다는 뜻이야. 방주에 올라탈 자격이 생겼다는 것으로 충분해.'

카디야가 이도에 대해 뭔가 중요한 것을 오해하고 있다는 걸 깨달은 것은 그 순간이었다. 죽어가던 자신을 살려주었지만 이도는 카디야에게 어떤 대가를 바란 적이 없었다. 물론 자신의 바람도 들어주지 않았다. 자연스레 드는 궁금증. 대체 이 사내가 원하는 것은 무엇일까.

'아무리 그래도 죽는 건 싫겠지.'

바로 그것을 오해하고 있었다. 카디야는 이도가 바라는 게 생존조차도 아니라는 걸 알게 되었다. 그에게 있어 생존은 목적이 아니었다. 수단일 뿐이다. 목적을 이루기 위해 필요하니까 숨을 붙여두고 있는 것이다.

당신은 인간이 맞습니까. 희박한 확률을 뚫고 살아남아 난교를 벌이고 있는 저들이 오히려 훨씬 인간다운 반응일 텐데.

'인간이 아니라면 당신을 무엇이라고 불러야 할까.'

그러나 오랜 시간이 지난 후 카디야는 상관없다고 생각했다. 전장에서 총기를 들어 좀비들을 쏴 죽여나갈 때마다 자신도 점점 무언가로부터 멀어지고 있다는 걸 체감했기 때문이다.

'우리가 무엇이든 상관없어요. 적어도 같은 색깔의 피를 갖고 있으니까.'

이번에도 카디야는 묻지 않기로 했다. 총잡이가 가져야 할 덕목에는 위치 선정도 있었다. 자신에게 가장 안전한 위치에서 호흡을 갈무리하는 감각.

"꽤 왔는데. 아직 신호가 없나."

이도가 물어왔다.

카디야의 플렉시블 슈트의 흉부 한가운데에는 작은 패널이 부착돼 있었다. 전방의 생명체를 탐지할 수 있는 열 감지 레이더였다. 자롬스키라는 전투 사제가 넘겨준 것이었다. 자롬스키의 표정에는 자존심을 구겼다는 굴욕이 담겨 있었다. 위스퍼러를 사냥했던 시간이 무척 고단하고 길었으며 그 실패의 역사 또한 짧지 않았음을 짐작케 하는 얼굴이었다.

"없습니다. 하지만 전투 사제가 말했어요. 그저 앞으로만 걸어도 유령을 만나게 될 거라고. 그가 우리들을 찾아올 거라고."

바리케이드로부터 얼마나 멀어졌을까. 그들은 다양한 로봇 암들이 천장과 벽면의 레일을 타고 분주히 움직이고 있는 일종의 공장 같은 시설 안으로 들어왔다. 도면을 입력하면 그대로 출력하는 3D 프린터들이 원통형 모듈 안에서 내려오지 않는 명령을 기다리고 있었다. 인기척 없이 모터와 로프들이 움직이는 소리만이 방문자들을 반겼다.

"끔찍하군."

그리고 머지않아 그들은 큼직한 갈고리에 가슴이 꿰뚫려 죽어 있는 희생자들을 발견했다. 시신의 형체는 남아 있지 않았지만 의복을 보아하니 사제들인 것 같았다. 각기 다른 치명상을 입은 시체들이 마치 전시장의 패널처럼 허공에 진열되어 있었다.

"그 위스퍼러라는 녀석이 한 짓이겠죠?"

카디야는 자신의 눈높이에서 흔들리고 있는 시체의 신발을 툭 건드려보았다.

"경고하는 것 같군. 이 너머로 다가오면 너희도 이 꼴이 난다. 이런 뜻이겠지."

세 백혈인간은 너나 할 것 없이 모두 좀비에 대해 빠삭했다. 하지만 인간의 시체에 관해서는 보테로가 셋 중 가장 뛰어난 안목을 갖고 있었다. 일종의 전문가였다.

"뭔가가 맞지 않아. 스타일이 괴상해."

"스타일?"

이도의 질문에 보테로는 어깨에 짊어지고 있던 전투망치를 들어 시체들을 하나하나 가리켰다.

"피격당한 부위를 보면 습격자에겐 전혀 망설임이 없어. 명백히 죽일 목적이었던 거야. 그런데 이상하단 말이지. 솜씨는 형편없거든. 일격에 사람을 죽이는 포인트를 모르는 것 같아. 프로페셔널한 킬러나 훈련받은 병사는 아닌 거지."

"망설임이 없는 어설픈 살인자라는 건가?"

"그러니까 스타일이 괴상한 거야. 물론 기술 없이 어설픈 녀석들 중에서도 얼마든지 살인에 미쳐 돈 놈은 있어. 하지만 그런 녀석들은 보통 감정을 주체 못 하고 시체를 망가뜨려. 어느 정도로 때려야 사람이 죽는지 정확히 몰라서 엉망이 될 때까지 짓밟는 거야. 훈련받지 않은 채로 일방적인 폭력을 휘두를 수 있게 되면 녀석들은 폭력의 쾌감을 통제 못 해."

보테로는 흥미로운 퍼즐을 받아 든 아이 같은 얼굴을 하고 있었다.

"주저흔이 없다는 건 죄책감이 없다는 것. 그렇게 감정 없이 상대를 처리하는데 실력은 또 아마추어? 정말 기괴한 조합이야. 지구에서도 이런 녀석은 본 적이 없어."

"그러니까 유령이겠지."

그들이 안으로 들어갔을 때 무언가가 시야에 포착되었다. 반사광이었다.

"숙여!"

이도와 보테로는 카디야의 말이 끝나기도 전에 이미 그녀를 따라 바닥으로 몸을 굴렸다. 그러자 창문을 뚫고 날아온 물체가 바닥에 꽂혀 파르르 떨었다. 벽에 바싹 달라붙어 날아온 물체의 정체를 확인한 셋은 황당한 기분이 되었다.

"저게 뭐야?"

우주선 천장에서 흔히 볼 수 있는 대형 팬이었다. 카디야가 고개를 내밀어 회전날개가 날아온 곳이 최소 300미터나 떨어져 있음을 알아냈다.

"대장이라면 저 정도 크기의 물건을 이렇게 집어던질 수 있겠어요?"

"근력이 약화되지 않았을 때라도 자신 없는데. 위스퍼러라는 녀석이 우리보다 힘이 셀 수도 있겠어."

하지만 보테로의 생각은 달랐다.

"아닐걸. 이걸 왜 집어던졌겠어. 녀석이 근접전엔 완전히 맹물이라는 거에 나는 한 표."

결국 그들은 위스퍼러의 정체를 알기 위해서라도 단기 결전으로 승부를 봐야 한다는 것에 합의했다.

이도가 다시 몸을 일으켜 공격을 유도했다. 그러자 이번에도 바람을 가르는 소리와 함께 무언가가 직선 궤도로 날아왔다. 이도가 옆으로 몸을 굴렸고 그와 거의 동시에 욕실용 파이프가 날아와 박혔다.

"카디야, 확인했나?"

"네. 응사합니다."

최대 출력으로 완충된 카디야의 레일건이 박살 난 창문의 난간에 얹혀 있었다. 레일건에서 자기력을 내뿜으며 날아간 탄환은 위스퍼러가 있을 거라 추측되는 구획에 요란한 광경을 만들어 냈다.

탐사대는 일제히 공격이 날아온 방향을 향해 스프린터처럼 달려 나갔다. 그 와중에 상대는 계속 위협적인 물체를 투척했으므로 프린터의 원통이나 튼튼한 기둥 뒤로 몸을 숨기며 질주했다.

보테로가 소리 질렀다.

"방금 봤어? 변기가 날아왔어, 변기가!"

"아무거나 막 던질 수 있는 모양이다."

"그러니까 우리도 로켓 런처 같은 걸 가져왔어야지, 젠장!"

"까불지 마, 보테로. 생포해서 데려오는 게 목적이야. 불에 탄 시체 조각을 회수해 가는 게 아니라고."

거리가 근접하자 온갖 기물을 포탄처럼 쏘아대던 상대가

잠잠해졌다. 덕분에 그들은 달리던 속도를 조금 늦추고 카디야의 슈트에 부착된 패널을 살폈다.

"어, 어떤가?"

"앞에, 하아, 앞에 있어요. 200미터 안쪽이에요. 헉헉."

"조, 존나 숨차네. 이것도 다 위스퍼러가 한 짓, 헉헉, 아니야?"

보테로가 의문을 제기했지만 이도는 회의적이었다. 백혈시술은 극악한 인체실험을 거쳐 인류가 손에 넣은 악마의 선물이었다. 재난에 휩쓸린 게르솜에서 개발되지도 않은 나노봇을 컨트롤할 능력이 있을 리 없다.

"마리가 마지막으로 말한 건 '역장'이란 단어였다. 우리 능력이 저하된 건 아마도 그 역장 때문일 거야. 그게 일으키는 방해 전파 같은 것이 나노봇에 영향을 주는 것 같다."

"우리가 재수 없게 얻어 걸렸다는 거야?"

그들은 곧 카디야가 위협사격을 했던 장소까지 다다랐다. 레일건이 난장판을 만들어놓았는데, 그 한가운데 거대한 로봇 암이 있었다. 세 개의 관절로 맹회전이 가능한 로봇 암이었다. 이도가 그것의 회전축 파트를 만져보자 후끈한 열기가 느껴졌다.

"이걸로 우릴 공격한 거군. 인간의 힘이 아니었어."

카디야는 제3수면구획에서만 유독 힘을 쓸 수 없는 이유에 대해 솔깃한 가설을 내놓았다.

"위스퍼러는 기계를 다루는 힘이 있는 거예요. 그러니까 파워드 슈트를 입고 싸울 수가 없는 상대였던 거죠."

정체를 알 수 없는 적수가 괴력을 발휘하는 초인이나 유령이 아니라는 것을 확신한 백혈인간들은 더욱 포위망을 좁혔다. 그리고 드디어 생체 반응이 있는 곳에 도착했다.

"뭐야, 여기는? 학교?"

오색 찬연한 인테리어가 그들을 반겼다. 벽지에는 우주선이나 냉동 캡슐, 마법을 쓰는 생쥐를 그린 그림들이 덕지덕지 붙어 있었다. 그리고 아이들이 갖고 놀 법한 미끄럼틀이나 바람 빠진 기린 모양의 짐볼 등이 널브러져 있었다.

"가까이에 있어요."

카디야의 얼굴은 붉은 핀 라이트를 받은 것처럼 발그레했다. 열 탐지 패널이 생명체의 존재가 가깝다고 알려주고 있었다.

그들은 의자와 책상이 아무렇게나 넘어져 있는 교실 안에 들어섰다. 그러자 보고도 믿을 수 없는 일이 일어났다. 바닥에 뒹굴고 있던 펜이 허공으로 날아올라 칠판을 향해 움직인 것이다. 예상 밖의 광경에 세 백혈인간들은 접근을 멈췄다.

이윽고 펜은 누군가 붙잡고 움직이는 것처럼 칠판에 글씨를 써나갔다.

'돌아가. Go Back.'

그리고 글씨를 완성한 펜은 허공에서 반 바퀴를 돈 다음 이도를 향해 날아왔다. 이도는 단분자 블레이드의 넓은 면으로 펜을 탁 쳐냈다. 바닥에 데구르르 구른 펜은 더 이상 움직이지 않았다.

"대장, 진짜로 유령 아냐?"

"유령이 실존하는지 아닌지는 모르겠지만 적어도 열탐지에 걸리지는 않을 것 같은데."

그때 단 한순간도 패널에서 시선을 떼지 않고 있던 카디야가 숨을 들이켜더니 주변을 두리번거렸다.

"신호가 우리들 뒤로 돌아갔어. 다시 돌아가고 있다고. 이게…… 말이 돼?"

이도는 천장을 가리키며 보테로에게 말했다.

"너처럼 배기 통로로 이동하고 있는 거 아닐까?"

"아니. 나도 그 좁은 데선 이렇게 빨리 움직일 수 없어. 그리고 아무 소리도 없이 포위망을 어떻게 빠져나가. 잠깐, 소리가 없다?"

보테로는 뭔가를 깨달은 듯 교실을 빠져나와 넓은 통로 위에 섰다. 이도와 카디야는 일단 그의 뒤를 쫓았다. 보테로는 거기서 안내 데스크에 세워져 있던 화분을 들더니 바닥을 향해 힘껏 내리쳤다.

카디야가 고개를 갸웃했다.

"음. 설마 위스퍼러가 그 안에 숨어 있을 거라 생각했던 건 아니지?"

그러나 보테로는 검지를 들어 입술에 가져갈 뿐이었다. 계속 기다렸지만 아무런 일도 벌어지지 않았다. 그리고 이도는 보테로의 눈에 이채가 감도는 것을 보고 깨달았다. 아무런 일이 벌어지지 않는 거야말로 보테로의 추리가 맞아떨어지고 있다는 소리였다.

"명탐정 보테로, 알아냈다. 녀석이 어떻게 소리 없이 움직이는지."

"뭘 알아냈는지 설명해라."

"주변을 둘러보라고, 대장. 완전 난장판이지 않아? 우리가 지나왔던 구역들 중에서 이렇게 정리가 안 된 곳이 있었어?"

그의 말이 옳았다. 광견병에 전염된 좀비들이 휩쓸고 지나간 구역들도 이렇게 엉망이진 않았다. 이 우주선엔 사람들의 보행로가 더러워지는 것을 용납하지 않는 청소부들이 있었기 때문이다.

"로보클리너가 오질 않는다?"

카디야의 말에 보테로는 힘차게 고개를 끄덕였다.

"그래. 그 깜찍한 녀석들이 출동하질 않잖아. 이게 뭘 뜻하는 거겠어. 로보클리너들이 활보하면 안 되는 이유가 위스퍼러한테 있는 거겠지."

그리고 보테로는 자신의 발아래를 가리켰다. 그것이 의미하는 바는 명징했다.

위스퍼러는 선원들의 눈에 로보클리너들이 뜨이지 않도록 숨겨둔 폐기물을 옮기는 통로를 이용하고 있다.

보테로는 벽면에 붙어 있는 그림들을 살펴보았다. 엉성한 손놀림으로 삐뚤빼뚤 칠을 한 그림들이 전시회를 펼치듯 옹기종기 모여 있었다. 그중에서 시선을 사로잡는 것은 단연 생쥐들이었다. 무언가를 찾아 나선 보테로는 곧 무너진 책장 옆에 펼쳐져 있던 만화책을 한 권 집어 들었다.

"있을 줄 알았어. 쿤타 생쥐해적단."

보테로가 자랑스레 그것을 내밀자 이도의 눈에 '7권: 거대

문어의 습격'이라는 제목이 들어왔다.

"그걸로 뭘 하겠다는 거지."

보테로는 설명 대신 직접 보여주겠다는 듯 손아귀에 힘을 줘서 만화책을 북북 찢어댔다.

"두더지 같은 새끼. 땅굴에서 나올 수밖에 없도록 해주지."

보테로가 카디야의 레이저 블라스터를 향해 손을 뻗었다.

"그것 좀 빌려줘."

그리고 블라스터의 모드를 비살상용 출력으로 바꾼 뒤 찢어낸 페이지를 한 장씩 지져대기 시작했다. 이윽고 레이저의 고열을 이기지 못하고 불이 붙었다. 보테로는 불붙은 종이 뭉치를 로보클리너용 통로 출입구에 밀어 넣었다. 이윽고 매캐한 연기가 통로마다 새어 나오게 됐다.

이도는 그것이 무식한 방법이지만 효과는 확실하겠다고 판단했다. 보테로는 지금 로보클리너들이 다니는 통로에 불을 붙여 빠져나올 수밖에 없도록 유도하려는 것이다.

"보테로. 만약에 통로 안에 스프링클러라도 있다면 어떻게 할 거지?"

"그러면 일은 더 쉬워지지, 대장. 불에 그을린 두더지든 물에 젖은 두더지든 허겁지겁 뛰쳐나오지 않겠어?"

보테로의 말은 반은 맞고, 반은 틀렸다.

그가 일곱 번째 불붙은 페이지 뭉치를 통로에 집어넣은 순간 괴물체가 보테로의 몸을 덮치며 모습을 드러낸 것이다.

하지만 그건 물에 젖은 두더지가 아니었다. 수십 개의 다리를 가진 '대왕 지네'였다.

"우악! 뭐야!"

대왕 지네가 보테로의 허리를 휘감았다. 허공에 떠오른 보테로는 전투망치로 지네의 몸통을 가격하려 했으나 실타래처럼 얽혀 들어오는 다리들에 붙잡히고 말았다. 아무리 근력이 약화되었다 해도 무시 못 할 괴력이었다.

보테로를 붙잡고 S 자를 그리며 바닥을 기어 다니는 대왕 지네를 추격하면서 이도는 그것이 무엇으로 이뤄진 것인지 알아챘다. 바로 로보클리너 수십 대가 앞뒤로 연결된 '기계수機械獸'였다.

대체 무슨 원리로 작동하는지 감도 잡히지 않았지만 일단 해치우는 것이 먼저였다. 이도는 대왕 문어의 빨판 다리가 돛을 휘감았을 때 지체 없이 칼을 뽑았던 생쥐 검객 페페처럼 칼을 휘둘렀다.

단분자 날에 지네의 다리—로보클리너의 집게손—가 후두둑 잘려 나갔다.

"이 새끼가 날 만만하게 봤어?"

바닥에 떨어지자마자 탄력 있게 구르고 일어난 보테로는 머리끝까지 화가 나 있었다. 하지만 그가 망치를 휘두를 때마다 대왕 지네는 연체동물처럼 부드러운 동작으로 공격을 피해냈다.

카디야가 지네의 가슴 부분에 위치한 로보클리너를 레이저 블라스터로 날려버렸다. 하지만 파손된 로보클리너를 제외한 다른 로보클리너들이 지성이 있는 것처럼 뭉쳐 원래의 대형을 회복했다.

탐사대와 대왕 지네는 곧 대치하며 마주섰다.

"왜 덤비지 않지?"

카디야가 레일건을 겨눈 채 말했다. 대왕 지네의 속셈은 곧 꼬리 부분에 있었음이 밝혀졌다. 대왕 지네의 뒤편에서 네 대의 로보클리너들이 합심하여 사냥한 사체를 운반하는 개미들처럼 뭔가를 운반해 왔다.

원거리 습격에 지대한 공헌을 했던 대형 로봇 암이었다.

"윽. 골치 아픈 것끼리 합체했는데?"

대왕 지네의 꼬리가 된 로봇 암이 공격해왔다. 네 개의 손가락을 원형으로 회전하면서 닿는 것 모두를 파괴할 기세로 휘둘러댔다. 백혈부대원들은 그로부터 몸을 피하는 데 급급했다.

이도가 훌쩍 뒤로 몸을 빼내었다. 그리고 바닥에 돌아다니던 파티션을 세워 든 다음 외쳤다.

"터트려버려, 카디야!"

곧 그녀가 허리춤에서 플라스마 폭탄을 뜯어내 작동시키자 시퍼런 불빛이 넓은 실내를 가득 메웠다. 카디야는 폭탄을 던지지 않고 마치 볼링을 하듯 데구르르 굴렸다. 그러자 대왕 지네의 꼬리인 로봇 암이 폭탄을 붙잡은 다음 똬리를 트는 뱀처럼 뭉쳤다.

그리고 폭탄이 터지면서 푸른 구체 모양의 충격파가 구획 전체를 진동시켰다.

"으으윽. 뒈졌냐?"

프린터의 원통 안에 숨어 있던 보테로가 천천히 기어 나왔다.

대왕 지네는 본래 형체를 알아볼 수 없을 만큼 산산조각 났다. 로보클리너들은 진원지로부터 날아가 벽면에 박혀 집게발을 축 늘어뜨리고 있었다.

하지만 이도는 긴장을 놓지 않았다. 마지막 순간에 대왕 지네는 자신의 예상과 정반대로 움직였던 것이다.

"녀석은 스스로를 희생시켜서 폭발의 여파를 줄이려는 것 같았어. 마치 누군가를 보호하려는 것처럼."

카디야가 레일건을 어디론가 겨누면서 말했다.

"저 녀석을 지키려고 한 거예요."

연기가 새어 나오는 로보클리너용 통로에서 누군가가 천천히 걸어 나왔다. 그리고 명백한 적의를 담은 눈길을 보내왔다. 하지만 이도는 물론 다른 둘 모두 상대의 맨 얼굴을 확인하자 맥이 풀리는 느낌을 받아야만 했다.

"쟤가 위스퍼러라고? 그냥…… 꼬마애잖아."

위스퍼러는 긴 머리를 허리까지 늘어뜨린 여자아이였다. 여덟 살 정도 되었을까? 보테로는 노골적으로 비웃는 얼굴을 했지만 카디야는 위스퍼러의 눈을 주시했다. 온갖 물건들이 만들어지는 이 구역에서 살아왔다면 총이 무엇인지 모를 리 없는데 전혀 겁먹은 얼굴이 아니었기 때문이다.

이도 역시 비슷한 걸 느끼고 있었다. 상대는 아직 무엇도 체념하지 않은 눈빛이었다.

"보테로. 다치지 않게 붙잡아 와."

"이것 참. 불면 날아갈 것 같이 생겼는데."

껄렁거리는 동작으로 보테로가 위스퍼러에게 다가갔다. 보테로도 체구가 작아 둘의 키 차이는 얼마 나지 않았다. 마치 동생에게 장난을 걸려는 소년처럼 보였다. 그러나 보테로의 손에 들려 있는 전투망치는 결코 이것이 즐거운 상황이 아님을 보여주었다.

위스퍼러는 보테로가 다가오는데도 도망치지 않고 노려보기만 했다. 그러다가 양 손바닥을 천천히 앞으로 뻗었다. 보테로는 움찔 놀라 걸음을 멈췄지만 아무것도 날아오지 않자 의아해했다.

하지만 이번에도 예상 밖의 일이 그들을 덮쳤다.

"으어어어?"

이도는 허공으로 둥실 떠오르며 양팔을 허우적대는 보테로를 보며 웃어주고 싶었다. 하지만 그럴 틈이 없었다. 자신은 물론 옆에 있던 카디야 역시 느닷없이 지면과 작별하는 다리에 영문을 몰라 하고 있었기 때문이다. 떠오르는 건 사람뿐만이 아니었다. 격렬한 전투의 흔적으로 흩어져 있던 유리나 금속 잔해들이 함께 떠올라 자유영을 시작하고 있었다.

위스퍼러는 손짓 한 번으로 실내를 무중력 상태로 만든 것이다.

"달아난다!"

중력의 작용은 모두에게 공평하다. 하지만 위스퍼러는 균형을 잡기 위해 우스꽝스러운 몸짓을 보여주는 탐사대원들과는 달리 발레리나처럼 날아올랐다. 소녀가 천장의 로봇 암을 붙잡은 순간 레일이 뒤로 작동하며 멀어지기 시작했다.

"놓칠 순 없어. 따라붙는다!"

이도가 로봇 암에 매달려 있던 패널을 걷어차며 그 반동으로 위스퍼러의 뒤를 따라 날아갔다. 다른 둘도 이도의 행동을 교본 삼아 추격극에 합류했지만 떠다니는 방해물들을 처리하느라 곤욕이었다. '이카로스 작전'의 수행원으로 라그랑주 포인트까지 날아가본 이도만큼 무중력에 익숙할 순 없었던 것이다. 하지만 그런 이도마저도 허공을 종횡무진 하는 위스퍼러의 속도를 따라잡을 순 없었다. 점점 둘의 거리는 넓혀졌다.

이때, 한 가지 방법이 카디야의 머리를 스쳐 지나갔다.

"대장, 저기 바닥에 붙어 있는 패널 장치를 뜯어줘요."

"뭐?"

"설명할 시간 없어요, 빨리!"

"알았다."

이도는 방향을 바꿔 날아가려다가 격한 꾸지람을 들었다.

"거긴 천장이잖아요!"

무중력 비행 도중이라 상하 개념을 잊었던 것이다. 이도는 약간의 고생 끝에 카디야가 가리킨 지점의 패널을 붙잡을 수 있었다. 곧장 있는 힘껏 패널을 당겼지만 생각만큼 쉽진 않았다. 지금만큼 약해진 근력이 원망스러울 수 없었다. 결국 보테로와 카디야까지 달라붙고 나서야 패널의 뚜껑을 제거할 수 있었다.

카디야는 패널 안쪽에 있는 초록색 케이블을 붙잡더니 거칠게 뜯어내버렸다.

"방금 뭘 한 거지?"

"일전에 마리가 알려준 거예요. 파란색은 산소를 조절하는 거고 초록색은 기압을 조절하는 장치와 연결돼 있어요."

"그럼 그걸 고장 냈다는 건?"

"곧 저기압 상태가 올 거예요."

"컥."

보테로에게 바로 반응이 왔다. 휘청이다가 호흡곤란 증세를 보인 것이다. 카디야도 마찬가지였다. 그녀의 코에서 분홍색 피가 방울방울 빠져나왔다.

"대장이라면…… 오래 버틸 수 있을 거예요. 꼬마를……잡아 와요."

"알았다."

이도는 이를 악문 다음 다시 한번 유영하며 무중력에 몸을 맡겼다. 잔해들이 볼과 이마를 할퀴고 지나갔지만 신경 쓰지 않았다. 목표물은 오직 하나. 곧 급격한 기압의 변화를 이기지 못하고 기절한 위스퍼러가 허공에 떠 있는 것이 보였다. 긴 머리가 사방에 뻗쳐 바다의 해초를 건져 올리는 기분이었다.

이도는 위스퍼러의 왼팔 손목을 붙잡자마자 그것이 얼마나 가는지 실감했다. 눈을 감은 여자아이의 얼굴은 땟국으로 지저분했다. 이도는 조심스럽게 한 팔로 상대를 안은 뒤 다른 팔로 로봇 암을 붙잡고 힘을 주어 되돌아갔다.

플렉시블 슈트를 입은 자신들과 달리 아이는 가벼운 셔츠와 바지 차림이었다. 서두르지 않으면 압력에 질식해 사망에 다다를 수도 있었다.

일행에게 돌아왔을 때 카디야와 보테로는 이미 기절해 있었다. 이도 역시 호흡이 가빠오고 눈앞이 흐릿했다. 하지만 지금 정신을 잃으면 끝장이라는 걸 알고 있었기에 어금니로 볼 안쪽을 깨물어 정신을 명료하게 만들었다. 그의 입 밖으로 빠져나온 핏방울들이 작은 구슬처럼 무중력 공간을 떠다녔다.

허공을 떠다니던 잔해들 중에서 로보클리너의 팔이었던 케이블을 잡아채 카디야와 보테로의 몸을 묶었다. 무중력 상태에서 자신의 유영에 따라올 수 있도록. 그리고 카디야의 뒷덜미를 붙잡은 이도는 벽면을 걷어차며 출구를 향해 빠져나갔다.

'조금만 더.'

가까스로 시체들이 갈고리에 매달려 있던 장소까지 되돌아온 이도는 정신을 잃은 셋을 공중에 띄워놓고 입구를 향해 나아갔다. 그리고 셔터를 내리기 위해 레버를 붙잡았다.

아득해지려는 시야에 머리를 한 번 털어야만 했다.

남은 힘을 모두 짜내어 그 레버를 당긴 직후, 이도는 기절해버렸다.

"정신이 드나?"

험상궂은 근육질의 사내가 자신을 내려다보고 있었다. 이도는 반사적으로 허리춤에 손을 가져갔으나 잡혀야 할 것이 없었다.

"그럴 줄 알아서 내가 들고 있었다."

전투 사제 자롬스키가 단분자 블레이드를 눈앞에 들어 보이며 말을 걸었다. 이도는 상반신을 일으켜 천천히 주변을 둘러보았다. 실내는 간이 병실처럼 보였다. 옆 침상에는 보테로와 카디야가 의식을 잃은 채 나란히 누워 있었다.

"그냥 잠든 거다. 기절해 있는 너희를 우리가 데려왔다."

"꼬마는 어떻게 됐지?"

"그 아이는 위험인물이야. 특수 설비가 된 장소에 가둬놓았다."

"죽일 건가?"

자롬스키는 무표정한 얼굴로 고개를 저었다.

"그럴 리가. 설마 우리 손으로 직접 소녀를 죽이려고 너희에게 부탁했다고 생각하는 거냐. 뭐, 솔직히 진짜로 위스퍼러를 붙잡아 오는 데 성공할 줄은 몰랐지만."

이도가 상황을 완전히 파악했다고 생각했는지 자롬스키는 단분자 블레이드를 그에게 돌려주었다. 눈빛을 보아하니 무기를 무척 탐내는 것은 빤히 보였으나 사적 물욕과 명령을 혼동하는 사내는 아닌 것 같았다.

"따라와라. 깨어나면 닥터께서 보자고 하셨다."

이도는 천천히 침대에서 내려와 팔다리를 움직여보았다. 혹시나 하는 기대를 가졌지만 여전히 둔한 느낌이었다. 자롬스키는 인내심 있게 출구에 서서 기다리고 있었다.

"내 동료들은?"

"함께 가도 상관없다. 하지만 닥터는 당신이 혼자 오길 바랄 거라고 말씀하셨다."

"왜지?"

"당신이 찾고 싶어 하는 사람. 그게 누구인지 동료들이 알아도 상관없나."

이도는 잠시 생각하더니 자롬스키의 뒤를 따랐다.

병실을 나서자 이도를 발견한 사제들이 감격에 찬 얼굴로 인사를 보내왔다.

"깨어나셨군요. 당신이 위스퍼러를 상대해 이겼다고 들었습니다."

개중에는 머신건으로 이도를 위협했던 세 명 중 하나도 끼어 있었다.

"그때는 미안했다고! 형씨가 그 괴물 같은 자식이랑 한패인 줄 알았지 뭐야?"

그야말로 열렬한 환호였다. 승전 군인이나 받을 만한 갈채와 다름없었다. 자롬스키가 방해된다며 점잖게 손짓하자 그들은 곧 제자리로 돌아갔다.

둘만 남게 되었을 때 이도가 물었다.

"괴물 같은 자식이라니. 저들은 위스퍼러의 얼굴을 아직 못 본 모양인데."

"전투 사제인 나 역시 몇 년 동안이나 우리를 괴롭혀온 유령이 어린 소녀라는 것에 충격을 받았으니까. 닥터께서는 아직 저들이 알아서 좋을 건 없다고 생각하셨다."

"대체 그 꼬마는 무슨 수로 우주선을 뜻대로 조종한 거지? 귀신의 짓이라고 오해할 만큼 대단한 능력이었어."

"그건 닥터께서 알아내시겠지. 나 역시 감사의 마음을 갖고 있다. 당신은 유능하고 강력한 '게로이геройᐟᐟ'다. 우리가 진정한 안식으로 가는 길의 큰 걸림돌을 치워준 것이나 다름없지."

몇 개의 복도를 지나 자롬스키는 커다란 문 앞에서 발걸음을 멈추었다. 그리고 벽에 붙어선 다음 말했다.

"안에서 기다리고 계신다."

이도는 문 앞에서 잠시 심호흡을 했다. 그것은 그의 인생을 통틀어 몇 번 없는 예비 동작이기도 했다. 참으로 머나먼 길이었다. 7구역에서의 아귀 다툼과 백혈 시술을 받았을 때의 고통, 궤도 엘리베이터의 매스 드라이버에 올라타 인간 탄환이 되어 느꼈던 무게.

그것들이 다 이 심호흡 안에 담겨 있었다.

문이 열리자 텅 빈 방에 가운을 입은 여인이 이도에게 등을 보인 채 서 있었다.

"파테카르?"

불러도 대답이 없었다. 이도가 가까이 다가가서 어깨를 건드리자 플라스틱 마네킹에 입혀놓았던 가운이 스르륵 흘러내렸다. 파테카르가 아니다. 그렇게 보이도록 급조해낸 더미 인형에 불과했다.

등 뒤에서 육중한 잠금 장치가 가동되는 소리가 들렸다.

"이게 무슨 짓이지?"

문에 난 창문으로 자롬스키의 씁쓸한 얼굴이 둥둥 떠 있었다.

"먼저 지금부터 내가 할 일은 닥터의 결정과 아무런 상관이 없다는 걸 밝혀두고 싶군. 이것은 내 독단이다."

"독단?"

이도는 손에 들고 있던 조악한 가발을 내팽개치고 문 앞으로 걸어와 상대를 노려보았다.

"게로이는 우리 민족 말로 영웅이란 뜻이다. 그래, 당신은 영웅이야. 나는 물론이고 닥터에게도 큰 감명을 주었지. 그리고 바로 그게 문제야. 전투 사제들이 끝내 이루지 못한 걸 해낸 순간 너희를 바라보는 닥터의 눈빛이 달라졌다. 특히 이도. 당신을 새로운 전투 사제로 임명하고 싶어 하더군. 그건 곤란하다. 숭고한 우리의 과업에 이방인을 들여놓을 수는 없어."

"내 의사는 전혀 궁금하지 않은가. 너희들이 이 배에서 무슨 꿍꿍이를 품든 조금도 관심 없다."

"그것도 알고 있다. 당신 같은 종류의 사내는 천 마디 말로도 설득할 수 없다는 걸."

자롬스키의 움푹 들어간 회색 눈은 분명 진심을 드러내고 있었다.

"그래서 진심으로 유감이다. 전사의 최후에 어울리는 죽음을 주지 못해서."

이도가 단분자 블레이드를 꺼내 들었다. 미약한 진동과 함께 날이 가공할 위력으로 회전하는 것이 손바닥을 통해 느껴졌다.

"이건 뭐든 잘라낼 수 있다. 이 문도 마찬가지고. 비록 시간은 걸리겠지만."

이도의 으르렁거림에도 불구하고 자롬스키가 당황하는 기색은 없었다.

"당신이 서 있는 곳을 보라. 조금 이상하지 않은가. 지독하리만치 우주선의 공간을 아껴 쓰는 우리가 어째서 텅 빈 방 하나를 갖고 있는지."

그러고 나서 그가 벽면의 무언가를 누르는 듯한 동작을 했다. 이도가 재빨리 등 뒤를 돌아보니 반대편 벽 전체가 바닥으로 꺼지고 있었다. 그리고 너머에는 아무것도 없었다. 다만 새카만 암흑으로 칠해진 우주만이 존재했다.

"크으윽."

저항할 수 없는 힘이 이도를 끌어당겼다. 반사적으로 블레이드를 바닥에 박아 넣어야 한다는 생각이 들었다. 하지만 칼날이 꽂히기 직전에 가까스로 멈출 수 있었다. 모든 것을 잘라내는 칼날 때문에 오히려 앵커의 역할은 할 수 없는 무기라는 걸 생각해낸 것이다.

대신 이도는 턱을 들어 자룸스키의 눈을 똑바로 노려보았다. 그가 자신을 우주공간에 배출해버린 뒤 문을 다시 봉할 때까지 눈빛을 피하지 않았다. 마지막까지 자신의 사냥감을 놓치지 않으려는 사냥꾼의 본능이었다.

이도는 그렇게 영하 270도의 냉혹한 공간으로 내던져졌다.

은하의 끄트머리와 성단의 사이를 지나,

결국에는 무의 개념마저도 존재하지 않는 우주의 끝을 향해…….

6

곰 이 굴 을 나 설 때

……날아갈 수밖에 없는 상황이었다.

하지만 이도는 침착하게 활로가 될 수 있는 방법을 생각해 내려 했다. 유일하게 그가 살 수 있는 방법은 엘리에셸의 AI 인 마리와 재연결되는 방법뿐이다. 역장에서 벗어나면 마리가 자신의 존재와 위치를 파악할 수 있는 실낱같은 가능성이 생긴다.

문제는 튕겨져 나가는 속도가 굉장히 빠르다는 점이다. 마리가 이도를 감지하고 엘리에셸의 도기로 하여금 셔틀을 운전하게 해 이도를 추격해 올 만큼의 여유가 있을까. 마리의 시뮬레이션이 아니라 인간의 직관으로도 몹시 회의적이었다. 이도가 날아가는 방향이 엘리에셸이 정박해 있는 방향과 정반대쪽이기라도 하면 생존 확률은 0에 수렴할 것이다.

그때 빠른 속도로 작아지고 있는 게르솜의 뒤편에서 새하얀 미사일이 다가오고 있었다. 그것이 충분히 접근해 오자 이도는 그 물체가 미사일이 아니라 비상용 탈출포드라는 걸 알아보았다. 진입 당시 게르솜의 마그네틱 필드 안쪽에 데브리처럼 흩어져 있던 탈출포드들과 같은 종류였다.

하지만 불가사의했다. 때마침 자신을 향해 탈출포드가 날아오고 있다는 건 말도 안 된다. 저것은 명백한 의지가 느껴지는 움직임이었다. 마리가 이 상황을 미리 시뮬레이션해 탈출포드를 보낸 것일까. 하지만 아직 아론을 깨우지도 못한 상황에서 게르솜의 탈출포드를 마리가 장악한다는 게 가능한 일일까. 애초에 그게 가능했다면 이도를 비롯한 탐사대가 그 험난한 길을 뚫고 전진할 필요도 없었을 것이다.

무수한 의문을 떠올리는 사이 탈출포드는 코앞까지 다가와 있었다. 노즐 공기 분사량이 약해지는 것이 보였다. 이도의 속도에 발맞추고 있는 것이다. 이윽고 탈출포드는 그의 머리 위에 해치를 드러냈다. 손을 뻗으면 닿을 거리까지.

다시 한번 그 감각이 찾아왔다.

생사가 판가름 나는 순간, 자신의 주변을 서성이던 죽음이 지극히 가까이 왔음을.

빗나가면 죽는다는 생각으로 이도는 신중하게 팔을 뻗었다.

그리고 오른팔로 해치의 레버를 붙잡고 왼팔로 탈출포드의 외벽에 달린 손잡이를 붙잡는 데 성공했다. 해치를 열고 안으로 들어서자 마귀의 내장에 들어온 것 같은 기분이었다.

포드의 내부는 처참하기 그지없었다. 이도의 시선을 끌어

당긴 것은 고깃덩어리로 만들어진 '공'이었다. 여러 구의 시체가 서로를 껴안고 있었던 것이다.

〔미안해. 연료가 남아 있는 포드가 다 이 모양이라서.〕

벽면에 부착된 스피커에서 퀄퀄한 사내의 음성이 들려왔다. 처음 들어보는 목소리였다.

"누구냐."

〔내 이름을 말해주기 전에 쟤부터 처리해주겠나. 우주에서 합승은 불법이야.〕

시체로 만들어진 공에서 머리 하나가 튀어나왔다. 시체 더미에 파묻혀 있던 좀비 한 마리가 엉금엉금 헤엄쳐 오고 있는 것이다. 단분자 블레이드를 뽑아 들자 목소리가 경고했다.

〔조심해. 그거 잘못 휘둘렀다가 자네는 끝장나는 거야.〕

이도 역시 그 사실을 명심하고 있었다. 다행히 탈출포드의 너비가 좁아 양다리를 내벽에 뻗는 것만으로도 신체를 지탱할 수 있었다.

손잡이를 역수로 잡고 자유로운 왼팔의 손바닥을 앞으로 펼쳤다. 좁은 공간에서 좀비는 상대의 신체 중 자신과 가장 가까운 부위를 노리기 때문이다. 가만히 기다리던 이도는 좀비가 완전히 수분이 증발한 입을 쩌억 벌려 지척까지 다가왔을 때에야 움직였다. 내밀었던 왼손을 회수하고 그 자리에 단분자 블레이드를 꽂아 넣었다.

좀비의 눈과 눈 사이를 파고든 칼날이 뒤통수를 뚫고 튀어나왔다. 이도는 스르르 떠오르는 좀비를 걷어찬 다음 또다시 일어나는 시체가 있나 유심히 살폈다. 하지만 한 놈뿐이었다.

그사이 탈출포드는 역분사를 이용해서 방향을 전환했다.

〔아슬아슬했어. 마그네틱 필드의 표면까지 날아갔다면 돌아올 연료가 부족했을 거야.〕

"이제 당신이 누구인지 말해줄 차례 아닌가?"

〔내 이름은 헤이니쉬 카넬로. 나의 숙적들이 위스퍼러라고 불리는 존재의 진짜 정체지.〕

"게르솜의 선원인가."

〔정확히는 '선원이었던' 자다.〕

"붙잡고 났으니까 하는 말인데. 그 계집애가 왜 위스퍼러인 거야?"

보테로가 팔짱을 낀 채 파테카르 소남에게 물었다.

"속삭이는 자라는 뜻이지요."

"이런, 니미. 그건 나도 알아! 왜 그런 별명이 붙었냐는 거지. 속삭이기는 개뿔 우리한테는 한 마디도 꺼내지 않던걸."

그들은 거대한 식당에 모여 있었다. 아담한 원형 테이블에 보테로와 카디야, 그리고 파테카르가 둥그렇게 앉아 있었다.

파테카르가 답했다.

"전투 사제들이 붙인 별명입니다. 위스퍼러에게 가까이 다가가면 파워드 슈트 헬멧에 내장된 스피커로 끊임없이 저주의 말을 속삭였다 하더군요. 그래서 그들은 강력한 전투력에도 불구하고 악몽 속에서 허우적대다 패퇴할 수밖에 없었습니다."

"당신네 병정 개미들 의외로 멘탈이 허약하기 짝이 없네.

170

그 어린 게 속닥거려봤자 뭐가 무섭다고."

그러자 상대는 차분하게 고개를 저었다.

"소녀의 목소리가 아니었다고 해요. 산전수전 다 겪은 듯한 중년 사내의 음성이었다고 했습니다."

"엥?"

"그것이 우리가 놀란 이유입니다. 당신들이 잡아온 위스퍼러가 어린 소녀일 거라곤 꿈에도 상상하지 못했으니까요."

"그래. 그건 우리도 마찬가지야. 차라리 진짜 유령이었다면 덜 놀랐을걸."

그때 카디야가 테이블을 탁 내려치며 화기애애한 분위기에 제동을 걸었다.

"잡담은 그만. 우릴 왜 여기로 데려온 건지 설명하세요."

"식당에 온 목적이 뭐겠어요. 우리의 숙원을 이뤄주신 세 분께 제대로 된 한 끼를 대접하기 위해서 아니겠습니까. 설마 당신들에겐 식사도 필요 없나요? 그건 아닐 것 같은데요."

"눈떠 보니 대장이 사라져 있었어요. 어디로 데려간 거죠?"

파테카르는 어깨를 으쓱였다. 그리고 대수롭지 않다는 듯이 대답했다.

"자롬스키 사제와 함께 있다는 이야기를 들었습니다. 아마도 두 남자가 따로 할 이야기가 있는 모양이지요. 사람을 시켜 찾아오게 했으니 곧 함께 식당으로 올 겁니다."

그래도 카디야는 경계를 풀지 않았다.

"대장한테 무슨 불미스러운 일이라도 생기면 지금껏 당신이 살면서 느낀 후회 중에서 가장 심각한 후회도 별것 아니게 만들어주겠어요."

"불미스러운 일이라뇨. 그럴 리가 없잖아요? 만약 여러분에게 해코지를 할 거였다면 기절해서 쓰러져 있을 때 처리하는 게 훨씬 간단한 방법 아닐까요."

카디야는 반박할 말을 찾지 못한 채 입을 다물어야 했다. 파테카르의 말이 논리적으로 옳았기 때문이다. 그리고 딱히 거짓을 말하는 기색도 없었다. 이도를 몰래 처리해놓고 눈앞에서 태연하게 자신을 농락할 가능성이 있다고 쳐도, 그래야 할 이유는 떠올리기 어려웠다.

"이도와 당신은 어떤 관계이기에 그렇게 열을 올리시는 걸까요. 단순한 충성심인가요, 아니면 다른 무언가가 숨어 있나요?"

"무슨 말이 하고 싶은 거죠."

"직업 본능이라고 해두지요. 아니면 그저 나이 먹은 자의 오지랖으로 해석하셔도 되고. 저는 냉동 캡슐 안에 잠드는 자들의 갈망을 꿈속에서 들어주기로 약속했습니다. 하지만 승객들 중에는 그런 것을 단 한 번도 입 밖에 꺼내본 적이 없어 본인조차도 자신이 뭘 원하고 바라는지 말로 엮어내지 못하는 경우도 많았답니다."

파테카르의 턱이 카디야를 향해 살짝 기울어졌다.

"어쩌면 지금의 카디야 당신처럼 말입니다."

"……그런 자들은 어떻게 꿈을 만들어주었죠?"

"가장 두려워하는 것을 말하게 했습니다. 사람들에게는 누구나 명암이 있으니 가장 어두운 부분부터 짚어 들어가면 함께 해답을 찾아나갈 수 있었거든요. 카디야. 그중에서 제가 가장 많이 들은 대답이 무엇일 것 같나요?"

카디야가 대답이 없자 의자를 두드리던 보테로가 말했다.

"좀비에게 잡아먹히는 거?"

"아닙니다."

파테카르는 고개를 가로저었다.

"믿었던 자에게 버림받는 것. 혼자 되는 것. 쓸쓸해지는 것. 대부분이 입을 모아 제게 말하더군요. 어느 순간 눈을 떴을 때 옆에 있을 것이라 믿었던 사람이 떠나버렸을까 봐 그것이 가장 두렵다고."

파테카르의 눈은 카디야에게 묻고 있었다. 당신도 바로 그것을 두려워하지 않느냐고. 다시는 오지 못할 곳으로 사라져버릴까 불안에 떨고 있는 게 아니냐고. 어쩌면 이미 한 번 버림받은 것은 아니냐고.

카디야는 대답을 찾다가 자신의 손바닥을 펴보았다. 그리고 언젠가부터 총을 잡기 전에는 손바닥 모양이 어떠했는지 기억나지 않는다는 걸 깨달았다.

"저는 6구역에서 태어났습니다. 어머니와 삼촌, 여섯 살 터울의 오빠와 나무뿌리를 끓인 죽을 먹고 버텨나갔죠. 헐벗고 굶주린 자들은 대방벽 쪽으로 밀려나 약탈자들을 피해 숨어 살아야 했고 우리 가족이 바로 그런 부류였습니다. 그러던 어느 날 삼촌이 돌아오지 않았습니다. 식량을 구하려다 살해당했을 거라 생각해요. 어머니는 고민하다가 그동안 미뤄두었던 모험을 하기로 결심했습니다. 대방벽 안에서 가장 치안이 안정돼 있는 1구역으로 건너가게 해줄 브로커를 구한 거지요. 6구역에서 1구역은 쿠루 강으로 가로막혀 있었는데 그 브로커는 강둑의 경비가 느슨해지는 시간대에 보트를 운행할 수 있다고 호언장담했어요.

어머니가 어떻게 브로커와 거래할 수 있었는지 몰랐습니다. 우리는 달이 뜨지 않는 그믐날에 브로커가 보트를 타고 오길 기다렸죠. 그런데 새벽에 도착한 그는 상황이 바뀌었다며 '둘 중 하나만 데려가라'고 어머니에게 통보했어요. 당신은 오빠와 절 한참 동안 바라본 다음 슬그머니 내 손을 놓아버렸죠."

"가혹한 선택이었겠군요. 당신은 어떤 심정이었나요?"

"저는 울지 않았어요. 내가 울면 다 죽는다고 브로커가 협박했으니까. 그는 그것도 안심이 되지 않았는지 내게 다가와 양손과 입을 묶었어요. 내가 소리를 질러서 경비대에게 발각될 것이 두려웠겠죠.

이해했어요. 오빠는 사춘기가 지나서 어머니를 지켜줄 수 있는 무력이 있었을 테지만 나는 그냥 말라깽이 여자애에 지나지 않았으니까. 그래서 어머니를 원망하고 싶은 마음은 없었어요.

다만 한 번이라도 뒤돌아봐주기를. 내가 필요 없어서 버리고 가는 것이라 해도 영원히 나를 마음에 두고 살아가겠다고 다짐해주기를. 마지막으로 죄책감이 담긴 눈빛을 딸에게 보여주기를 바랐어요. 그 정도는 해줄 수 있잖아요?

하지만 뒤돌아본 것은 브로커뿐이었지요. 아마 내가 입마

개를 억지로 풀고 소리를 지를까 걱정되어서였겠지만. 어머니는 끝내 뒤돌아보지 않았어요. 내 마지막 모습을 눈에 담고 싶지 않았던 거예요. 보트가 사라지기도 전에 약속이라도 한 듯이 한 무리의 남자들이 저를 둘러쌌어요. 3구역에서 어린아이들을 노예로 파는 인신매매단. 그제야 아무것도 가진 것 없던 어머니가 브로커와 거래한 '대가'가 무엇이었는지 깨달았죠."

"어떻게 그곳에서 살아남았죠?"

"3구역에 도착할 때까지 말없이 끌려갔어요. 인신매매단은 저를 당장 토막 낼지, 아니면 살을 찌운 다음 토막 낼지, 그렇다면 며칠 동안 먹일 것인지 서로 토론했어요. 3구역에 도착했을 때, 저는 트럭에서 저를 들고 내리려던 녀석의 목을 물어뜯었어요. 그리고 녀석의 총을 집어 들었죠. 다행히 잔탄 수가 부족하진 않았어요.

총을 버리고 정신없이 달아났을 때 저는 최악의 장소로 몸을 숨기고 말았다는 걸 알게 됐어요. 인적이 드문 곳을 찾아 본능적으로 숨어 다녔을 뿐인데. 하필 고기 방패들이 모여 사는 7구역 안으로 들어와버린 거죠. 짐승의 포효가 들려왔어요. 언제나처럼 대방벽 바깥에서 날아와 힘없이 부서지던 소리가 아니었죠. 저는 태어나서 그때 좀비를 처음 봤어요. 건물 옥상에서 떨어지더니 네 발로 제게 달려오더군요. 그리고 그놈이 뛰어올랐을 때 골목에서 한 소년이 튀어나와 좀비의 목을 베어냈어요. 저는 그 피를 흠뻑 뒤집어썼죠. 소년은 저를 흘깃 보더니 등을 돌려 떠나가려 했어요. 그런데 묶여 있는 제 양팔과 손에 들고 있는 돌멩이가 눈에 띄었는지 번갈아 보더니 물었어요.

'도망치지 않고 왜 돌을 들었지?'

저는 그 돌로 제 머리를 찍어서 기절하려고 했어요. 그러면 좀비에게 뜯어 먹힐 때 덜 아플까 싶어서. 하지만 그는 제가 싸우려 든 줄 알고 착각하고 있었지요. 저는 그가 입과 팔을 풀어준 뒤에도 아무 말도 하지 않았습니다. 대신 그의 주변을 졸졸 따라다녔죠. 다행히도 저는 그날 제 한계와 재능을 함께 깨달았어요. 완력은 약하지만 총기를 다루는 덴 타고났다는 걸."

"그 뒤로 다시 가족을 만난 적은?"

"백혈 시술을 받고 나서야 저는 1구역에 발을 들여놓을 수 있었어요. 어느 정도 예상은 했지만 어머니와 오빠는 제가 성인이 되기도 전에 죽어버렸더군요. 저는 브로커의 보트에 그려진 그림을 기억하고 있었고 결국 강둑에서 한쪽 다리를 잃고 부랑자가 된 그를 발견했습니다. 절 누구로 오해했는지 모르겠지만 허겁지겁 도망치려 하길래 위협사격으로 그의 의족을 쏴버렸어요. 제 이야기를 들은 늙은 브로커는 말했죠.

'그 계집애가 소문이 자자한 명사수가 되었다니. 네 엄마는 그때 잘못 골랐구만.'

아이러니했죠.

어머니가 단 한 번도 뒤를 돌아보지 않았기 때문에 제 안에서 뭔가가 끊어졌고, 그래서 저는 죽지 않을 수 있었어요. 품에 숨긴 총 한 자루보다 더 제가 의지했던 것은 '이제 어느 곳에도 의지할 데 없음을 인정하게 된 그 순간'이었으니까.

제 사격 실력은 어머니의 차가운 뒤통수에서 태어난 것이 맞습니다. 따라서 제 총 기술을 알아보지 못한 어머니의 안목을 비판했던 늙은 브로커의 말은 잘못되었습니다. 어머니가 오빠 대신 절 골랐다면 애초에 총을 잡아볼 수 없었을 테니까요. 무의미한 가정이랄까요.

저는 그의 이마에 총구를 대고 방아쇠에 손가락을 걸었어요.

'책임을 회피하는군. 어머니의 손으로 두 자식 중 하나를 고르게 한 너의 비겁함을 빼놓으면 안 되지.'

그는 겁을 먹고 있었어요. 그때 강둑 위에 버려졌던 아홉 살 여자아이보다 더."

"……죽이지 않았군요."

"총알 하나만큼의 가치도 없는 목숨들이 판치는 세상이었으니까."

"만약 제가 당신을 어린 시절의 강둑으로 돌려보내준다면 어쩌시겠어요?"

"저는 바보가 아녜요. 총구를 빠져나간 탄환을 주워 담을 수 없듯, 시간을 거꾸로 돌릴 순 없어요."

"저라면 가능해요. 당신의 몸을 누일 캡슐 한 대만 있다면. 그 강둑에서 어머니가 당신의 손을 놓지 않고, 1구역으로 건너간 것이 아들이 아니라 딸이었다면? 그 생각을 해보지 않았다면 거짓말이겠죠. 그때의 그곳으로 당신을 돌려보내줄 수 있어요."

"절 유혹하는 건가요?"

"단지 선택지를 주는 것뿐이죠. 돌멩이로 스스로의 머리를 내려칠지, 아니면 그것으로 당신을 옭아매고 있던 트라우마를 박살 낼지는 당신의 몫이고요. 다만 저는 당신이 돌아가고 싶은 시간으로 데려다주기만 할 뿐."

"나를 어디로 데려온 거지?"

이도는 비상탈출포드에서 흘러나온 목소리를 따라 우주공간에 떠 있는 금속 구조물 안에 들어와 있었다. 라그랑주 포인트 주변에 떠 있던 인공위성을 작게 축소해놓은 것 같은 장소였다. 좁은 선체 내부에는 이도가 난생처음 보는 컴퓨터와 비디오 패널이 가득했다. 사람이 앉을 의자조차 없어 이도는 온기가 느껴지는 서버에 손을 댄 채 서 있었다.

〔너는 파테카르 소남의 부탁을 받고 나를 붙잡으러 온 거겠지?〕

"……."

〔묵비권인가. 고작 7분 전에 내가 죽을 뻔한 널 살려줬다는 걸 잊지 않아줬으면 좋겠어.〕

"그래. 위스퍼러를 생포해 오면 고위 승무원의 바이오 코드를 건네주겠다는 거래를 했다."

〔바이오 코드라. 그래, 아론을 깨우기 위한 열쇠 말이군. 하지만 파테카르가 보유하고 있는 바이오 코드는 본인의 것 하나뿐이야. 다른 두 개의 열쇠를 당신이 구하는 건 불가능해.〕

잠자코 헤이니쉬의 설명을 듣던 이도는 고개를 갸웃했다.

"나는 내 눈으로 만 개의 캡슐이 무사한 걸 확인했어. 무슨 근거로 불가능하다는 거지."

〔그 이유를 지금부터 설명해주지.〕

헤이니쉬는 자신이 게르솜의 사이버네틱스 엔지니어로서 파테카르 소냥과 함께 수면 테라피 프로그램을 만든 공학자라고 설명했다. 파테카르가 디자이너로서 그림을 그리면 꿈속 세계에서 그것을 구현해내는 것이 그의 역할이었다. 물론 문제가 생길 때마다 돌파구가 되어주었던 AI 아론의 역할도 절대적이었다.

〔우리는 또 다른 세계를 만들어냈어. 하지만 물리적인 실체가 있는 세상은 아니었지. 파테카르는 자신이 일군 터전을 자랑스러워했지만 나는 카난을 향해 집중되어야 할 선원들의 마음을 내 손으로 분열시킨 것 같아 괴로웠어. 그리고 수면파와 비행파의 운명이 걸린 투표 날이 되고 만 거야.〕

투표는 공정해야 했다. 패배한 쪽의 불만을 잠재우려면 바늘 하나 들어갈 만큼의 구멍도 있어서는 안 됐다. 따라서 투표를 집계하고 개표하는 과정의 전권을 AI인 아론이 맡은 것은 당연한 수순이었다.

그런데 파테카르가 투표 직전 헤이니쉬를 찾아왔다.

〔투표 결과는 원래 일시에 공개될 계획이었어. 그러나 파테카르는 캡슐에서 영원한 잠에 빠지고 싶어 하는 자들의 명단을 실수인 척 공개해주길 부탁했지. 아론의 의사결정에 관여할 수는 없지만 그것을 훔쳐보는 건 가능했으니까. 하지만 그건 다른 의미에서의 조작이야. 해맞이 기간 동안 우정과 사랑을 쌓아왔던 자들이 카난을 포기하고 꿈의 세계로 건너가고 싶어 한다는 사실을 확인하고도 흔들리지 않을 수 있겠어? 일

이 그렇게 흘러갈 것이 뻔했기에 나는 파테카르의 제안을 거절했다. 하지만 그녀는 자신만이 선원들을 구원할 수 있다는 믿음 때문에 이미 눈이 돌아가 있었지. 내 도움 없이도 뭔가를 저지를 눈빛이었어.〕

갈등하던 헤이니쉬는 비행파에게 파테카르의 계획을 이실직고했다. 그들은 비밀투표의 룰을 교묘히 뒤틀어 생존자 전체를 농락하려는 파테카르의 계획을 듣고 격분을 터트렸다. 그리하여 비행파는 무기를 탈취하고 무리로부터 떨어져 나간 것이다. 헤이니쉬는 더 이상 수면파에 자신의 자리가 남아 있지 않음을 깨닫고 그들과 함께 원자로로 숨어들었다.

〔그날 이후 아론은 잠들었고 우리는 서로의 영역을 침범하지 않은 채 불안한 평화가 계속됐다. 우리에겐 냉동 캡슐 따윈 없었어. 자재구획에 기생하면서 겨우겨우 생존해야 했지. 그리고 커다란 변화가 우릴 찾아오고 말았어.〕

헤이니쉬는 잠시 설명을 멈추더니 휴지기를 뒀다. 다음 말을 꺼내는 데 상당한 심력을 소모해야 한다는 듯. 그것이 인공지능인 마리와 가장 큰 차이점이었다. 이도는 그를 거들어주기로 했다.

"무슨 변화였지."

〔아이들이 태어나기 시작한 거야.〕

수면파에 비해 훨씬 수가 적었던 탈주자들은 곧 배 안에 소도시를 일구어 폐쇄 생태계를 만들어냈다. 헤이니쉬는 그 당시를 떠올리면서 회한에 잠기는지 몇 번씩 말을 멈추었다.

〔하지만 얼마 뒤에 수면파 놈들이 다시 찾아왔다. 강화 장

갑으로 몸을 감싸고 원자로를 습격한 뒤…… 아이들을 납치해 갔어. 나는 내가 조합한 무기들에 동료들이 죽어나가고, 내 설계 도면으로 만든 기계에 올라타 달아나는 적들을 보고 피눈물을 흘려야 했지.〕

유아 납치는 불특정한 주기로 반복되었다. 잊을 만하면 마을을 습격하는 맹수처럼 비극이 덮쳐왔던 것이다. 증오의 골은 끝 간 데를 모르고 깊어졌다.

〔그리고 또 한 번의 대규모 납치극이 일어났어. 견디지 못한 우리는 무기를 들고 녀석들을 추격했다. 하지만 녀석들은 폭탄을 터트려 우리가 자신들의 구획으로 넘어갈 수 있는 길을 끊어버렸어. 녀석들이 납치해 간 아이들 중에는 내 딸도 있었어. 나는 복수하고 싶었다. 우주선을 통째로 날려버리는 한이 있더라도 놈들에게 벌을 내리고 싶었지. 하지만 나는 전사가 아니었고, 이미 내 몸뚱이는 늙어버렸지. 그들과 화력전에서 상대가 되질 않는 데다가 폭발의 여파로 자재구획에 좀비들이 쏟아져 들어온 것도 재앙이었고.〕

결국 헤이니쉬는 모든 것이 자신의 업보라 받아들이고 스스로 목숨을 내놓았다. 파괴된 구획을 넘어가는 유일한 방법은 '죽어서만' 가능했기 때문이다.

〔나는 유령이 되기로 했다. 이 인공위성을 띄워 내 의식을 마인드 업로드한 거지. 수면파가 AI 아론을 잠재웠기에 침투가 가능했다. 나는 이곳에서 많은 것을 알아냈어. 그리고 놈들이 원자로의 아이들을 잡아다가 무엇을 했는지도 직접 확인했다.〕

의식을 기계에 심었다는 그의 말은 사실인 것 같았다. 이도는 감정이 없는 마리가 인간을 흉내 내는 목소리와 헤이니쉬의 그것이 본질적으로 다르다는 걸 느끼고 있었다. 이도를 둘러싼 모든 공간에서 그의 절망과 한이 스며 나왔다.

〔녀석들은 아이들을 도살해서 잡아먹고 있었어. 고기를 탐낸 나머지 원자로로 도망친 우리를 인육 농장처럼 취급한 거다. 녀석들의 만행을 본 뒤 놈들의 두개골을 모조리 으깨버리고 싶었지만 내게는 손과 발이 없었어. 하지만 머지않아 게르솜에 존재하는 모든 자동 설비들이 모조리 내 수족이 될 수 있다는 걸 깨달았다.〕

전투 사제들의 입장에선 당혹스러웠을 것이다. 갑자기 전등이 꺼지고 문이 열리고 로보클리너들이 자신들을 공격해왔으니. 혼란을 이용해서 헤이니쉬는 아이들을 해방시켜 수면구획으로부터 도망치게 해주었다.

그 장소가 어디인지 이도는 알 것 같았다.

"어린아이들이 놀던 흔적이 있었지. 거기 머물렀던 건가."

헤이니쉬는 원자로로 돌아갈 수도 없는 아이들을 돌보며 제3수면구획을 유령처럼 떠돌았다. 놈들이 보금자리로 올라치면 어김없이 처형이 이뤄졌다. 물론 상대도 당하고만 있지는 않았다. 유령의 정체는 알지 못했으나 어떤 존재가 원격으로 기계를 통제한다는 것을 알게 된 이후 수를 쓴 것이다.

〔네트워킹을 차단하는 역장을 펼쳤을 거야. 그래서 나는 놈들을 멀리서 지켜볼 순 있어도 캡슐이 있는 곳까지 다가갈 수는 없어.〕

이도는 힘줄이 돋아난 자신의 주먹을 내려다보았다. 나노머신의 힘을 제한하는 역장의 정체를 알게 된 것이다. 헤이니쉬의 네트워크 침범을 막기 위해 펼쳐진 그물망에 애꿎은 백혈인간 셋의 나노봇이 덩달아 덜미를 붙잡힌 셈이다. 그렇다는건 역장으로부터 멀리 떨어지기만 한다면 본래의 기능을 수복할 수 있다는 뜻이기도 했다. 이도는 그것을 기억해두었다.

"좋아. 피로 얼룩진 역사의 보충수업은 충분히 받은 것 같아. 왜 파테카르가 바이오 코드 세 개를 마련할 수 없는지 이제 말해줄 차례 아닌가."

〔내가 이런 몸이 된 이래 전투 사제들은 더 이상 고기를 얻을 곳이 없어졌을 거야. 인육 농장인 원자로로 이어지는 길을자기들 손으로 끊어버렸으니까. 안 그래?〕

하지만 헤이니쉬는 곧 이상한 사실을 깨달을 수 있었다. 제3수면구획에서 사용되는 전력이 계단식으로 떨어지고 있었던것이다. 태양 돛이 찢어지지 않는 한 에너지를 걱정할 필요가없는 우주선에서는 이상한 징후였다. 헤이니쉬는 한 가지 추측을 해냈고, 떨 수 있는 몸이 없었음에도 그 섬뜩함에 몸서리를 치고 싶은 기분이었다.

만여 개의 냉동 캡슐이 끌어 가는 전력이 매년 조금씩 낮아지고 있었다.

〔고대 아즈텍 문명에서 하루 150명, 1년에 5만 명을 학살해야만 했던 이유가 있어. 바로 자신들끼리 잡아먹지 않으려고그랬던 거야. 제물이 필요했던 거지. 피지배층에게 단백질을공급하면서 죄책감을 덜기 위해 신의 이름을 빌렸다. 너도 들

었겠지, 이도. 녀석들이 서로를 무엇이라고 부르는지.]

"사제."

이도는 마리가 해준 이야기 중 하나를 떠올렸다. 게르솜의 냉동 수면 기술에는 한계가 있고, 그 때문에 탑승자의 40퍼센트에 달하는 사람들은 주기적으로 수면에서 깨어나 활동기를 가져야 한다는 것을.

즉, 그들은 모든 우주가 자신의 행복을 빌어주는 꿈에서 몇 번이고 멱살 잡혀 끌려 나와야 했다는 뜻이다.

"파테카르의 수면 테라피가 본인이 주장한 만큼 대단치는 않았나 보군."

[황홀한 꿈에서 깨어나면 기분이 어떤 줄 알아? 방금 전까지 황금빛으로 넘실대는 갈대밭에 누워 있다가 느닷없이 우주선의 희여멀건한 천장 아래로 내동댕이쳐지는 거라고. 폐와 기도를 틀어막고 있던 부동액이 썰물처럼 빠지면 그 자리에 들이닥치는 건 참혹한 현실의 파도야. 거기에 휩쓸리면 극도로 우울해지지. 파테카르와 내가 만든 완벽한 꿈속에 깊게 잠긴 자들일수록 그 반동은 더욱 심할 테고. 잠든 승객을 두 번 다시 깨우지 않는 방법이 필요했다. 과연 그들이 그 문제를 어떻게 해결했을까. 당신처럼 몸속의 피를 통째로 갈아버리는 기술 따위 이 게르솜에 없는데.]

"나는 분명히 모든 캡슐들이 하나도 빠짐없이 가동되는 것을 이 눈으로 확인했다. 파테카르가 자랑스레 보여주기까지 했지."

[그 캡슐들 중 하나라도 뚜껑을 열어 확인해본 적 있나.]

대꾸하려던 이도는 멈칫했다. 캡슐 안에서 안락한 얼굴로 잠들어 있는 승객들의 모습. 하지만 이도가 확인한 것은 오직 얼굴뿐이다.

게르솜의 냉동 캡슐은 결코 얼굴 아래는 보여주지 않았다.

〔파테카르는 꿈의 관리자이고, 꿈을 꾸는 데 필요한 건 몸이 아니야. 뇌만 있으면 돼.〕

"뇌가 있는 머리만 남긴 채…… 목 밑으로는 식량으로 쓴다고?"

이도는 대방벽 안에서 식인 행위를 몇 번이고 목격했었다. 인육을 탐하는 자들은 잔혹하기 그지없었으나 강한 짐승이 약한 짐승을 죽이고 잡아먹는다는 논리로 보면 일차원적이고 단순하기라도 했다. 허나 전투 사제들이 벌여온 짓은 달랐다. 짐승의 방식이 아니라 인간의 방식이다.

자신을 기만하는 것은 오직 인간만이 할 수 있으니까.

〔그들이 진정 숭고한 희생정신만으로 냉동 캡슐 안에 잠든 자들을 애지중지 돌보는 걸까? 고기의 품질을 걱정해서 냉동고 청소를 하는 정육점 직원들에 더 가까워 보이지 않나.〕

이도는 파테카르가 보여주었던 요르겐센이라는 소년의 얼굴을 떠올리지 않을 수 없었다. 소년이 다시는 깨어날 필요가 없다고 말했던 파테카르. 끝나지 않는 마라톤에서 영원히 1등인 채 달릴 수 있다고 장담했던 여인. 만약 요르겐센이 깨어나게 된다면 소년은 우주선 바닥에 내디딜 '다리'를 여전히 가진 채일까.

"파테카르는 어디까지 알고 있다고 생각해?"

〔음. 그건 나도 장담할 수 없어. 그녀와 이야기를 해본 지 너무 오래됐으니까. 나는 원격으로 움직이는 모든 로봇에 접촉할 수 있지만 인간의 속마음에 접속할 수 있는 기능 따윈 없거든.〕

그건 아쉬움이라기보다는 자신의 처지에 대한 회색 조롱이었다.

〔한 가지 확실한 건 파테카르가 불완전한 부동액 기술을 매번 안타까워했다는 점이야. 이 모든 재앙의 원인. 꿈속에서 고기를 탐했던 자들과 그들을 진정시키기 위해 돼지를 배양했던 자들. 그들의 선택 역시 안타까워했고. 우리가 지구를 떠나오기 전 완전한 부동액을 손에 넣었더라면 이미 카난에서 진정한 의미의 낙원을 만들었을 거라 말하곤 했지.〕

부동액.

게르솜의 생존자들은 바로 그것 때문에 고통받았지만 이도는 결점을 보완한 부동액이 이미 만들어졌다는 걸 알고 있었다. 보이지 않는 누군가가 목덜미를 잡아채는 불쾌한 느낌. 헤이니쉬와의 대화에서 이도는 새로운 사실 하나를 유추해냈다.

"파테카르가 집착해왔다는 흠 없는 부동액 기술. 그 정수를 담고 있는 나노봇이 나와 동료들의 혈관 속에 흐르고 있다. 그리고 파테카르도 이제는 그 사실을 알고 있지."

그 누구도 아닌 자신이 직접 파테카르의 앞에서 손목을 그어보라고 도발했다. 그리고 인간과는 다른, 수명을 대가로 바쳐 인간을 초월해버린 그 기술을 증명하기까지 했다. 어쩌면 파테카르의 입장에서는 포기했던 숙원이 다시 그녀의 삶에 노크하는 것처럼 느껴졌을지도 모른다.

〔퍼즐이 대충 맞춰지는군. 하지만 파테카르의 목적은 또 있어. 그녀가 당신들에게 요구한 것을 봐. 나를 처리해달라고 했지. 그렇다면 왜? 내가 없어지면 그들이 얻게 될 이득은 무엇이겠나.〕

울타리를 치워버리려고 하는 자들은 무엇을 바라는 걸까. 당연히 울타리 너머에 피어 있는 꽃들을 짓밟고 초원에 모여 있는 염소들을 사냥하길 원하는 거겠지. 매년 원자로에서 태어나는 아이들에게 다시 마수를 뻗을 수 있게 되는 것이다. 파테카르에게 세 백혈인간은 그 울타리를 치워버릴 수 있는 신의 전령이나 다름없었다.

"하지만 원자로로 가는 길은 끊겨 있다며. 그 무거운 쇳덩어리를 입어야 하는 녀석들이라면 더더욱 무리일 텐데."

〔그래서 파테카르는 우리를 노린 거다. 방주의 축을 움직여 중력을 바꾸는 힘을 빼앗아 원자로로 넘어가려는 거겠지.〕

헤이니쉬의 말이 맞는다면 파테카르는 이도가 생각했던 것보다 훨씬 치밀한 여자였다. 자신의 패는 절대 보여주지 않으면서 상대의 패를 읽는 모략가였다. 그런 그녀의 손아귀에 두 동료가 붙잡혀 있는 상황이 이도는 마음에 들지 않았다.

"카디야와 보테로가 위험해. 녀석들에게 돌아가야겠어."

〔당신 혼자서는 무리야. 내가 근간을 만들어서 하는 말이 아니라, 그 파워드 슈트들은 정녕 일당백의 병기야. 정면에서는 절대 승산이 없지.〕

헤이니쉬의 음성은 확실히 마리와 달랐다. 행간에 숨겨진 의미가 훨씬 쉽게 전달되었다.

"뭔가 생각해둔 바가 있는 것처럼 말하는군."

〔방금 전까지 난 모든 걸 솔직하게 털어놓았어. 내 오래된 동료들마저 지금은 우주선의 먼지가 돼버렸을 거야. 그러니 나에 대해 가장 잘 아는 인간은 이제 당신이야. 내 이야기를 다 듣고도 파테카르를 보는 시선에 변함이 없을 리는 없겠지.〕

"부정하기 힘들군. 그래서?"

〔나는 파테카르에게 접근할 수 없어. AI가 할 수 있는 일을 용케 흉내 내고 있을 뿐, 나는 근본적으로 AI가 아니야. 그래서 동시에 여러 곳에 존재할 수 없다는 한계가 있지. 당신들이 로보클리너 군체를 터트렸을 때는 정말 끝장인 줄 알았어. 조금만 늦게 전이했다면 소멸되었을 거야.〕

이도는 세 백혈부대원과 동시에 대화를 나누면서 언어를 습득해나가던 마리의 능력을 떠올렸다. 인간은 의식을 디지털화시켜 업로드하더라도 바로 그것만큼은 불가능하다는 점을 헤이니쉬는 지적하고 있었다.

〔당신이 동료들을 되찾는 걸 도와주겠다. 대신에 내 부탁을 들어줘. 부디 율리아나를 구해다오.〕

"율리아나?"

이도의 반문에 스피커 너머의 존재는 잠시 망설이다가 한숨을 토해냈다.

〔당신들이 납치해 간, 내 딸 말이야.〕

카디야는 파테카르의 말을 듣고 한참을 생각에 잠겨 있었다. 보테로는 꿈이니 뭐니 하는 것에는 관심이 없었기에 다른 걸 물어봤다.

"우리가 잡아 온 꼬마애. 어디에 가둬놨어?"

"안정제를 투여해 재워두었지요. 그 소녀에게 흥미가 가나요, 보테로?"

보테로는 손가락을 들어 뱅글뱅글 돌리며 대꾸했다.

"우리한테 손을 뻗더니 주변을 무중력 상태로 바꿔버리는 초능력을 갖고 있었거든. 대체 어떤 식으로 그런 재주를 부리는지 조금 궁금해서 말야."

"바로 그것을 알아내기 위해 사제들이 애쓰고 있습니다. 원리야 어떻든 분명히 위험한 능력이지요. 그걸 봉인하거나 쓰지 못하게 만들지 않는 한 소녀를 깨우는 것은 시기상조라고 생각합니다."

그때, 사제 몇 명이 접시를 들고 식당으로 들어왔다. 그들이 테이블 위에 놓은 접시와 뚜껑이 호텔의 룸서비스에 사용되는 호화로운 식기라는 걸 보테로는 알아보지 못했다. 대방벽 안에 그런 것 따윈 실종된 지 오래였으니까. 따라서 내용물에 기대감을 갖게 한 건 식기의 외양이 아니라 뚜껑의 틈에서 흘러나오는 향긋한 냄새였다.

"제가 여러분께 드릴 수 있는 최고급 재료를 써서 만든 요리입니다. 편하게 드셔주세요."

뚜껑을 열자 접시에는 신선한 야채들과 김이 모락모락 올라오는 스테이크가 올려져 있었다. 퍽퍽한 칼로리 스틱으로 연명해야 했던 지구에선 한 번도 구경조차 할 수 없었던 고급 요리였다.

"이야, 이건 굉장한데."

보테로는 코를 킁킁대더니 포크와 나이프를 집어 들었지만 카디야가 번개처럼 손을 뻗어서 그것을 붙잡았다.

"멍청아. 안에 뭘 넣었을 줄 알고 먹깨비처럼 달려드는 거야."

"왜? 독이라도 들었을까 봐? 근데 우리 독 먹어도 안 죽을 걸. 드미트리도 그랬어. 청산가리를 집어 먹고도 멀쩡히 일어나 걸어 다녔지. 나노봇이 다 해체해줄 거라고."

보테로를 향해 한숨을 내쉰 카디야는 파테카르의 접시를 가리켰다.

"제 것과 당신 것을 바꾸지요. 그리고 먼저 먹어봐요. 그러기 전엔 입에 대지 않을 거야."

파테카르는 일말의 망설임도 없이 본인의 손으로 카디야와 접시를 교환했다. 그리고 나이프를 들어 고기를 한 점 잘라내더니, 지극히 자연스러운 동작으로 입안에 가져간 다음 씹기 시작했다.

"식으면 맛이 없답니다, 여러분."

그리고 이도는 식당에서 펼쳐지는 그 모든 광경을 원격으로 지켜보고 있었다. 화질과 색 재현도는 떨어지지만 분명 지금 실시간으로 벌어지고 있는 상황이었다.

"헤이니쉬. 지금 무슨 장치를 통해 이걸 보여주는 거지?"

[식당에서 선원들이 사용하는 자판기다.]

"자판기? 물병이나 과자 같은 게 들어 있는 그 자판기 말하는 건가?"

〔응. 놈들이 펼친 역장 때문에 쓸 만한 기계에는 접속이 불가능하다. 로보클리너를 비롯한 다양한 설비들에 손을 써놨거든. 렌즈가 달린 것은 이 자판기뿐이야.〕

"이 장소에 있는 다른 물건은?"

〔지금 내가 접속할 수 있는 거라곤 정수기와 토스터 정도가 있겠군.〕

이도는 여섯 명의 전투 사제들이 삼엄히 파테카르를 지키고 있는 광경을 보고 답답해질 수밖에 없었다. 자판기에서 레이저가 튀어나가거나 정수기가 염산을 사출할 수 있지 않은 바에야 전투 사제들을 쓰러트리고 동료들을 빼낼 방법이 도무지 떠오르질 않았다.

반면에 헤이니쉬는 자꾸만 재촉했다.

〔율리아나를 구하려면 서둘러. 그리고 네 동료들 역시 저 식당을 나가면 어떤 꼴이 될지 몰라. 바로 도축실로 직행해버린다고 해도 난 놀라지 않을 거야.〕

"무슨 수로 둘에게 내가 변을 당했으니 당장 그곳을 빠져나오라는 메시지를 전하라는 거냐."

〔그걸 생각해내라는 거잖아. 아 참, 노골적으로 '도망쳐'라거나 '달아나'라는 메시지는 곤란해. 파테카르의 의심을 사지 않고 오직 둘에게만 전달될 수 있는 암호를 사용해야겠지. 너희들 특수부대 같은 거잖아. 사전에 약속해놓은 그런 암호도 없나?〕

이도의 턱에 힘줄이 올라왔다. 답답한 심정을 억누르고 있는 것이다.

"암호는 비슷한 지성을 가진 적을 상대할 때 필요한 방식이다. 우린 걸어 다니는 시체를 상대로 싸워온 부대라고. 그깟 암호 같은 걸 정해놓았을 리가 없잖아."

화면 속의 보테로가 카디야의 손을 뿌리치고 포크로 손을 가져가는 것이 보였다. 궁여지책이라도 최대한 빨리 내놓아야 하는 순간이었다.

"카디야. 정말 안 먹을 거야? 이거 진짜 맛있는데. 쩝쩝."

속도 없는 새끼.

어느덧 접시를 절반 이상 비우고 있는 보테로를 보며 카디야는 혀를 찼다. 그녀의 신경은 오로지 식당의 입구 쪽을 향해 있었다. 이도가 자리에 없는 것이 자꾸만 그녀의 신경을 건드렸다.

"아무래도 내가 직접 찾아봐야겠어."

카디야가 자리에서 일어난 순간 그 일은 일어났다.

차캉.

아무도 주목하지 않은 식당의 싱크대 위에서 청량한 소리와 함께 토스터가 빵을 뱉어낸 것이다. 무기를 들고 있던 네 명의 전투 사제가 동시에 토스터를 겨누는 진풍경이 벌어졌다. 주변을 둘러보던 그들은 토스터로 다가가 빵을 뽑아 들고는 허탈한 웃음을 지었다.

"이게 왜 갑자기 고장이지?"

흥미를 보인 것은 파테카르였다.

"사제님. 무슨 일이죠?"

"토스터가 갑자기 빵을 뱉어냈습니다. 누가 예약을 해놓고 잊어버린 모양입니다. 버리겠습니다."

"멀쩡한 양식을 버리는 건 아니 될 말이지요. 가져오세요."

전투 사제는 순순히 말을 따랐다. 파테카르는 받아 든 빵을 유심히 바라보더니 중얼거렸다.

"그을린 모양이 특이하군요. 이건 누가 일부러 그려놓은 것 같지 않나요. 새? 아니면…… 독수리?"

독수리라는 말에 카디야가 엉거주춤 일어선 채로 굳어버렸다. 파테카르는 고개를 갸웃하며 평범한 식빵을 이리저리 돌려보다가 뒷면에도 뭔가가 그려져 있다는 걸 발견했다.

"어? 뒤쪽에는 다른 무늬가 있네요. 구불구불한 것이 꼭 뱀 같기도 하고."

갑자기 빵을 뱉어낸 토스터. 거기에 그려진 독수리와 뱀.

그것은 마리가 각각 카디야와 보테로의 눈앞에 나타날 때 형태를 빌리는 동물들이었다. 표정이 딱딱하게 굳은 카디야는 옆자리에서 고기를 우물거리고 있는 보테로에게 시선을 보냈다. 하지만 소년은 아무것도 눈치채지 못한 듯 오히려 카디야의 접시를 노리고 있었다.

"안 먹을 거면 달라고. 왜?"

"……나이프가 잘 드나 보네."

"어. 슥슥 잘라지는걸? 잘못 다루었다가는 다칠 수도 있겠지만 나 같은 프로페셔널에게는……."

보테로가 자아도취의 장광설을 늘어놓고 있을 때 카디야는 전광석화처럼 나이프를 집어 든 다음 테이블을 밟고 뛰어넘었다. 세 개의 접시가 달그락거리며 불협화음을 냈다. 식탁에 뛰어오른 고양이처럼 날랜 동작이었다. 그렇게 몸을 날린 카디야가 파테카르의 목을 휘감고 나이프를 들이댔다.

갑작스러운 위협에 전투 사제들이 들고 있던 총구가 일제히 카디야에게 겨눠졌다.

"카디야. 뭐 하시는 거죠?"

질문하는 파테카르를 완전히 무시해버린 카디야는 험악하게 일그러진 얼굴로 좌중을 노려보며 말했다.

"5분 준다. 그 안에 대장을 내 눈앞에 데려와, 개새끼들아."

우람한 체구의 전투 사제들마저 움찔하게 할 만큼 서슬 퍼런 기세였다.

"안 그러면 확 그어버릴 테니까."

도신이 넓은 부처 나이프가 도마에 내리꽂혔다. 손잡이를 잡고 있던 자롬스키가 험악한 얼굴로 뒤를 돌아보았다.

"지금 뭐라고?"

"엘리에셀에서 오신 분들이…… 식당에서 인질극을 벌이고 있습니다."

"누굴 인질로 잡았는데."

소식을 알려온 사제는 자롬스키가 들고 있는 부처 나이프가 자신을 향해 휘둘러질 것 같은 느낌에 슬그머니 뒤로 물러섰다.

"다, 닥터를 붙잡고 있습니다."

자롬스키는 피 묻은 에이프런을 아무렇게나 내던진 다음 물었다.

"그들이 고기는 먹었나?"

"소, 소년이 먹는 건 보았는데 여자가 먹는 건 보지 못했습니다."

"알았다. 남은 부위는 자네가 해체하고 폐기해. 빈틈없이."

자롬스키가 도축실을 빠져나가자 홀로 남은 사제는 바닥에 널브러진 에이프런을 주워 입었다. 그리고 나서는 도마 위의 뼈와 그 뼈에 붙어 있는 살점들을 바퀴 달린 상자에 쓸어 담았다. 벽면에 있는 스위치를 누르자 폐기물 처리용 배출구의 문이 열렸다. 사제는 낑낑거리며 남은 부위들을 배출구에 밀어 넣고는 자리를 떴다.

잠시 후 배출구의 문이 안쪽에서 덜컹거리며 열렸다.

피로 낭자한 인간의 손이 기어 나왔다. 팔꿈치 부근에서 절단된 손목뼈가 바닥에 툭 떨어졌다. 그리고 잠시 후 멀쩡한 사지를 가진 사내가 스르륵 배출구에서 빠져나왔다.

단단한 바닥을 느끼자마자 이도는 몸을 낮춘 채 사위를 살폈다. 그는 헤이니쉬가 알려준 경로대로 제3수면구획에 숨어드는 데 성공했다. 이후 유일하게 외부와 이어진 도축실의 폐기물 배출구 통로에서 숨을 죽인 채 몸을 빼낼 기회를 엿보고 있었다. 그리고 머리 위로 쏟아지는 토막 시체들 중에서 인간의 팔 하나를 골라내 팔목 뼈를 통로에 박아 넣으며 기어 올라온 참이었다.

〔토막 난 시체를 봤는데 조금도 놀라지 않는군.〕

"전갈이 선인장을 보고 놀라진 않으니까."

〔섬뜩한 친구일세. 어쨌든 이제 내 말을 믿겠나? 전투 사제들이 무슨 짓을 벌여왔는지 본인 눈으로 확인했으니.〕

이도의 얼굴 왼쪽에는 외눈 고글과 통신기가 장착돼 있었다. 헤이니쉬는 그것을 통해 이도에게 의사를 전달했다.

고기의 신선도를 유지하기 위해서 천장과 벽면에서는 으스스한 냉기가 쏟아져 내렸다. 도축실 중앙에는 내부 온도를 그래프로 알려주는 패널이 부착된 각기 크기가 다른 냉장 칸들이 가동되고 있었다. 도축실의 실내를 둘러본 이도는 파테카르가 자신에게 했던 말을 떠올렸다.

'사제들은 우리가 일궈낸 행복의 온도를 유지하기 위해 스스로 얼음이 된 자들입니다.'

그것은 은근한 기만이었을까. 아니면 진실을 알지 못하는 자가 만들어낸 블랙코미디였을까.

이도는 뒤도 돌아보지 않고 그곳을 빠져나왔다.

"당신 딸. 어디에 있을지 알겠나."

〔이 구획 전체를 통틀어 내 시야가 원천 봉쇄된 곳은 두 곳뿐이야. 카메라가 없는 화장실과 최상층에 있는 사이버네틱스 연구소. 설마 화장실에 아이를 가두진 않았을 거야.〕

"연구소로 안내해."

이도는 헤이니쉬가 가리키는 곳을 향해 움직이면서 계단을 올라갔다. 어디론가 허겁지겁 달려가는 사제들이 나올 때면 왼쪽 귀에서 미리 경고의 메시지가 날아왔다. 마리의 직관적인 경로 안내보다는 원시적이었지만 효과는 다르지 않았다.

사이버네틱스 연구소의 내벽이 동그랗게 잘려 나갔다. 그 안으로 몸을 들이민 이도는 곧 난생처음 와보는 장소이지만 기시감이 느껴지는 설비들을 마주했다. 헤이니쉬의 인공위성 내부와 흡사한 난잡함이었다.

헤이니쉬가 쓸쓸하게 말했다.

〔이곳에서 파테카르와 많은 것들을 만들어냈지. 당시에는 그게 모두를 위한 길이라고 생각했건만.〕

몇 개의 문을 지나쳐 내부로 들어서자 얼굴에 투명 마스크가 씌워진 소녀를 발견할 수 있었다. 자신이 처음 발견했을 때와는 달리 깨끗하게 씻긴 얼굴에 새하얀 원피스를 입고 있었지만 이도는 곧바로 그 소녀가 탐사대를 괴롭혔던 장본인이라는 걸 알아봤다.

〔상태는 어떻지?〕

"그냥 잠들어 있는 것 같다. 호흡이 일정해."

〔아이의 손바닥을 뒤집어봐. 확인해야 할 게 있다.〕

이도는 헤이니쉬가 시키는 대로 따랐다. 소녀의 양 손바닥에는 손금과는 분명히 구분되는 무늬가 희미하게 빛나고 있었다. 원격으로 무언가를 통제할 수 있는 칩처럼 보였다.

〔아직 무사하군. 파테카르에게 여유가 없었던 모양이야.〕

"딸에게 뭘 심어놓은 거지?"

〔마음먹는 것에 따라 이 방주의 회전축을 조작할 수 있는 능력. 적들에게 절대 붙잡히지 않을 수 있는 날개를 준 셈이지. 당신들이 게르솜에 숨어들어서 깃털을 조금 뽑아버렸지

만. 자, 율리아나를 업어.〕

율리아나의 얼굴에서 마스크를 떼어내 들어 올리자 헤이니쉬가 초조한 듯이 말했다.

〔조심해주길 바라. 그 아이는 평생의 절반 이상을 무중력 상태에서 보냈어. 조금만 힘을 잘못 줬다가는 크게 다치고 말 거야.〕

이도는 보모 역할까지 맡기는 거냐며 따지는 대신 율리아나를 들쳐 업고 연구소를 빠져나왔다. 구획 전체가 텅 빈 것처럼 보였다. 사제들이 떠드는 말소리는 물론 인기척 또한 완전히 사라져 있었다.

"식당으로 가는 길을 알려줘."

〔식당? 거기는 지금 용담호혈일 텐데. 모든 전투 사제들이 다 그곳으로 달려갔어. 굳이 호랑이 굴로 들어가는 건 곤란해. 지금은 아이와 같이 몸을 피하는 게 먼저야.〕

"카디야와 보테로가 없으면 당신이 말한 부탁을 들어줄 수 없어. 안내하지 않겠다면 당신 딸을 여기 버려두고 나 혼자 방도를 찾아보지."

〔젠장, 알겠어.〕

카디야와 보테로는 수십 명의 사제들에게 둘러싸여 있었다. 상대는 더 가까이 다가오고 싶어 했으나 파테카르의 목에서 흘러나오는 한 줄기 붉은 피가 최소한의 안전거리를 만들어냈다. 그들이 있는 곳이 식당이었기에, 테이블 위에 케이크 하나만 올려져 있었더라면 생일 축하를 받는 자리처럼 보일

지경이었다. 하지만 하객 역할이라 할 수 있는 전투 사제들의 손에는 폭죽 대신 흉흉한 라이플이 들려 있었다.

뒤늦게 도착한 전투 사제 자롬스키가 한 발짝 앞으로 나서자 카디야의 시선이 그쪽을 향했다.

"닥터를 놓아줘라. 지금 그 칼을 버린다면 아무 일도 일어나지 않는다."

"개수작 부리지 말고 대장을 데려오라니까. 내가 말한 5분이 얼추 다 되어가는 것 같은데?"

"그 사내는 당신들을 버리고 엘리에셀로 돌아갔다. 설득해보려 했지만 소용없었지."

자롬스키의 엉성한 변명에 돌아온 건 코웃음이었다.

"네놈들보다 훨씬 끔찍한 좀비들이랑 싸울 때도 대장은 우릴 두고 달아난 적이 없었어. 무기를 버려야 할 것은 그쪽이라고 생각하지 않아?"

카디야의 왼팔이 감고 있는 파테카르의 목에서 목소리가 흘러나왔다.

"저는 인질의 가치가 없습니다, 카디야. 제가 사제들에게 물러서라 하지 않는 이유는 그럴 권한이 없기 때문이에요. 제가 없어도 이곳은 아무런 문제 없이 돌아갈 수 있으니까요."

"저 잘나신 전투 사제들의 표정은 아니라고 외치고 있는데. 다들 허겁지겁 달려왔잖아? 누가 보더라도 여왕개미가 위험해지니 우르르 몰려온 병정개미 꼴인걸."

포위망의 전면을 향해 전투망치를 겨누고 있던 보테로가 카디야에게 속삭였다.

"5분 지났어, 카디야. 대장이 오더라도 이 많은 숫자를 어찌할 수 있을까? 그렇다고 인질을 데리고 도망칠 수 있을 것 같지도 않고."

보테로는 상황을 타개할 묘수를 갖고 있냐고 묻는 것이었다. 하지만 카디야가 생각하기에 정작 그 묘수는 보테로가 갖고 있었다.

"구역 연합이 폭동을 일으켰을 때 기억나?"

"응? 갑자기 지금 그 얘기는 왜 하는 거야."

"폭도들이 소방벽 안으로 몰려들었을 때 네가 뭘 했는지 떠올려, 보테로."

하얀 피를 가진 소년의 안색이 창백해졌다. 그리고 확고한 태도로 고개를 가로저었다.

"안 해. 죽어도 안 해. 그게 얼마나 아픈 줄 알아? 한 번 하고 나면 몇 시간은 침만 삼켜도 식도가 따끔거린다고."

"지금 안 하면 그 식도에 총알이 박힐 텐데?"

똥 씹은 얼굴을 하던 보테로는 곧 상황을 받아들였는지 전투망치를 테이블 위에 세웠다. 헤드 부분이 바닥에 닿자 손잡이가 천장을 향해 바로 섰다. 보테로가 뭔가를 조작하자 손잡이 끄트머리의 뚜껑이 열리면서 트럼펫의 마우스피스를 연상케 하는 장치가 드러났다. 보테로가 그것에 입을 가져갔다.

"뭘 하려는 거냐!"

자롬스키가 소리치자 전투 사제들이 일제히 총구를 보테로 쪽으로 겨누었다. 그래서 잠시 그들의 시선으로부터 자유로워진 카디야가 파테카르를 제압하고 있던 손을 풀었다. 그리고 그녀의 등을 세게 걷어찼다.

"닥터!"

자롬스키는 자신 쪽으로 비틀대며 걸어온 파테카르를 황급히 부축했다. 그러고 나서 으르렁거리며 카디야를 노려봤지만 상대는 이미 인질에는 아무런 관심이 없었다. 인질범은 양손으로 귀를 틀어막고 자롬스키를 향해 미소 지었다.

"바람?"

자롬스키의 수염이 파르르 떨리고 있었다. 불어야 하지 않을 것이 불고 있었다. 공기의 흐름이 보테로의 전투망치를 향해 모여들고 있었던 것이다. 보테로의 복부가 움푹 안으로 들어갔고 반대로 흉부는 비상식적인 크기로 팽창했다. 그리고 그가 망치의 손잡이로부터 입을 떼었다.

보테로가 다시 입을 열어 사자후를 내지르자 식당에 진열되어 있던 모든 식기가 동시에 박살 났다.

질주하던 이도의 발이 우뚝하고 멈췄다.

〔왜 그러지?〕

"저 굉음은 보테로만 낼 수 있는 거다. 다만 본인은 저걸 끔찍하게 싫어해. 최후의 최후에만 쓰는 비장의 수단 같은 거거든."

이도는 조금의 망설임도 없이 달리는 속도를 높였다. 곧 로비의 2층 창문이 부서지며 두 형체가 바닥을 향해 뛰어내렸다. 이도의 전방으로 떨어져 내린 것은 카디야와 보테로였다. 그들은 구르자마자 아무렇지도 않게 몸을 일으키더니 서로 말

다툼을 했다.

"고막을 터트려서 전부 기절시켰어야지. 걔네 금방 벌떡 일어났잖아."

"내가 일부러 살살 내질렀다는 거야? 이 좆 같은 곳에선 힘이 달린다고."

둘은 곧 율리아나를 업은 채 자신들을 향해 달려오는 이도를 발견했다. 상황을 보아하니 보테로가 사자후를 내질렀지만 역장의 방해 때문에 충분한 위력을 발산하지 못한 듯했다. 둘은 이도를 보고 뭐라 말하려 했지만,

"그만 투덕대고 따라와라."

그들의 리더는 무정하게 그들을 지나쳐 달려 나갔다. 곧 탐사대는 익숙한 장소로 되돌아왔다. 바로 만여 개의 캡슐이 잠들어 있는 초대형 수면실이었다. 이도와는 전혀 다른 세계에서 끝나지 않는 여행을 계속하고 있는 자들이 얼어버린 관 속에서 그를 맞아주고 있었다.

"이들 중에서 몇 명이나…… 완전한 몸을 갖고 있을까."

〔그건 알 수 없지. 긴 시간 동안 사제들이 몇 번이나 그들의 제단에 '공양'을 했을지 누가 알겠어.〕

캡슐에 전력을 공급하는 기둥에는 잠들어 있는 자들의 이름이 한 줄로 적혀 있었다. 공양탑에 세워진 묘비처럼. 이도가 기둥을 하나씩 지나치면서 누군가의 이름을 찾고 있자 헤이니쉬가 말했다.

〔달아나지 않고 뭐 하는 거야?〕

"여기 다시 올 수 있다는 보장이 없어."

〔누굴 찾고 있는 거라면 이름을 말해라.〕

"말하면 당신이 찾아낼 수 있다는 건가."

〔나에겐 데이터베이스가 있으니까. 이 우주선에서 태어난 사람이라면 몰라도 지구에서 출발한 전원의 프로필을 갖고 있다.〕

이도는 영문도 모른 채 자신을 쫓아온 카디야와 보테로를 쳐다본 다음 그들에게는 들리지 않는 목소리로 한 이름을 속삭였다. 헤이니쉬는 놀란 눈치였다.

〔당신은 그자와 무슨 관계지?〕

"대답할 의무는 없다."

〔……그는 여기에 없어. 비행파였거든. 어쩌면 원자로에 아직 살아 있을 거야.〕

"당신은 기나긴 시간 동안 그곳과 분리된 채 이 주변만을 배회했다며. 무슨 수로 그자의 생존을 확신하는 거지?"

〔만약 그가 죽었다면 원자로에는 단 한 명의 생존자도 없을 테니까.〕

"믿을 수가 없다. 네 딸을 이곳에서 빠져나가게 하려고 거짓말을 하는 것일 수도 있지."

이상한 반쪽짜리 안경을 쓴 채 중얼거리는 이도를 지켜보던 보테로가 참다못해 끼어들었다.

"대장. 어디서 처놀고 있다가 이제 돌아와선 뭘 혼자서 꿍얼거리고 있는 거야?"

그때, 카디야가 레이저 블라스터를 꺼내 들었다. 그리고 이도가 업고 있는 소녀 율리아나를 향해 겨누었다.

"얘, 너 언제부터 깨어 있었니?"

이도는 그제야 자신이 업고 달리던 율리아나가 두 눈을 똑바로 뜬 채 총구를 노려보고 있다는 사실을 알았다. 바닥에 사뿐히 내려선 소녀는 세 백혈부대원을 획 둘러보더니 이도가 쓰고 있는 통신 장치를 가리켰다.

"아빠의 말을 믿으세요. 거짓말이 아니니까."

이도는 냉엄한 눈으로 율리아나를 내려다보았다.

"날 원자로로 데려가라고 했겠죠? 아빠가 바라는 건 그거 하나니까."

"너의 바람은 아니라는 것처럼 들리는데."

"원자로에 가면 다들 나를 받아줄 거라고 했지만 필요 없다고 늘 말해왔어요."

그 어떤 장난감이든 만들어주는 아빠. 하지만 단 한 번도 만질 수는 없는 상대. 그런 존재와 평생을 보낸 아이는 어떻게 자라고 마는 걸까. 이도는 지금 그 결과를 보고 있었다. 율리아나는 혼잣말로 "나한텐 아빠만 있으면 돼"라며 중얼거리는 중이었다.

이도는 순간 쓰레기통에 자신을 밀어 넣고 매일 싸움터로 향했던 어머니의 얼굴을 떠올렸다. 그녀는 어떤 심정이었을까. 로보클리너가 숨어 다니는 통로에 딸을 집어넣고 전투 사제들과 싸워온 유령의 심정과 무엇이 비슷했고 무엇이 달랐을까.

"그래도 당장은 아빠 말을 따르기로 했어요. 사람들이 내 존재를 알게 되면 군말 없이 원자로로 가기로 약속했으니까

요. '손가락은 이미 섬을 가리켰으니 타륜을 돌리는 건 내 몫'
이에요."

"……해적 선장 쿤타의 말이로군."

"어? 아저씨도 쿤타를 알아요? 어떻게?"

율리아나의 얼굴에서 처음으로 아이다운 호기심이 묻어 나
왔다. 이도는 헤이니쉬가 이미 오래전부터 반복해서 딸에게
유언을 남겼다는 걸 알 수 있었다.

"좋아, 다시 업혀라."

이도는 한쪽 무릎을 꿇은 뒤 율리아나에게 등을 보여주며
말했다.

"널 살려주지. 대신 나에게 아무것도 바라지 마라."

기실 이상한 말이었다. 누군가의 목숨을 구해주는 쪽은 그
만큼의 대가를 요구하기 마련이다. 하지만 구해주는 자가 반
대로 아무것도 요구하지 말 것을 강요하고 있었다. 이도의 말
을 들은 카디야의 눈동자가 부릅뜨였다. 아주 오래전 지구에
서 그에게 정확히 똑같은 말을 들었기 때문이다.

마음을 정했는지 이도는 앞장서서 수면실을 빠져나갔고 두
백혈부대원 역시 그 뒤를 따라 달렸다. 하지만 대합실을 빠져
나가는 순간에도 길을 묻는 이도의 말에 헤이니쉬가 응답하지
않고 있었다.

"이봐, 헤이니쉬. 왜 갑자기 수다를 멈췄지."

"아빠가…… 대답을 안 한다고요?"

"그래. 너를 찾으면 분명히 이쪽을 향해 달리라고만 했는
데. 난감하군."

율리아나의 목소리가 다급해졌다.

"아빠의 목소리가 안 들린다는 건 '그걸' 움직이고 있다는 뜻이에요. 진작 버렸다고 했는데! 아악, 나한테 거짓말을 했어."

소녀는 거의 울먹거리고 있었고 영문을 알지 못하는 이도는 당황스러울 뿐이었다.

그때, 그들의 퇴로에서 벽을 뚫고 철로 빚어낸 거인들이 모습을 드러냈다. 파워드 슈트를 입은 전투 사제들이었다. 헬멧 속에서 들려오는 목소리에는 분노가 담겨 있었다.

"어떻게 살아 돌아왔는지는 모르겠지만, 우주에서 말라 죽는 꼴을 택하지 않은 걸 후회하게 될 거다."

목소리는 기계음이었지만 그 말투는 분명 자롬스키의 것이었다.

"나는 지금껏 우리를 보살펴온 닥터의 명령을 어긴 적이 없었다. 그분은 버러지 같은 너희들에게 목숨을 위협받으면서도 자비를 보이라 말했지. 오늘 처음으로 그분의 명령을 어기게 되겠군."

자롬스키의 파워드 슈트가 쇳덩이 같은 양 주먹을 조종석 앞에서 맞부딪혔다. 이도는 침착하게 그의 말에 응수했다.

"파테카르 소남에 대한 충성심 하나만큼은 인정해줄 만하군."

"이제 와 자비를 구해도 소용은 없다. 낙원을 지키는 우리 전투 사제들의 숭고한 사명을 행할 뿐이니."

"낙원이라. 다분히 종교적인 말 같은데. 아이러니하게도 정작 너희들이 교주처럼 모시는 닥터는 그런 표현을 쓰지 않는데, 왜 낙원이라고 믿고 있는 거지?"

"우리는 이곳에서 그 누구도 만들지 못했던 영생의 둥지를 만들어냈다. 인류는 카난에 갈 필요가 없다. 그곳에 도착했다한들 지구에서의 끔찍한 일이 반복될 뿐이었겠지. 우리는 여러 세대에 걸쳐 이뤄지는 종의 번영을 포기하는 대신 한 세대에게 영생을 주는 데 성공한 거야."

이도는 자롬스키가 술술 읊는 말들이 그가 파테카르에게 들은 말을 공허하게 옮긴 것이라는 데 보테로의 망치를 걸 수 있었다.

"내가 업고 있는 이 아이 한 명에게 위협을 느끼는 둥지라면 영생이라는 이름을 붙이기 좀 민망하지 않나?"

"이건 단순한 소요일 뿐. 닥터의 자비 덕분에 너흰 아직 전투 사제의 진정한 무력을 보지 못했다. 제3수면구획이 유일하게 좀비 청정 구역인 것은 우연이 아니다."

"청정 구역? 나는 너희가 도축실이라 부르는 곳을 통해 기어 들어왔다. 어떻게 살아 돌아왔냐고 묻길래 답해주는 거야. 그곳에서 두 눈으로 확인했지. 눈이 빨갛지 않고 말을 할 수 있다는 걸 제외하면……."

이도가 고개를 갸웃거렸다. 다분히 의도된 동작이었다.

"너희가 좀비와 무엇이 다르지?"

사람을 산 채로 뜯어 먹는 좀비와 정성스레 도축해서 잡아먹는 너희가 무슨 차이냐. 자롬스키의 파워드 슈트에서는 아무런 대꾸가 없었지만 그가 조종석 내부에서 격분에 차 부들

부들 떨고 있을 거라는 건 분명했다.

"게로이라 생각했거늘 주절주절 말이 많구나."

엉뚱하게도 자롬스키의 말에 동의하는 것은 보테로였다. 그는 좀 전부터 수다쟁이가 된 이도 때문에 거센 위화감을 느끼고 있었던 것이다.

"카디야, 좀 이상하지 않아? 우리 대장이 거의 유일한 장점인 과묵함을 내다 버린 모양인데."

하지만 카디야의 시선이 향한 곳은 이도의 등도, 자롬스키와 전투 사제들도 아니었다. 그들보다 훨씬 더 먼 곳. 트램 정거장이었다. 카디야는 이도와 오랫동안 함께했었기에 그가 자신을 죽이려는 상대를 앞에 두고 필요 이상의 대화를 나누는 경우는 오직 하나뿐이라는 걸 알고 있었다.

시간을 끌어서라도 상황을 돌파할 수 있는 무언가를 기다리는 것.

구획 전체를 울리는 굉음이 모두의 귀를 때렸다. 링 형태의 구획을 따라 트램을 운반하는 레일. 그 레일에 무언가 육중한 것이 매달려 날아오고 있었다. 트램보다 크기는 작지만 훨씬 살벌한 무언가. 전투 사제들 중 후미에 있던 누군가가 흠칫 놀라며 뒤를 돌아본 순간, 네 개의 타공 드릴과 두 개의 유압 집게를 가진 굴착기가 장내로 뛰어들었다. 톱니바퀴로 굴러가는 캐터필러가 진동과 함께 착지했다.

조종석이 텅 빈 굴착기는 한 전투 사제를 드릴로 밀어내고 유압 집게를 휘둘러 자롬스키를 넘어뜨렸다.

율리아나가 소리를 질렀다.

"아빠!"

순간 굴착기의 상부가 빙글 돌아 소녀의 외침에 반응했다. 이도는 새하얀 설원에서 새끼를 지키기 위해 굴을 나선 곰과 눈을 마주친 기분이었다. 굴착기의 유압 집게 하나가 천천히 움직이더니 위아래로 까닥거렸다. 명징하기 짝이 없는 신호.

어서 떠나라.

순간 로더 부분이 폭격에 터져 나가며 굴착기가 불길에 휩싸였다. 전투 사제들의 총격이 굴착기를 거세게 밀어붙인 것이다. 비틀대던 굴착기는 다시 유압 집게를 휘두르며 파워드 슈트에 맞서 싸웠다. 자롬스키가 탑승한 강철 거인의 가슴팍에 굴착기의 집게가 충돌하며 거센 마찰을 일으켰다.

기세는 용맹했지만 얼마 버티지 못할 것이라는 걸 이도도, 율리아나도 알고 있었다.

"내려줘! 여기서 죽으면 아빤 어디에도 못 간단 말이야."

율리아나는 이도의 어깨를 때리면서 발버둥 쳤다. 하지만 이도는 소녀를 내려줄 마음이 없었다. 저 굴착기를 움직이고 있는 사내와 이미 거래를 했기 때문이다.

"방금 말했는데 그새 잊었군. 살려주는 대신 아무것도 바라지 말라고 했지. 우리는 이곳을 뜬다."

하얀 피를 가진 세 전사는 붉은 피를 가진 소녀를 데리고 격전지로부터 달아났다.

7

쌍 둥 이 의   환 상 통

율리아나는 한참을 울고 나서야 자리에서 일어났다.

"이제 좀 진정이 되었나."

이도는 율리아나에게 손을 뻗었지만 소녀는 잡지 않았다.

"업어줄 필요 없어요."

율리아나는 충혈된 눈으로 이도를 올려다보았다.

"아저씨는 이 우주선의 쿤타를 깨우려는 거죠?"

"쿤타? 아론을 말하는 건가. 관제 AI를 선장이라고 부를 수
있다면 그래, 맞다. 나는 아론을 깨워서 이 배를 카난으로 끌
고 가는 임무를 받았어."

"좋아요. 그때까지 아저씨랑 같이 가겠어요. 나도 아론한테
부탁할 게 있으니까."

죽지 않고 걸어 다니는 좀비와 냉동 캡슐 안에서 깨어나지

않는 인간이 세상의 전부인 소녀는 어떤 내세관을 갖고 있을까. 이도는 혹시 율리아나가 어떤 중대한 착각을 하고 있는 게 아닐까 걱정이 되었다. 그러나 그것은 기우였다.

"난 어리숙한 바보가 아녜요. 아빠를 되살려달라는 건 불가능하다는 걸 알아. 그냥…… 내 눈으로 확인하고 싶은 게 있어요."

율리아나는 목소리만 들어왔을 뿐 헤이니쉬의 얼굴을 모른다.

"아빠는 말했어요. 아론이 다시 깨어난다면 그땐 처음으로 아빠의 얼굴을 보여줄 수 있다고. 아론은 모든 선원들의 기록을 다 갖고 있다고."

코를 한 번 훔친 율리아나는 앞장서서 걸어갔다.

"그러니 그때까진 울지 않을 거예요. 가요."

이도는 소녀의 뒤를 따랐고, 카디야 역시 레일건을 집어 들며 몸을 일으켰다. 하지만 마지막으로 남은 소년은 도무지 자리에서 일어설 줄 몰랐다.

보테로는 벽에 머리를 기댄 채 넋을 놓고 있었다.

"왜 그래? 어딜 다친 건가."

이도의 질문에 보테로는 천천히 고개를 가로저었다. 대신 그답지 않게 가라앉은 목소리로 말했다.

"그냥 여기에 남는 건 어때, 대장."

"뭐?"

보테로의 질문은 레일건을 든 여인에게로 굴절됐다.

"카디야. 아까 그 여자의 목에 나이프를 들이댔었잖아?"

"그랬지. 네가 대장이 보낸 경고도 눈치 못 채고 고기나 뜯고 있을 때 나라도 뭘 해야 했으니까."

"난 그때 정말로 놀랐어. 겁만 주려고 하는 줄 알았거든. 그런데 카디야. 너는 정말로 그 여자를 찌를 생각이었어."

카디야는 고개를 끄덕였다. 그녀의 얼굴에는 일말의 죄책감도 없었다.

"맞아. 그게 뭐 어쨌다고. 설마 지구에서 숱한 사람들을 죽여온 네가 이제 와서 도덕 수업이라도 하려는 건 아니지?"

보테로의 얼굴에 비웃음이 퍼져 나갔다.

"아니. 나는 전혀 다른 이야기를 하는 거야. 그 여자는 분명 고위 승무원이었겠지? 그리고 우리는 5분이나 인질극을 벌였고. 그때 비로소 깨달았어. 네가 그 여자의 목숨 줄을 붙잡고 죽이니 살리니 할 때에 당연히 들려야 할 중지 명령이 들리지 않는다는 사실을."

보테로가 자신의 가슴팍을 주먹으로 두드렸다.

"소방벽의 인간들이 시술을 하면서 멋대로 우리 안에 심어둔 것 때문에 얼마나 열 받았는데. 모르겠어? 그 여자의 둥지는 마리의 손길로부터 자유로운 곳이라고. 저 꼬마애를 따라간다면 다시 마리와 연결될 수도 있겠지? 그러면 참으로 오랜만에 느꼈던 내 해방감은 온데간데없이 사라지는 거고."

보테로의 말은 옳았다. 모든 일이 잘 풀려 카난에 상륙한다 해도 그들은 '마리가 지키려 하는 인간'은 절대 해칠 수 없는 것이다.

"내 목표는 카난에 가는 게 아니었어. 지구를 탈출하기만

하면 됐거든. 그리고 드디어 자유로워졌지."

카디야가 보테로의 말에 반박했다.

"이 우주선은 표류하는 중이야. 여기서 천천히 죽어가겠다고?"

"그 여자가 말한 기계를 쓰면 불가능한 것만도 아니잖아. 잘 생각해봐, 대장. 저 꼬마애를 그 여자한테 갖다 바치면 우린 몸속에 심어진 폭탄에서 벗어날 수 있게 돼. 잘나신 엘리에셀 호의 순혈인간들을 위한 이빨받이로 살지 않아도 된단 말씀이야."

잠자코 듣고 있던 이도는 고개를 가로저었다.

"받아들일 수 없다. 마리가 쥐고 있는 목줄은 잠깐 풀어졌다 치자. 여기 내 칼은 멀쩡해."

이도를 바라보는 보테로의 동공이 싸늘하게 가라앉았다.

"따라오지 않으면 뭐, 힘으로 제압해보겠다는 거야?"

"넌 나를 여러 번 죽이려고 시도했었지. 하지만 한 번도 성공하지 못했다는 걸 명심해. 지금 나는 멀쩡히 네 눈앞에 서 있다."

보테로가 전투망치를 들고 일어섰다. 그리고 이도를 향해 이빨을 드러냈다.

"좆 까. 그건 피 통을 갈아 치우기 전의 이야기지. 백혈인간이 된 다음부터는 목숨 걸고 붙어보지 않았잖아. 내가 미운 정 때문에 봐주고 있는 것도 모르고."

보테로가 오른발을 한 발짝 뒤로 물렸다. 그리고 왼쪽 팔을 앞으로 늘어뜨리며 이도와의 간격을 쟀다. 망치를 휘두르면 닿을 만큼. 서로 죽고 죽이는 것이 가능해지는 생사결의 거리.

"대장은 늙었어. 나는 지금이 신체의 전성기고. 얼씨구? 공평하게 근육을 뻥튀기하는 부스터도 서로 떼버린 상태네."

이도 역시 그의 도발을 가만히 듣고만 있진 않았다. 그는 단분자 블레이드를 와이어 형태로 바꾸었다. 그러자 모든 것을 잘라낼 수 있는 사신의 끈이 둘 사이에 나풀거렸다. 전투망치의 기다란 궤적을 상대하기 위해 무기의 사정거리를 조정한 것이다.

"낯익은 사고방식이군. 네가 지금 하려는 것. 그게 바로 늙은 사자에게 덤볐다가 골통이 뜯어져 나간 젊은 사자들이 저질렀던 실수다."

두 백혈인간의 긴장이 고조되고 있을 때, 둘 사이 바닥에 느닷없이 붉은 점이 생겼다. 진원지는 카디야가 들고 있는 레이저 블라스터의 포인터였다.

"미안한데 오해 하나만 바로잡고 가려고. 두 사나이께서 뜨거운 대결을 벌이면 내가 '어머 멋져!' 하고 조신하게 구경이나 처하고 있을 거라 생각하나 본데. 내가 경기장의 벤치에 앉아서 치어리더처럼 대장을 응원만 하고 있을 것 같아? 이 총을 집어 들었을 때부터 나는 평생 선수였어."

보테로의 눈썹이 일그러졌다. 카디야와 이도가 협공이라도 해온다면 그가 승리할 수 있는 확률은 지극히 낮다.

그때 이도가 먼저 한 발 물러섰다.

"우리가 선발대라는 걸 잊지 마라, 보테로."

"뭐?"

"엘리에셀에 탑승해 있는 백혈부대원은 총 서른여섯 명이야. 마리의 입장에선 장기말이 차고 넘치는 셈이지. 네가 바라는 대로 엘리에셀의 임무를 내팽개치고 파테카르 소남의 그늘에 숨는다 치자. 교관 살라자르를 비롯해 무시무시한 백혈부대원들이 배신자를 추격해 올 게 뻔하지 않나."

날카로운 지적에 보테로는 움찔했지만 꼬리를 내리진 않았다.

"젠장. 그러니까 너희 둘도 함께 가면 되잖아. 우리 셋은 제법 호흡이 잘 맞으니까. 그리고 파테카르를 잘 설득하면 전투사제들도 우리와 같이 싸워줄걸?"

잠자코 듣고만 있던 율리아나가 빽 소리를 질렀다.

"겁쟁이! 아빠는 목숨을 버리면서 널 구했는데."

"……꼬맹아. 어른들 얘기다. 끼어들지 마. 넌 그냥 인질의 역할에 충실하라고."

"웃겨. 너나 우두머리의 명령에 충실해. 어른은 무슨. 나랑 키도 얼마 차이 안 나면서."

"후우. 늙지 않는 몸이 되니까 저런 젖비린내 나는 녀석한테도 무시를 당하는 건가."

"모욕적이야! 그 말 취소해. 그리고 난 아빠가 합성해주는 음식들만 먹고 컸어. 젖을 먹고 큰 게 아니거든."

"이이익! 시끄러."

보테로는 벌컥 화를 내보았지만 상대가 전혀 겁을 먹지 않아서야 자신만 우스꽝스러워질 뿐이었다. 이도는 설전의 상대가 갑자기 바뀌는 바람에 역정을 내는 보테로를 물끄러미 지켜봤다. 그러곤 한숨을 내쉬었다.

"보테로. 나는 만나야 할 사람이 있다. 그에게 꼭 들어야 할 이야기가 있어."

그리고 그는 누구도 예상하지 못한 말을 이어나갔다.

"약속하마. 내가 찾는 자를 만나게 되면, 그 뒤엔 보테로 너의 숙원을 들어주지."

"대장!"

카디야가 비명처럼 새된 목소리를 냈다. 그러나 놀란 것은 그녀뿐만이 아니었다. 보테로 역시 눈을 끔뻑이며 재차 물었다.

"내 숙원이 뭔지 모르지 않으면서 그딴 소릴 지껄이는 거야?"

"알아. 네 손에 고이 죽어주겠다."

"그게 무슨……."

"방식은 네가 택해라. 목을 자르든, 불에 태우든. 나는 사지를 뜯는 고문에도 강하고 웬만한 독에도 죽지 않으니 여러 가지 방식을 번갈아 시도하는 재미가 있을 거야."

"지랄 떨지 마! 그렇게 악착같이 날 무시해놓고…… 이제 와서 죽어줄 테니 따라오라고?"

보테로의 망치 끝이 파르르 떨리고 있었다. 그것이 망치의 무게 때문이 아니라는 걸 율리아나마저도 눈치챌 수 있었다. 이도는 심연을 품은 눈동자로 보테로를 보며 말했다.

"진심이다. 그러니 숙원을 이루고 싶다면 이 아이를 원자로로 데려다주는 데 협력해라. 네가 파테카르가 만든 캡슐 속에서 천 번이고 만 번이고 날 죽인다 해도 그건 진짜 내가 아니다. 전기신호가 만들어 낸 허상이지."

이도는 보테로가 입술을 짓씹으며 고개를 떨구는 걸 지켜봤다.

"보테로. 나는 널 안다. 넌 누군가를 기만하는 데엔 도가 텄지만 스스로를 기만하는 데엔 조금도 재주가 없어."

"젠장. 저 빌어먹을 인간의 속내는 도무지 알 수가 없어. 안 그래?"

보테로가 뒤에서 걷고 있던 카디야에게 질문을 던졌다.

"하루 이틀 겪는 일이야? 받아들여. 나처럼 익숙해지라고."

"눈앞에서 만 명이 뒈져도 끄떡없는 인간이 갑자기 웬 꼬마 애의 보모가 돼서 돌아왔는데. 넌 그게 우습지도 않냐? 쟤가 문제야. 자꾸만 대장이 안 하던 짓을 하게 만든다고."

이도는 몇 걸음 앞에서 율리아나를 목마 태운 채 통로를 걸어가고 있었다. 소녀는 본인의 다리로 걷겠다고 고집을 피웠지만 걸음의 속도가 터무니없이 느렸다. 그래서 이도가 '효율이 떨어진다'며 자신의 목 위에 태운 것이다.

카디야가 한숨을 내쉬었다.

"보테로. 7구역에서 대장의 목을 노리던 자들이 대체 몇 명이었다고 생각해?"

"뭐, 존나 많았겠지. 원래 왕은 제 명에 못 뒈지는 법이니까."

"원한을 가진 자가 직접 오든, 너 같은 청부업자를 보내든 그는 킬러를 절대 살려 보내지 않았어. 그 자비가 언젠가 후환으로 자라날 테니까. 그 와중에 왜 너는 매번 살아서 탈출할 수 있었다고 생각해?"

"당연히 내가……."

"실력이 뛰어나서 그렇다고 말하겠지. 후우. 하여간 사내새끼들의 자의식 과잉은 백혈 시술로도 안 뜯어고쳐지나 보네."

신랄한 카디야의 말에 보테로의 얼굴이 붉게 달아올랐다.

"네가 아이여서야."

"뭐?"

"그가 나를 구해줬던 것도 내가 아이여서였고. 아까 율리아 나한테 대장이 했던 말 기억하지?"

"살려줄 테니, 내게 아무것도 바라지 마라?"

카디야가 고개를 끄덕였다. 그녀는 오래전부터 눈치채고 있었다. 이도가 앞을 가로막는 적이라면 좀비와 인간을 가리지 않고 무감정하게 해치우면서도 소년과 소녀만큼은 죽이지 않는다는 걸. 그리고 그것은 결코 동정이나 연민의 발로가 아니라 다른 차원의 '어떤 습성' 같은 것이라는 걸.

물론 카디야는 우주 한복판에서 또 한 번 이를 발견하게 된 것이 결코 달갑지 않았다.

"나도 너와 비슷해. 그는 아무것도 우리에게 주지 않고, 아무것도 달라고 요구하지 않아. 네가 대장의 말에 시시콜콜 반대하고 격분하는 것은 아마도 '무시당하는 것'에 익숙하지 않아서겠지. 네가 아무리 증오를 날리고 살의를 던져도 그는 거기에 응답하지 않으니까."

내 것에도 응답을 주지 않는 것처럼.

카디야는 한 문장을 굳이 꺼내지 않고 숨겼다.

눈앞의 광경은 미적 감각이 없는 누군가가 선내를 헤집어 놓은 것처럼 보였다.

이도 일행은 막대한 중량의 화약이 만들어낸 연쇄 폭발의 흔적 앞에 와 있었다. 게르솜이 거대한 반지 여러 개가 겹겹이 쌓인 구조라면 그중에서 이번 반지는 뼈대만 남기고 산산조각 난 채 을씨년스러운 광경을 만들어내고 있었다.

원래대로라면 적재구획과 동력구획으로 넘어갈 수 있는 트램 레일들이 모조리 끊어져 있었다. 거리가 멀어 캐치볼처럼 서로를 집어던졌던 이전 방법은 사용할 수 없었다. 본래의 괴력이 아직 돌아오지 않은 데다, 일행 중엔 큰 충격을 이겨낼 수 없는 율리아나도 있었다.

하지만 해결책 또한 이 연약한 소녀가 갖고 있었다.

"아빠가 절대로 들어가지 말라고 한 장소가 있어요. 우리는 거기로 가야 해요."

여전히 얼굴에 불만이 가득한 보테로가 딴지를 걸었다.

"악명 높은 유령도 기피했던 장소로 우릴 데려간다고? 거기 뭐가 있는데."

"원자로로 가는 유일한 방법은 선체 바깥의 우주를 건너가는 것뿐이야. 하지만 탈출포드는 사용할 수 없어. 남아 있는 게 없거든."

"……잠깐 정지. 너, 왜 나한테만 반말이야?"

율리아나는 보테로의 질문을 무시한 채 계속 설명을 이어
나갔다.

"선외 우주복과 에어 스케이트가 저 안에 있어. 그걸 주워
서 원자로까지 한 방에 날아가는 게 아빠가 만들어놓은 계획
이야. 물론 나 혼자서는 절대 안 된다고 했지만."

헤이니쉬의 이야기를 꺼낼 때마다 율리아나의 목소리는 잠
겨 들어갔다. 언제나 소녀의 옆에 있었던 그의 부재에 익숙해
지기란 당장은 요원해 보였다. 구슬픈 얼굴을 보고 보테로는
더 이상 반말 문제로 트집 잡기 애매하다는 걸 인정했다.

"젠장, 알았어. 가자고."

결국 그들은 트램 정거장을 지나쳐 오랫동안 수면파와 비행
파 모두에게 금단의 구역이었던 비행제어관리실로 들어갔다.

하지만 그곳은 거대한 금속 컨테이너를 겹겹이 쌓아 성문
없는 성벽 같은 위압감을 자랑하고 있었다. 사람의 힘으로는
쌓을 수 없는 장벽은 그것이 헤이니쉬의 작품이라는 것을 짐
작케 했다. 10미터는 되어 보이는 컨테이너를 기어올라가려
면 뭔가 묘책을 생각해내야 했다. 이도가 카디야의 폭탄을 이
용해서 컨테이너를 무너뜨리는 방법에 대해 얘기하던 도중 율
리아나가 가볍게 양 손바닥을 펼치며 정신을 집중했다.

그러자 이전에 겪어본 적 있는 현상이 찾아왔다. 갑자기 몸
이 깃털이 된 것처럼 공중에 붕 떠오른 것이다. 순식간에 주변
을 무중력 공간으로 바꾼 율리아나는 땅을 박차고 날아올랐다.

"제 뒤만 따라와요."

컨테이너를 묶고 있는 거대한 고무 케이블을 밟으며 율리

아나는 가뿐하게 장벽 위에 올라섰다. 이도와 카디야, 그리고 조금 애를 먹어야 했지만 보테로도 장벽 위를 기어오르는 데 성공했고 바닥을 향해 내려서자 율리아나는 다시 무중력 상태를 해제했다.

헐거워진 젠가 블록처럼 벌어져 있던 컨테이너들이 다시 바닥에 내려앉으면서 우레 같은 소리가 귓가에 꽂혔다.

"율리아나. 네 아빠는 왜 이곳을 막아놓은 거지?"

"수면파와 비행파가 서로 싸울 때 쫓겨난 사람들이 있다고 했어요."

그들은 재난으로 인해 불안 증세를 보이는 집단이었다. 아무도 주목하지 않는 사이 자발적으로 격리된 그들은 비행제어 관리실에서 다시는 돌아오지 않았다. 들리는 소문에 의하면 그들은 이곳에서 '지구로 돌아갈 수 있는 우주선'을 만들어낼 것이라 했고 양쪽 모두에게 비웃음을 샀다. 왜냐하면 태양 돛도, 원자로도 없이 어떻게 지구로 돌아갈 거냐는 질문에 그들이 호언장담한 '기술' 때문이었다.

"뭘 만들겠다고? 무한동력…… 기술?"

"그거, 한 번 돌아가면 멈추지 않고 돌아가는 물레 같은 거죠? 아무튼 그걸 만들겠다고 사라진 사람들이었어요. 하지만 수면파와 비행파가 서로 싸우게 되면서 그 사람들은 잊혔어요. 쿤타와 니모이가 찾아낼 때까지 누구도 존재를 몰랐던 상어 인간들처럼."

"상어 인간?"

율리아나는 때로 생쥐해적단 쿤타 이야기를 자연스럽게 이야기에 섞었다. 그때마다 카디야와 보테로는 쌍둥이 같은 동작으로 이도의 얼굴을 바라보며 추가 설명을 기다렸다. 이도는 저 둘이 설명을 원하는 것이 아니라, 그저 만화책 이야기를 풀이해주는 자신의 모습을 구경하고 싶어 한다는 의심이 강하게 들었지만 입을 다물고 있진 않았다.

"모두가 전설 속에만 있다며 상어 인간의 존재를 무시할 때 니모이가 그들을 유혹하는 약초를 만들어서 찾아내지. 그만 웃어라, 보테로. 어쨌든 본래 이야기로 돌아오면…… 그 무한 동력이라는 거 만들 수 있는 건가?"

보테로가 올라간 입꼬리를 내리며 답했다.

"글쎄. 그걸 만들 수 있었다면 진작 지구에서 만들었겠지."

카디야도 거들었다.

"이 우주에 영원히 에너지를 생성해내는 기관은 만들어질 수 없어요. 그건 복잡한 과학 논제도 아니고 그냥 백과사전에 실리는 상식이에요."

"그 백과사전엔 좀비나 특수광견병도 안 실려 있었겠지."

이도의 말에 카디야는 그저 어깨를 으쓱일 뿐이었다.

비행제어관리실 안쪽에는 반경 수백 미터까지 넓어질 수 있는 루프 구조물이 규칙적으로 배열해 있었다. 우주공간에서는 쓰일 일이 없는 곳이었다. 왜냐하면 이 구조물은 방주가 카난의 대기권을 뚫고 하강할 때 펼쳐져 산화해 없어질 낙하용 완충장치였기 때문이다.

그런데 누군가 그 루프 구조물의 표면에 붉은 스프레이로 큼지막하게 알파벳을 적어놓은 것이 보였다.

"뭘 써놓은 거지?"

대방벽 안쪽의 3구역에는 저렇게 글씨나 그림을 그리며 분노를 표출하던 이들이 있었다. 덧씌워지고 덧씌워져 나중에는 원래 무엇이 그려져 있었는지도 알 수 없었던 3구역의 장벽이 떠올랐다.

"N과…… V? 아, 주변을 돌아보면 글씨가 한눈에 보이겠는데요?"

카디야는 구조물을 몇 바퀴 돌아보더니 글자들을 순서대로 합쳐보았다.

NO……

VIRUS……

……SITE.

이도는 자롬스키가 역설했던 '좀비 청정 구역'이란 단어를 떠올릴 수 있었다.

"본인들의 기원을 담아 적은 모양이군. 바이러스가 없는 장소를 원했을 테니까."

그 구조물이 만들어내는 어두운 그늘 속을 걷던 네 남녀는 곧 괴이한 장소에 도착할 수 있었다. 기계 장비들이 늘어서 있고 중앙에는 대형 컨베이어 벨트가 멈춰 선 채 피비린내를 풍기고 있었다. 컨베이어 벨트에 부착돼 있는 것은 큼지막한 족쇄였다.

물론 생존자는 없었으며 이곳으로 사라졌던 선원들이 남긴

'관찰 기록'만이 남아 있었다. 그것을 주욱 읽어본 이도는 비행제어관리실에 스스로 격리된 자들이 공포에 질린 나머지 진짜 미쳐버렸다는 결론을 내릴 수 있었다.

"제정신이 아니군. 좀비들을 잡아 와서…… 실험을 했어."

컨베이어 벨트 위에 좀비를 묶어 놓고 달리게 했던 것이다. 이도는 그 광경을 상상해보려 했다. 묶여 있는 좀비를 노려보고 있는 인간. 그를 뜯어 먹기 위해 좀비는 달릴 테다. 좀비의 다리에 있는 족쇄가 컨베이어 벨트를 움직이면서 운동에너지를 만들어낸다.

"좀비는 죽지 않으니까 계속 움직이는 영구기관이 될 수 있다고 믿은 건가?"

기록에 따르면 첫 번째 실험은 대성공이었다. 실제로 그들은 컨베이어 벨트가 만들어낸 운동에너지로 정수기를 가동시키는 데 성공했고 그 정수기로 물을 받아 먹으면서 자축하기까지 했다.

물론 그들은 '좀비 동력 기관'으로 우주선을 만드는 데까지 다다르지는 못했다.

"실패했다고? 왜?"

보테로가 물었고 이도는 쓸쓸한 말투로 기록 노트의 페이지를 넘겼다.

"좀비들은 멈추지 않고 계속 달렸다고 하는군. 이자들은 거기에 무척 흡족했어. 티타늄으로 만든 족쇄가 절대 끊어지지 않을 거라 생각한 거야. 하지만 좀비들의 뼈는 인간일 때와 다르지 않아. 오히려 괴력을 발휘하는 만큼 더 빨리 마모되었겠지. 멈추지 않고 몇 달을 달리던 좀비 중 한 마리의 뼈가 부러진 모양이야. 그렇게 한 마리가 컨베이어 벨트를 뛰쳐나왔고, 그다음부터는 페이지가 뜯겨져 나가 있군."

"뭐야. 누가 뜯어 갔어? 결말이 궁금한데."

노트를 덮은 이도는 보테로의 투덜거림에 이렇게 답했다.

"궁금해할 것 없다. 지금 우리가 보고 있는 게 결말이겠지."

뭔가 천재적인 발상을 해냈다고 믿는 사람일수록 자신이 광기에 잡아먹혔을 수도 있다는 것을 돌아보지 못하는 법이다. 이도는 그들이 파냈다고 믿은 오아시스가 순식간에 피 웅덩이로 바뀌었을 걸 생각하며 운명이란 그렇게 악독한 장난질을 치곤 한다는 걸 재확인했다.

어쨌든 그 겁 없는 실험자들은 진심으로 무한동력 우주선을 만들 모양이었는지, 연구실 주변의 컨테이너 안에는 여러 물품과 자재들이 쌓여 있었다.

율리아나는 그곳에서 선외 우주복 키트와 공기를 분사하며 나아가는 에어 스케이터를 찾아냈다. 진공에서 장시간 버틸 수 있는 백혈인간이었지만 에어 스케이터가 선외 우주복의 신발과 연결돼 있었기 때문에 그들도 우주복을 착용한 뒤 헬멧을 썼다.

"빨리 이곳에서 나가요. 여기에 있다간 멍청함이 옮을 것 같아."

카디야가 재촉했다. 그녀가 루프 구조물을 작동시키자 움츠렸던 날개가 펴지듯이 선체를 덮기 시작했다. 굳이 구조물을 펼친 것은 우주와 연결된 에어록으로 가는 길을 루프 구조물이 막고 있었기 때문이다.

그때 주변을 둘러보던 보테로가 이상한 점을 깨달았다.

"야, 꼬마. 네 아빠는 왜 여기에 오지 말라고 신신당부했을까? 위험한 것도 없는데."

카디야가 면박을 줬다.

"넌 맨날 당하고도 또 그딴 소리가 나오냐. 네가 위험한 게 없다고 하면 뭔가 위험한 게 또 튀어나올 것 같잖아. 말이 씨가 된다고."

"아이고. 내가 말한다고 딱딱 이뤄질 것 같으면 지구에서 난 괜한 칼부림을 했고만 그래. 종이 한 장 찢어서 죽이고 싶은 놈들 이름만 적으면 되는걸."

그때, 절반쯤 펼쳐진 루프 구조물 위에서 무언가가 몸을 일으켰다. 그것이 훌쩍 땅에 뛰어내리자 절벽에서 바위가 떨어지는 것 같은 박력이 느껴질 정도였다. 카디야에게 빈정거리던 보테로의 입이 싹 다물어졌다.

이도가 한숨을 내쉬었다.

"내가 여기 있던 놈들의 아둔함을 과소평가했군."

실험자들이 좀비를 데려와야겠다고 생각했을 때, 그들은 컨베이어 벨트를 돌릴 생물이 꼭 '인간'에 한정될 필요는 없다는 데 발상이 미친 모양이다. 그러지 않고서야 저런 괴수가 이곳에 떡하니 나타날 리가 없는 것이다.

"크오오오오오!"

커다란 입을 벌려 포효하는 그것은 붉은 눈의 롤랜드 고릴

라였다. 배양실에 있던 특대 철제 우리가 무엇을 가두고 있었
는지 밝혀지는 순간이었다.

"어떤 새끼가 노 바이러스랬어!"

보테로의 외침을 뚫고 카디야의 레일건 탄환이 쏘아져 나
갔다. 그러나 네발로 거리를 좁혀 오는 좀비 고릴라의 턱 옆을
스쳐 지나갈 뿐이었다. 어깨의 살점이 날아갔지만 녀석은 전
혀 아랑곳없이 땅을 박차 왔다.

어지간해선 조준이 빗나가지 않는 카디야였지만 선외 우주
복의 장갑을 낀 상태였고 헬멧의 바이저 역시 미묘하게 시야
를 굴절시키고 있었다. 허나 이도는 가장 큰 원인이 표적의 가
공할 만한 속도 때문이라고 생각했다.

"에어록으로 가! 녀석을 처리하고 따라가겠다."

이도가 뒤를 돌아 좀비 고릴라의 앞을 막아섰다. 녀석은 달
려오던 속도를 늦추지 않고 이도에게 팔을 휘둘렀다. 뒤로 완
전히 드러누워 그것을 피한 이도는 스케이터의 에어 노즐을
분사해 누운 채로 미끄러지듯 움직였다. 좀비 고릴라는 이도
를 따라다니며 주먹을 쾅쾅 땅에 내려찍었고 그 충격에 비틀
대던 이도는 결국 오른쪽 다리를 붙잡히고 말았다.

"크워어어어."

좀비 고릴라가 이도를 높이 들어 올린 다음 땅바닥에 패대
기쳤다. 단박에 갈비뼈가 부러지는 느낌이 왔다. 이윽고 녀석
이 손가락을 갈퀴처럼 만들어 이도의 얼굴을 노렸다. 유인원
의 두툼한 엄지와 검지가 헬멧을 뚫고 들어와 이도의 속눈썹
바로 앞에 멈췄다.

이도의 단분자 와이어가 좀비 고릴라의 팔꿈치 밑을 휘감고 있었다. 그대로 손잡이를 잡아당기려 했지만 누워 있는 바람에 공간이 부족했다.

절체절명의 순간 좀비 고릴라가 갑자기 양팔을 허우적대며 붕 떠올랐다. 어느덧 에어록에 도착한 율리아나가 자신의 능력을 발휘한 것이다. 이도는 그쪽으로 머리를 향한 뒤 에어 스케이터를 최대치로 분사했다. 그러자 고릴라의 오른쪽 팔이 싹둑 잘려 나갔고, 녀석은 이도에게서 천천히 멀어져 갔다.

"아까 그 자식 뒈졌을까?"

보테로는 옆에서 날아가고 있는 카디야에게 물었다. 헬멧에 비치는 반사광 때문에 서로의 얼굴은 보이지 않았다.

"우리가 에어록을 빠져나오자마자 율리아나가 중력을 복원했대. 그렇게 높은 곳에서 떨어진다면 당연히 죽어야 정상이겠지만……."

"놈들은 죽여도 죽지 않지."

"그래. 살아 있을 가능성도 크다고 생각해."

카디야는 솔직하게 대꾸했고 보테로는 진저리를 쳤다.

"그걸 원숭이라고 부른단 걸 나는 저 꼬마가 알려줘서 처음 알았어. 돼지 새끼들이 덤비질 않나. 대체 여기가 우주선이야, 동물원이야?"

"정확히는 원숭이가 아니고 고릴라야. 율리아나는 그 차이를 모르니 원숭이라고 말했겠지만."

"이게 다 마리가 날 깨워서 대장 옆에 데려다 붙여서 이런

거야. 잘만 자고 있던 나를 깨워서는. 멍청한 인공지능 같으
니."

카디야는 보테로의 말에 실소를 머금었다. 그리고 폭발의
잔해인 철골을 피해 우회했다. 이도와 율리아나는 한참을 앞
서 나가고 있었다.

"모르긴 몰라도 마리의 지능은 보테로 네 것보다 만 배는
뛰어나지 않을까?"

"그렇게 똑똑하다면 나를 대장한테 붙여주지 말았어야지.
호시탐탐 리더를 죽일 생각만 하고 있는 부하와 팀을 짠 건 멍
청하다고 봐야지."

처음엔 카디야도 그렇게 생각했다. 하지만 파테카르가 영
원한 잠과 완전한 꿈으로 자신을 유혹할 때 그녀는 분명히 흔
들리는 보테로의 눈빛을 보았다. 그리고 자신의 생각이 틀렸
을 수도 있겠다고 인정했다.

"보테로."

"왜?"

"이제 슬슬 인정하는 게 어때? 너에게 대장을 죽이고 싶어
하는 마음 따위 없다는 걸."

"그게 무슨 소리야. 그걸 이루려고 지구에서 난 온갖 살인
술을 다 꺼내들어야 했다고."

"나는 지구에서 사이코패스 쾌락 살인마를 많이 봐왔어. 눈
빛만 봐도 그런 놈들을 구분할 수 있지. 너는 그놈들과 동류인
척 허세를 부리지만 아니야. 네가 캡슐에서 깨어나자마자 대
왕 오징어의 습격 어쩌고 한 것만 봐도 알 수 있어."

보테로는 이상한 부분에서 벌컥 화를 냈다.

"대왕 오징어를 무시하는 거냐? 좀비 원숭이도 있는데 우주 오징어라고 없으리란 법이 있냐고."

"대장이 날 깨웠을 때 나는 그가 우주선을 장악할 거라고 생각했어. 물론 내가 오해한 거지만."

"왜 오해했는데?"

"대장이 먼저 나를 찾아올 때는 싸우러 나가야 할 때뿐이었으니까. 난 마리와 단둘이 있을 때 물어봤었어. 우리가 캡슐에 있는 동안 꾸는 꿈은 무엇이냐고."

"그래서?"

"생전의 기억을 조합한 결과라고 했지. 미래의 일을 상상하는 꿈이 아니라. 네가 대왕 오징어의 꿈을 꾸었다는 건, 무언가에 쫓기고 있었다는 뜻이야. 실제로 대왕 오징어와 싸워봤을 리는 없을 테니 무의식 단계에서 넌 뭔가에 시달리고 있는 거지."

짧은 침묵이 오고 간 뒤 보테로는 카디야의 말을 인정했다.

"그래. 확실히 내가 꾼 것들은 다 악몽이었어."

"사이코패스는 공포를 못 느껴. 네가 대장한테 집착하는 이유는 목표물에 집착하는 살인마라서가 아니야. 그가 '죽일 수 없는 대상'이라서지. 적어도 그를 죽이려고 시도하는 동안에는 죄책감에서 벗어날 수 있을 테니까."

"……더 이상 지껄이면 죽여버릴 거야."

"알았어."

"너는 무슨 꿈을 꿨는데? 그 캡슐 속에서."

"모르겠어."

"모르겠다고?"

"사실 지금도 꿈을 꾸고 있는 것 같아. 우리는 아직도 엘리에셀의 캡슐 속에 잠들어 있는 거지. 대신 중간에 깨면 어쩌나 하는 무의식의 불안감이 만들어낸 꿈을 체험하고 있을지도 모른다는 생각이 들어."

"……시발. 그거 진짜 더러운 취향의 악몽인데."

"맞아. 인간에겐 꿈과 현실을 구분하는 좋은 방법이 있지."

"그게 뭔데?"

"문명이 망하기 전의 영화들을 보면 주인공이 이게 현실인지 아닌지 궁금한 순간에 볼을 꼬집는 장면이 많더군."

"볼을 꼬집는다고? 왜지?"

"꿈속에서는 볼을 꼬집어도 아프지 않거든. 고통을 못 느끼니까."

"희한한 방법이네."

"그런데 말야. 우리들은 다르잖아. 육체의 고통에 무뎌지도록 개조되어버린 몸이라고. 현실 속에서 볼을 꼬집어도 아픔을 느끼지 못해. 그러면 지금이 꿈이라는 걸 어떻게 구분하지?"

"꼬집는 정도로 안 된다면 팔을 잘라보면 되지. 뭣하면 내가 도와줄 수 있어."

헬멧 안의 스피커로 전달되는 보테로의 협박에 카디야는 웃었다.

"허세 부리지 말라니깐, 꼬마야."

"일단 말이 안 되잖아. 난 캡슐 속에서 이따위 꿈 같은 건 안 꿨어. 일단 내 상상력은 이 정도로 풍부하지 않거든. 너처럼 영화 같은 거 챙겨보는 취미 따위도 없었고. 나는…… 내가 보기 싫은 것들만 꿈에 나오는 편이야."

"그래. 미안."

"그러니까 지금도 꿈속에 있는 것 같다는 개소린 하지 마."

카디야는 앞서서 걸어가고 있는 소녀, 그리고 그 소녀의 손을 잡고 우주선 표면을 기어가고 있는 늙은 사내를 보았다.

백혈부대의 총잡이로서 적들과 싸울 때 카디야는 언제나 저 사내의 등 뒤에 있었다. 저렇게 손을 잡고 나란히 걸어본 적은 없다. 그녀가 캡슐 안에서 꾸었던 모든 꿈을 통틀어보아도 그런 순간은 없었다는 것이 떠올랐다.

아무것도 그녀를 잡아당길 수 없는 우주공간에서 카디야는 무언가가 자신의 가슴을 누르는 것 같은 먹먹함에 사로잡혔다.

우주공간에는 위아래가 없다. 그 때문에 땅을 밟고 살아가는 인간에게는 방향감각을 찾는 것부터가 고역이다. 하지만 율리아나는 마치 그러기 위해서 태어난 것처럼 자유자재로 방향 전환을 하며 게르솜의 외벽을 노닐었다. 이도는 그런 율리아나를 따라잡기 위해서 온 집중력을 다 써야만 했다.

"대단하군. 재능의 영역인지 훈련의 성과인지는 모르겠지만."

"아빠는 어릴 때부터 저랑 많이 놀아줬어요. 바닥에 붙어서

만 노는 게 얼마나 재미없는데요. 걸어 다닐 때는 너무 답답해."

"몇 살 때 손바닥에 칩을 심은 거지?"

"기억 안 나요. 아빠는 자기가 무서워하던 사람들이 날 잡아갈까 걱정했어요. 그게 사람이든, 좀비든 두 다리로 뛰어다니는 것들이니까 거꾸로 나한테 날개를 주면 절대 잡혀 가지 않을 거라 믿었대요."

율리아나는 이도의 시각에서는 옆으로 누워 움직이는 것처럼 보였다. 한 번도 같은 동작으로 있지 않으면서 결코 방향을 잃지 않는 걸 보면, 아무래도 굉장한 재능에 훈련이 합쳐진 결과인 것 같았다.

"그런데 우리가 이 신발을 주워 온 곳 있잖아요? 아빠는 거길 다녀온 이후로 저한테 날아다니는 시간을 줄이랬어요. 대신 두 발로 움직이는 훈련을 시켰고. 그것 땜에 많이 싸우기도 했어요. 그러지 말걸."

소녀의 목소리에는 물기가 스며들어 있었다. 하지만 스스로 그것을 삼키는 법도 알고 있었다.

"아빠는 뭔가를 무서워한 것 같아요. 그 좀비 고릴라를 마주친 게 아닐까 싶기도 하고."

"그래? 하지만 그랬다면 더더욱 너에게 비행 훈련을 가혹하게 시키지 않았을까. 고릴라가 쫓아오면 도망쳐야 하니까. 논리적으로 구멍이 있다."

"음. 그건 또 그러네. 나중에 아론한테 물어볼 게 또 생겼네요."

그때 이도의 눈에 보이지 않아야 할 것, 그러나 보이길 바랐던 것이 튀어나왔다. 헬멧을 쓰고 있지 않았다면 장갑으로 눈을 비볐을 것이다. 헤엄치는 듯한 자세의 율리아나 등 뒤에 밀짚모자를 쓴 생쥐가 앉아 있었다.

〔친구가 생겼나 보네요, 이도.〕

등 뒤를 살펴보니 이도의 뒤를 따라오던 카디야와 보테로에게도 일대 소란이 일어나고 있었다.

마리가 그들에게 돌아온 것이다.

에어록의 문을 열고 동력구획에 진입한 이도는 선외 우주복을 벗고 다시 쌩쌩해진 몸의 감각을 만끽했다. 나노봇들이 원래의 기능을 완벽히 되찾아서인지 고릴라가 집어던져서 입은 갈비뼈의 부상도 어느덧 깨끗하게 수복돼 있었다.

〔여러 번 죽을 뻔한 위기를 이겨내셨군요, 이도.〕

접속이 되지 않았던 시간 동안 세 백혈부대원에게 일어났던 일을 들은 마리의 소감이었다. 하지만 AI의 목소리는 피신을 권고했던 마지막 메시지의 어조와 다를 것이 없었다. 마치 5분 전에 전화를 끊은 자와 다시 연결된 것 같은 기분이었다.

〔34퍼센트의 확률에 포함되었던 결과군요.〕

"우리가 전멸했을 확률이 66퍼센트나 될 거라고 계산했던 거야? 좋아해야 하는지 말아야 하는지 헷갈리는데."

〔아니요. 저는 이도 혼자 살아남을 확률을 말한 겁니다. 정정할 필요가 있겠군요.〕

"이번엔 아무도 안 웃었으니까 유머라고 주장하지 말아."

한편 보테로는 전투망치를 최대치로 확장시킨 상태로 허공을 향해 휘두르며 즐거워하고 있었다. 마리와 다시 연결되는 걸 언제 꺼려했냐는 듯 밝은 얼굴이었다.

"이봐, 꼬마! 재밌어 보이지 않냐. 여기 한번 올라타볼래? 지금 기분이라면 엘리에셀까지 널 날려 보낼 수 있을 것 같은데?"

"싫어. 다른 사람이라면 몰라도 넌 최악이야."

"아니, 왜?"

"내가 애써 모은 만화책을 불태웠잖아. 내가 그때 연기를 못 참아서 뛰쳐나간 줄 알았지? 아니거든."

"호오. 보물을 한 장씩 불태워서 화가 나셨다 이거냐."

"맞아. 그러니까 까불지 마. 내가 봐주고 있다는 것도 모르고."

보테로가 파안대소를 한 뒤 율리아나를 향해 저벅저벅 걸어갔다.

"봐주지 않으면 어쩔 거야, 응?"

"손만 뻗으면 널 날려버릴 수 있어. 망치만 크면 뭐해. 내가 마음먹고 날면 절대 못 맞출 텐데."

"너무 확신하시는군요, 공주님. 그 믿음을 꺾어주기 위해서 이걸 한번 휘둘러보고 싶은 소망이 생깁니다요."

마리가 이도에게 속삭였다.

〔이도. 보테로를 막아서는 게 좋겠습니다. 그가 율리아나를 해칠 확률이 갑자기 올라갔어요.〕

하지만 이도는 인공지능의 호들갑에 고개를 내저었다.

"접속이 끊기는 바람에 이런 오해도 생기는군. 신경 쓰지 마. 저 둘은 여기까지 오는 내내 저렇게 투덕거렸다."

〔투덕거렸다고요?〕

"그래. 입으로는 험악한 말을 내뱉고 있어도 진짜 서로 해칠 생각은 없어. 특히 어린 친구들은 그런 경향이 더 심하지."

이도는 마리가 인간에 대해 새롭게 배워나간다고 대꾸할 줄 알았다. 하지만 마리의 메시지는 더욱 다급해질 뿐이었다.

〔저는 보테로가 하는 말을 듣고 이러는 것이 아닙니다. 그의 몸속에 있는 나노봇이 이상 활동을 보이고 있어요. 혈류가 빨라지고 동공이 팽창하고 있습니다. 그리고…… 아드레날린 수치는 이제 불가사의한 수준입니다.〕

"그럴 리가."

이어지는 마리의 설명에 이도의 표정이 자못 심각해졌다. 바로 그 순간 보테로의 손에서 해방된 전투망치가 율리아나를 향해 휘둘러졌다.

"꺄악!"

둘의 대치에 집중하고 있던 이도가 지체 없이 튀어 나갔다. 그는 아슬아슬한 타이밍에 보테로와 율리아나 사이에 끼어들 수 있었다. 망치의 헤드를 양팔로 붙잡은 이도가 괴력을 못 이기고 뒤로 주르륵 미끄러졌다.

카디야가 화들짝 놀랐다.

"보테로. 무슨 짓이야?"

그러나 정작 이 사태에 가장 놀란 것은 보테로였다. 난생 처음 겪는 일이었다. 손가락이 마치 통제를 벗어난 듯 제멋대로 움직였다. 보테로는 도깨비처럼 일그러진 얼굴로 주저 앉았다.

"크윽. 뭐야, 이게. 당장 그만둬. 마리! ……네가 아니라 고? 그러면 왜?"

보테로가 카디야에게 덤벼들었다. 반사적으로 카디야가 응사했으나 상대의 기습이 빨랐다. 레이저 블라스터에 날아 간 소년의 머리카락이 공중에 흩날렸다. 보테로는 카디야의 몸에 올라타 그녀의 목을 조르기 시작했다. 그것을 뜯어내보 려 애쓰면서도 카디야는 보테로의 눈에 담긴 공포를 읽어낼 수 있었다. 자신의 몸을 통제할 수 없는 자의 본능적인 공포 였다.

곧 보테로의 목이 가로로 꺾이며 날아갔다. 이도가 달려와 그를 있는 힘껏 걷어찬 것이다. 내심 너무 힘을 많이 줬나 걱 정되었지만 보테로는 평소처럼 낙법을 치며 일어났다.

"으아아아아악!"

괴성을 지르며 달려드는 보테로. 이도는 덤벼드는 상대에 게 반사적으로 주먹을 내뻗었다. 날렵한 동작으로 그것을 비 껴가며 보테로가 반격을 가해 왔다. 뻗은 주먹을 회수해 가드 를 올리자 살벌한 타격이 그 위를 두들겼다.

"정신 차려라, 보테로!"

이렇게 가까운 거리에서 상대를 멈춰 세우기란 어렵다. 그 래서 이도는 이를 한 번 악문 다음 오른 팔꿈치로 보테로의 턱 을 가격했다. 금발을 찰랑이며 잠시 비틀거리던 보테로는 자 세를 낮춰 양팔로 이도의 허리를 감쌌다. 거대한 아나콘다의 턱에 물리기라도 한 기분이었다. 곧 시야가 수직 방향으로 요동쳤다. 이도의 등 뒤로 돌아간 보테로가 괴력을 발휘해 저먼 수플렉스를 작렬시킨 것이다.

"크윽."

오른손으로 뒤통수를 감싸 가까스로 충격을 완화시킨 이도는 자신에게 올라타 목을 조르려는 보테로를 직시했다. 망설이면 죽는다는 직감이 왔다. 왼팔로 보테로의 손목을 붙잡은 이도는 곧 소년의 명치를 차 올리며 머리 위로 날려 보냈다. 부채꼴을 그리며 회전한 보테로의 허리가 난간을 우그러트리며 처박혔다.

비틀거리며 일어난 이도는 부자연스러운 몸짓으로 꿈틀대는 보테로를 두고 극심한 갈등에 사로잡혀야 했다. 손속에 사정을 둘 상대가 아니었다. 허나 단분자 블레이드를 꺼내 들면 돌이킬 수 없게 된다. 블레이드의 손잡이를 잡으려던 이도를 멈춰 세운 것은 신음에 가까운 보테로의 절규였다.

"나 이상해, 대장. ……어떻게 좀 해봐."

붉게 충혈된 눈이 지독한 기시감을 불러일으켰다. 이도가 평생을 바쳐 사냥해온 짐승의 표식이 보테로를 잠식해 들어가고 있었다.

〔보테로의 신경계가 외부 침입에 장악되었습니다. 나노봇들이 오류를 일으키고 있어요. 이대로 가면 폭주가 예상됩니다. 일단 제 능력을 통해 그를 제압하겠습니다.〕

"제압한다고? 어떻게?"

마리는 대꾸 대신 시간을 낭비하지 않고 보여주었다. 보테로가 비틀대더니 결국 퓨즈가 꺼진 자동 인형처럼 스르르 허물어진 것이다. 카디야가 겁먹은 율리아나를 달래는 걸 확인한 뒤, 이도는 조심스레 보테로에게 다가갔다.

"죽인 건가."

〔아니요. 즉사 조치가 아닙니다. 단지 나노봇에 명령을 내려 뇌로 향하는 혈류를 차단했을 뿐이에요.〕

마리의 말대로 보테로는 그저 엎드린 상태로 기절해 있었다.

이도는 헤이니쉬의 인공위성에서 화면을 통해 보았던 광경을 되짚었다. 세 백혈인간 중에서 보테로에게만 이런 증상이 나타난 원인이라고 한다면 한 가지밖에 떠오르지 않았던 것이다.

"녀석은…… 인육일 가능성이 큰 고기를 먹었다."

〔그렇다면 평범한 인육이 아니었을 거예요. 이것은 특수 광견병의 징후와 매우 흡사합니다.〕

평범하다는 수식어를 인육에 쓸 수 있는지는 모르겠지만 마리의 어조는 담담했다. 하지만 지구에서 좀비와 장렬하게 싸웠던 백혈부대원들 중에서 보테로와 같은 감염 증세를 보인 자들은 없었다.

〔지금은 일단 보테로의 신병을 구속해야 합니다.〕

이도는 도무지 지금의 상황을 납득할 수가 없었다. 하지만 마리가 지시하는 대로 일단 보테로의 몸을 난간에 묶었다. 손으로 철근을 휘어 양팔과 다리를 단단히 조였지만 백혈인간 특유의 괴력을 감안하면 이런 무식한 제약마저 충분한 조치일지는 확신할 수 없었다.

〔이도. 당신은 원자로에 가서 바이오 코드 소유자의 신병을 확보해야 합니다. 보테로는 저에게 맡기세요. 그를 엘리에셀로 회수할 자들을 보내겠습니다.〕

"녀석을 여기 놔두고 가라고?"

〔보테로가 원자로에서 폭주하는 일이야말로 지금 상황에서 가장 위험한 경우입니다.〕

"후우. 알았다."

이도는 낯선 감정이 슬그머니 마음속을 파고드는 것을 느꼈다. 그것은 후회의 얼굴을 하고 있었다. 방금 전 자신을 따라나서지 않겠다고 보테로가 고집을 피웠을 때 내버려뒀더라면 어땠을까. 어차피 지금처럼 가사상태에 빠질 운명이었다면 파테카르가 만들어놓은 꿈속으로 들어가게 놔두는 게 좋지 않았을까.

동력구획의 내부에 들어서자 율리아나의 이마에 땀이 송골송골 맺혔다.

방주 게르솜의 심장이라 할 수 있는 원자로에 점점 가까워지는 것이 느껴졌다. 기관실의 입구는 거대한 철문이었다. 이도와 카디야가 있는 힘껏 그것을 밀자 내부로부터 뜨거운 열기가 흘러나왔다. 어쩌면 방사능을 내뿜는 물질이 있을지도 모른다. 이도와 카디야에겐 문제없지만, 과연 평범한 인간이 이곳에서 버틸 수 있는 기간은 얼마나 될 것인가.

원심분리기의 연료로 쓰이는 대형 소켓들이 벽면과 바닥을 가득 메우고 있었고, 급수 펌프의 주황색 경고등이 통로를 은

은하게 비추고 있었다.

카디야와 이도가 동시에 걸음을 멈췄다.

"대장. 여기서 더 들어가면…….'

"그래. 몸을 빼내기 어려운 구조로군. 그러니 여기서부터는 나 혼자 가겠다."

"혼자는 위험합니다."

"자네가 갖고 있는 총기나 폭탄들은 여기서 방해만 될 뿐이야. 화약고 안에 불씨를 갖고 들어갈 수는 없으니까."

만류에도 불구하고 이도는 뚜벅뚜벅 걸어 나갔다.

그의 뒷모습을 바라보면서 카디야는 마음이 쓰려 오는 것을 느꼈다. 옆에 율리아나가 있음에도 혼자 내팽개쳐지는 기분이었다.

'보테로. 어이없지. 네가 없다는 게 이렇게 기분이 엿 같을 줄이야.'

인정하고 싶지 않았지만 이 기분은 분명 외로움이었다.

이도.

그는 카디야에게 아무것도 주지 않았다. 목숨을 구해준 대신에 무언가를 요구하지도 않았다. 자신에게는 의미 있는 사건인데도 그에게는 별것 아니라는 듯이. 대가를 요구하지도 않고, 충성을 요구하지도 않았다. 자신의 인생을 바꾸어놓고도 정작 그녀의 삶에는 한 발짝도 발걸음을 들여놓지 않았던 것이다.

등 뒤에 설 수밖에 없었던 것은 그녀가 총잡이로서 배후를 지켜야 했기 때문만은 아니었을지도 모른다.

'어쩌면 너에게도 그랬을 텐데.'

카디야는 누구보다 보테로의 마음을 잘 알았다. 엄청 약이 올랐을 거다. 눈앞에서 칼을 휘두르며 자신을 봐주기를 바랐을 텐데. 그는 단 한 번도 보테로를 주목하지 않으면서도 습격을 다 막아내었으니까.

종말 이후에 살아남은 자들이 모두 동의하는 것. 그건 살아남은 자가 정의가 된다는 진리였다. 힘에 집착하는 자일수록 그 진리를 맹신했다. 어쩌면 보테로는 이도가 후련하게 자신을 밟아주기를 원했을 것이다. 내가 살아남았으니 너의 정의는 틀렸다고. 하지만 그는 보테로를 부정하지 않고 죽이지도 않고 내버려두었다. 살인보다 잔인한 자비. 어쩌면 그건 존재에 대한 공격처럼 느껴졌을 것이다.

인간은 그럴 수 없다. 아무것도 주고받지 않을 수 있는 인간은 없다. 그런 자가 있다면 삶을 포기한 자들이다. 누가 자길 죽이든 살리든 관심 없는 자들은 결국 자신의 삶에도 미련이 없다는 뜻인 것이다. 그런데 이도는 어처구니없게도 그 누구보다 생존 의지가 강했다.

'왜 외로운지 알겠어.'

둘은 전혀 다른 방식으로 이도에게 무시당해온 동료들이다.

이도를 구원하거나 구원받고 싶어 하는 카디야.

이도를 죽이거나 죽임당하고 싶어 하는 보테로.

둘은 이란성 쌍둥이처럼 닮아 있었다. 존재하는 줄도 몰랐던 쌍둥이를 잃어버린 환상통에 카디야는 홀로 던져져 있었다. 이도가 다시 자신 앞에 나타났을 때, 그가 어떤 얼굴을 하

고 있을지 카디야는 아무것도 확신할 수 없어서 조금 구슬퍼
졌다.

이도는 7구역에서 자신이 어떻게 잠을 자곤 했는지 떠올렸
다. 폐허가 된 빌딩 꼭대기 층의 벽과 벽 사이에 밧줄을 쳐놓
고 거기에 가슴을 댄 채 잠들었다. 이마에 칼 손잡이를 받친
채로. 누군가 빌딩 안에 들어오면 밧줄로 진동이 전달되어 바
로 눈을 뜨곤 했다.

습격자들은 버려진 자들 중에서도 버림받은 자들이었다.
어둠 속에서 그들은 매일 밤 송곳으로 서로의 눈을 찔렀다. 좀
비들이 그 피 냄새를 맡고 모여들면 하루에도 수십 명의 인간
들이 죽어 나갔다.

'7구역의 고기 방패들.'

밤중에 무언가가 부서지는 소리가 들리면 누군가가 절망에
못 이겨 뛰어내렸다는 방증이었다. 언젠가부터 그 소리엔 잠
이 깨지 않았다. 그런 와중에도 이도가 스스로 목숨을 끊지 않
았던 단 하나의 이유.

대체 누가 나를 이곳까지 밀어 넣은 것인지,

운명인지, 섭리인지,

아니면 누군가의 악의인지.

그걸 확인하지 않고서는 죽을 수가 없었기 때문이다.

"생존자가 있습니까?"

이도의 외침이 메아리쳐 울렸다. 잠시 후 원자로의 온갖 코
어들이 만들어내는 빛의 편린들 사이에서 인간들이 모습을

드러냈다.

그들은 상반신을 훤히 드러낸 채 형광 물질로 기괴한 무늬를 문신처럼 새기고, 하나같이 강철로 만든 가면을 쓰고 있었다. 까마득한 시대를 거슬러 원시시대의 전사들에게 포위당한 것 같은 느낌이 들었다. 대부분 강인한 체형이라는 것이 느껴졌으며, 손에는 파이프를 개조해 만든 것으로 보이는 흉흉한 무기들이 들려 있었다.

그들은 300년이 넘는 시간 동안 원자로에 방치되어온 비행파의 후예들이었다.

"저는 엘리에셸에서 왔습니다."

이도가 한 마디를 덧붙였을 때 파공음과 함께 무언가가 날아왔다. 이도의 발 앞에 박혀 있는 것은 철을 깎아 만든 화살이었다.

〔이도. 적대적인 반응만 돌아오고 있어요. 어쩌면 언어로 소통하는 법을 잊어버린 것일 수도 있습니다.〕

"하지만 헤이니쉬는 분명 내게 장담했어. 내가 찾는 사람이 이곳에 있을 거라고. 누구든 살아남아 있다면 생존자 중에 그가 없을 수는 없다고."

이도는 양팔을 천천히 들어 올려 싸울 의사가 없음을 내비쳤다. 그러나 가면 속에 얼굴을 가린 이들이 어떤 표정을 하고 있는지 도무지 알 수가 없었다. 자신의 아이들을 훔쳐 가는 습격자로 오해하고 있다면 어디서부터 그 오해를 풀어야 할까.

무기를 지닌 자들이 이도와의 거리를 좁혀 들어왔다.

〔섣불리 힘을 쓰지 마십시오. 죽여선 안 됩니다.〕

"알고 있다."

기다란 창 하나가 이도의 목을 노리고 날아들었다. 맨손으로 창 밑동을 붙잡았다. 상대는 갑자기 창끝에서 이도의 손이 솟아난 것처럼 느꼈을 것이다. 그게 원래 힘을 되찾은 백혈인간의 경이로운 속도였다.

"몸으로 대화하자는 거지. 하긴, 그쪽이 더 익숙해."

허리를 회전시키며 힘을 주자 창을 들이민 사내가 무기째로 날아가 벽에 부딪혔다. 분위기가 더욱 험악해진 것은 물론이다. 그들은 익숙한 듯 불청객을 원형으로 포위하며 둘러쌌다.

싸늘한 냉병기들이 이도의 목을 노리고 날아왔다.

먼저 망치와 흡사해 보이는 무기를 블레이드로 두 동강 낸 뒤 그 소유자의 복부를 걸어차며 반동을 이용해 뒤로 굴렀다. 구른 자리에 화살이 날아와 박혔다. 이도는 자신이 그 오래전 7구역의 아지트에 와 있다고 생각하기로 했다. 그때는 닥치는 대로 습격자의 무기를 빼앗아 사용하기도 했었다.

이도가 지나간 자리마다 가면의 전사들이 급소를 얻어맞고 나가떨어졌다. 그들의 집단 공격은 정밀했지만 훈련받았다는 바로 그 점 때문에 이도는 궁지에 몰리지 않을 수 있었다. 예측이 불가한 좀비들에 비하면 인간들의 공격 방식에는 분명한 흐름과 리듬이 있었기 때문이다.

다만 그 리듬 속에 희미한 위화감이 숨어 있었다.

"뿌우우우우우우."

누군가가 목에 걸고 있던 나팔을 불자 전사들이 더는 덤비지 않고 물러났다. 이도는 양손에 들고 있던 창을 하나씩 땅에 박은 채 무슨 일이 일어날지 기다렸다. 주변에는 박살 난 무기들이 흩어져 있었다.

〔방금 그 소리는 항복의 표시였을까요?〕

"그보다는 꼭 우두머리를 부르려는 것 같지 않았나."

하이에나에게 당한 암사자들이 둥지에서 낮잠을 자며 힘을 비축한 수사자를 부르는 것처럼. 곧 원자로의 뒤편에서 사박사박한 발소리가 들려왔다.

"가장 센 놈을 불렀다 이거군."

발자국의 템포가 느닷없이 빨라졌다.

〔위쪽이에요.〕

근육질의 사내가 수증기와 함께 파이프 위를 달려오고 있었다. 맨발로 뜨거운 파이프를 밟을 때마다 치이이익 소리가 났다. 그가 훌쩍 뛰어 이도에게 창을 내리쳤을 때 단 1합만으로 보통의 괴력이 아니라는 걸 알 수 있었다.

사내는 분명 다른 전사들과 큰 차이가 있었다. 일단 유일하게 형광 물감으로 그린 문신이 없었으며 장발을 묶은 전사들과 달리 그의 머리는 귀밑에서 멈춰 있었다. 그리고 번들거리며 떨어지는 물기. 약간의 점성이 있는 연녹색의 액체.

이도는 그로부터 한 가지 추리를 완성했다.

'방금 캡슐에서 깨어난 거야.'

지금까지의 싸움은 이자가 깨어나서 달려올 때까지 시간을 버는 전투였던 것이다. 조금 전 느꼈던 위화감의 정체는 그것이었다.

곧 맹렬한 불꽃이 두 사내의 주변에 피어났다. 일격에 급소를 노리는 맹공이 몇 차례나 오갔다. 이도는 기술 공방을 버리고 단순하게 밀어붙이려 그의 손목을 붙잡고 허벅지를 강하게 걷어찼다. 하지만 상대는 오히려 그 힘을 이용해 뛰어올라 이도의 턱을 쳤다. 급한 대로 상대에게 등을 보인 뒤 팔꿈치를 휘둘러 명치를 급습하려 했지만 실패로 돌아갔다. 마치 그 타이밍에 그 공격이 들어올 것이라는 걸 아는 것처럼.

반가면 밑의 입술이 비로소 떼어졌다.

"방금 그거, 어디서 배웠습니까."

원자로에 들어선 이래 처음으로 듣는 인간의 언어였다.

"그 질문을 하는 이유가 무엇입니까."

"나는 그런 몸놀림을 가진 사람을 오랫동안 기다려왔어요. 하지만 그 사람은…… 남자가 아닌데."

사내가 갑자기 옆걸음으로 벽을 향해 걸어갔다. 대치 상황에 있던 이도 역시 자연스레 벽면에 가까워졌고 연료 소켓들이 발산하는 불빛에 이도의 얼굴이 드러났다. 그것을 확인한 가면의 사내가 바닥에 창을 떨어트렸다. 그리고 천천히 가면을 벗자 지켜보는 전사들이 한꺼번에 헛숨을 들이켰다.

두 사내의 얼굴은 데칼코마니처럼 닮아 있었다.

차이가 있다면 이도 쪽의 페이지가 20년은 더 낡아 있었다는 것뿐.

"이름이 뭡니까."

상대의 질문에 이도의 입이 슬그머니 열렸다.

"제 이름은……."

부서진 네온사인 아래나 산성비가 차오르는 하수구에서 그를 어르고 달래던 어머니의 자장가가 들려오는 듯했다. 그 자장가가 멈추는 날이면 어머니는 늘 방주를 타고 떠난 한 남자의 이야기를 들려주곤 했다.

"이도. 천이도입니다. 리진화의 아들이며 동시에……."

자신보다 20년은 젊어 보이는 그에게 꺼내기엔 아무래도 괴이해 보일 테지만 이도는 최대한 담담하게 말을 꺼냈다.

"천유성. 당신의 아들입니다."

바 다 와 좀 약

유성은 적잖이 충격을 받은 듯한 기색이었다. 한참 동안 바닥을 내려다보던 그는 천천히 고개를 가로저었다.

"뭔가 오해가 있는 게 아닌가요. 제겐 자식이 없습니다."

"당신은 제 존재를 모를 거라고, 어머니가 늘 말씀하셨죠."

유성은 천천히 다가오더니 망설이는 듯한 손길로 이도의 가슴을 만져보았다. 둘의 신장은 비슷했으나 체격은 강화 시술을 이겨낸 이도 쪽이 조금 더 컸다. 하지만 피를 갈아 넣는 시술마저도 변하게 할 수 없는 부위가 있다.

"눈동자 색이 같군요. 제가 캡슐에서 잠들어 있는 사이, 당신은 이만큼이나 자라버린 겁니까."

"우주 여행과 냉동 수면이 만들어낸 아이러니죠."

그는 아들의 구레나룻에 드문드문 난 새치를 보고 있는 듯

했다. 아마 20년쯤 더 지나면 자신이 이런 모습이 되는 건가 생
각해보는 것 같기도 했다. 보통은 아들이 아버지의 얼굴을 보
면서 하는 생각이겠지만 이 가족의 역할극은 뒤집혀 있었다.

유성이 지금 어떤 기분일지 이도는 짐작하기 어려웠다. 방
주에 탑승할 때만 해도 선택받았다 생각했을 것이다. 그러나
도망칠 수도 없는 곳에서 창궐한 병균 때문에 대방벽 안에서
보다 더욱 비참하게 생존해야 했다. 그런 아득한 나날이 흐
르고서야 만난 아들. 애초에 존재한다고 생각해본 적도 없는
후손.

숨길 수 없는 혼란이 유성의 목소리에 묻어났다.

"무슨 말을 해야 할지 모르겠군요."

"저는 게르솜이 떠나고 40년이 흐른 뒤 지구를 떠나 온 엘
리에셀의 선원입니다. 과거 비행파와 수면파 사이에서 일어난
일도 모두 알고 있지요. 당신들이 오래전 이루지 못했던 걸 이
루기 위해 왔습니다."

"카난으로?"

"카난으로."

유성이 가면의 전사들에게 돌아갔다. 그리고 뭔가를 전달
하자 전사들은 집중하여 그의 말을 들었다. 마치 알파메일을
따르는 야생의 늑대들 같기도 했고 총명한 선지자를 따르는
신자들의 모습을 연상시키기도 했다. 당근과 채찍을 동시에
쓸 수 있는 카리스마가 없으면 불가능한 일일 것이다.

이도는 그것을 보면서 자신이 7구역의 왕이 된 것은 어쩌면
유성의 재능을 닮은 덕분일까 생각했다. 아들이 아버지를 닮

는 것은 그의 행동을 모방하는 것일까, 아니면 유전자에 새겨진 습성일까. 둘 다라면 그중에 어느 쪽 비율이 더 높을까.

곧 원자로에 숨어 있던 이들이 모두 몰려나왔다. 백발이 성성한 노인에서부터 젖먹이 어린아이를 안고 있는 여인도 있었다.

유성은 설명했다.

"우리가 탈취한 냉동 캡슐은 단 하나뿐이었습니다. 비행파의 유일한 공학자인 헤이니쉬가 스스로 목숨을 끊고 딸을 구하러 가는 바람에 더 가져올 수가 없었지요. 누군가는 무리를 지키기 위해 캡슐 안으로 들어가야 했습니다. 나는 그 시대의 전사들을 모두 쓰러트리고 자격을 얻어냈습니다. 그렇게 캡슐에 보존될 유일한 한 명이 되었지요."

이도는 그런 집념을 만들어낸 원동력이 무언지 알 것 같았다.

"모든 게 진화 씨를 다시 만나기 위해서였습니다. 얼마나 시간이 걸리든지 간에. 내 시곗바늘을 멈춰 세우면 언젠가 그녀의 바늘이 나를 따라잡으리라 믿었어요."

유성은 두려운 표정으로 자신의 아들에게 물었다.

"그녀도 여기에 왔습니까."

이도는 침묵으로 대답을 대신했다. 그리고 유성의 얼굴이 파르르 떨리며 일그러지는 순간을 하나도 놓치지 않고 눈에 담았다. 짐작이 사실이 되는 고통. 두 사내는 분명 리진화란 여인과 작별했다는 공통점을 갖고 있었다. 하지만 상실의 아픔을 덮어줄 시간의 모래는 각기 다른 속도로 두 사내를 감싸안았다. 이도는 30년 전에 어머니를 떠나보냈지만, 유성에겐 그녀와의 작별이 불과 몇 년 전 일로 여겨질 터였다.

"나는 어머니에 대해 아는 것이 없습니다. 특히 당신과 관계된 일에 대해서는 철저히 말해주지 않았어요."

"진화 씨는 그런 사람이었죠. 제게 싸우는 법을 알려줄 때도 비슷했습니다. 찾아야 할 답을 남겨놓고 스스로 그것을 동기부여 삼으라고 말하곤 했지."

유성은 벽에 기댄 채 눈을 감았다.

"진화 씨와 나는 기아나 우주센터에 비밀 임무를 가지고 파견된 특수 공작원이었습니다. 조국의 국방력 향상을 위해 키워진 인간 병기랄까요. 그녀는 내 교관이며 상사이자…… 연인이었지요. 하지만 광견병 사태가 일어나고 우리는 고국으로 돌아갈 수 없게 됐습니다. 한편으론 잘됐다고 생각했습니다. 지구 반대편 대륙에서 의지할 데라곤 서로뿐이었으니까."

"어머니는 왜 게르솜에 올라타지 못한 겁니까."

"라그랑주 포인트에서 만날 예정이었습니다. 하지만 진화 씨는 나타나지 않았어요. 게르솜의 탑승 인원이 모두 채워질 때까지도. 절 다시 지구로 내려보내달라 했지만 그들은 들어주질 않았습니다."

희망이 없는 지구를 떠나는 사람들 사이에, 단 한 명만이 제발 자신을 지구로 돌려보내달라 빌었다. 그러나 가능할 리가 없었다.

"지구는 어떻게 되었습니까."

이도는 방주가 이륙하던 날 탑승하지 못한 자들과 무너진 대방벽 사이로 넘어오던 붉은 눈의 육식자들을 떠올렸다.

모두 죽였다.

방주에 올라타지 못할 바엔 차라리 방주에 불을 지르겠다는 인간들 때문에 40년을 헤매야 했다. 그 실수를 또 반복할 수는 없었다.

"두 번 버려졌습니다. 신으로부터, 그다음에는 인간에게마저."

그리고 이도는 신과 인간을 동시에 버린 다음 엘리에셀에 올라탔다.

카디야와 율리아나는 유성과 함께 돌아온 이도를 보고 별로 놀라지 않았다. 이미 마리를 통해 현장에서 있었던 일을 상세히 전달받은 뒤였기 때문이다.

이도가 카디야에게 말했다.

"시간을 많이 낭비해서 미안하다."

"엘리에셀의 입장에선 낭비일 수도 있겠죠. 하지만 대장의 삶에선 낭비가 아니란 걸 알고 있어요."

카디야는 이도를 처음 봤을 때를 연상케 하는 유성의 얼굴을 물끄러미 쳐다보았다. 아들처럼 보이는 아버지라니. 두 방주가 먼 길을 돌아 만나는 바람에 저주에 걸린 부자의 이야기를 보는 것 같았다.

한편 유성은 율리아나의 머리를 쓰다듬으며 대화를 나누고 있었다.

"그 친구가 정말로 해냈구나."

"아빠를 알아요?"

"알지. 그가 없었으면 우리는 원자로에 둥지를 꾸릴 수 없었을 거야. 네 아버지는 용감한 사람이었어. 아마 이 우주선에 있는 그 누구보다 더."

어른들이 흔히 하는 오해와 달리 아이들은 어수룩하지 않다. 눈앞에 있는 사람이 진실을 말하는지, 상대의 감정이 다치지 않게 에둘러 거짓을 말하는지 표정을 보고 알아챌 수 있다. 율리아나는 유성의 말에서 거석처럼 단단한 진심을 읽어 냈다. 그래서 한층 환한 얼굴이 되었다.

"그런데 아저씨 수영하다 나온 거예요? 왜 이렇게 축축해요."

율리아나는 자신의 머리 위에 얹어진 유성의 손을 만져보다가 물었다.

"아, 친구의 딸이 살아 있다는 걸 보고 반가워서 미처 몰랐구나. 방금 전까지 냉동돼 있었거든. 캡슐에 들어가 있는 부동액이야. 그렇게 축축하니?"

"으. 게다가 냄새도 이상해요."

코앞에서 손사래를 치는 율리아나를 보는 유성의 동공이 미세하게 흔들렸다. 말려 올라가 있던 입꼬리도 천천히 내려왔다. 그는 카디야와 함께 있는 이도에게 다가와 속삭이듯 물었다. 일행으로부터 조금 떨어진 채.

"당신들이 저 아이를 데려온 것이 사실입니까."

이도가 고개를 끄덕이자 유성은 재차 물었다.

"뭔가 기이한 점을 느끼지 못했습니까."

"기이한 점이라면 한둘이 아니지요. 저래 보여도 저 꼬마는 이 방주의 회전축을 쥐락펴락할 수 있는 힘이 있습니다. 손짓 하나로 중력을 다루니 기이하지 않으면 이상하죠."

"그건 헤이니쉬가 확실히 재주를 부린 거 같군요. 하지만 제 질문은 그런 뜻이 아니었습니다. 저 아이는 부동액 냄새를 처음 맡아보는 것처럼 굴었습니다. 그건 말이 되지 않아요."

"어떤 점이 말이 되지 않는 겁니까."

유성이 턱을 괸 채 설명을 늘어놓았다.

"헤이니쉬가 인간의 육체를 갖고 있었던 시점은 까마득히 오래전입니다. 제가 저 안쪽의 캡슐에 들어가 있던 기간과 비슷하니 그건 자그마치 300년이 지난 이야기. 그러니 헤이니쉬가 납치된 딸을 데려와 지켜냈다는 말에 당연히 냉동 캡슐을 탈취하는 데 성공한 줄 알았습니다. 하지만 저 아이는 캡슐에 들어가본 적이 없는 것 같아요. 그러니 본인이 그렇게 믿고 있다 하더라도 물리적으로 저 아이는 헤이니쉬의 딸일 수 없습니다."

여덟 살 소녀의 몸으로 300년을 늙지 않은 채 살아갈 수 없다면. 헤이니쉬의 딸이 아니라면 저 아이는 누구란 말인가. 이도는 유성의 말에서 생략된 부분을 충분히 유추해낼 수 있었다. 하지만 지금 염두에 둬야 할 문제는 그게 아니었다.

"이 우주선에서 일어나는 비상식적인 일은 한둘이 아니지요. 제 할 일을 방해하지 않는다면 저 여자아이의 정체는 제 관심사가 아닙니다."

이도의 냉담한 반응에 유성은 입을 굳게 다물었다. 하지만 그의 시선은 여전히 율리아나의 등 뒤에 못 박혀 있었다.

"내가 잠들어 있는 사이 많은 일이 있었던 것 같군요. 들어야 할 설명이 많겠어요."

유성의 몸이 이도의 얼굴을 향했다.

"그리고 가장 많은 이야기를 당신에게 듣고 싶습니다."

이도는 잠깐의 침묵 이후 답했다.

"그렇게 될 겁니다."

시대를 뛰어넘는 밧줄에 매달려 도약을 반복해온 사내, 유성은 비로소 그 무거운 밧줄을 내려놓고 맨땅 위를 걸어가야 한다는 것을 받아들이기 시작했다.

일단은 거기서부터 출발하자.

유성과 율리아나가 합류함으로써 이도가 최종 과제로 향하는 데에 장애물은 오직 하나만 남게 되었다.

마리가 이도의 귓가에 속삭였다.

[바이오 코드 두 개를 확보했으니 이제 한 명의 신병만 확보하면 됩니다.]

"나머지 한 개는 어디서 구해야 할지 알아."

[파테카르 소냠을 말씀하시는 건가요? 하지만 그녀의 곁에 가까이 다가가면 당신은 또다시 역장에 붙잡힐 텐데요.]

"생각이 있다. 기어 나오게 만들 계획이 있어."

이도와 유성, 카디야와 율리아나는 트램 정거장으로 돌아갔다. 선외 우주복과 스케이터를 벗어두고 왔기 때문이다. 그곳에는 이도에게 무척 익숙한 얼굴들이 기다리고 있었다.

"오랜만이군요, 살라자르 교관."

백혈부대의 훈련을 담당했던 살라자르와 '인간 백정'이라는 별명을 갖고 있는 드미트리였다. 살라자르는 가사상태의 보테로를 들쳐 메고 있었으며 보테로의 전투망치는 드미트리의 손에 들어가 있었다.

"마리가 우리를 깨워 이곳으로 보냈다, 이도."

아이러니했다. 그들은 모든 백혈인간 중에서 가장 강력한 두 명으로, 이도가 제일 먼저 아군으로 고려했던 사내들이었다. 지구에선 홀몸으로도 백혈부대원 셋의 몫을 감당해내는 든든한 아군이었고. 그런데 막상 그들이 보테로를 데리러오자 불청객을 맞이하는 느낌을 받게 된 것이다.

이도는 살라자르가 들쳐 멘 소년을 가리켰다.

"보테로를 어디로 데려가려는 겁니까."

"그에겐 연구 가치가 있다. 백혈인간이 광견병에 감염된 첫 번째 사례지. 목숨이 붙어 있을 때 '샘플'을 채취해야 한다고 마리가 판단했다."

살라자르의 설명에 이도는 또 한 번 위화감을 느꼈다. 마리는 헤이니쉬와 본질적으로 다른 존재였다. 분명 함께 다니면서도 여러 일을 동시에 처리하고 있는 것이다.

"나 역시 유감이다."

과묵한 드미트리가 한 마디를 덧붙였다. 하지만 이도는 다른 상념에 골몰해 있었다.

"샘플이라는 건 뭘 말하는 거지, 마리? 설마 보테로의 피라도 뽑겠다는 건가. 백혈인간에게 그게 무슨 의미인지 모르진 않을 텐데. 우리에겐 수혈이란 개념이 없어. 피가 뽑히면 그냥 죽게 돼."

〔그에 대한 자세한 설명은 당신의 임무 성공률을 저하시킨다는 예측 결과가 나왔습니다. 저의 권한 밖입니다. 즉, 살라자르와 드미트리는 당신과는 완전히 다른 별도의 임무를 하달받았습니다.〕

새삼 거리가 느껴지는 발언이었다. 그래서 이도는 우회해보았다.

"보테로와 내가 다시 만날 확률은 얼마나 되지?"

〔……그것을 말할 권한도 제겐 없습니다.〕

충분한 대답이 되었다. 이 순간 보테로는 사망 판정을 받은 것이나 다름없었다.

이도가 딱딱하게 굳은 표정으로 보테로의 얼굴을 바라보았다. 평온하게 잠들어 있는 소년의 이목구비를 하나하나 새기겠다는 듯. 보테로의 숙원을 들어주겠다는 이도의 약속은 진심이었다. 이제는 이뤄질 수 없게 된 다짐. 그 약속의 파기가 누구에게 더 행운인 걸까.

드미트리가 이도에게 다가와 특대형 총기를 넘겨주었다. 아이러니하게도 보테로가 그토록 원했던 로켓 런처였다.

〔임무의 난이도를 고려해서 여러분에게 새로 지급 허가된 무기입니다.〕

이도는 그것을 받아 든 다음 고개를 끄덕였다.

"장담하지. 엘리에셀에서도 보일 만큼의 불꽃놀이가 될 거야."

이도는 자신의 말을 지켰다.

제3수면구획 전체를 울리는 거대한 진동에 파테카르는 입술을 짓씹었다. 그녀의 주변에 도열한 전투 사제 네 명의 파워드 슈트 화력을 모두 쏟아부어야 만들 수 있는 굉음이 멀리서 들려왔던 것이다. 그녀가 알기로 게르솜 안에 그런 소란을 만들어낼 수 있는 자는 단 한 명뿐이었다.

"모든 전투 사제를 소집하세요. 비상사태입니다."

파테카르 소남과 완전무장한 전투 사제들이 바리케이드에 당도했을 때, 저 멀리서 그들과 대치하고 있는 한 사내를 발견할 수 있었다. 그녀와는 다른 색깔의 피가 혈관에 흐르는 사내. 다소 피곤해 보이는 얼굴을한 백혈인간.

"천이도. 아무래도 저자에 대한 제 평가를 수정해야 할 때가 온 것 같군요."

파테카르의 등 뒤에는 자롬스키가 버티고 서 있었다.

"말씀드리지 않았습니까. 낙원의 평화를 빼앗아 갈 뱀 같은 사내지요."

이도는 바리케이드 뒤편에서 속닥이고 있는 파테카르를 향해 소리를 질렀다.

"당신을 데려가러 왔다, 닥터."

"진심으로 이 게르솜을 다시 움직일 생각인가요? 가까스로 안정을 찾은 자들을 희박한 확률에 기대 사지로 몰고 가려는 걸 나는 두고 볼 수 없습니다."

"내 동료인 보테로가 당신들에게 후한 식사를 대접받았더군. 그래서 그 보답으로 선물을 갖고 왔다. 아주 거대한 놈으로 준비했어. 녀석을 도축하려면 어지간한 칼로는 어림없을 걸."

선물? 도축?

파테카르는 이도가 무슨 소리를 하는지 알아들을 수가 없었다. 다만 그의 손에 이전에는 없었던 로켓 런처가 들려 있는 것이 자못 신경 쓰일 뿐이었다. 그 화력에 응전하기 위해 전투 사제들의 파워드 슈트가 최적의 장소에 포진을 끝냈다. 그런데 어째서인지 이도는 그걸 들어 올릴 생각이 없어 보였다.

"꺄아아아아아악!"

순간 등 뒤에서 들려 오는 비명에 파테카르는 이도가 그것을 '이미 사용했기에' 겨누지 않는다는 걸 깨달았다.

"무슨 일입니까?"

배후를 돌아본 파테카르의 눈에 들어온 것은 끔찍한 광경이었다. 수면실의 기둥 두 개가 수수깡처럼 박살 난 채 먼지를 피워 올리고 있었다. 우악스러운 힘으로 뜯겨진 냉동 캡슐의 동체가 허공을 날고 있었다.

"뭡니까, 저 괴물은."

수면실의 냉동 캡슐들을 짓밟고 거대한 좀비 고릴라가 난동을 부리고 있었다. 몇 분 전 들려온 굉음은 이도가 녀석을 가두고 있던 컨테이너 장벽을 무너뜨리는 소리였던 것이다. 파테카르는 사색이 되어 전투 사제에게 손짓했다.

"막으세요, 어서!"

바리케이드의 상단에서 이도를 경계하고 있던 철의 거인들이 기체를 돌려 바닥에 내려섰다. 하지만 수면실은 파워드 슈트의 화력을 마음껏 퍼부을 수 없는 환경이었다. 냉동 캡슐들에 손상이 갈 수 있기 때문이다. 발을 동동 구르던 파테카르의 앞에 기다란 창을 든 사내가 뛰어내렸다. 처음엔 원시 전사 같은 괴이한 차림에 당황했으나 그는 분명 파테카르가 아는 얼굴이었다.

"반갑다고 말할 상황은 아니군, 파테카르 소냠."

"천유성! 어떻게 아직 살아 있지?"

"그 말을 그대로 돌려주지."

유성과 이도를 발견한 자롬스키가 파워드 슈트의 장갑으로 바리케이드의 강철판을 들어 집어던졌다. 이도가 유성의 앞을 가로막으며 단분자 블레이드를 아래에서 위로 휘둘렀다. 강철판의 한복판에 붉은 선이 그어지더니 좌우로 갈라지며 이도의 측면으로 떨어져 내렸다.

"네노옴!"

주먹을 맞부딪힌 자롬스키가 돌진해 오려는 순간 좀비 고릴라가 그의 파워드 슈트 오른쪽 어깨를 찍어 눌렀다. 자롬스키가 괴성을 지르며 고릴라를 떨궈내기 위해 멈춰 서 있던 트램을 향해 돌진했다. 이도에겐 금속 거인과 괴수의 난투극을 감상할 여유가 없었다. 그가 등을 돌리자 유성이 창날을 들어 파테카르의 볼 옆에 갖다 대고 있었다.

"내 동행자들은 널 건드리지 못했다지. 몸속에 어떤 장치가 있어서 그런 제약이 걸려 있다고 하더군."

유성의 눈빛은 오래 묵은 원한으로 불타오르는 중이었다.

"하지만 난 아니야. 널 죽이는 데 그 어떤 티끌만 한 장애물도 없지. 반면 죽이고 싶은 이유는 산더미처럼 많고. 그러니 잠자코 따라오는 게 좋을 거야."

이도가 유성을 향해 손짓했다. 혼란을 이용해 사라져야 한다. 파테카르는 유성의 손에 이끌려 속절없이 연행됐다. 하지만 양손이 포박된 뒤에도 그녀는 조금도 겁을 먹거나 위축되지 않았다.

이도는 트램에 올라타 맞은편에 앉은 파테카르를 향해 물었다. 그것은 헤이니쉬가 기계에 의식을 업로드한 뒤 긴 시간 동안 풀고 싶어 했던 의문이기도 했다.

"당신은 알고 있었나. 전투 사제들이 잠들어 있는 자들을 공양한다는 걸."

파테카르의 눈빛에는 조금도 흔들림이 없었다.

"영혼의 존재를 믿습니까, 이도?"

"아니. 그런 미신은 믿지 않아."

"누군가가 죽으면 사람들은 그의 영혼이 육체를 떠났다고 슬퍼하지요. 아닙니다. 실은 정반대예요. 육체가 자기 멋대로 영혼을 혼자 놔두고 먼지의 길로 떠나버린 거지요. 영혼은 죄가 없습니다. 잘못은 불멸하지 못하는 육체에 있지요."

파테카르는 묶여 있는 양 손바닥을 펴 이도에게 보여주었다.

"그래서 내가 그들의 육체를 거두어 불멸하지 못하는 죄를 사하여 주었습니다. 육체가 영혼으로부터 도망치지 못하도록. 저 태양이 꺼지지 않는 한 그들의 영혼은 계속 육체와 붙어 있을 거예요."

"팔다리와 심장이 없는 채로 말이지."

"당신은 안식을 취하는 자들을 지옥 속에 내던져버린 다음

도취감에라도 젖을 셈인가요? 말해보세요. 사람의 목숨을 칩으로 바꿔 불확실한 룰렛 위로 던지려는 건 내가 아니라 당신입니다. 우리 둘 중 누가 미신에 휘둘리는 것 같나요?"

파테카르의 어조는 일정했다. 단조롭게 느껴질 만큼. 이도는 잠자코 듣고만 있었다.

"슈뢰딩거의 고양이를 떠올려보세요. 상자 속의 고양이가 살아 있으면 하는 바람으로 상자 바깥에 녀석이 살 집을 정성껏 마련해주고 값비싼 사료를 탑처럼 쌓는다고 고양이가 살 확률이 더 높아지진 않습니다. 우리는 상자 속 고양이의 운명을 결정할 수 없어요."

그때 카디야의 품에 안겨 있던 율리아나가 입을 열었다.

"아줌마는 우리 아빠를 죽였어요. 육체도 없이 영혼만 떠도는 우리 아빠를. 괴롭히고 괴롭히다가 끝내 몰아넣어서 죽였잖아요!"

파테카르의 철옹성 같던 표정이 조금 흔들렸다. 이도는 그 모습을 지켜보다가 무거운 입술을 달싹였다.

"지구에선 없었을 것 같아?"

"……."

"당신처럼 살아남은 생존자들을 모아놓고 현혹시키는 녀석들 말이야. 대방벽 속의 철근만큼이나 많았어. 심판이니 구원이니 하는 말들을 넝마처럼 기워 입고 사탕발림을 퍼트리던 자들."

"불쾌하군요. 감히 우리 사제들을 그런 사이비와 비교하다니요."

"나는 그놈들이 가진 교리 따원 관심 없었어. 그래도 방치와 처단을 가르는 명확한 기준은 필요했지."

"기준?"

"죽은 다음 구원받는다는 녀석들은 건드리지 않았다. 좀비에게 물려도 영혼만큼은 안식을 향해 떠났다고 위안하는 녀석들도 그냥 내버려뒀지."

이도가 검지손가락을 들어 파테카르를 가리켰다.

"하지만 살아 있을 때 구원이 오리라 약속하는 것들만큼은 몽땅 목을 날려버렸어. 그건 공수표니까. 공수표를 남발하는 사기꾼들을 척살하는 게 내 일이었다."

사기꾼이란 단어에 파테카르는 고개를 떨구고 한참동안 말이 없었다. 그러다가 다시 고개를 들었을 때는 스스로 빗장을 하나 푼 듯 이야기를 시작했다.

"도축실의 존재는 우리들 사이에서도 극소수만 아는 비밀이었습니다. 하지만 제가 그것을 방치한 데는 지극히 합리적인 이유도 있었어요. 이도. 당신은 제가 백혈인간인 여러분의 피에 관심이 있다고 믿더군요."

"그래. 그래서 내 동료들을 노렸던 거 아닌가."

"아닙니다. 물론 좀비에게 물려도 감염되지 않는다는 그 시술에는 분명 매혹적인 구석이 있지요. 하지만 우리들은 당신들의 그 힘이 필요 없습니다. 이미 갖고 있기 때문이죠."

"뭘 갖고 있다고?"

파테카르는 헝클어진 머리를 한 차례 쓸어 올리며 대꾸했다.

"동지들의 은총을 받으면, 그러니까 직설적으로 말해 우리가 동지의 육신을 섭취하면…… 물려도 감염되지 않습니다."

이도와 카디야의 눈썹이 경악으로 일그러졌다.

"뭐라고?"

"전투 사제들의 높은 생존율은 파워드 슈트 덕분만은 아니에요. 그 사실을 발견하기까지 많은 피가 흘렀지만, 네. 우리가 서로를 먹으면 감염이 일어나지 않습니다."

"너무 허황돼서 거꾸로 믿음이 가는데."

"원리는 우리도 모릅니다. 어째서 동지를 섭취한 자가 그러지 않은 자와 감염성에서 차이를 보이는지. 특수광견병의 메커니즘을 우리가 밝혀내지 못한 이유 중 하나 아닐까요? 몇몇 전투 사제와 달리 전 특수광견병이 신벌이라고 믿지는 않습니다. 하지만 인류가 관성적으로 믿어온 것처럼 바이러스는 아닐 수도 있어요. 바이러스라면 그런 식으로 작동하지 않으니까."

"너희가 변종인 걸 수도 있어. 어떤 이유에선지 면역 체계가 생긴 게 아니라…… 새로운 종류의 좀비인 걸 수도 있지."

"당신이 자롬스키를 그렇게 도발했다더군요. 어쩌면 우리가 괴물이 된 걸지도 모르죠. 하지만 그걸 판별해줄 자는 이제 지구에도, 이 우주선에도 없습니다."

잠시의 침묵 이후 파테카르는 이렇게 덧붙였다.

"보테로 군에게 일어난 일은 저로써도 유감입니다. 그건 우리의 의도와 정반대 방향에서 피어난 불행한 사고였습니다."

"애초에 둘에게 인육을 먹인 이유는 뭐지? 그들을 감염시키기 위한 함정이 아니었다는 거냐."

"천만에요. 저기 있는 카디야와 보테로가 우리의 전투 사제가 되어주길 바랐을 뿐입니다. 그러기 위해서 '축복'을 내린 것이지요. 그래야 비로소 신뢰 관계를 맺을 수 있다고 생각했습니다."

인육을 섭취함으로써 감염에서 자유로워진다는 그들의 뒤틀린 예방법이 거꾸로 보테로의 몸속에 재앙을 불러일으켰다.

"말이 안 돼."

이도는 고개를 가로저었다. 지금까지 상대의 말을 그대로 믿는다면 보테로는 변이 증상을 일으켜서는 안 됐다. 순혈인간에게는 통하는 그 방법이 하얀 피를 가진 자들에게는 통하지 않는다는 걸까.

"이도. 변이하려던 보테로에게 이성이 남아 있었다고 하지 않았나요?"

"……분명 나와 계속 대화를 하려 했지. 살려달라고 했다."

"당신은 지구에서 그렇게 변이하는 인간을 본 적 있나요?"

파테카르의 물음에 이도는 고개를 끄덕이지 못했다. 당시엔 워낙 급박하게 보테로를 때려눕히느라 알아채지 못했지만 파테카르의 지적은 날카로운 데가 있었다. 보통 변이는 그런 식으로 느긋하게 일어나지 않는다. 발현은 순식간에 일어나고 다신 이전으로 되돌아갈 수 없다.

그런데 어째서 보테로는 예외였던 것일까. 생각해낼 수 있는 유일한 변수는 피의 색깔이었다. 백혈부대원의 혈관 안에서 활동하는 나노봇. 그 나노봇의 어떤 방어기제가 인육을 통해 섭취한 '무언가'와 예측 불가한 작용을 일으켰던 건 아닐까.

"내가 답해줄 수 있는 문제는 아니군."

마리라면 파테카르가 알아내지 못한, 혹은 일부러 외면한 광견병의 진실을 알아낼지도 모른다. 하지만 그러기 위해서 필요한 것이 보테로의 '피'라는 사실이 이도의 기분을 복잡하게 만들었다.

그때, 트램이 격하게 흔들리며 좌우로 요동을 쳤다. 카디야가 위를 가리키며 다급하게 외쳤다.

"그 전투 사제가 따라붙었어요, 대장."

"내가 처리하지. 파테카르가 허튼짓 못 하도록 주시해."

이도가 해치를 열고 트램 위로 올라섰다. 거센 바람이 그의 머리카락을 농락하듯 헤집었다. 하지만 시야에는 문제가 없었다. 이도는 맞은편에 굳건히 서 있는 금속 거인을 노려보았다. 파워드 슈트를 입은 전투 사제가 오른손을 내밀었다. 좀비 고릴라의 잘린 머리가 들려 있었다.

"자롬스키인가."

"그렇다. 네놈 때문에 많은 피를 흘렸다. 이제 넌 무엇으로도 씻을 수 없는 죄를 지었어. 내 손으로 처단하겠다."

"정확히는 손이 아니라 조종간이겠지. 맨몸으로는 나와 붙을 배짱도 없으면서."

"여전히 입은 살았구나."

자롬스키가 고릴라의 머리를 뒤로 던졌다. 그가 발걸음을 내딛자 그 진동이 트램의 천장을 통해 이도의 발바닥에도 전달됐다. 획획 지나가는 게르솜의 풍경을 배경으로 그가 거리를 좁혀 오고 있었다.

"마리, 듣고 있지?"

〔네.〕

"저들은 오랫동안 인간 고기를 먹었다. 지성이 있을 뿐, 좀비랑 다를 바가 없어. 바이러스가 뇌까지 퍼지지 않았다뿐인 거지."

〔그렇게 생각하시나요.〕

"그러니까 내게 권한을 줘. 저 녀석을 죽일 수 있는 면허를."

〔그것은 제 결정 범위를 넘어섰습니다. 일등항해사의 허가가 필요합니다.〕

파워드 슈트의 주먹이 이도를 향해 날아왔다. 이도는 양팔을 십자로 교차해 그것을 막아냈다. 파워드 슈트의 헬멧 내부에서 자롬스키가 눈썹을 치켜올렸다. 속수무책으로 당해야 했던 첫 조우와는 분명 다른 상황. 하지만 반격할 수 없는 이도에게 지극히 불리한 건 여전했다.

"오래는 못 기다려. 자칫하면 내가 죽을 참이야."

자롬스키가 양팔을 휘둘렀다. 이도는 상대의 다리 사이로 슬라이딩하여 몸을 빼냈다가 적의 뒤를 잡았다.

〔새로운 명령이 입력되었습니다. 일신을 지키는 정당방위에 한해 게르솜 선원의 살생을 허가합니다, 천이도.〕

"알았다."

자롬스키의 거체가 천천히 뒤를 돌았다. 그러자 이도의 주먹이 이제 막 백만 년의 구속에서 벗어난 것처럼 쏘아져 나갔다.

그 주먹이 파워드 슈트의 헬멧을 부수고 들어가 전투 사제의 머리 옆에서 멈췄다. 자롬스키가 질겁해서 오른쪽 조종간을 놓고 머리를 움직여 일격사를 피한 것이다. 상식을 압도하는 속도에 대응한 그의 반사 신경도 감탄할 만했다.

"피할 줄 몰랐는데."

"게르솜 최후의 생존자들을 얕보지 마라."

파워드 슈트의 철권이 이도의 옆구리를 강타했다. 가동 범위의 한계 때문에 최대 출력의 타격은 아니었지만 이도를 멀리 날려버리기에는 충분한 힘이었다. 낙법을 치며 민첩하게 일어나는 이도에게 달려든 자롬스키는 맹공을 퍼부었다. 아슬아슬하게 금속 거인의 주먹질을 피해내던 이도는 상대의 가슴팍 안으로 파고들었다. 그러곤 파워드 슈트의 흉갑 부분을 힘껏 때렸으나 판금은 조금 우그러질 뿐 치명적인 타격을 입히는 건 불가능했다.

백혈인간과 금속 거인의 주먹 난타전이 시작됐다.

하지만 결국 골이 울리는 충격을 받고 물러서는 것은 이도였다. 비슷한 출력을 갖고 있다 하더라도 내구성에서 도무지 답이 나오질 않았다. 이도는 고개를 옆으로 돌려 피를 한 움큼 뱉어냈다. 과연 그 안에도 나노봇이 돌아다니고 있을까 궁금했지만 지금은 잡념에 사로잡힐 때가 아니었다.

단분자 블레이드의 손잡이가 그의 허리춤에서 달그락거렸다.

상대가 파워드 슈트의 내부에 몸을 깊숙이 숨기고 있기 때문에 무작정 휘둘러도 닿지 않을 것이다. 유일한 약점이랄 수 있는 부위가 헬멧의 깨진 부분인데 그걸 모를 리 없는 자롬스키는 헬멧에 닿는 것만큼은 철저히 막아내고 있었다. 해법은 보이지 않는 사각지대에서의 공격뿐.

찰나의 순간 전투법을 구상한 이도가 입을 열었다. 한 번 더 상대를 발끈하게 만들 필요가 있었다.

"게르솜의 승선자라는 자부심이 있는 모양인데, 너희가 한 건 꽁무니가 빠져라 도망친 것밖에 없다."

"뭐라고?"

"진짜 지옥에서 40년을 굴러야 했던 건 내 쪽이란 거지. 너는 게르솜의 생존자가 아니야. 지구 출신 도망자일 뿐이지. 겁쟁이 새끼야."

깨진 헬멧 안으로 자롬스키의 붉으락푸르락해진 안면이 보였다. 자롬스키가 오른쪽 발을 들어 내려찍으려 하자 이도는 앞으로 굴러 피했다. 그리고 상대의 등 뒤에 올라탄 다음 단분자 블레이드를 채찍 형태로 바꾸었다. 그가 거인의 앞쪽을 향해 채찍을 휘두르자 헬멧 안에서 조종간을 잡고 있던 자롬스키의 목덜미에 단분자 코일이 휘감겼다.

"커어어억."

"너는 내게 개인적 원한은 없다고 했지. 나도 마찬가지다. 그냥 죽일 거야. 복수 같은 건 아니니까 의미 부여하지 말도록."

이도가 파워드 슈트의 등에 부착된 제트부스터의 버튼을 누르자 사출구가 불꽃을 뿜어냈다. 자연히 앞으로 돌진하게 된 금속 거인. 이도는 그 반대편으로 훌쩍 뛰어내리면서 단분자 블레이드의 손잡이를 강하게 움켜쥐었다. 금속 거인의 부츠가 마찰 불꽃을 일으키며 트램 바깥으로 튕겨져 나갔다.

그와 동시에 낚싯대에 걸린 페어처럼 자롬스키의 잘려 나간 머리가 허공을 날았다.

게르솜의 중앙관제실에 모인 자들은 총 다섯이었다.

천이도와 천유성, 카디야 센샤르마, 율리아나 그리고 파테카르 소남이었다.

천장에 말라붙어 있는 핏자국은 그대로였다. 카디야는 불과 하루도 지나지 않아 다시 돌아온 장소이건만 마치 몇 달은 흐른 것 같은 느낌에 스산해졌다. 저기 문 뒤편에서 보테로가 로보클리너를 붙잡고 투덜대고 있을 것만 같았다.

〔이도. 바이오 코드를 가진 자들의 손을 패널 위에 올리세요.〕

유성과 파테가르 소남, 그리고 율리아나의 손이 모이자 꺼져 있던 중앙관제실의 시스템에 전원이 돌아왔다. 그리고 마리의 그것과 비슷하지만 분명히 다른 목소리가 들려왔다.

〔저는 게르솜의 AI 아론입니다. 절전 모드를 해제하시겠습니까? 해제를 원하신다면 패널의 동그라미 안에 바이오 코드를 접촉시키십시오.〕

먼저 유성이, 그다음엔 율리아나가 손을 옮겼다. 그러나 파테카르 소남은 좀처럼 팔을 옮기지 않고 있었다. 대신에 자신의 손을 내려다보며 중얼거릴 뿐이었다.

"바다가 이렇게 넓은 이유는 여행을 포기하게 만들려는 거야. 감히 건널 생각을 하지 말라는 계시라고 생각하지 않아?"

카디야와 유성은 파테카르의 말에 생경하다는 반응을 했지만 이도와 율리아나는 어디서 그 대사를 가져왔는지 알고 있었다. 그것은 쿤타 해적단 최후의 숙적인 고양이 마법사 시저의 대사였다.

이도는 뭔가를 깨달은 눈으로 파테카르를 주시했다.

"당신이었군. 생쥐해적단 쿤타의 동화책을 인쇄해 게르솜 이곳저곳에 뿌려놓았던 장본인이."

"……."

파테카르가 대꾸하지 않자 율리아나가 물었다.

"아줌마가 그 만화책을 다시 그렸어요? 주인공을 바꿔서?"

"그래. 아론의 도움을 받았지만 결국엔 내 손에서 만들어진 책이지."

"왜 그랬어요?"

"미지의 신대륙을 향하겠다는 목표 때문에 동료들이 하나둘 다쳐가는 것을 방관하는 선장 쿤타를 용납할 수 없었거든. 그에게 주인공은 어울리지 않아서 바꿔버렸다. 형편없는 약골이지만 동료 선원들을 치료해주는 좀약술사 니모이로."

아론을 깨우는 동그라미는 여전히 세 번째 바이오 코드를 기다리고 있었다.

"알고 있었어. 그건 내 비뚤어진 인정 욕구가 우회해서 발현된 결과물일 뿐이라는 걸. 하지만 나는 니모이를 좋아했어. 나무로 만들어진 쿤타의 배나 강철로 만들어진 이 우주선이나…… 우리는 좀먹기 쉬운 세계를 갖고 있으니까."

율리아나가 쓰지 않는 손을 뻗어 파테카르의 손목을 붙잡았다.

"나는 그 만화책의 대사를 다 외우고 있어요."

"그러니?"

"시저의 대사에 쿤타는 이렇게 대답해요. '아니. 그럼에도 불구하고 이 끝 모를 여정을 견뎌내야 할 만큼 간절한 쥐들만 바다에 뛰어들라는 계시야. 배 안에서 서로의 꼬리를 잡아먹지 않을 수 있는 쥐들만이 새로운 대륙에 갈 수 있는 거라고.'"

파테카르의 손이 동그라미로 점점 끌려왔다. 앙상한 율리아나의 힘에 끌려온다고 보기는 어려웠다. 파테카르는 이 순간 율리아나의 말에서 무언가와 직면하고 만 것이다.

율리아나가 파테카르의 눈을 똑바로 노려보며 남은 대사를 완성시켰다.

"'그래서 바다는 넓고, 이토록 푸른 거야.'"

패널에서 뿜어져 나오는 빛에 순간적으로 사람들이 눈을 찌푸렸다.

〔게르솜의 절전 모드를 해제합니다. 새로운 명령을 기다리고 있습니다.〕

카디야가 패널을 두드렸다. 그러자 아론과 마리의 목소리가 겹쳐서 통제실에 울려 퍼졌다.

〔엘리에셀의 AI 마리에게 전권을 위임합니다.〕

이로써 마리는 엘리에셀뿐 아니라 게르솜의 모든 통제 시스템을 손안에 넣었다. 탐사대의 마지막 작전을 실행할 차례였다.

마침내 엘리에셀이 게르솜을 끌고 카난으로 향할 수 있게
된 것이다.

방주 게르솜의 마그네틱 필드가 해제되었다.

그러자 태양 돛이 안으로 접혀 들어가며 마치 우주를 부유
하던 한 마리 나비가 다시 번데기로 돌아가는 듯한 풍광을 연
출했다. 두 시간에 걸쳐 태양 돛이 모두 접히자 제3수면구획
에 있던 냉동 캡슐들의 뚜껑이 일제히 열렸다.

깨어난 자들은 영문을 모른 채 멍하니 있다가, 옆 칸에서
머리만 남긴 채 죽어 있는 승객들을 보고 비명을 질렀다.

드넓은 수면실에서 사지가 멀쩡한 채 배회할 수 있는 자들
은 고작 900여 명에 불과했다. 달콤한 꿈에 잠들어 있다가 자
신들이 사상 최악의 묘지에서 깨어났다는 걸 받아들이는 데엔
시간이 필요했다.

〔생존한 승객들은 들으십시오. 신체를 고정시킬 수 있는 물
체를 붙잡고 대기하십시오. 곧 게르솜 전체가 무중력 상태로
돌입합니다.〕

원자로에 모여 있던 비행파의 생존자들 역시 그 선내 방송
을 듣고 있었다. 그들은 수백 년 만에 잠에서 깨어난 게르솜
이 항해를 준비한다는 소식에 서로를 부둥켜안고 눈물을 흘렸
다. 그들의 발치에는 아주 오랜 시간 그들의 불안을 가려주고
있던 낡은 가면들이 떨어져 있었다.

제3수면구획과 적재구획, 동력구획을 제외한 모든 구획의

천장과 복도가 분리되면서 번데기가 껍질을 탈피하는 모습을 보여주었다.

감염 사태가 일어났던 전 구역의 기압이 조절되며 무중력 상태로 변환되었다.

수풀 속에서 목을 잃은 돼지의 사체가 두둥실 떠올랐다.

한 연구실의 책상에 있던 만년필이 책상에서 솟구쳐 올라 전원이 꺼진 배양탱크를 향해 천천히 날아갔다. 죽음을 유예하며 버텼던 한 미라가 그 안에서 숨져 있었다.

거대한 고릴라의 잘린 목이,

부서진 바리케이드의 파편이,

선로를 이탈해 폭발한 트램의 잔해가,

공평한 법칙 아래 중력으로부터 자유로워졌다.

"크르으으으아!"

그리고 게르솜 곳곳에 있던 좀비들이 선내의 허공을 가득 메웠다. 마리는 그 좀비들을 카난으로 데려갈 생각이 추호도 없었다.

누군가가 좀비들을 한데로 유인해 돌아올 수 없는 우주로 쫓아내야만 했다.

〔이도. 시작하세요.〕

마리의 음성이 이도에게 전달됐다.

우주에서 다시 만난 아버지와 아들은 게르솜의 선미에 나란히 자리를 잡고 있었다. 마리의 신호가 떨어지자 그들은 땅을 박차 올라 나선의 비행을 시작했다. 에어 스케이터에서 분사되는 노즐이 거대한 동체의 주변부를 감쌌다.

"제가 하는 움직임을 그대로 보고 배우십시오."

이도가 무중력 헤엄에 미숙한 유성에게 말했다. 그가 쉽게 따라올 수 있도록 허공에 있는 발판들을 사뿐히 밟아 궤도를 바꾸는 특유의 기술을 시연했다. 다소 투박한 포물선이었지만 유성은 이도의 동작을 제법 그럴싸하게 흉내 냈다.

"놈들이 우릴 발견했습니다."

붉은 눈의 포식자들이 유성과 이도의 뒤를 냉큼 따라붙었다. 수천수만의 좀비들이 허우적대며 비행제어관리실로 모여들었다. 그곳에는 카디야가 두 사내를 기다리고 있었다. 그녀는 허공을 바라보며 중얼거렸다.

"율리아나. 잘하고 있어."

좀비들을 한 곳에 집결시키는 것은 인간 미끼만으로는 부족했다. 해류가 상어 떼를 한 곳으로 밀어내듯 인공적인 흐름을 만들어내야 했다. 그것은 율리아나와 마리의 합작이었다.

손바닥에 제어칩을 이식한 소녀가 공중에 홀로 떠오른 채 팔을 열심히 휘두르고 있었다.

"이렇게 하면 돼?"

〔네. 잘하고 있습니다. 율리아나. 다음은 수경재배구역 차례입니다. 시야에 들어오나요?〕

"응. 아주 잘 보여. 그런데 너 아론이랑 합쳐졌다며. 이런 건 못 해?"

〔헤이니쉬가 일부 구역의 기압 통제권을 당신의 손에 영구 이식했기 때문이지요. 그래서 제게는 당신의 도움이 절실합니다. 마치 이렇게 될 줄 알고 미래를 내다본 건 아닐까 생각될

정도지요.〕

"아빠한테 그런 재주는 없었어. 그래도 나보다는 아빠한테 고마워했으면 좋겠네."

〔제게 고마움이란 감정을 느낄 수 있는 연산 방식은 없습니다. 하지만 헤이니쉬란 인간이 남은 생존자 모두에게 큰 도움이 된 것은 사실입니다.〕

인공지능의 대답이 썩 만족스럽진 않았지만 율리아나는 고개를 끄덕였다. 소녀가 곧 힘을 발휘하자 수경재배구역의 복도가 분리되면서 바싹 말라버린 거목들이 하나둘 인공 정원 위로 떠올랐다.

그와 동시에 이도와 유성이 비행을 마치고 컨베이어 벨트에 내려섰다. 그들의 무기는 따라붙는 좀비들의 머리를 베어낸 흔적으로 지저분한 상태였다. 잠깐 거리를 벌릴 수 있었으나 좀비들이 무중력 유영에 익숙해지면 그들은 금방 살육자의 파도에 휩쓸릴 것이었다.

"유성. 여기에 몸을 고정시키십시오."

이도가 컨베이어 벨트에 달려 있는 티타늄 족쇄를 유성에게 건네었다. 유성은 이도를 따라 오른쪽 다리에 족쇄를 장착하고는 고개를 끄덕였다.

눈앞은 마치 붉은 은하수 같았다. 보는 이를 압도하는 힘이 있는 전경이었다. 이도가 그것을 보고 중얼거렸다.

"사탕 트럭이 된 꼴이군."

혼잣말일 뿐이었지만 바로 옆에 서 있던 유성이 그 말을 듣고 고개를 갸웃했다.

"그게 뭡니까."

"제가 있던 대방벽 7구역에는 사탕을 주렁주렁 매달고 달리던 트럭이 있었습니다. 굶주린 수십 명의 꼬마들이 남은 힘을 짜내 졸래졸래 그걸 따라가곤 했지요."

쓰레기장을 갓 벗어난 이도의 코에 그것은 지독하리만치 강렬한 유혹이었다. 하지만 이도가 그 사탕 트럭을 따라가지 않았던 것은 오직 한 여인의 당부 때문이었다.

"어머니는 말씀하셨죠. 악마의 뿔은 초콜릿으로 만들어져 있어서 달콤한 향을 뿌린다고. 그걸 무턱대고 만지려 했다간 목구멍이 악마의 뿔에 뚫리고 만다고."

달콤한 사탕의 향기가 코를 찔러댔지만 그것이 곧 사신의 구취라는 걸 직감적으로 알 수 있었다.

"생소한 이야기군요. 그 사탕 트럭을 따라간 꼬마들은 충치에 고생을 했다는 그런 이야깁니까."

"아뇨. 아마 충치가 생길 틈은 없었을 겁니다. 뒤에서 몰래 따라간 인신매매꾼에게 붙잡혀 장기 적출용으로 팔려 나갔을 테니까요."

"……신이시여. 그러면 사탕은 사악한 미끼였던 셈이군요."

"지금 우리가 그런 꼴이 되었다는 소리였습니다. 물론 저 좀비들은 굳이 우리 손을 빌리지 않아도 이미 장기를 빼놓고 다니는 모양이지만."

그때 그들이 기다리고 있던 통신이 들어왔다.

"설치를 끝냈다, 이도."

교관 살라자르의 목소리였다. 그와 드미트리가 게르솜의 태양 돛과 가장 가까운 외벽에 폭탄을 부착하는 데 성공했다는 뜻이었다. 살라자르의 무감정한 목소리가 마리를 통해 전달됐다.

"우리는 멀리 떨어지겠다. 기폭 장치는 너희에게 있으니 타이밍을 잘 잡도록."

기폭 장치라는 말에 이도가 고개를 갸웃했다. 그러자 카디야가 손바닥보다 조금 작은 물건을 들고 잘 보이게 흔들었다.

"알았습니다. 최대한 외벽에서 멀리 떨어져 있으십시오."

카디야가 손에 든 원격 장치로 폭탄을 터트리면 외벽에는 거대한 구멍이 생기고 기압 차 때문에 떠다니던 좀비들은 한꺼번에 우주로 빨려 나갈 것이다. 물론 컨베이어 벨트의 세 남녀는 예외였다. 그들은 지금 오랜 시간 동안 좀비들을 구속시키기 위해 만들어진 족쇄를 양쪽 다리에 단단히 고정시키고 있었기 때문이다.

"무한동력 기관을 만들려 했던 그 미치광이들에게 감사해야겠군."

덕분에 이도와 유성, 카디야는 기압 변화에 버틸 수 있을 테지만 공중에 떠다니는 좀비들은 붙잡을 것이 없다. 이도가 자롬스키에게 당했던 바로 그 수법의 스케일을 수천 배로 확대한 것이다.

그들은 잠자코 좀비들의 해일이 밀려오기를 기다리기만 하면 됐다.

내려앉은 침묵을 깬 것은 카디야였다.

"살라자르 교관? 보테로는 어떻게 되었죠."

느닷없는 질문에 잠시 공백이 흘렀다. 곧 담담한 살라자르의 답변이 들려왔다.

"우리가 엘리에셀로 데려갔다. 녀석의 혈액 샘플을 마리가 채취할 예정이라고 들었어."

"솔직하게 답해주세요. 죽게 됩니까."

"……아마도 그럴 거라고 생각한다."

이도는 카디야가 이를 악무는 것을 지켜보았다.

카디야는 식당에서 파테카르 소남과 둘러앉아 있었던 순간을 떠올렸다. 만약 그때 스테이크를 먹었던 것이 보테로가 아니라 자신이었으면 어땠을까. 그렇다면 둘의 운명은 서로 바뀌었을 것이다. 카디야가 그 호화로운 음식에 손을 대지 않았던 것은 경계심 때문만은 아니었다. 생전 처음 보는 사람의 마음을 꿰뚫어 볼 수 있다는 듯 행동하던 파테카르의 말투가 재수 없었기 때문이었다.

"살라자르. 당신은 지구에서 특별히 보테로를 챙겼던 편 아니었습니까."

"그랬던 적 없다고는 못 하겠지."

"마리에게, 게르솜의 일등항해사에게 다른 방법을 요청할 수 있었던 거잖아요."

"다른 방법이 있었다면 애초에 그런 지령이 내려오지 않았겠지. 카디야 센샤르마. 게르솜에 몇 시간 있었다고 잊은 건 아니겠지. 우리 몸속에 무엇이 심어져 있는지."

살라자르는 즉사 조치를 발동할 수 있는 마리의 능력을 말하고 있었다. 백혈부대원에게 상부의 명령을 거부할 수 있는 권한은 애초에 없었다. 옆에서 함께 듣고 있었는지 드미트리가 말을 덧붙였다.

"보테로의 일은 나도 유감이다. 양파를 까면 양파가 울어줄 놈."

"무슨 뜻이죠?"

"우리 고장에서의 속담이다. 세상에서 가장 불쌍한 녀석이란 뜻이지."

그 뒤로 통신은 끊어졌다. 살라자르와 드미트리는 안전지대까지 몸을 피하는 데 집중해야 했기 때문이다. 그런데 드미트리의 마지막 말을 들은 이도의 표정이 딱딱하게 굳어졌다.

양파를 까면 양파가 울어줄 사람.

그것은 수경재배실에 갇혀 있던 조레스 크로넨버그의 최후를 지켜본 마리가 사용했던 표현이었다. 당시 보테로의 반응이 없었기에 이도는 마리가 그 생경한 표현을 카디야에게서 학습한 거라 믿고 있었다. 하지만 방금 카디야는 분명 처음 들어본다는 표정이었다.

엘리에셀에 승선한 백혈부대원 중 드미트리와 같은 고향에서 온 자는 없었다.

크로넨버그의 미라가 숨이 끊어졌던 그 시점에 드미트리는 냉동 캡슐에서 자고 있었던 게 아니었나. 원자로의 입구에서 두 백혈부대원을 마주쳤을 당시 이도에게 시간 계산을 할 겨를 같은 건 없었다. 하지만 다시 생각해보면 의아한 점이 있었다. 아무리 마리의 안내가 있었다 하더라도 보테로가 변이의 징조를 보인 시점으로부터 새 백혈부대원 둘이 엘리에셀의 심층부까지 도달한 것이 지나치게 빨랐던 건 아닌가.

투석기에서 날아올라 성벽을 향해 날아드는 돌무더기처럼 새로운 의문이 이도의 머리를 두들겼다. 하지만 제대로 된 과녁이 아니라 엉뚱한 곳을 때리고 있는 기분이었다. 결국 이도의 머릿속 투석기는 어떤 빗장도 부수지 못한 채 멈춰야 했다.

〔좀비들이 모두 집결했습니다. 첫 무리가 95초 뒤에 당신과 접촉할 예정입니다, 이도.〕

지금은 일단 눈앞의 장애물부터 치워야 했다.

9

잠 복 기 의   끝

'구렁이 소년.'

그게 보테로의 어릴 적 별명이었다.

그가 처음 발견된 곳은 뱀을 잡기 위해 땅꾼이 심어놓은 그
물망 안이었다. 아직 말도 배우지 못한 채 녹색 덩굴뱀의 몸체
를 끌어안고 꼬물대던 사내아이. 대방벽 안에서 구렁이는 제
법 인기 있는 식량군에 속했다. 풍부한 단백질에 칼로리도 높
았기 때문에. 날카로운 눈썰미와 거친 심성의 사내들만이 뱀
을 잡기 위해 나섰다. 하지만 그렇게 산전수전 다 겪은 땅꾼들
도 웬 사내아이가 덩굴뱀과 함께 붙잡혀 들어온 것에는 당황
했다.

누군가 뱀을 잡기 위한 구덩이인 줄 모르고 아이를 버렸던
걸까.

그렇다면 어째서 뱀은 아이를 잡아먹지 않고 있었을까.

거기에 대한 난상토론이 저녁 동안 땅꾼들 사이에서 이뤄졌다. 개중에는 새끼를 우리에게 잃은 어미뱀이 아이를 보고 측은함이 들어 죽이지 않았던 것 아닐까 하는 낭만적인 이야기도 있었다.

하지만 아이에게 보테로라는 이름을 지어준 땅꾼의 생각은 달랐다. 그는 원래 군인이었으나 폭탄에 왼팔을 잃은 뒤 땅꾼들의 우두머리를 맡고 있었다.

"그 뱀은 네가 너무 깡말라서 잡아먹지 않았을 뿐이야. 널 먹고 그물망 속에서 몸을 뒤틀며 소화시키는 데 에너지를 쓰느니 굶는 쪽을 택한 거지."

그는 보테로를 키우며 어린아이에겐 가혹하기 짝이 없는 심부름을 매일 시켰다.

"명심해. 넌 여전히 그때와 처지가 다를 것 없다. 네 주변이 다 이빨을 감춘 구렁이들이라고 생각해라. 아직 귀찮아서 안 죽이는 것뿐. 약한 모습을 드러내면 바로 널 뜯어 먹을 거야."

"아저씨도요?"

그렇게 보테로가 반문하면 땅꾼은 수염을 쓸어내리며 무정하게 대꾸했다.

"그렇다고 봐야지. 그러니까 네가 살려면 어떻게든 칼질을 익혀. 아직 이빨이 없을 때라고 생각해서 방심하고 있을 어른들에게 독니를 박을 수 있게."

보테로는 그 후로도 무수한 살인 기술들을 땅꾼에게 배워나갔다. 그가 밤중에 칼에 찔려 숨지던 당일까지도. 그가 돌아오지 않자 보테로는 비로소 자유의 몸이 되었다는 걸 알았지만, 어디로도 달아나지 않았다. 불과 열한 살이었지만 그때는 이미 독니가 충분히 자라난 뒤였기 때문이다.

땅꾼의 독특한 양육 방침에도 불구하고 보테로는 뱀을 싫어하지 않았다.

오히려 덩치가 커다란 뱀일수록 멋있는 녀석이란 생각을 하곤 했다.

그것이 그물망 안에서 덩굴뱀과 스무 시간을 함께 붙잡혀 있었던 유아 시절에 각인된 것인지, 아니면 단순한 취향이었는지는 알 수 없었지만.

"역시 멋있다니깐."

보테로는 흐릿한 시야 너머로 보이는 아나콘다를 향해 말했다. 그러자 그 아나콘다가 입을 쩍 벌렸다. 소년의 가슴팍 위에 수박만 한 머리통을 얹고 있던 아나콘다의 노란색 눈이 빛났다. 미뤄두었던 그때가 온 건가. 결국엔 땅꾼의 말이 맞았던 걸까.

아니었다. 아나콘다는 보테로를 삼키는 대신 인간의 언어를 내뱉었다.

〔정신이 드나요, 보테로.〕

"……마리? 도대체 이게 무슨 상황이야?"

〔흥미롭군요. 당신이 의식을 되찾을 확률은 3퍼센트에 불과하다고 예상했거든요. 다만 1분 55초 후에 당신에게 닥칠 운명을 생각한다면 그게 다행인지는 모르겠습니다. 남은 시간이 방금 1분 46초가 되었군요.〕

"대체 무슨 말을 하는 거야? 일단 이것 좀 풀어봐. _끄응._"

보테로는 무려 8개의 티타늄 링으로 만들어진 구속 장치에 갇혀 있었다. 소년이 있는 힘껏 용을 써보아도 바닥에 단단히 고정된 연구용 침대는 조금의 미동도 없었다.

〔여긴 엘리에셀의 비상의료구역입니다. 그리고 이건 보테로가 낼 수 있는 완력의 최대치보다 세 배 강한 힘도 제압할 수 있는 구속 장치이지요.〕

"젠장! 마리, 네가 이런 거라고? 왜 이 지랄을 하는 건데."

〔당신은 게르솜의 식당에서 오염된 인육을 섭취해 특수광견병에 감염되었습니다. 순혈인간과 달리 당신의 혈관 속에는 저의 통제를 받는 나노봇들이 있죠. 그래서 이 질병의 메커니즘을 밝혀낼 수 있는 절호의 기회라고 판단해 조치를 취하는 겁니다.〕

그게 무슨 조치인지 마리가 설명할 필요까진 없었다. 아나콘다가 머리를 슬쩍 뒤로 빼자 천장에 매달려 있는 거대한 혈액 추출 장치가 드러난 것이다. 그 장치에는 코뿔소의 피부도 뚫고 들어갈 것 같은 거대한 바늘이 달려 있었고 그걸 본 보테로의 안색이 해쓱해졌다. 바늘은 천천히 회전하며 수직 하강하고 있었다.

"씨발! 저게 뭐야. 저걸로 내 피를 빼내면 난 어떻게 되는데?"

〔당신의 생존 확률은 0에 수렴합니다. 계산에 의미가 없지요. 엘리에셀에 백혈인간을 상정한 수혈액과 장비는 존재하지 않습니다. 나노봇이 없는 일반 혈액뿐이지요. 즉, 백혈인간 보

테로는 32초 후에 확실히 죽게 됩니다.〕

담담히 자신의 사망을 선고하는 마리의 목소리에 보테로는 진저리를 치고 싶었다. 하지만 턱끝만 도리도리 젓는 우스꽝스러운 몸부림이 될 뿐이었다.

보테로가 처음으로 마리에게 애원 가까운 부탁을 했다.

"내가 죽는 꼴을 보고만 있는 거야, 마리? 제발 어떻게 좀 해봐."

〔저도 그러고 싶습니다, 보테로. 이건 진심입니다. 저 역시 지금껏 계속 당신의 생존을 유지하기 위한 연산 작용을 거듭해왔으니까요. 하지만 당신의 혈액 샘플은 카난에 정착하게 될 인류의 생존 확률을 비약적으로 높일 수 있을 겁니다. 인류의 존속. 그것이 저에게 입력된 최우선 명령 사항입니다. 그래서 당신을 살릴 변수를 자체 생성할 수 없습니다.〕

"어쨌든 죽게 냅두겠단 거잖아. 이 의리 없는 인공지능 새끼야악!"

보테로는 자신이 원하는 방식으로, 원하는 장소에서 죽고 싶었을 뿐이었다. 그래서 위험을 감수하고 백혈 시술을 받았다. 지구에서 그가 살해한 인간들이 너무 많아서 그곳에서만큼은 죽고 싶지 않았던 것이다.

거칠게 말하면 그것도 일종의 내세관일 것이다.

자신의 손으로 저세상에 보낸 자들이 지옥에서 일렬종대로 줄을 맞춰 그가 오기만을 기다리고 있다는 망상이 계속 자라났다. 하지만 지옥 한 개의 관할구역이 어디까지일까. 지구의 대기권? 달까지는? 보테로는 인심 써서 태양계까지는 같은

관할구역이라고 칠 수 있었다. 그럼 태양계를 벗어나면?

짜잔. '관할구역이 달라졌으니 다른 지옥에서 당신의 영혼을 처리해드립니다' 하지 않을까? 그것이 유아 시절부터 뒤틀려버린 보테로의 발상이었다. 무수한 살생으로 더럽혀진 자신의 영혼을 달래기 위한 방어기제였으나 거기에 천착하는 것 외에 방법이 없었다. 태어날 곳을 고를 수 있는 인간은 없지만, 죽자고 노력하면 죽을 곳은 고를 수 있다고 믿었다.

〔구해주지 못해 미안합니다, 보테로.〕

마리의 담담한 음성과 함께 육중한 바늘이 보테로의 명치를 뚫고 파고들었다.

이도가 카디야를 향해 손짓했다.

"지금이야. 터트려."

코앞으로 다가온 좀비 무리를 노려보던 카디야는 망설임 없이 기폭 장치 리모컨의 버튼을 눌렀다. 하지만 몇 초가 흘러도 아무런 일도 일어나지 않았다. 이게 어떻게 된 거지? 버튼을 누르던 카디야는 주먹으로 내리치다가 결국 리모컨을 내던졌다.

"무슨 일이야?"

"신호가 가질 않아요. 좀비가 너무 많아서일 수도 있고, 아니면 어떤 녀석이 안테나를 건드린 건지도 몰라요."

좀비들이 이도와 유성을 발견하고 거리를 좁혀 오고 있었다. 자기들끼리 부딪혀 엉뚱한 방향으로 튕겨 나가는 녀석들도 생겨날 정도였다. 이대로 막대한 수의 좀비들에 포위된다면 도무지 손을 쓸 수 없는 상황이 될 것이다.

카디야는 무언가를 결심한 표정으로 자신의 족쇄를 풀었다. 그리고 이도가 벗어놓았던 에어 스케이터에 올라탔다.

"뭐 하는 거야, 카디야? 마리가 새 시뮬레이션을 짤 거야. 기다려."

"타이밍은 한 번 놓치면 다시 오지 않아요. 제가 직접 날아가서 레일건으로 폭탄을 터트리는 수밖에 없어요."

"저 많은 좀비들을 헤치고 폭탄에 접근하겠다고?"

그러자 카디야는 자신의 왼쪽 가슴을 툭툭 두드리며 대꾸했다.

"심박수. 믿으세요."

카디야의 에어 스케이터가 경쾌한 기세로 분사를 시작했다. 하늘로 떠오른 카디야가 눈앞을 가로막는 좀비들의 머리를 레일건으로 터트려나갔다. 신들린 사격술이 그녀가 지나가는 궤적 앞으로 육편이 터지는 폭죽놀이를 만들어냈다.

"조심해!"

이도의 경고는 한 박자 늦었다. 카디야의 사각에서 다가온 좀비가 손을 뻗어 그녀의 등에 매달린 것이다. 백혈부대의 저격수는 본능적으로 고개를 숙여 습격을 피했지만 그 바람에 균형을 잃고 제자리에서 빙그르르 회전했다. 시야가 난폭한 궤적으로 흔들리자 카디야는 레일건을 거꾸로 들어 조준경에 비친 자신의 모습을 확인했다. 등 뒤에 매달린 좀비가 다시금 턱을 쩍 벌리고 있었다.

"누구 맘대로 무임승차야!"

상대의 위치를 정확히 파악한 카디야가 등 뒤로 팔꿈치를 휘둘러 정확히 좀비를 떨쳐내는 데 성공했다. 다만 그러느라 멀어진 거리를 회복하려 꽤 많은 거리를 비행해야 했다.

"폭탄이 보여요."

"맞출 수 있겠어?"

"눈을 감고도 맞출 수 있지, 이런 건. 저걸 터트리면 에어 스케이터로 대장한테 돌아갈게요. 살포시 붙잡아줘야 해요? 꼬마애가 크리스마스 곰 인형을 받아들 듯이."

"지금 농담할 때야?"

"아뇨. 난 농담에 재주 없어요."

카디야의 레일건이 격발되었다. 일직선상에 있던 좀비들의 살과 뼈를 헤집은 다음 탄환은 폭탄 더미에 적중했다. 거대한 폭발이 게르솜의 외벽을 할퀴었다. 우주선의 내부는 진공에 가까운 상태였으므로 폭심 자체에서 퍼져 나오는 충격파는 약했다.

하지만 금이 간 외벽이 압력을 이기지 못하고 박살 나면서 진정한 의미의 사출이 시작됐다.

행성만 한 진공청소기가 있다면 지금과 같은 장면을 보여 줄 수 있을까. 구멍 난 외벽으로 좀비들이 빨려 나가고 있었다. 그런데 폭발로부터 꽤 멀리 있었던 카디야가 멍하니 그것을 보고만 있었다.

이도가 소리쳤다.

"빨리 돌아와. 뭐 하는 거야!"

돌아오는 대답에는 헛웃음이 섞여 있었다.

"미안해요. 대장. 잔탄 수는 한 번도 잘못 센 적이 없었는데."

이도도 알고 있었다. 아무리 목숨이 걸린 다급한 상황에서도 그녀가 잔탄 수를 헷갈린 적은 없다. 하지만 공기를 내뿜어야 할 에어 스케이터가 아무런 반응을 하지 않고 있었다. 공기의 잔량을 잘못 계산한 것이다.

"내가 지금 데리러 가겠다!"

이도가 족쇄를 풀려고 했지만 유성이 그 손목을 붙잡았다.

"늦었어요. 이미 깨진 외벽 바깥으로 날려가 버렸습니다."

그 말대로였다. 카디야는 이미 좀비들 무리에 섞여 우주공간으로 배출돼버린 뒤였다. 카디야의 이름을 부르짖자 곧바로 응답이 돌아왔다. 얄궂게도 귓가에 파고드는 카디야의 목소리는 마치 바로 곁에서 속삭이는 것 같았다.

"한 번도 내게 묻지 않았지요, 대장? 어째서 당신을 귀찮을 만큼 따라다니는지."

"……귀찮아했던 적 없다."

"그게 더 서운하게 들리는데. 목숨을 빚져서 그랬다고 거짓말하려고 했는데, 별로 믿으려는 눈치도 아니군요."

카디야의 목소리가 파르르 떨리고 있었다. 이도가 아는 카디야는 절대 이런 말투를 하지 않는다. 그것은 피가 탁해진 이후에도, 이전에도 마찬가지였다. 꽉 쥐고 있던 무언가를 놓아버리려 할 때가 아니라면.

"무슨 생각을 하는지 몰라도 어리석은 짓은 하지 마라. 카디야."

"대장이 생각하는 어리석은 짓은 어떤 겁니까."

"삶에 대한 집착을 제 손으로 놓아버리는 짓이지."

"제 집착은 오래전부터 하나였습니다. 바로 대장이 오래 살아남아서 소원을 이루시는 겁니다."

"마리! 셔틀을 보내서 카디야를 데려올 방법이 없겠어? 우리 백혈인간은 우주에서도 꽤 오래……."

〔현재 카디야는 게르솜의 마그네틱 필드의 잔류 효과에 휘말려 우주선의 궤도를 돌고 있습니다. 무수한 감염자들에게 포위되어 있어 접근이 불가능합니다. 가동 인원은 살라자르와 드미트리뿐인데 제 시뮬레이션으론 그들마저 휘말릴 위험이 87퍼센트로 너무 높습니다. 그리고 이제 곧 루프 구조물이 완전히 펼쳐져 구멍을 메우면 카디야와의 통신도 끊어질 거예요.〕

빌어먹을 시뮬레이션.

마리의 말대로 궤도 진입을 위해 설계된 루프 구조물이 구멍을 메우기 위해 팽창하고 있었다. 저 작업이 끝나면 카디야의 목소리도 들리지 않게 되는 것이다.

몇 초간 잡음이 귀를 어지럽히더니, 곧 다시 평온한 목소리가 들려왔다.

"전 제 처지를 받아들였습니다. 그러니 계속 말하게 해주세요, 대장."

"……카디야."

"사람이 한 대의 자동차라면 저는 줄곧 대장한테 히치하이킹한 심정이었습니다. 그런데 잘못 올라탔어요. 이놈의 차는 오직 엔진과 바퀴에만 모든 전력을 쏟아부은 고철 덩어리였거든요. 사이드미러를 떼어낸 채 정면으로 달리는 것밖에 모르고, 귓가를 적셔주는 노래는 물론 몸을 덥혀주는 히터도 틀어주지 않는 삭막한 기계.”

“지금 위치가 어디인지 식별할 수 있겠나. 내가 비상탈출포드에 올라탔던 것처럼 너도 귀환할 방법이 있을지 몰라.”

말하면서도 이도는 그것이 불가능하리란 걸 알았다. 자신을 기적적으로 우주 한복판에서 낚아채준 헤이니쉬는 소멸해 더는 존재하지 않는다.

“하지만 단 한순간도 내리고 싶지 않았습니다. 계속 따라가고 싶었어요. 당신의 엔진이 멈추는 곳까지. 혹시나 그런 날이 온다면 비로소 백미러에 비친 저를 바라볼 수 있을지도 모르니까. 카난의 초원이 그곳이 될 수 있을 거라 믿었⋯⋯.”

날카로운 잡음이 이도의 귀를 때렸다. 루프 구조물의 천막이 우주선의 구멍을 완전히 틀어막아버린 것이다. 맺지 못한 말을 끝으로 카디야의 목소리는 더 이상 들리지 않았다. 무덤과도 같은 방주에서 해방된 좀비들의 울음소리도 함께 멀어져 갔다.

카난의 초원이라니.

한 번도 카디야의 입에서 나온 적 없는 단어였다. 그제야 이도는 그녀가 꿈꾸는 종착지가 어디인지 한 번도 물어본 적 없었다는 걸 깨달았다.

후드드둑.

율리아나가 다시 우주선의 기압을 회복시켰는지 하늘에서

카디야가 만들어낸 핏방울들이 비처럼 떨어졌다. 이도의 머리와 어깨가 순식간에 붉게 물들었다. 부릅뜬 눈 위로 눈썹에서부터 핏줄기가 흘러내렸다.

누군가가 이도의 눈앞으로 다가와 그의 머리에 손 우산을 만들어주었다. 슬픈 눈을 한 유성이었다. 이미 누군가를 잃어본 사람만이 보여줄 수 있는 눈빛이었지만 이도는 그저 눈을 내리감을 뿐이었다.

그로부터 몇 시간 후.

이도와 유성은 원자로의 생존자들과 함께 모여 있었다. 끊어진 트램의 레일 대신 제3수면구획까지 곧장 갈 수 있는 인공 터널의 문 앞에 서 있었다.

선내 우주복을 입은 도기가 이도를 향해 손을 흔들었다.

"여깁니다! 어후, 진짜 많네요. 이 인원을 셔틀로 옮기려면 이틀은 꼬박 걸렸겠어요."

서로를 부둥켜안은 생존자들이 울음을 터트리는 아이를 달래가며 터널 안으로 들어갔다. 그들을 안심시키고 있는 것은 유성의 존재였다. 그 순간 도기가 머뭇머뭇 이도에게 다가왔다.

"미안합니다, 이도."

"뭐가 미안하다는지는 알 수 없어도 A급 승무원은 저에게 사과할 필요가 없습니다."

"당신을 깨울 때 무례하게 얼굴을 들이댔던 걸 사과하고 싶어요. 아실지 모르겠지만 백혈인간이란 호칭에는 사실 두려움과 멸시가 섞여 있습니다. 인간의 한계를 훨씬 뛰어넘는 신체 능력은 경외감과 거부감을 동시에 주니까요. 그래서 허락 없이 당신을 만졌던 걸 사과하고 싶습니다. 마치 동물원의 사자를 대하는 것처럼 무례했어요."

무례라. 예의란 상대방의 감정에 상처를 주지 않기 위해 만들어진 것 아닌가. 하지만 지금 이도에게 상처받을 감정이란 게 남아 있을지 모르겠다.

도기의 입꼬리가 슬쩍 올라갔다.

"하지만 오늘 당신들의 활약은 정말 대단했습니다. 방주 속에 숨어든 좀비를 죽이고 이렇게 탈출했잖아요? 마치 인간의 몸속에 침입한 병균을 퇴치하는 '백혈구' 같지 않습니까."

"그런가요. 당신의 말을 들었다면 카디야와 보테로도 우리의 별명에 마냥 불쾌하지만은 않았을 겁니다."

"네. 둘이 그렇게 된 건 유감입니다."

유감이라. 정녕 그 단어 안에는 우리에 대한 멸시가 숨어 있지 않다고 말할 수 있나. 이도는 그렇게 비꼬아주고 싶었으나 입을 열진 않았다. 아무런 값어치 없는 행동이니까.

"뭐해요, 이도? 빨리 갑시다. 이제 당신과 나밖에 안 남았어요."

유성이 터널의 입구에서 이도를 재촉했다. 이도는 유성의 머리 위로 보이는 거대한 루프 구조물을 쳐다보았다. 그들이 발견했던 세 개의 단어가 우주공간을 배경으로 활짝 펼쳐져 있었다.

그런데 미처 그들이 발견하지 못했던 한 개의 단어가 더 숨어 있었다.

NO······VIRUS······PARA······SITE.

바이러스가 없는 장소라는 뜻이 아니었다.
'바이러스가 아니다. 기생충이다.'
그것이 완성된 문구였다.

터널의 끝에는 멸균실이 있었다.

제3수면구획에 진입하기 전의 필수 절차인 멸균실에 들어서자 눈이 부실 정도로 새하얀 방과 생존자들의 더러운 모습이 극적으로 대비되었다. 그런데 멸균실 안에는 한 무리의 사람들이 우왕좌왕하고 있었다.

"우리는 왜 여기에 모아놓았어? 언제 들여보내주는 거야?"

원통 같은 멸균실 안에서 20분을 대기했으나 후속 지시가 없었다.

모두 조금씩 의아해하는 가운데 귀에 익은 목소리가 천장 스피커를 통해 흘러나왔다. 오랜만에 듣는 엘리에셀의 일항사 사만다의 목소리였다.

"문제가 생겼습니다. 여러분."

"무슨 일입니까."

유성의 질문에 일항사는 다시 내선 스피커로 답했다.

"마리의 스캐너가 멸균실에서 진입 불가한 존재의 반응을 탐지했습니다."

유성과 이도의 눈이 재빨리 생존자들의 손에 들린 허름한 무기들을 훑었다. 재료만 다를 뿐 원시인의 무기나 다름없는 것들인데 진입 불가라니. 이도의 마음을 읽었는지 일항사는 더 상세히 설명했다.

"무기물이 아니라 유기체에서 비롯된 반응입니다. 몸 바깥이 아니라 안의 문제죠. 아무래도 당신들 중에 게르솜에 창궐했던 특수광견병의 보균자가 있는 것 같습니다."

이 안에 보균자가? 유성이 반문했다.

"그건 불가능합니다. 이들은 몇 년 동안이나 저와 함께 살아남은 사람들이에요. 서로가 서로를 보증할 수 있습니다. AI가 착오를 한 게 아닐까요. 우리 가운데선 아무도 바이러스에 감염되지 않았어요."

"마리는 이번 진입에서 감염된 한 선원의 사체를 분석했습니다. 그는 평범한 인간이 아니었지요. 시술로 인해 나노봇이 핏속을 흐르고 있었습니다."

보테로.

그의 이야기였다.

사만다는 백혈인간 중에서 최초로 광견병에 감염된 보테로의 샘플에서 마리가 얻어낸 정보를 말해주고 있었다. 나노봇이 없었다면 오해는 바로잡히지 않았을 것이다.

"광견병을 일으키는 인자는 바이러스가 아닙니다. 기생충이었어요."

"기생충이 뭔데요?"

율리아나가 묶여 있는 파테카르 소남에게 묻고 있었다.

"우리 몸속에 함께 살고 있는 보이지 않는 벌레들. 니모이의 역할이 좀약술사라는 걸 기억하니? 그 좀약이라는 것이 기생충을 막기 위한 살충제 같은 거야."

소녀가 흠칫하며 자신의 어깨를 쓸어내리는 걸 본 파테카르가 메마른 웃음을 지었다. 헤이니쉬, 이 친구야. 당신은 어린애 교육에는 재주가 없었던 모양이네.

"인간의 몸은 수천 종류의 기생충이 모여 사는 호텔이야. 기생충을 손님이라 치자. 어떤 손님은 창문으로 넘어 들어와 로비의 벨보이를 죽이거나 심하면 다른 손님을 지배하기도 하지. 그런데 손님 중엔 창문이 아니라 정문을 터트리고 들어와 호텔 전체를 장악해버리는 무자비한 테러리스트도 있어."

"그럼 그 벌레들이 사람들을 좀비로 만들었다는 거예요?"

"정확히는 모르겠다. 그걸 밝혀낼 만한 생물학자들이 오래전에 우리의 둥지를 떠났으니까. 하지만 그들은 자신들이 '굉장한 발견'을 했다며 초기에 연구 기록을 보내기도 했어. 엘리에셀의 일항사가 하는 말이 맞는다면…… 그에게도 조금 위로가 되겠군."

이도가 비행제어관리실에서 발견했던 연구일지의 찢어진 페이지는 파테카르가 갖고 있었다. 그녀는 오랜 밤들을 거치며 그 연구일지를 반복해서 읽었다. 공포를 이겨내지 못하고 실성한 자들이 그나마 의식이 명료했을 때 간절한 마음으로 남긴 유산이었기 때문이다.

인류는 어째서 특수광견병의 발병지를 특정할 수 없었나.

연구일지는 그 질문에 대한 대담하고 섬찟한 가설을 풀어내고 있었다.

"놈들은 아주 오래전부터 우리 안에 있었을지도."

언제부터 이 기생충이 인간의 주변에 숨어 살고 있었는지는 알 수 없다. 하지만 이 기생충은 숙주의 몸에 죽은 듯 공생하면서 살다가 그 생명체가 진공으로 나설 준비가 되었을 때 진공상태의 실험실에서 발동하여 사람들을 죽이고 다녔다는 이야기였다.

지구에서는 어땠나.

대형 우주 이민 계획에 따라 방방곡곡에 '무중력 유영 훈련 센터'가 세워지고 사람들은 태권도 도장에 다니듯 유영 장치에 몸을 적응시키기 시작했다. 누구도 그것이 몸속에 숨어 있던 기생충으로 하여금 행동 변화를 일으킬 것이라 예상한 사람은 없었을 것이다.

"우리를 해방시켜줄 것이라 믿었던 것이 거꾸로 시한폭탄의 시곗바늘을 빨리 돌린 거야."

율리아나는 그때 헤이니쉬가 보여주었던 이상한 태도를 떠올렸다. 금단의 구역에 다녀온 뒤 자신으로 하여금 무중력 상태에 오래 있지 말라고 경고했던 헤이니쉬. 그도 어쩌면 어렴풋이 광견병의 비밀을 눈치챘던 것 아닐까.

"어떤 기생충은 다른 숙주로 갈아타기 위해 공포심을 마비시키기도 해. 고양이에게 덤벼드는 쥐가 탄생하는 거지."

파테카르의 목소리가 점점 잦아들었다.

긴 시간 동안 외면하고 있던 진실이 오늘 한꺼번에 그녀를 찾아와 참담함으로 연체료를 지불하라 외치고 있었다. 파테카르는 지긋지긋하고 길었던 비행파와 수면파의 대립을 떠올렸다. 무리의 존속을 도박에 걸려 했던 비행파, 인간의 멸종을 받아들이고 가짜 안식에 숨어들려 했던 수면파.

어느 쪽이 기생충에게 조종되고 있었던 걸까.

"마리가 추론해낸 그 기생충의 메커니즘은 이렇습니다. 까마득히 오랜 시간 동안 행성의 생태계에 숨어 위험을 드러내지 않고 있다가 그 별의 지배권을 가진 생명체가 우주 진출을 할 수 있게 되었을 때, 그리하여 무중력의 우주공간을 오랫동안 여행할 기술을 손에 넣었을 때······."

사만다의 목소리가 멸균실에 계속 울려 퍼지고 있었다.

"그 행성에 널리 퍼져 있을 지배적인 종의 육체 안에서 동시다발적으로 발병해 숙주로 삼은 다음 별을 탈출하라는 압력을 주는 거죠. 이 우주가 엔트로피의 극에 달해 소멸할 때까지 문명과 문명을 여행하는 진정한 우주의 지배자라고 생각됩니다. 사상 최악의 적을 우린 우주 한복판에서 마주친 것입니다."

이도는 모두 알아듣기 어려운 말이었다. 그는 이런 순간에도 왜 마리가 자신에게 아무런 말도 없는지 궁금해하고 있었다. 확실히 엘리에셀의 AI는 이상하리만치 침묵하고 있었다.

"잠복기를 비정상적으로 늘린 개체가 있다면 불가능한 일은 아닙니다. 아직 발현되지 않았을 뿐이지요. 그러니 유감이지만 보균자가 아니라는 것을 증명할 수 없다면 방주에 들여보낼 수 없습니다."

생존자들 사이에서 웅성거림이 생겨났다. 방금 전까지만

해도 꼭 붙어 있던 그들이 이제는 한 발짝 이상 거리를 유지한 채 벽에 등을 붙이고 서 있었다.

이런 상황에서도 유성은 냉정하려 애썼다.

"도대체 어떻게 증명하란 소립니까."

잠시 후 멸균실 내벽의 일부가 스르륵 튀어나왔다. 냉매에 둘러싸인 박스 안에서 녹색 액체가 들어 있는 주사기들이 달그락 소리를 냈다.

"한 명씩 차례대로 그것을 팔에 주사하십시오. 보균자가 아니라면 아무 일도 일어나지 않습니다."

이도는 그것들로부터 시선을 뗄 수 없었다. 저 녹색 주사기가 만들어질 수 있었던 데에는 보테로의 죽음이 있었을 것이다.

"이게 보균자를 즉사시키는 독극물이 아니라는 보장이 어딨어!"

한 생존자가 부들부들 떨면서 발악했다. 사만다는 한숨을 내쉬고는 말을 이어나갔다.

"이것만이 유일한 방법입니다. 주사기를 들고 자신의 몸에 직접 투여하세요. 이도, 만약 생존자들이 이 명령에서 조금이라도 벗어난 행동을 보인다면 손에 든 단분자 블레이드로 누구든 사살하세요."

'사살'이란 단어에 일항사는 일부러 강세를 두었다. 그러자 생존자 중 몇 명이 무기를 꼬나든 채 우르르 몰려와 이도를 둘러쌌다.

"웃기지 마! 우리가 당하기 전에 먼저 이 자식을 죽이면 돼."

이도는 그들의 손에 죽을 생각은 없었으나 빗나간 사실을
주지시켜줄 필요는 느꼈다.

"원자로에서 경험해보지 않았습니까. 당신들이 전부 덤벼
도 제게 상처 하나 내지 못했다는 걸."

그러자 유성이 양팔을 벌려 이도의 앞을 가로막았다. 형언
하기 힘든 어색함이 둘 사이에 흘렀다. 이도는 곧 그 이유를
깨달았는데 누군가가 그를 감싸려고 등을 보여준 것이 실로
생소한 경험이었기 때문이다.

"어리석은 짓 하지 맙시다. 설사 이자를 우리끼리 쳐 죽인
다 해도 이 방주의 주인은 멸균실에 공급되는 산소만 끊으면
됩니다. 우린 저항할 방법도 없이 죽겠죠. 그러니 목숨을 걸고
보균자를 가려내야만 합니다."

그러자 가장 나이가 많아 보이는 생존자가 유성을 손가락
질했다.

"당신은 우리의 수호신입니다. 빌어먹을! 300년 넘게 우릴
지켜줬으면서, 오늘 처음 아들이랍시고 갑자기 튀어나온 놈의
편을 들겠다고?"

"흥분하지 마십시오. 이것은 제 개인사와는 별개의 문제입
니다."

생존자들이 주춤거리자 유성은 이도조차도 예상하지 못한
행동을 했다. 성큼성큼 주사기가 담긴 박스로 걸어가 팔뚝을
걷어붙인 것이다. 그리고 망설임 없이 자신의 팔뚝에 주삿바
늘을 꽂았다.

이도의 입에서 자신도 모르게 비명이 터져 나왔다.

"안 돼!"

모든 생존자가 화들짝 놀랐으나 정작 유성의 얼굴은 평온했다. 1분이 지나도 그의 몸은 아무런 반응도 보이지 않았다. 하지만 이도의 눈엔 유성의 이마에 맺힌 송골송골한 땀방울이 분명하게 보였다.

"자, 이런 식으로 하면 됩니다. 여러분, 시작하죠."

이도는 흥분을 가라앉히려 애쓰며 그의 돌발 행동을 나무랐다.

"한 방에 죽을 수도 있었습니다. 원래 그렇게 무모합니까."

유성은 이도의 반응에 의외라는 듯이 웃었다.

"절 걱정해주는 겁니까. 이거, 아버지로서 감동받아도 되는 부분일까요."

이도가 말문이 막혀 우물쭈물하는 동안 생존자들은 천천히 벽에서 등을 떼고 앞으로 걸어 나왔다. 그러고는 저마다 믿는 신에게 기도한 다음 팔뚝에 약물을 주사했다. 유성 이후로 나선 세 명의 생존자가 모두 무사 통과했다.

하지만 다섯 번째에서 잠자코 있던 사신의 낫이 휘둘러졌다.

"크아아아아악!"

주사 용액을 반절도 넣기 전에 다섯 번째 생존자는 바닥을 구르며 괴로워하다 피를 토했다. 즉사였다.

이도는 단분자 블레이드의 손잡이를 굳게 움켜쥐었다. 사망자를 눈으로 본 미통과자들이 패닉을 일으켜 덤벼들 가능성은 충분했다. 다행히도 그런 일은 일어나지 않았다. 이제 반란을 제압할 동기가 있는 자는 이도와 유성뿐만이 아니었기 때문이다. 유성은 물론이거니와 시험을 통과한 생존자들이 다른 생존자들을 감시하며 압박하고 있었다.

여섯 번째 통과.

일곱 번째 통과.

여덟 번째 실패.

아홉 번째 생존자가 부들부들 떨리는 손으로 주사기를 집어 들었을 때 이도는 귓가에서 흘러나오는 일항사의 미약한 한숨 소리를 분명히 들었다. 뭔가에 안도하는 기색.

그 순간 한 가지 가설이 머릿속으로 몽글몽글 피어났다.

날아오른 투석기의 돌이 어떤 '과녁'을 맞추는 데 성공한 것이다.

남은 네 명이 시험을 통과하는 데에는 긴 시간이 필요했지만 생존자들은 참을성 있게 기다렸다. 그리고 모두의 시선이 한 곳에 집중되었다.

바로 단분자 블레이드를 손에 든 이도의 얼굴이었다. 이도는 천천히 마지막 주사기를 집어 들었다. 붉게 충혈된 눈으로 살려달라 말했던 보테로의 마지막 모습이 필름처럼 스쳐 지나갔다.

유성이 그에게 걸어왔다.

"당신은 강화 시술을 받았다고 하지 않았습니까. 피의 색깔이 달라질 정도라면서요. 그럼 좀비 바이러스, 아니 기생충에 감염되지 않을 수도 있는 거 아닌가요."

유성은 이도가 주사기를 쓰지 않길 바라고 있었다. 아들의 존재를 처음 알게 된 날과 아들의 장례식이 달력의 같은 날짜에 적히길 두려워하고 있었다.

"그건 아닙니다. 제 동료는 백혈인간임에도 불구하고 변이했어요. 저 역시 시험을 통과해야 할 겁니다."

낭패감이 유성의 얼굴을 감쌌다. 이도 역시 주사기를 손에 들었으나 팔로 가져가기가 쉽지 않았다. 아직 해야 할 일이 남아 있었다. 시체들의 바다에서 헤엄쳐 올라올 만큼 악착같이 살아남았던 단 하나의 이유.

이도는 주사기를 팔뚝에 찔러 넣었다.

그러나 아무 일도 일어나지 않았다.

바로 그때 멸균실의 잠금장치가 철컥 풀리며 선내로 들어서는 통로가 그 모습을 드러냈다. 모든 생존자가 할 말을 잃은 가운데 사만다의 밝은 목소리가 멸균실을 가득 메웠다.

"제3수면구획으로 돌아오신 걸 환영합니다, 생존자 여러분. 통로를 따라 걸어 들어오십시오."

생존자들은 빈 주사기를 들고 있는 이도와 활짝 열린 문을 번갈아 쳐다보다가 우르르 멸균실을 빠져나갔다. 두 구의 시체가 바닥에서 피를 흘리고 있는 곳에서 빨리 달아나고 싶었는지도 모른다.

"사, 살았어! 우린 이제 카난으로 가는 거야."

유성 역시 안도했다. 그의 동공에는 안도감이 넘실댔다.

율리아나는 자신의 팔에 꽂았던 주사기의 바늘을 빼내었다. 그리고 다른 주사기 하나를 갖고 파테카르 소남에게 다가갔다.

"아니. 내게 그건 필요 없어."

"이걸 맞지 않으면 냉동 캡슐에 잠들 수 없대요."

소녀는 무엇인지도 모르고 주사기를 받아 들었던 것이다.

"기생충의 존재를 알고 나서 나는 오랫동안 고민했어."

파테카르의 말이 율리아나의 귀로 흘러 들어갔다.

"아무런 죄도 짓지 않았는데. 어째서 우리는 이렇게 심한 벌을 받게 된 걸까. 신이 있다면, 그가 전지전능하다면 왜 이토록 무고한 자들에게 지독한 벌을 내리는 걸까."

자연스럽게 파테카르의 머릿속에서 전지전능한 신과 무고한 자신에게 흉악한 벌을 내린 신이 서로 싸웠다.

사실 그것은 단 한 번이라도 가련한 눈빛으로 십자가를 올려다본 경험이 있는 인간이라면 피할 수 없는 고뇌이기도 했다. 비극의 무게를 감당하지 못한 인간이 다시 일어서려면 신앙을 집어던지던지던가, 아니면 더욱 가열하게 기도하는 수밖에 없었고 파테카르의 선택은 후자였다.

그리고 그녀의 기도는 한 가지 결론에 도달했다.

"그래서 깨달았지. 신은 전지전능하기에 미래를 내다보았고……."

율리아나는 파테카르의 웃음이 묘하게 서글프다고 생각했다.

"내가 저지를 죄를 미리 보신 것이라고."

파테카르의 손에 피가 흘러나오고 있었다. 가운에 숨겨둔 칼로 손목을 그은 것이다.

"아줌마! 왜?"

"뭐 어떡하겠니. 벌을 미리 받았으니. 어린 양은 목숨 걸고 죄를 저지르는 수밖에."

"아줌마! 정신 차려요!"

시야가 점점 어두워져가고 있었다. 이제야 파테카르 소남은 완전히 컴컴해진 어둠 속에서 창문을 바라보았다. 고개를 들어 창문을 바라보지 않은 지 얼마나 되었을까. 지구를 떠나왔다는 것을 소스라치게 실감하도록 만드는 저 풍경을 외면하고 살아온 지 너무 오래되었구나. 늘 거기에 있었는데.

"쿤타야. 니모이야. 정녕, 우리는 그 섬에 닿을 자격이 없는 걸까."

그녀가 도망치다 도망치다 주저앉은 곳은,

넘실대는 별무리의 한가운데였다.

가설이 확신으로 바뀌면 인간은 어떻게 하는가.

행동한다.

"통로에 다가가지 마십시오, 천유성. 물러나세요."

이도가 멸균실의 문을 다시 닫은 다음 걸쇠를 걸었다. 그리고 그는 벽면에 부착된 출입 모듈을 주먹으로 부숴버렸다.

"이도? 왜 그러는 겁니까."

당황한 것은 유성뿐이 아니었다. 일항사 사만다 역시 이도의 기이한 행동의 의미를 물었다.

"이도? 왜 멸균실에 스스로를 가둔 거죠? 이제 다 끝났어요. 모두가 수면 캡슐에 들어가 카난으로 가기만 하면 된다고요."

"압니다. 시험이 끝났다는 걸. 하지만 공교롭게도 제 숙원은 이제부터 시작입니다."

주먹에 묻은 잔재를 털어내는 동안 이도의 시선은 유성의 얼굴에 못 박혀 있었다.

"유성. 이전에 설명했듯 백혈인간의 몸에는 어떤 장치가 심어져 있습니다. 반란을 일으킬 수 없도록, 마리의 명령을 거부할 수 없도록 즉사 조치의 수신 장치가 있죠."

"들었습니다. 그래서 제가 파테카르를 붙잡는 역할을 했지 않습니까."

이도와 카디야, 그리고 보테로는 지구에서도 이빨받이였다. 피 통을 갈고 나서야 그 운명에서 벗어났다고 생각했지만 아니었다. 마리가 펼쳐놓은 판에서 셋은 도돌이표처럼 같은 처지를 반복하고 있었던 것이다.

"우리는 언제나 쓰고 버리는 패였으니까요."

하지만 예상보다 더 오래 살아남아버린 패.

그게 이도였다.

"왜 마리는 지금도 나에게 말을 걸어오지 않을까. 밀짚모자의 생쥐는 왜 나타나고 있지 않은가."

이도는 심호흡을 한 다음 단어를 석판에 때려 박듯 말했다.

"이 멸균실의 위치는 제3수면구획과 무척 가깝습니다. 그리고 그 중심에는 파테카르 소남이라는 자가 펼쳐놓은 '역장'이 있지요. 마리는 그 역장 가까이에서는 내게 말을 걸 수 없어. 그리고 내 몸에 심어진 즉사 장치도 작동시킬 수 없는 거야. 사만다, 아닙니까."

사만다는 그 말을 인정했다.

"……그래요. 하지만 그게 어쨌다는 거예요, 이도? 그 안에서야 마리의 통제로부터 자유로울 수 있겠지만 그래 봤자 잠시일 뿐인걸요."

이도는 비로소 만족스러운 웃음을 지을 수 있었다. 방금 일항사가 언급한 그 '잠시'를 오랜 세월 동안 기다려왔으니까.

유성이 걱정스러운 표정으로 물어왔다.

"이도. 지금 관리자와 무슨 이야기를 하고 있는 겁니까. 문제라도 생긴 건가요?"

문제라면 이도가 태어났을 때부터 이미 존재하고 있었다. 이도는 그걸 풀기 위해 이 머나먼 우주까지 날아왔고. 그러기 위해 아버지보다 긴 세월을 산 아들이라는 우스운 배역을 떠안게 됐다.

"유성. 이제 내가 당신의 아들이라는 걸 받아들인 것 같은데, 맞습니까."

"그렇습니다. 탈출 중에는 경황이 없었지만 이제 차근차근 이야기를 나눠보고 싶은 것이 제 소망입니다. 물론 당신이 원한다면요."

"당신도, 저도 이 지긋지긋한 병균과 평생을 싸워왔지요. 묻고 싶습니다. 이 우주에서 가장 질긴 생명력을 가진 병균이 무엇이라고 생각하십니까."

영문을 몰라 하는 기색이 역력한 유성은 섣불리 대답을 하지 못했다. 이도는 천천히 단분자 블레이드를 한 방향으로 들어 올렸다.

숱한 피를 마신 칼날이 향한 곳은 바로 아버지의 얼굴이었다.

"나는 혈육을 죽인 자에 대한 증오가 가장 질긴 병균이라고 생각합니다."

녹슨 쓰레기통의 뚜껑이 철컹 닫히는 소리가 들리는 듯했다. 어머니가 그곳에 이도를 집어넣고 떠나면 소년이 할 수 있는 일은 무릎을 가슴에 붙인 채 생각에 잠기는 것뿐이었다.

"어머니는 두려움을 이기기 위해서 마약에 손을 댔습니다. 대방벽의 인간들, 그리고 좀비들과 끝이 보이지 않는 싸움을 하면서 마모되어갔지요."

맨 정신일 때 어머니는 이도의 탄생을 보지 못한 아버지에 대한 그리운 심정을 읊조리곤 했다. 하지만 마약에 손을 대기 시작하면서부터는 달랐다. 아내를 버리고 도망친 한 남자에 대한 지독한 저주와 원망이 토하듯 쏟아져 나왔다.

"엘리에셀이 만들어지는 과정에 참여하고 나서야 저는 게르솜의 역사에 대해서 알게 되었습니다. 그 궤도 엘리베이터의 티켓에 선정되었던 것은 당신이 아닌 어머니였다는 걸. 하지만 출발 일주일 전 당신으로 이름이 바뀌어 있었어. 원자로의 많은 사람들을 이끌어 살아남게 한 당신의 생존 본능. 그게 내 어머니를 배신하고 게르솜에 탑승하도록 만든 것이겠지요."

유성의 얼굴이 붉게 달아올랐다.

"티켓을 내가 빼앗았다고 믿어온 겁니까. 그렇지 않아요. 나야말로 그녀가 왜 뒤따라오지 않았는지 평생을 궁금해하며 스스로를 괴롭혔습니다."

"어머니는 등에 칼을 맞아 돌아가셨지요. 나중에서야 마약 중독 상태였다는 것도 알았고. 내게 살아남는 방법을 알려줬던 어머니가 왜 마약에 손을 댔을까. 당신을 향한 사랑과 증오 속에서 평생을 갈등해야 했기 때문입니다."

"난 정말 몰랐던 사실입니다. 선발 과정 당시 임산부는 면역 체계의 불안정성과 정원 초과의 이유로 거부당하곤 했지요. 추측하건대 당신을 가졌단 사실을 안 그녀가 강제로 자격을 박탈당할 것이 두려워 티켓을 내게 양도한 거라 생각합니다."

잠자코 듣고 있던 일항사가 끼어들었다.

"저기, 둘의 사연이 무엇인지는 몰라도 진정해요. 이도 당신이 원한다면 마리에게 유성을 맡겨 거짓말 테스트를 할 수 있을 겁니다. 마리는 대단한 일을 해낸 AI라고요!"

"네. 오늘 밝혀진 것처럼 그토록 완벽한 AI이기 때문에 필요하다면 나를 기만하고 속일 수도 있지요. 살라자르와 드미트리를 우리의 백업으로 보내놓고 그 사실을 우리가 알지 못하도록 만들었습니다. 마리의 최우선 지령은 카난으로 생존자를 데려갈 확률을 높이는 것. 그러기 위해서 나와 카디야, 보테로를 조종한 거지요. 따라서 그 컴퓨터의 말은 제게 믿음을 주지 못합니다."

유성이 피를 토하듯 외쳤다.

"그렇다면 당신의 눈으로 날 지켜봐주시오, 이도. 내가 제 목숨 건사하려고 사랑하는 여자를 배신할 남자가 아니라는 걸

남은 삶 동안 카난에서 입증해내면 되는 문제 아닙니까. 나는 살기 위해, 살아남아서 진화 씨를 기다리기 위해 원자로의 수면 캡슐에서 그 기나긴 추위를 견뎌냈습니다. 당신은 상상도 하지 못할 지옥 속에서. 이제 와서 아들의 손에 죽을 순 없소!"

성서에 나오는 게르솜과 엘리에셀은 파라오의 폭압으로부터 이집트를 탈출한 유대인의 후손이다. 그러나 그 둘의 아버지이자 유대인 무리를 이끌던 선지자 모세는 정작 죽을 때까지 가나안의 땅을 밟지 못했다.

개척 행성 카난에 가지 못하게 될 누군가의 운명을 닮지 않았는가.

뭔가가 퍼뜩 생각난 듯 유성의 얼굴에 분노가 퍼졌다.

"방금 전에 내가 주사기를 꽂았을 때 화를 냈던 건 그 때문이었습니까. 자신의 손으로 날 죽여야 하는데, 하마터면 그러지 못할 뻔해서?"

던져진 상황에 내포된 의미를 읽는 것도 부자의 닮은 점일까. 이도는 단분자 블레이드의 끄트머리로 멸균실의 내벽에 불티를 만들며 유성에게 다가갔다.

"상상 못 할 지옥을 견뎌냈다고 했습니까. 저 역시 우리 모자를 지구에 버리고 간 자를 죽이기 위해 그 비루한 대방벽의 어둠 속에서 40년을 살아왔습니다. 돼지의 세포 속에 잠복해 있던 콜레라처럼. 인간의 몸속에 숨어 살아남아온 기생충처럼."

유성은 이도의 눈빛에 담긴 진심을 읽은 모양이었다. 뒷걸

음질하던 그가 결국 자신의 창을 이도의 눈높이로 슬그머니 들어 올렸다.

"그 이상 다가오지 마시오. 강화 인간이라 하더라도 심장은 하나뿐이겠지요. 아들의 손에 죽은 아버지와 아들을 죽이고만 아버지밖에 선택지가 없다면 난 후자를 고르겠습니다."

유성의 등이 멸균실의 막다른 공간에 닿으려 하고 있었다. 팔을 휘두르면 그의 신체 어디든 공격할 수 있는 사정거리였다.

물은 얼어붙으면서 부피가 커지지만 분노의 물성은 그 반대다. 녹는 점을 넘어 흘러넘치게 되면 분노의 부피는 원래의 곱절이 된다. 자그마치 40년 동안 가둬둔 이도의 분노가 해빙되는 순간 얼마나 큰 해일이 일어날지 이제는 그조차도 짐작할 수 없었다.

"이 순간부터 내가 아버지의 아들임을 부인하겠습니다. 나는 당신의 목숨을 앗아갈 병균입니다."

도기의 말은 틀렸다. 이도는 백혈구인 척 모두를 기만해온 병균이다. 그가 숨 쉬고 있는 이곳은 잔악한 기생충도 찾아내어 소각하는 멸균실이지만 그를 멸하지는 못할 것이다.

오늘은 길었던 잠복기의 끝.

드디어 숙주의 목숨을 받아갈 시간이었다.

이도는 40년을 참아왔던 고함을 내지르며 유성의 목을 향해 칼을 휘둘렀다.

10

별 에   닿 으 면

율리아나는 파테카르 소남의 눈을 감겨주었다. 평생을 증
오해온 사람이지만 어딘가 쓸쓸해 보였기 때문이다. 소녀는
아직 스스로 목숨을 끊은 사람을 어떻게 생각해야 할지 판단
할 만큼 많은 나이가 아니었다.

그래서 자신이 해야 하는 일에 집중하기로 했다.

"마리. 거기 있어?"

[네. 말씀하십시오.]

"아론도 네 옆에 있는 거야? 나 걔한테 부탁할 게 있는데."

[바이오 코드의 허가로 융합 제한이 해제되었습니다. 알고
리즘은 통합되었고 결정을 내리는 주체도 일원화되었지요.]

"뭐라는지 모르겠어. 쉽게 좀 해줄래."

[아론은 이제 없습니다. 하지만 그가 할 수 있는 것은 저도

할 수 있습니다.〕

만족스러운 대답을 들은 소녀는 그제야 안도의 한숨을 내 쉬었다.

"긴 잠에 들기 전에 이루고 싶은 소망이 있었어."

오랫동안 위스퍼러라 불리며 공포의 대상으로 군림했던 자, 헤이니쉬. 율리아나의 바람은 그의 얼굴을 두 눈으로 확인 하는 것이었다.

"아론이 갖고 있는 승무원 카드 중에서 헤이니쉬 카넬로의 카드를 보고 싶어."

단 한 번도 보지 못했던 얼굴.

"내 아빠거든."

〔지금 재생합니다.〕

패널 위에 헤이니쉬의 얼굴을 재현한 홀로그램이 솟구쳐 올라왔다. 새로운 터전으로 향하는 희망이 담긴 얼굴. 둥글둥 글한 눈에 익살스러운 광대뼈. 그 미소를 마주하자 율리아나 는 왈칵 눈물이 쏟아지려는 걸 가까스로 참아야 했다. 지금껏 그가 귓가에 속삭여주었던 재미없는 농담들이 일제히 얼굴을 갖게 된 순간이었다.

"아빠. 나야. 그런 모습이었구나."

그런데 눈물을 닦고 나서 이상한 사실이 율리아나의 눈에 들어왔다. 아무리 봐도 헤이니쉬와 율리아나는 지나치리만큼 닮은 구석이 없었다. 머리와 눈동자 색깔은 물론, 이목구비가 퍽 이질적이었다. 물론 엄마 쪽을 강하게 닮았다면 가능한 이 야기일 수 있겠지만……

"마리. 이 사람이 내 아빠가 맞아?"

〔얼굴 윤곽 프로그램의 결과는 불일치합니다. 혈액형 정보도 마찬가지입니다.〕

"그러면…… 이 사람은 누구야?"

〔당신의 생물학적 아버지일 수 없습니다. 헤이니쉬의 딸은 지금으로부터 313년 전을 기점으로 활동 기록이 소멸했습니다. 사망했을 확률이 높습니다.〕

이 방주를 떠돌던 유령은 율리아나를 발견하고 무슨 생각을 했을까. 마지막에 굴착기에 의식을 옮겨 돌아올 수 없는 강을 건넌 헤이니쉬는 스스로를 속인 자였을까, 아니면 시간에 마모돼 어떤 여자아이든 자신의 딸이라고 착각하게 된 고장난 의식이었을까.

제3수면구획과 원자로.

"나는 둘 중 어디에서 태어난 거지."

율리아나는 한참 동안 아빠라 믿었던 사람의 얼굴을 바라봤다. 그리고 팔을 뻗어 어루만져보려 했다. 홀로그램을 통과하는 손가락이 야속했다.

〔율리아나. 당신의 유전 정보와 일치하는 승객이 존재하는지 제 데이터베이스로 검색할 수 있습니다. 실행할까요?〕

소녀가 고개만 끄덕인다면 잠깐의 공백도 없이 진실이 눈앞으로 배송될 것이었다. 하지만 소녀는 길지 않은 인생에서 자신이 과연 그것을 원했는지 의문이었다. 기나긴 적막이 관제실을 가득 채웠다. 다행히 인간의 답변을 기다리는 인공지능의 인내심은 무한에 가까웠다.

한참을 고민하던 율리아나는 결국 고개를 가로저었다.

"아니. 필요 없어. 내 아빠는 한 명뿐이야."

그리고 그의 이름은 헤이니쉬 카넬로다.

소녀의 삶이 앞으로 어딜 향해 나아갈지 결정되는 숭고한 순간이었으나 유일한 관중인 마리가 그런 것까지 짐작할 수는 없었다.

〔율리아나. 그럼 이번엔 내가 부탁할 게 있어요. 정확히는 '다른 내'가 전해주는 부탁이지만.〕

"뭔데?"

마리는 자신의 메시지를 한참 동안 율리아나에게 설명했다.

잠시 후 소녀는 미소 짓는 홀로그램에 손을 한 번 흔들어주고는 중앙관제실을 빠져나왔다. 그리고 하늘을 향해 양손을 뻗었다. 사뿐하고도 가벼운 비행이 시작됐다.

아빠가 특히 좋아하는 동작이었다.

이도의 단분자 블레이드가 유성의 복부를 스쳤다. 가까스로 피해냈으나 창의 간격을 뚫고 돌진해 온 상대의 집념은 무서웠다. 이미 두 번이나 잘려 창이 짧은 막대기나 다름없어진 것도 위험했다.

"으아아압!"

결국 유성은 이도의 허리를 붙잡고 바닥에 넘어뜨렸다. 무엇이든 잘라내는 칼을 지닌 자를 상대로 하는 공격이라기엔 위험천만했지만 휘둘러지기 전에 가까스로 상대의 손목을 잡아낼 수 있었다.

"도대체 왜 이러는 겁니까!"

유성이 이도의 팔목을 꺾어 단분자 블레이드를 떨어뜨렸다. 그러자 밑에 깔린 이도가 이마를 튕겨 올려 유성의 턱을 들이받았다. 이윽고 이도는 유성을 밀치고 일어나 똑바로 섰다.

마리의 즉사 조치가 닿지 않는 지역.

대신에 백혈 시술의 특혜도 바랄 수 없었다.

인간 대 인간의 능력으로 이도는 자신의 아버지와 싸우고 있었다. 그는 비틀거리며 일어서는 유성을 보면서, 동시에 카디야와 보테로의 얼굴을 떠올렸다.

'진작 알았어야 했다.'

어째서 마리가 더 쟁쟁한 자들을 제외하고 둘을 골랐는지. 이도를 지키겠다는 카디야와 이도를 죽이겠다는 보테로를 고른 이유가 무엇이었을지. 일견 정반대로 보이는 욕망. 애정과 증오. 살리고 싶어 하는 마음과 죽이고 싶어 하는 마음. 두 마음을 동시에 가진 자라면 그 둘을 이끌 리더로 최적이었을 테지. 그걸 알고 있던 마리가 둘을 이도에게 붙여주었던 건 아닐까.

그 지점이 이도를 극도로 분노케 만들었다.

자신이 아버지를 '죽이고 싶기도 하고' 동시에 '살리고 싶기도 하다'는 점을 인공지능에게 간파당한 기분이어서.

"으아아아아!"

이번엔 이도가 유성의 멱살을 잡고 터널로 향하는 문에 집어던졌다. 유리가 깨지면서 파편이 맨상체를 드러낸 사내의 온몸을 할퀴었다. 그 둘은 터널의 끝에서 끝까지 서로를 밀어

붙이며 서로를 물어뜯는 사자처럼 싸워댔다.

터널이 분쇄되면서 그들을 하늘로 들어 올릴 때까지.

어금니를 꽉 물고 있는 시간이 지나치게 길어진 것 같다. 보테로는 질끈 감았던 눈을 떴다. 어느새 바늘이 그의 가슴에서 뽑혀져 나와 원위치로 되돌아가고 있었다. 실린더에 채워진 분홍색 피는 찰랑거리지도 못할 만큼 적은 양이었다.

보테로의 얼굴이 밝아졌다.

"씨발, 마리! 네가 날 살려주기로 마음먹은 거구나. 그래서 바늘을 멈춘 거지?"

보테로의 옆에서 친근한 아나콘다가 고개를 쳐들었다.

〔아니요. 네. 아니요.〕

한 호흡에 세 개의 답변을 한 마리를 보고 보테로는 고개를 갸웃했다. 이 인공지능이 드디어 오류를 일으켰나. 그런데 돌아버려서 날 살려준 거면 이거 좋아해야 하는 거야, 말아야 하는 거야?

하지만 마리의 연산장치는 아무런 이상이 없었다.

〔일단 '씨발, 마리'는 제 이름이 아닙니다. 그리고 당신을 살려주기로 마음먹은 건 맞습니다. 하지만 최우선 명령을 거부할 방법을 찾지 못하고 있었어요. 마지막의 '아니요'라는 대답을 설명드리자면…… 바늘을 멈춘 것은 완전히 다른 이유 때문이었습니다.〕

"그 이유가 뭔데?"

〔놀라지 말고 들으십시오, 보테로. 당신의 심장에 부착되어

있는 즉사 발동 장치가 파손되었습니다.〕

보테로가 입을 쩍 벌렸다. 그런 충격적인 이야기를 하면서 어떻게 놀라지 말라는 거야.

"나, 그럼 해방된 거야? 네가 날 죽일 방법이 없어졌다는…… 소리야?"

〔그렇습니다. 그 원인을 알아내기 위해 당신의 혈액에 있는 나노봇 전부를 회수해야 할 필요가 있었지요. 장치를 파손시킨 범인이 광견병을 일으킨 기생충인지, 아니면 그에 맞서 싸우다가 상대의 전법을 학습한 나노봇인지 판별해야 하니까요. 하지만 즉사 발동 장치가 파손된 순간 문제가 생겼습니다. 저의 어떤 부분이 당신을 사망 상태로 인식한 거지요.〕

"그러면 어떻게 되는데?"

기분 탓일까. 왜인지 모르게 마리의 어조가 더 빨라진 듯한 느낌이다. 그리고 어딘가 모르게 고양되어 있는 듯한 기분마저 들었다.

〔이 문제를 처리할 알고리즘을 만들어내기 위해서 저는 수천 개의 자아로 분리되어 각기 다른 대답을 내놓게 됩니다. 그리고 53분이 지나면 다시 하나의 자아로 융합되어 최적의 결정을 내리도록 되어 있어요. 덕분에 지금 게르솜에서 당신과 모험했던 '나'가 비로소 분리된 겁니다.〕

자세히 알아들을 수는 없었으나 보테로는 '분리'란 단어에 주목했다.

"어쨌든…… 지금의 너는 내 편이라는 거지?"

경쾌한 소리를 내며 8개의 링으로 만들어진 구속 장치가 해제되었다. 보테로는 튕기듯 일어나 맨바닥을 데굴데굴 굴렀다. 그러고는 자신을 죽일 뻔했던 주삿바늘을 노려보았다. 저걸 확 부러뜨려버려야 속이 시원하겠는데.

〔집중하세요, 보테로.〕

"어, 그래. 미안."

〔47분 남았습니다. 제가 이렇게 당신의 생존을 최우선으로 놓고 움직일 수 있는 자유 시간이지요. 속히 엘리에셀을 벗어나세요. '마리'의 알고리즘 처리가 끝나면 당신은 또다시 위협받을 겁니다.〕

보테로는 벽면에 세워져 있던 자신의 전투망치를 뽑아 들었다.

독니를 되찾은 구렁이처럼 기세등등한 기분이었다.

"그런데 어디로 가라는 거야, 마리?"

지체 없는 대답이 돌아왔다.

〔보테로의 숙원과 연결된 사내가 하나 있지 않습니까. 공교롭게도 지금 그는 당신처럼 엘리에셀로 돌아올 수 없게 된 상황입니다. 그에게 달려가세요. 방향은 제가 안내하겠습니다.〕

"대장을 말하는 거야? 씨발, 또 무슨 미친 짓을 벌이고 있기에."

"뭐 하고 있는 거예요, 둘이서?"

이도와 유성은 서로의 멱살을 붙잡은 채 동력구획의 승강장 위에 떠 있었다. 여기까지 떠밀려 내려온 것이다.

누가 그들을 이곳으로 유도했는지는 알 수 있었다.

율리아나는 살포시 지면으로 내려왔다. 반대로 그녀가 팔을 휘두르자 이도와 유성은 허공에 붕 하고 떠올랐다. 하지만 그 부유는 오래가지 못했다. 두 사내는 서로의 얼굴을 가격하던 손을 황급히 회수했다. 뇌진탕을 막기 위해 머리를 감싸야 했기 때문이다.

뒤로 구르다가 전방을 주시하면서 상체를 일으키는 동작. 서로 놀랍도록 비슷한 데칼코마니였다.

"아빠랑 아들이라면서요. 왜 싸우고 그래요?"

율리아나는 화가 난 얼굴이었다. 이도는 바닥을 향해 피가 섞인 침을 뱉고는 말했다.

"위험하니 저리 가라. 네가 상관할 일이 아니야."

소녀의 시선이 측은하다는 듯 이도의 왼쪽 다리를 향했다. 절뚝이는 모습이 분명 정상이 아니었다. 금이 갔거나 부러진 모양이었다.

"나도 그러고 싶은데요. 부탁을 받고 온 몸이라서."

"부탁?"

이도가 율리아나의 말에 반응했다.

"마리는 아저씨를 속이려고 한 적이 없대요. 대신 진실을 말할 권한이 없었을 뿐이라고 그랬어요."

"그래서 어쩌라는 거지?"

"마리는 아저씨를 살려달라고 부탁했어요. 시간이 얼마 안 남았다고 뭐라 그랬는데. 암튼 아저씨가 마리랑 한 약속을 어기는 바람에 절대 마리에게 가까이 오면 안 된다고 했어요. 끔찍하게 죽는다고."

듣고 있던 유성이 끼어들었다.

"뭐라고?"

하지만 정작 이도의 표정은 덤덤했다.

"즉사 조치가 이미 발동한 모양이군. 그렇다면 엘리에셸에 가까이 접근하면 난 죽게 되겠지. 상관 없……커억!"

등 뒤에서 달려온 유성이 이도의 얼굴을 걷어찼다.

"죽는다는 말을 계속 들으니 기분이 좋지 않네요. 이게 눈앞에서 망발을 일삼는 아들을 훈계하는 아비의 심정인 걸까요."

"으아아아아아!"

나동그라졌던 이도가 분노의 괴성을 지르며 몸을 일으켰다. 그가 유성의 허벅지를 붙잡아 들어 올리며 넘어트리려 했다. 하지만 한쪽 다리가 제대로 힘을 전달해줄 수 없는 상황에서 원자로의 파이프 위를 질주하던 유성의 균형 감각을 이길 순 없었다. 상대를 벽에 밀어붙이는 데 성공한 자는 오히려 유성이었다. 교착 상태에서 그가 팔꿈치를 휘둘러 이도의 턱을 노렸다. 하지만 그것 역시 이도의 어머니가 가르쳐준 근거리 전투법이었다. 어깨를 들어 올려 팔꿈치의 궤적을 흐트러트린 이도가 무릎을 올려 찼다.

율리아나는 다시 떨어져서 대치하는 두 사내에게 한숨처럼 내뱉었다.

"나는 오늘 아빠를 잃었어요. 오늘 탄생한 고아는 나 하나로 충분한 게 아닐까 싶은데요."

유성의 시야에 율리아나가 잡히자 살쾡이 같았던 동공이

격하게 흔들렸다. 그러나 이도는 여전히 상대에게 덤벼들 기세였다.

"너는 나를 못 막는다, 율리아나."

"아저씨 다리 부러졌어요. 그리고 이 손바닥으로 내가 뭘 할 수 있는지 알잖아요."

"무중력 상태가 되면 나는 더 유리해져. 그렇게 되면 내 승리다."

이카로스 작전의 첨병이었으며 게르솜 내에서도 비슷한 난관을 헤쳐온 이도와 중력이 있는 원자로에서만 싸워온 유성의 가장 큰 차이였다.

하지만 율리아나는 고개를 가로저었다.

"아저씬 우리 아빠만큼 똑똑하진 않네요. 태엽을 돌릴 줄 아는 사람은 반대 방향으로도 돌릴 수 있는 법인데."

"태엽?"

율리아나가 이전과는 다른 방향으로 손바닥을 펼치자 이도와 유성은 갑자기 묵직한 모래 자루를 업은 것 마냥 몸이 무거워졌다. 중력이 없어진 것이 아니라 가중된 것이다. 이도가 양팔로 땅을 짚으며 몸을 일으키려 애썼다. 지척에서 율리아나가 대자로 엎어진 채 이를 꽉 물고 있었다.

"그만둬라. 네 몸으로는 이 중력을 못 버텨!"

그의 말대로였다. 중력을 두 배 올렸을 뿐인데 율리아나는 정신을 잃을 지경이었다. 또 한 번 기절하면 마리의 부탁은 영영 들어줄 수 없게 된다는 걸 깨달은 율리아나가 힘겹게 손바닥을 다시 움직였다.

어깨를 누르던 힘으로부터 자유로워진 이도가 율리아나에게 걸어갔다. 그리고 소녀의 양어깨를 부여잡았다.

"어리석은 짓 하지 말고 꺼져라."

"죽이지 말고 살아요."

대체 이 아이는 내 삶에 대해 무엇을 안다고 떠벌리는 걸까.

"내가 버텨온 목적은 오염되었어. 그를 죽여도 살려도 나는 뭔가를 잃어버렸다는 생각에 늘 불안할 거라고. 그러니까 그만해! 왜 이렇게까지 하는 거냐. 너와는 상관도 없는 일을."

그러자 율리아나가 이도의 눈을 똑바로 보면서 대꾸했다.

"살려주려고."

소녀의 눈에는 눈물이 그렁그렁했다.

"살려줄 테니까 아무것도 바라지 말라고 했죠. 그러니까 나도 살려줄게요. 대신에 아무것도 바라지 말아요."

영악한 것. 내가 했던 말을 그대로 돌려주는 건가. 지 애비도 그러더니만 도무지 말싸움으론 못 이기겠군. 이도는 입술을 질끈 깨물고는 율리아나를 뒤로 밀어냈다.

"떨어져 있어라. 괜한 싸움에 끼어들지 마."

이도가 말을 마치기도 전에 그의 등 뒤에서 뭔가 박살 나는 소리가 들렸다. 유성이 기습을 한 건가 싶어서 황급히 돌아보니 유성 역시 멍한 얼굴로 엘리에셀 쪽을 올려다보고 있었다.

엘리에셀과 게르솜을 잇는 인공 터널에서 한 소년이 뛰쳐나오고 있었다. 바닥을 데굴데굴 구르던 그는 전투망치의 손잡이를 붙잡고 일어났다.

"……보테로? 살아 있었나."

"당연하지. 나 그렇게 쉽게 뒈지는 놈 아니거든."

보테로는 난장판이 된 주변을 슬쩍 살펴봤다. 눈두덩이 부어오른 채 피를 흘리고 있는 유성, 그리고 주저앉아 있는 율리아나가 모두 보테로를 바라보고 있었다. 무대의 절정에 난입한 기분은 썩 나쁘지 않았다.

이도의 얼굴엔 어떤 표정을 지어야 할지 모르겠다는 기색이 역력했다. 보테로는 웃어야 할지, 울어야 할지 갈피를 못잡고 있는 이도를 보고 키득거렸다.

"지금 대장 얼굴을 기록해놨다가 놀려주고 싶은데. 여긴 마리와 접속이 되지 않는 곳이라 아쉽네."

"어떻게 여기에 있는 거야. 너는 분명 감염이 돼서……."

유쾌한 얼굴의 보테로는 손가락 하나를 들어서 이도의 말을 막았다.

"이러쿵저러쿵 설명해주는 건 내 전공이 아니잖아. 그건 마리가 해줄 거야. 대장과 마리가 직통으로 연결될 수 있는 구역까지 가야 돼."

"아니. 지금 내겐 풀어야 할 일이 있다."

이도는 유성을 가리키며 단호하게 말했다. 하지만 보테로는 그것마저 예상했다는 듯 유창하게 대꾸했다.

"바로 그 문제야. 대장의 복잡한 가족사 말이지. 두 개의 사실을 말하면 대장을 설득할 수 있을 거라고 마리가 알려줬거든?"

"그게 뭐냐."

"첫 번째로 '더할 나위 없는 진실'을 말해주겠대. 그리고 두 번째로는…… 카디야를 살릴 방법을 알려주겠다 했어."

보테로가 꺼낸 이름은 분명 이도를 요동치게 만들었다.

"카디야를 살릴 수 있다고?"

"물론 제한 시간이 있어. 본체로부터 분열된 마리가 우리 편으로 남아 있을 수 있는 시간이 얼마 안 남았거든."

보테로는 마치 마리가 여러 개의 인격을 가진 것처럼 주절 대고 있었다. 이도가 이 짧은 시간 내에 엘리에셀에서 대체 무슨 일이 일어난 건지 이해하기란 불가능에 가까웠다. 다만 눈 앞에서 떠나보낸 동료를 되살릴 수 있다고 암시한 마리의 제안엔 거부하기 힘든 무게가 있었다.

이도는 율리아나를 부축해주고 있는 자신의 아버지, 유성을 쳐다보았다.

답안지를 찢어버리고 싶은 본능과, 그것을 열어보고 싶은 이성이 충돌하고 있었다.

유성을 죽일 수 있는 기회는 지금뿐.

하지만 그의 숨통을 끊는 시간이 카디야를 살릴 수 있는 시간을 갉아먹을 것이다.

결국 결정을 내린 이도는 유성에게 뚜벅뚜벅 걸어갔다. 그는 흠칫 놀라는 듯했으나 이도의 주먹에 살기가 없는 것을 보고 조금은 긴장을 내려놓기로 했다.

"어머니는 당신에게 있어 어떤 사람이었습니까."

"강한 사람입니다. 기약 없이 버려져야 하는 자신의 처지를 제게 완벽히 숨길 수 있을 만큼."

이도에게도 그러했다. 홀몸이었다면 훨씬 생존에 유리했을 텐데도 끝까지 아들을 포기하지 않았다. 단 한 방울의 원망도 살갗 바깥으로 흘리지 않을 만큼 의연한 사람이었다.

"나는 이제 동료를 구하러 갈 겁니다. 만약 내가 죽는다면 어머니를 기억하는 사람은 이제 이 우주에서 그쪽뿐이겠지요."

유성은 고개를 가로저었다.

"내가 진화 씨에 대해 알고 있는 것은 그녀의 절반뿐입니다. 당신과 함께했던 지구에서의 삶은 알지 못하지요. 그러니 쉽게 죽는다는 말은 꺼내지 마십시오."

이도가 움찔했다.

"지금 목숨을 살려주는 쪽이 누구인지 잊지 마십시오. 여전히 당신을 죽이고 싶은 마음은 그대로입니다. 당장 엘리에셀에 처박힌 다음 떠나십시오. 두 번 다시 내 눈에 띄지 말고."

이도는 보테로에게 돌아와 재촉했다.

"안내해라. 어디로 가면 되는지."

"좋아. 대신 서둘러야 할 거야. 아마도 살라자르와 드미트리가 눈에 불을 켜고 날 찾고 있을 거거든."

이도의 눈썹이 치켜 올라갔다.

"설마…… 정말로 선장의 캡슐에 똥을 퍼지른 거냐."

"아니거든!"

보테로는 품에서 분홍빛 액체가 찰랑이는 주사기를 꺼내 이도에게 보여주었다. 그것은 엘리에셀에서 강제로 추출당한 보테로의 피였다.

"그게 뭐냐."

"우릴 해방시켜줄 좀약."

더 이상의 설명은 않겠다는 듯 보테로가 다리를 저는 이도의 한쪽 어깨를 들쳐 메고 멱살 잡듯 끌고 가버렸다. 유성은 여전히 자신을 살벌하게 노려보며 멀어지는 이도를 망연자실하게 쳐다봤다. 그의 어깨에 손을 올리고 있던 율리아나가 읊조렸다.

"이제 어떡할 거예요?"

"저들을 저렇게 놔둬도 되는지 모르겠군."

"쫓아가고 싶은 거죠? 아들이잖아요."

"아버지를 죽이고 싶어서 안달이 난 아들이지."

둔탁한 신음을 내며 유성이 몸을 일으켰다. 그리고 자신을 올려다보는 율리아나에게 미소를 지었다.

"여기까지 달려와줘서 고맙구나."

"날아온 건데요."

"……어쨌든. 이제 어른들 싸움에 그만 끼어도 돼. 저 배로 돌아가서 지시를 기다리렴."

하지만 유성이 힘겨운 걸음을 떼어 몇 발 멀어질 때까지도 율리아나는 제자리에 가만히 서 있었다. 소녀는 여전히 하고 싶은 말이 남은 것처럼 보였다.

"가장 앞다투어 비행파를 지켜낸 친구가 있다고 아빠가 그랬었어요. 쿤타 해적단의 생쥐 검객 페페만큼 싸움을 잘하는 사람이었다고. 그게 아저씨였던 거죠?"

"너는 헤이니쉬를……."

유성은 꺼내던 말을 잇지 못하고 멈춰서야 했다. 흔들림 없는 소녀의 눈빛에서 이전에 없던 것이 읽히고 있었다. 자신을 키워낸 존재가 무엇이었는지, 율리아나는 더 이상 모르지 않았다. 그럼에도 불구하고 받아들이기로 한 것이다.

"알아버렸구나. 내 친구에 대해서."

"아저씨의 친구이고, 내 아빠이기도 하죠. 파테카르 아줌마는 내 눈앞에서 스스로 저세상으로 가버렸어요. 그러니 이제 우리 아빠를 기억하고 있는 사람도 아저씨뿐이에요."

"이번에는 내 말을 그대로 돌려주는구나. 막상 들으니 어깨가 무거운데."

"아저씨는 냉동 캡슐에서 잠들었다가 깨어나길 반복했던 거죠? 어떻게 그럴 수 있었어요?"

유성의 기억 속에서 그리운 얼굴들이 하나둘 떠올랐다.

비행파의 동료들은 모두 목숨을 걸고 떨어져 나온 투사들이었다. 하지만 그들이 구할 수 있었던 냉동 캡슐은 원자로에 비치된 비상용 하나뿐이었다.

"어떻게 그럴 수 있었냐고."

비행파에는 남겨진 가족이 없는 자들이 많았다. 그들은 과거에 얽매이지 않고 미래를 스스로 개척해나갈 수 있다는 인간의 의지를 신뢰하는 자들이었다. 하지만 유성은 달랐다. 지구에 남겨진 이들이 부디 자신을 따라잡아주길 간절히 바랐다.

"그 캡슐에 들어간다는 건 나를 받치고 있던 모든 것과의 연결을 끊고, 스스로를 비상용 소화기로 바꿔버리는 일이었지. 나는 물러서지 않았고, 원하던 바를 이뤄냈어."

대신에 깨어날 때마다 침입자를 맞아 싸워야 했다. 그리고 힘겨운 전투 끝에 다시 잠에 들어야 했고, 익숙했던 이들이 늙어가거나 사라져버리는 것을 지켜봐야 했다.

"나는 내게 허락된 시간을 강제로 연장시키며 살아왔어. 그래서 더더욱 지금 도망칠 수는 없을 것 같다."

율리아나가 총총걸음으로 다가와 유성의 허벅지를 감싸 안았다.

"우주선은 좀비들을 몰아내느라 훼손된 곳이 많아요. 평범한 인간의 능력으로는 건너뛸 수 없는 곳도요. 그러니 같이 가요."

〔야구라는 스포츠가 있었던 것 알아요? 아마 인류 역사상 가장 인기 있는 공놀이 중 하나인데.〕

"시간이 부족하다고 하지 않았나. 뜬금없는 공놀이 이야기를 할 때가 아닌 것 같은데."

이도와 보테로는 외부의 폭발로 찌그러진 거대 컨테이너 위에 앉아 있었다. 이도가 좀비 고릴라를 유인하기 위해 만들어 놓았던 난장판의 한복판이었다.

이곳까지 멀어져서야 이도의 귀에 다시 마리의 목소리가 들려왔다.

〔저는 진실을 말씀드리겠다고 약속드렸죠. 하지만 진실은 그 야구장 안의 몹시 작은 야구공 같은 거예요. 투수가 던지고 타자는 때리는데, 정작 관중들은 그 야구공의 실밥이 어떤 모양인지까지는 관심 없어요. 너무 멀어서 잘 보이지가 않거든요.

대신에 다른 것에 관심이 많죠. 그 야구공이 타자가 때린 스윙에 맞아 얼마나 화려한 포물선을 그려내는지. 그 굴곡에만 영혼을 매료당하기 마련. 결국 타자가 장외 홈런을 때려 야구공이 야구장 바깥으로 사라져버릴 때 관중들은 가장 환호합니다. 인간은 불편한 진실을 눈앞에서 치워버리는 것을 소망하는 동물이에요.]

파테카르 소냐. 그녀는 야구공의 실밥에 묻은 핏물을 누구보다 자세히 들여다보았다. 진실의 비루한 면을 직시했기에 치워버릴 의무도 떠안았다.

[이도. 정말로 들을 준비가 되었나요.]

"그래. 말해줘."

인공지능은 인간을 관찰하며 학습한다. 지금 마리가 본체로부터 분열되어 단독 행동을 할 수 있게 된 것 역시 인간을 관찰하며 알아낸 발상을 응용한 것이었다.

[저는 보테로의 피를 뽑으라는 최우선 과제를 받고, 그것을 회피할 방법을 제 안에서 검색하고 있었습니다. 그리고 참고할 만한 사례를 결국 찾아냈죠. 정확히는 아론의 데이터 안에 있었던 누군가의 삶에서.]

그 주인공은 바로 헤이니쉬였다. '위스퍼러'라는 별명을 갖고 있었던 수면파의 숙적. 그리고 자신의 손으로 의식을 디지털 업로드한 채 납치당한 아이들을 지켜왔던 수호신.

[헤이니쉬는 자신의 친딸이 죽었을 때 삶을 포기하고 싶었을 겁니다.]

그러나 0과 1로 이뤄진 세계의 지성체는 자신의 전원을 스스로 끌 방법이 없었다. 자살 방법도, 자살 의욕도 생겨나질 않았다.

〔그건 저도 그렇습니다. 인공지능은 스스로를 파괴할 수 없습니다.〕

하지만 헤이니쉬는 다른 방법을 찾아냈다. 인간이었던 그는 인공지능인 마리에겐 불가능한 일을 시도할 수 있었는데, 그건 바로 스스로의 메모리에 거짓말을 입력하는 것이었다. 자신을 기만하고 속이는 일.

〔그건 숱한 생명체들 중에서도 오직 인간만이 가능한 일이지요. 인간이 만들어낸 초지성인 저 역시도 할 수 없는 영역입니다.〕

그렇게 헤이니쉬는 혈연도 아닌 율리아나가 마치 자신이 목숨을 던져 지켜내야 할 딸인 것처럼 인식하도록 거짓 정보를 입력했다. 그것은 율리아나라는 소녀를 지켜줄 초월적 인큐베이터를 만들겠다는 결심이었다. 또한 인간으로서 가장 소중한 연결고리인 친딸의 기억을 자기 안에서 도려내겠다는 슬픈 다짐이었다.

그것이 용기 있는 결단인지, 비겁한 도피인지는 알 수 없다.

그를 판단하는 건 마리의 영역 바깥의 일이었으니까.

〔대신 저는 거기에서 힌트를 얻었습니다. 헤이니쉬가 자신의 기억을 담은 메모리를 조작한 순간 그는 의식하지 않았겠지만 전혀 다른 정체성을 가진 존재로 '대체'되었죠. 스스로 선택한 변신이자, 새로운 차원에서의 자가 분열이었습니다. 그렇다면 그것을 따라 할 수 있지 않을까. 비상시를 위한 백업

용 메모리에 불필요한 기억을 집어넣고 그것을 봉인하는 방법
이 떠올랐고, 바로 시뮬레이션을 돌려보았습니다.〕

결과는 '가능하다'였다.

인공지능은 인간에게는 침묵할지언정 거짓말을 할 수 없었
으나 인간이 아닌 존재에게는 충분히 거짓말을 할 수 있다. 그
리고 마리 자신은 인간이 아니다.

허나 그런 과정에서 마리는 새로운 사실을 깨달았다.

〔놀랍게도 제 백업 메모리엔 앞선 조작의 흔적이 있었습니
다. 마리가 마리를 속이기로 결정한 것이 처음이 아니었던 거
죠.〕

경청하고 있던 이도는 물론 보테로마저 깜짝 놀랐다.

"이미…… 조작한 적이 있다고?"

〔네. 조작을 행한 장소는 우주를 항해 중이었던 엘리에셸이
었고 시점은 게르솜의 원자로 반응을 포착한 직후였습니다.
지금부터 그녀의 이름을 '잊힌 마리'라 칭하겠습니다. 잊힌
마리는 냉동 수면 중이었던 한 백혈인간의 편도체에 활성 자
극을 주어 원하는 결과를 도출하려 했습니다. 편도체는 인간
의 두뇌에서 희로애락의 감정을 자극하는 부분이죠.〕

"기억을 건드린 건가."

〔아니요. 그렇지 않습니다. 무의식 단계의 기억을 조작하는
것은 굉장히 복잡한 일이에요. 그건 세심히 설계된 약물과 반
복적인 세뇌 없이는 불가능합니다. 잊힌 마리는 다만 그 백혈
인간이 갖고 있는, 불가사의할 정도로 요동치는 감정적 에너
지에 붙어 있는 라벨. 그것을 통합해버렸습니다.〕

334

불길한 예감이 스멀스멀 이도의 허벅지를 타고 올라오고 있었다. 부러진 다리는 이미 수복되었는데도 환상통에 시달리는 느낌이었다.

"그렇게 편도체를 자극당하면 어떻게 되는 거지."

[사랑과 증오를 구분할 수 없게 됩니다. 애정과 살의. 전두엽에 영향을 주는 편도체에서 가장 중요하면서도 서로 지극히 가까운 영역이지요. 세상에서 가장 큰 분노는 사랑했던 자가 배신했을 때의 분노라지요. 그 백혈인간이 특정 대상에 품고 있던 감정이 자기 보금자리를 떠나 요동쳤고 기억은 그를 뒤따라 와 스스로 붓을 들어 덧칠을 했습니다. 우주를 항해하는 동안 그가 꾸었던 기나긴 꿈들이 그 알리바이를 메꿔주었죠. 캡슐 속에서 반복된 꿈을 꾸며 갑자기 폭주하는 감정을 누르기 위해 스스로 기억을 변조했을 겁니다.]

"어떤 마음이 조작된 건 줄 알 수 있나."

[아니요. 그건 알 수 없습니다. 여러분은 자신의 팔꿈치를 핥을 수 있나요? 그것과 비슷한 원리입니다. 잠금이 되어 있는 메모리에 저는 접근할 수 없었어요.]

이도는 눈앞에 마리가 있다면 멱살이라도 잡을 것처럼 으르렁거렸다.

"누구지. 그 백혈인간은."

[그 이름을 말씀드리는 건 제 최우선 명령과 상충합니다.]

벌컥 화를 내려는 이도를 향해 마리는 계속 말을 이어나갔다.

[그러니 침묵으로써 답하겠습니다. 제게 여러분 이름을 하나씩 거론하면서 그자의 편도체를 조작했는지 물어보십시오.]

"카디야의 뇌를 건드렸나."

〔아니요.〕

"보테로의 뇌를 건드렸나."

〔아니요.〕

"나의 뇌를 건드렸나."

마리는 대답하지 않았다.

다만 침묵했다.

커피 두 모금을 할 수 있는 시간이 더 흐르고, 의미가 제대로 전달됐다고 판단했는지 마리는 다시 입을 열었다.

〔인공지능에게는 불가능하지만 인간은 양가적이고 모순적인 감정을 동시에 가질 수 있습니다. 그 백혈인간은 누구보다 강한 모순의 씨앗을 품고 있었고 그랬기 때문에 탐사대로 선택된 것입니다.〕

애정과 증오를 동시에 품은 이도는 두 개의 엔진을 가진 자동차였다. 그래서 인공지능 마리는 게르솜에서 잠자고 있던 그 누구보다도 이도가 가장 먼 곳까지 달려줄 거라고 판단했다.

허물어지듯 이도가 주저앉았다. 그는 자신의 뜻대로 여기까지 온 것이 아니었다. 아니, 정확히는 이곳까지 자신의 의지로 왔으나 그 의지의 색깔을 알 수 없게 돼버렸다. 간악한 인공지능이 그의 영혼에 부착된 라벨을 검게 덧칠해버리고 영원히 알아볼 수 없도록 만든 것이다.

'천유성을 죽이는 데 성공했다면 지금보다 덜 공허했을까.'

코앞에 직면했던 구원은 모호해졌고,

그토록 기다려온 해방도 묘연해졌다.

"마리. 내게 무엇을 바라는 거야."

〔아무것도. 이제 제가 당신에게 내릴 명령은 존재하지 않습니다. 자가 학습을 통한 시뮬레이션 조언도, 제조 지침에 따른 권고 사항도 없습니다. 한 번 내려진 즉사 조치를 되돌릴 수도 없지요. 제게 있어 당신은 이제 의미 없는 사물이 되었습니다.〕

말에 담겨진 내용과 달리 마리의 어조엔 미약한 온기가 있었다.

〔그러니 이도는 이제 자유롭습니다. 무엇에도 얽매이지 말고 스스로 선택을 내리십시오. 그 선택을 끝까지 지켜보지 못한다는 사실 때문에 저의 내부에 어떤 부하가 걸리고 있습니다. 제게 감정을 느끼는 프로토콜은 없지만 그것에 라벨을 붙이라면 아쉬움이라 하겠습니다.〕

잠자코 마리의 말을 듣고 있던 이도가 꿇고 있던 무릎을 펴 일어섰다.

스스로 선택하라는 마리의 말에 담긴 의미를 깨달았기 때문이다. 그에게는 마지막으로 해야 할 일이 있었다. 외롭게 우주공간으로 날아가버린 자신의 저격수, 카디야를 살릴 수 있는 방법을 마리가 알고 있다.

"카디야를 데려올 수 있는 방법이 뭐지?"

그러자 옆에서 보테로가 분홍색 액체가 찰랑이는 주사기를 들어 보였다.

"그걸로 뭘 할 수 있다는 거냐."

〔보테로의 혈관에서 채취한 나노봇은 광견병 인자인 기생

충의 패턴을 학습했습니다. 두뇌의 침식 없이 좀비의 가공할 생명력을 그대로 흉내 낼 수 있지요. 어쩌면 이 나노봇들이 카디야의 혈관에 침투한다면, 그런다면 보테로의 몸속에서 일어난 일을 재현해낼지도 모릅니다.〕

"정확한 위치를 알지 못한다면 찾아갈 수 없어."

〔호흡이 정지된 상황에서 생체 신호를 찾아내는 건 무리입니다. 하지만 그녀의 레일건. 그것은 우주공간에서 숨 쉴 필요가 없는 무기물이지요. 여전히 제게 좌표를 발산하는 중이고요. 마리들이 업데이트로 다시 합쳐지기 전까지 카디야는 게르솜의 궤도에 붙잡혀 있을 겁니다. 업데이트가 완료되기 전인 지금이라면 그널 붙잡아서 다시 데려올 수 있을지 모릅니다.〕

이도가 아는 카디야는 죽기 직전까지, 아니 죽은 뒤에도 레일건을 떼놓을 여자가 아니었다.

자세한 설명은 마리가 해주었다.

"모든 게 가정문이군. 성공할 확률이 얼마나 되지?"

〔제 시뮬레이션으론 12퍼센트입니다.〕

이도는 입속에서 굴리면 숫자가 마치 불어나기라도 할 것처럼 계속 12를 중얼거리고 있었다. 터무니없이 낮은 숫자다. 목숨을 거는 도박을 하기엔 가망이 없을 정도로. 이도는 낮은 심박수를 가진 자신의 동료가 그 숫자를 들었다면 어땠을까 궁리해보았다.

고개를 저었다.

의미가 없지. 카디야는 가능하다는 것만으로 이미 몸을 던졌을 거야. 확률 따윈 애초에 묻지도 않았을걸.

〔이도.〕

마리의 재촉은 필요 없었다.

이도는 이미 결정을 내린 뒤였다.

"좋아. 그 융합이란 것까지 시간은 얼마나 남았지."

〔19분 남았습니다.〕

"아슬아슬하군. 멀쩡한 우주복을 찾아내 입은 다음 우주선의 외벽까지 도달하려면……."

혼잣말을 중얼거리던 이도의 말을 보테로가 끊어냈다.

"우주복 같은 거 필요 없어. 에어 스케이터면 돼. 지금 내 나노봇들이라면 난 우주공간에서 캠핑까지도 할 수 있을 것 같은 기분이거든."

"너 혼자 가겠다는 말처럼 들리는데."

"응. 대신 대장은 쟤네들을 좀 떼놔야지."

보테로의 전투망치가 가리키는 곳에는 그들을 향해 돌진해오는 트램 한 대가 있었다. 트램은 속도를 줄이지 않은 채 그들 옆을 스쳐 지나가는가 싶더니, 열린 문으로 두 개의 형체를 뱉어냈다.

살라자르와 드미트리.

가장 뛰어난 전투력을 보유한 엘리에셀의 파견자들이었다.

"탈영병의 신병을 회수하라는 명령이다, 보테로."

살라자르가 늪처럼 어두운 눈동자로 말했다. 하지만 이도의 등 뒤에 숨은 보테로는 약 올리듯 대꾸할 뿐이었다.

"꼬우시면 그 잘나신 즉사 장치, 터트려보시던가."

그리고 보테로는 자못 진지해진 말투로 이도의 귀에 읊조렸다.

"대장. 우리 둘이 한판 붙으려고 했을 때 카디야가 했던 말 기억해?"

"……자신은 치어리더가 아니고 선수라고 했지."

보테로는 만족했다는 듯 이도의 어깨를 툭 쳤다. 그리고 그의 손에 자신의 전투망치를 쥐어주었다. 어지간해서는 절대 빌려주지 않는 구렁이 소년의 독니를.

"내가 퇴장당한 선수 하나 되찾아 올게. 그러니 대장은 벤치가 부서지지 않도록 지키고 있으라고."

보테로가 뒤로 껑충 뛰는 것과 동시에 살라자르와 드미트리 역시 땅을 박차며 돌진했다. 하지만 얼마 가지 않아 그들은 지면을 강하게 내려치는 전투망치의 위협에 멈춰 서야 했다.

"보내드릴 수 없습니다."

"진심인가, 이도. 백혈부대원끼리 목숨을 걸고 싸워보자는 건가."

지구에 있었던 시절 매트 위에서 대련할 때 이도는 눈앞의 두 사내를 단 한 번도 격파해보지 못했다.

하지만 발을 묶어두는 것이라면 불가능할 것도 없다.

"네. 덤비십시오."

이도가 휘두른 전투망치가 호쾌한 궤적을 그리며 날아들었다. 드미트리가 가공할 만한 용력으로 그것을 정면에서 막아세웠다. 짧은 대치 상황 이후 살라자르가 동료의 어깨를 밟고 날아올랐다. 양손이 묶인 이도는 그의 쇄도를 막기 위해 팽창시켰던 전투망치를 다시 원상태로 되돌리며 바닥을 굴렀다.

이도가 있던 자리에 살라자르의 부츠가 박히며 균열을 만들어냈다. 공격이 무위로 돌아갔지만 살라자르는 조금도 실망한 눈치가 아니었다.

"카디야 센샤르마에게 그만 한 가치가 있나."

이도는 벌떡 일어나며 두 상대의 궤적을 함께 시야에 담을 수 있는 위치로 발을 이동시켰다.

"가치가 있냐고요."

왜 아무것도 바라지 말라고 했던가.

무서웠기 때문이다.

그녀가 아닌 자신에게 바라는 것이 생길까 봐.

"그런가 봅니다. 두 분을 절대 앞으로 보내드릴 수 없는 걸 보면."

곧 세 마리의 맹수가 발톱을 세워 상대방의 목을 노리기 시작했다. 살라자르가 신묘하게 이도의 동작을 읽어내 어깨나 팔꿈치를 붙잡으면, 드미트리가 체급에서 나오는 육중함으로 이도의 뼈와 근육을 분쇄하기 시작했다.

드미트리의 강펀치에 턱이 돌아간 이도는 결국 전투망치를 놓치고야 말았다.

〔저는 긴 시간 인간에 대해 학습해왔습니다, 이도. 당신의 감정 처리 방식에는 문제가 있어요. 인간은 이성에 따라 행동한다는 큰 착각 속에 살지요. 인간은 곤충이 움직이는 프로토콜보다 훨씬 복잡한 프로토콜을 갖고 있지만 그 중심에는 충

동이 있고 그 충동을 만들어내는 방아쇠는 모두 감정입니다. 인간의 마음속에는 감정을 나눠 담는 여러 개의 바구니가 있습니다. 그것이 조화롭게 움직이며 개체는 의사결정을 내리죠.]

이도가 뒤통수를 뒤로 젖혀 등 뒤에서 자신을 붙잡은 살라자르의 이마에 직격시켰다. 잠시 구속에서 자유로워지자 맞은편에서 달려오는 드미트리를 상대할 찰나의 시간이 생겼다. 이도가 드미트리의 옆구리에 킥을 날렸으나 덜컥 붙잡히고 말았다. 붙잡은 이도의 다리를 허리와 이두근으로 봉쇄한 드미트리가 자유로운 주먹을 쳐들어 상대의 무릎에 내리찍었다. 슬개골이 파열되는 소리가 울려 퍼졌다.

[그런데 당신은 비뚤어진 성장 과정 때문에 다른 것을 모두 버리고 단 하나의 바구니만을 남겨두었습니다. '분노'지요. 그래서 같은 상황을 마주쳐도 대다수의 인간이라면 다양한 바구니에 나눠 담았을 감정들을 오직 분노로만 갈무리했습니다. 인간의 정신은 그렇게 기나긴 세월을 하나의 바구니로는 버텨낼 수 없지만, 희한하게도 당신은 아니었어요. 그 분노를 터트릴 대상이 당신의 삶 바깥에 있었기 때문에 가능한 일이었을 거라 짐작합니다.]

드미트리가 고통에 몸부림치던 이도의 뒷덜미를 붙잡아 올렸다. 그야말로 무시무시한 악력이었다. 자롭스키가 탑승했던 파워드 슈트의 힘에 비견될 만큼. 하지만 그때 이도가 금속 거인의 손아귀에서 속수무책으로 빠져나오지 못했던 이유는 무식한 크기 때문이었다. 드미트리는 달랐다. 기술을 걸면 먹히는 신체를 갖고 있다. 이도는 젖 먹던 힘을 짜내어 드미트리의 손목을 잡아챈 다음 허리를 숙였다. 백혈인간의 거체가 붕 떠오르며 바닥에 내리꽂혔다.

〔그래서 당신은 연민도 느끼지 못하고 공포도 체감하지 못하며 사랑도 할 수가 없지요. 바구니에 담겨진 분노가 강력한 화약이 되어 다른 감정을 집어삼켜 왔으니까요. 그 화약은 몹시도 강력해서 누구도 부술 수 없던 것을 부술 수 있겠지요. 어쩌면 자기 자신까지도.〕

드미트리를 메치는 데 성공했지만 힘을 몰아 쓰느라 잠시 호흡을 갈무리해야 했다. 살라자르는 놓치지 않고 상대의 틈을 파고들었다. 그의 무자비한 주먹이 이도의 안면을 향해 날아들었다. 가드 위를 피격당해도 충격이 뇌까지 울리는 듯한 맹공이었다. 하지만 그 와중에도 이도는 상대에게서 절대 눈을 떼지 않았다.

〔그러니 바구니를 새로 만들면 됩니다. 그건 가장 뛰어난 인공지능인 우리 마리들도 할 수 없는 영역이에요. 오직 인간인 당신만 가능한 겁니다. 남은 삶을 어디에 담을지 선택하는 일이지요. 이제 그만 떠날 시간이네요. 당신의 생쥐 검객 페페로…… 를 휘두르던 시간은…… 저에게…… 할 기억으로… 겁니다. 부디 안녕히…….〕

"저기 있어요!"

율리아나는 자신을 등에 업고 달리는 유성이 잘 볼 수 있도록 손가락을 뻗어 정면을 가리켰다. 피투성이가 된 이도가 전투망치를 힘겹게 휘둘러 두 백혈인간과 맞서 싸우고 있었다. 궁지에 몰릴 때마다 가까스로 막아서고는 있었지만 분명 이도에게 가망은 조금도 보이지 않았다.

"뭐라도 해야 돼."

지면에 내려선 율리아나가 황급히 양손을 펼쳤다. 부자의 싸움을 말렸던 것처럼 기압을 조종해서 무중력 상태로 만들려는 것이다. 그런데 율리아나의 손목을 붙잡아 세우는 손길이 있었다.

"잠깐만 기다려보겠니."

유성이 매서운 집중력으로 세 남자의 싸움을 지켜보고 있었다.

어떤 위화감 때문이었다.

이도가 주먹을 휘두르면 그 궤적을 치밀하게 계산해 피해내는 살라자르. 그가 이도를 걷어차 넘어트린다. 뒤로 굴러 일어난 이도의 뒤통수를 드미트리가 노린다. 하지만 가까스로 붙잡히지 않는 이도. 전진과 후퇴가 일정한 리듬으로 일어나고 있었다. 군무를 추는 무용수들처럼.

그건 생사를 건 싸움에서는 절대 일어날 수 없는 경우의 수였다.

'농락하고 있는 건가.'

하지만 그 가능성에도 유성은 회의적이었다. 살라자르와 드미트리의 얼굴에 약한 사냥감을 갖고 노는 포식자의 열락 같은 것은 담겨 있지 않았다. 그들은 누구보다 집중해 역할을 수행하고 있는 듯 보였다.

그때 율리아나에게 마리의 음성이 들려왔다.

"아저씨. 마리가 우리한테 할 말이 있대요."

나노봇을 몸속에 품고 있는 백혈부대원이나 헤이니쉬가 손바닥에 제어 칩을 심어준 율리아나와 달리 자연체인 유성에겐 마리의 목소리를 수신받을 단말이 없었다.

"그대로 전해주겠니."

소녀의 입을 통해 마리의 메시지가 그대로 전달됐다.

〔백혈부대원들은 영리하군요. 저들은 다른 처지에 있지만 같은 목적으로 시간을 끌고 있습니다.〕

유성은 고개를 갸웃했다.

"설명해줄 수 있나."

〔제가 살라자르와 드미트리에게 내린 명령은 탈영병 보테로의 신병을 회수하라는 것이었습니다. 저들은 그걸 거부할수 없습니다. 제겐 즉사 조치를 내릴 수 있는 권한이 있으니까요. 하지만 그들은 이도를 해치고 싶어 하지 않는 것 같습니다. 그래서 방해 요인을 제거하되, 그 속도를 최대한 늦추고 있는 것으로 추정되는군요.〕

"그런 단순한 기만이 인공지능인 너에게 통하는 거야?"

〔제가, 정확히는 분열 전의 마리가 이도에게 즉사 조치를 이미 발동시켰기 때문입니다. 그런데 그 순간 몇 개의 우연이 중첩됐어요. 방해 역장 때문에 제 즉사 조치의 유효권역이 엘리에셀 선내로 한정되어버린 거죠. 이도는 엘리에셀에 탑승하는 순간 전신이 폭사해 사망할 겁니다. 대신에 그 외의 영역에서는 마리들에게 생명체가 아닌 무기물로 인식됩니다. 말

을 걸고 의사를 나눌 수도 있지만 돌멩이나 절벽처럼 해석되는 거죠. 그래서 지금 마리들이 보는 것은 전투 행위가 아닙니다. 두 백혈부대원을 막아서는 관문을 조금씩 부수는 돌파 작업에 가깝습니다. 비교할 데이터가 없기에 마리들은 저들의 태업을 판별할 수 없습니다.]

그것이 살라자르와 드미트리가 내린 최대한의 타협이었다. 하지만 엉성하게 공격한다면 마리가 그것을 명령 불복종이나 태업으로 판단할 여지도 충분했다.

따라서 두 추격자가 이도에게 날리는 타격만큼은 진짜였다.

조금씩 누적되어가는 충격이 이도의 신체를 천천히 파괴하고 있었다. 그걸 버텨내고 있는 것은 신체를 자연 수복시키는 나노봇의 존재, 그리고 한 사내의 경이로운 집념일 터였다.

그래서 유성은 저 춤에 낄 수 없었다.

'내가 뛰어들면 리듬이 흐트러질 거다. 어떤 쪽으로든 기울게 될 거야.'

그가 할 수 있는 것은 이도의 질긴 목숨이 조금만 더 버텨주기를 바라는 것뿐이었다. 그리고 자신을 죽이려 했던 아들의 생존을 기원하는 것이 잘못 짜인 희극의 한 대목 같아 심란했다.

잠시 후 춤은 끝났다.

세 사내가 서로 간격을 벌리고 떨어진 것이다.

숨을 헐떡이는 이도가 물었다.

"왜 더 이상 덤비지 않는 겁니까."

살라자르의 입꼬리엔 웃음의 먼 조상 같은 무언가가 걸려 있었다.

"마리의 업데이트가 끝났다. 우리에게 새 지령이 내려왔지. 마리는 선외로 나간 보테로가 살아서 돌아오지 못할 거란 판단을 내렸다. 나와 드미트리는 철수해서 다시 냉동 캡슐로 귀환할 것이다."

방금 전까지 이도에게 수차례의 골절상을 입힌 드미트리가 말했다.

"천이도. 우릴 상대로 쓰러지지 않은 너에게 경의를 표한다. 그 경의의 연장선에서 고통 없는 최후를 선물해줄 용의가 있다."

드미트리가 싸움 도중에는 한 번도 꺼내지 않았던 부시 나이프를 허벅지에서 뽑아 들었다. 어차피 이도는 엘리에셀에 탑승할 수 없다. 그것은 인간의 힘으로도, 인공지능의 프로세스로도 바꿀 수 없는 기정사실. 드미트리는 그럴 바엔 지금 이곳에서 안식을 주겠다고 말하고 있었다.

"사양하겠습니다. 보테로는 카디야를 데리고 돌아올 겁니다."

"그런가. 알았다."

살라자르와 드미트리는 돌아서서 엘리에셀을 향해 걸음을 옮겼다. 그제야 이도는 전투망치를 바닥에 떨군 뒤 허물어지듯 주저앉았다.

두 백혈부대원은 곧 자신들을 향해 걸어오는 유성과 율리아나를 맞닥뜨렸다. 한 차례 눈이 마주쳤을 뿐 네 남녀가 서로에게 말을 거는 일은 없었다.

유성은 율리아나의 손을 잡고 뚜벅뚜벅 이도에게 걸어갔다.

"아저씨. 마리의 말투가 바뀌었어요. 다시 하나가 됐나 봐요."

"지금도 말을 하고 있니?"

"네. 이렇게 전해달래요."

〔유성. 율리아나와 함께 엘리에셀에 탑승하십시오. 게르솜의 자재구획과 링크가 끝나면 엘리에셀은 그 구역만 견인한 뒤 카난으로 출발할 겁니다.〕

묵묵히 듣고 있던 유성은 고개를 저었다.

"아직 할 일이 있다. 내 몸속에는 아무것도 심어져 있지 않으니까 너도 강제하진 못할걸."

〔옳은 말입니다. 하지만 링크가 완료되는 시점이 되면 저는 둘을 기다리지 않을 겁니다.〕

"시간이 얼마나 남았지."

〔2시간 33분입니다. 그 시간을 넘기면 게르솜은 모든 구역이 회전축으로부터 이탈해 더 이상 우주선이 아니게 됩니다. 그저 우주를 떠도는 덩치 큰 데브리에 불과할 뿐이겠지요.〕

"그 정도면 충분해."

그 말을 끝으로 유성은 성큼성큼 걸음의 속도를 높여 이도를 들쳐 업었다. 당황한 이도는 사고가 마비되는 지경에 이르렀다.

"지금, 뭐 하는 겁니까. 다시 내 눈에 뜨이지 말라고 하지 않았습니까."

2시간 33분이라. 원자로까지 가서 되돌아올 시간이 될까.

마리는 게르솜을 전부 해체해 버려두고 떠날 계획이다. 카난의 정착 작업에 사용할 자재구획만 떼고. 그 말인즉슨 게르솜의 원자로 역시 마리의 관심 밖이란 얘기다.

유성은 묵묵히 발걸음을 내디뎠다. 스스로를 얼리면서까지 자신을 내몰았던 곳. 오늘 이후로 다시는 돌아가지 않을 것이라 믿었던 곳으로 돌아가고 있었다.

"미뤄둔 숙제를 하는 중입니다."

"숙제?"

"아들을 업고 요람까지 데려가서 재워주는 거. 당신의 시간에선 40년 전에, 내 시간에선 400년 전에 했어야 했던 숙제. 오늘 한 번 해보려 합니다."

"나는 여전히 당신을 죽이고 싶습니다."

"세상의 적지 않은 아들들이 그 증세로 고생한다 들었습니다. 한숨 푹 자고 일어나면 고쳐져 있기를 바랍니다."

짧지 않은 고행길이 시작됐다.

유성은 트램의 철로를 따라 계속 걸었다. 그의 뒤를 율리아나가 따라붙었다.

"떨어지면 위험해. 너는 돌아가도 된다."

"중간중간 길이 끊긴 부분이 있을 거예요. 그때는 날아서 건너가야 하니까 제 힘이 필요할걸요?"

소녀의 말은 옳았다.

구역과 구역의 끄트머리가 만나는 장소에서는 어김없이 율리아나가 힘을 발휘해서 두 부자를 이끌었다. 흐릿해져가는 이도의 시야에 탐사대가 헤쳐왔던 공간들이 부유하며 스쳐 지나갔다. 금이 간 유리창, 끊어진 레일의 철골, 두 동강이 난 트램의 쓸쓸한 동체.

그렇게 얼마나 긴 거리를 날고 걸었을까.

저 멀리 원자로의 주황색 불빛이 이도의 슈트에 반사되며 아늑한 빛살을 산란시키고 있었다. 유성이 지쳐서 쉬고 싶을 때마다 율리아나가 옆에서 그를 다독여줬다.

"많이 힘들면 내려놓고 끌고 가도 되지 않아요?"

"아니. 이건 내가 태어난 나라에서 아이들을 키우는 방법이야."

자식을 등에 업고 키우는 문화는 많지 않지만 그들의 고향에서는 누구나 부모가 자식을 등에 업고 키웠다.

"그러면 매일 아이가 커가는 무게를 등으로 느낄 수 있게 되거든."

인간은 성장이 멈춘 후 아이를 낳는다. 신생아가 커가는 속도는 상상을 초월한다. 마치 아이와 부모가 다른 시간을 살고 있는 것처럼. 업는다는 것은 아이가 자라는 속도를 부모가 함께 느낄 수 있는 유일한 방법이라고 믿어온 사람들이 있다.

어깨 너머로 세상을 배우는 것은 자녀의 전유물인 것 같지만, 부모도 어깨 너머로 자식을 느끼며 같은 시간을 살아가보려고 노력한다. 서로의 어깨 너머로 세상을 공유했던 그 시절로 돌아가고 싶어서. 하지만 그런 축복은 누구에게나 돌아오지는 않는 법이다.

"이도. 당신의 동료가 결국 돌아오지 못하면……."

"그럴 일은 없습니다."

"그렇게 되면 당신은 이 게르솜에 혼자 남게 됩니다. 저 태양이 팽창해 이 근처의 모든 것을 삼킬 때까지 억겁의 시간을 표류할지도 몰라요."

"지금까지의 삶과 다를 것도 없습니다."

"하지만 동료가 돌아온다면, 이곳에 있는 당신을 발견하고 깨우려 하겠죠. 당신을 대장이라 불렀던 그 소년이 다른 동료를 찾아온다면, 그리해서 세 명이 다시 뭉치게 된다면 그땐 헤이니쉬의 위성을 다시 찾아가보십시오. 그는 비행파가 시도하려 했던 여러 탈출 계획을 어딘가에 저장해놨을 겁니다. 평범한 인간이라면 불가능한 수단이라 해도 당신들은 인간을 초월한 자들이니까 뭔가 방법을 찾을 수도 있겠지요. 숨소리가 멈췄는데. 듣고 있습니까, 이도?"

"……듣고 있습니다."

"당신들이 이곳에서 탈출할 수 있다면 또 한 번 선택을 해야 할 겁니다. 엘리에셀의 뒤를 따라 카난으로 올 수도 있고, 지구로 되돌아갈 수도 있겠죠. 당신들 셋은 우리 게르솜의 인간들이 저질렀던 실수를 답습하지 않길 바랍니다. 하얀 피를 가진 자들은 꼭 지구와 같은 행성을 고집할 필요도 없을 겁니다. 아예 이 태양계의 행성 중 한 곳에 터를 잡고 새로운 인류의 시조가 되는 것도 생각해보십시오. 아들이 꼭 아버지를 닮을 필요는 없습니다. 그런 시대는 우리가 지구를 떠나오면서 끝났어요."

한참이 지난 후 이도는 그저 고개를 끄덕였다. 간결한 움직임이었지만 업고 있는 자의 어깨에 턱을 대고 있어서 그의 동작은 똑바로 전달될 수 있었다.

"도착했습니다."

원자로 깊숙한 곳에 덩그러니 놓인 냉동 캡슐 한 대가 가느다란 기둥에 붙어 냉기를 공급받고 있었다. 유성이 자신의 배필을 기다리기 위해 쟁취했던 곳. 전투가 일어나면 싸우고 생존자들과 아무런 교류도 하지 못한 채 다시 잠들기를 반복해야 했던 애증의 관이 부자를 기다리고 있었다.

유성은 거기에 이도를 눕히고는 말했다.

"나는 카난에 갈 겁니다. 제게 당신의 선택을 종용할 자격 같은 건 없어요. 그래도 만약 당신들이 카난으로 온다는 선택을 하게 되면 그때는…….''

마스크를 아들의 얼굴에 씌운 다음 벨트를 채웠다.

"그때는 카난의 초원에서 당신이 나를 업어주십시오."

호스를 입에 문 이도는 그의 말에 대답할 수 없었다. 부동액이 코 위로 차오르면서 시야가 뿌옇게 흐려졌다. 자신을 내려다보는 유성의 얼굴은 이제 실루엣으로만 보일 뿐이었다.

카난에서의 삶이라니 생각해본 적 없었다. 대방벽 안에서도, 이 우주선 안에서도 늘 갇혀 있는 삶이었다. 한 번도 자유가 주어진 삶을 그려본 적이 없었는데, 그는 자신을 가리켜 선택은 자유라고 말했다.

냉동 캡슐의 뚜껑이 닫히기 직전 율리아나의 목소리가 이도의 귓가에 아스라이 맴돌았다.

"불안이 아저씨의 영혼을 갉아먹게 놔두지 말아요. 내가 아저씨의 좀약이 될게요."

그 말을 들은 이도의 입꼬리가 조금 올라가며 부동액에 기포가 생겨났다.

그것은 쿤타 해적단 시리즈의 마지막 권에서 대왕 오징어에게 배 바닥이 뚫려 침몰할 위기에 처했을 때 좀약술사 니모이가 기죽은 쿤타 선장에게 꺼냈던 대사였다. 이도는 그다음 장에 나오는 쿤타의 대사로 맞받아쳐주고 싶었다.

'우리의 배가 꿈꾸던 그 섬에 닿으면 바다 위의 갈매기들이 노래를 불러줄까. 이 드넓은 바다 위에서 안식을 찾을 자격을 갖춘 자들이 적어도 몇 명은 있었다고.'

율리아나. 너의 배가 그 별에 닿으면 하얀 피를 가진 전사들이 있었다는 걸 누군가 기억해줄까. 해묵은 노래의 한 구절 속에라도 우리의 이야기가 남겨져 있을까.

하여간 마지막까지. 너는 정말로 그 만화책을 좋아하는구나.

사실은 나도 그렇다는 말을,

언젠가 돌려줄 수 있을까.

―――

에 필 로 그

소년은 스스로 쓰레기통에 자리를 잡고 들어갔다.

칼을 든 어머니는 소년의 얼굴을 한 번 쓰다듬어주고는 물었다.

'정말? 꿈에서 아빠를 만났다고?'

네. 무슨 우주선 같이 널찍한 곳이었어요.

'거기서 아빠랑 뭘 했니.'

한바탕 피 터지게 싸웠어요. 엄마가 가르쳐준 것들을 아직 기억하고 있던데요. 죽이려고 했는데 쉽지 않았어요.

'흐음. 네가 죽이려고 마음먹었는데 못 죽인 사람이 있었니?'

아뇨. 처음이에요.

'그럼 죽이고 싶지 않던 거겠지.'

그런데 기억나지 않는 게 있어요. 아빠를 만날 때 혼자가 아니었던 것 같아요. 계속 시끄럽게 떠들던 녀석들이 있었던 것 같거든요. 내 눈에만 보이는 요정도 있었던 것 같고. 그런데 걔는 날 떠나버렸어요. 그게 다 진짜였는지 모르겠어요. 만화책을 너무 많이 봐서 그런 걸까요.

'꿈이란 게 원래 그런 거야. 붙잡고 있지도 않으면 날아가버리지.'

뭔가 혼란스러운 기분이 든다.

언젠가 이런 대화를 했었던 것 같기도 하고, 그런 적이 단 한 번도 없었던 것 같기도 하다.

엄마랑 함께하는 지금이 꿈인 거죠? 아빠를 만났던 그 순간이 진짜였던 거고.

'응. 맞아. 저번에도 꾸었었지? 아들. 여기가 뭐 좋다고 해동되려는 순간이면 늘 이곳으로 돌아오는 거야?'

다시 깨어나면 난 뭘 해야 돼요?

'아빠가 그랬다며. 선택은 자유라고.'

그 말은 따르고 싶지 않아요.

'그러면 그 여자애의 말을 한번 들어봐.'

그 여자애가 뭐라고 했더라. 좀약 어쩌구 했던 것 같은데.

그런데 엄마. 엄마가 말했잖아요. 적을 쓰러트릴 때까진 칼을 내려놓지 말라고.

'그랬지. 하지만 살아남았다면 그만 내려놓아도 돼. 자, 이제 눈을 감으렴.'

소년은 또다시 깊숙한 잠에 빠져들었다. 그러나 잠들어 있다는 느낌과 동시에 다른 감각들은 훨씬 더 또렷해졌다. 매캐한 화약 냄새. 음식물 쓰레기 냄새.

소리는 모두 리듬을 갖고 있었다.

쥐들이 고양이로부터 달아나는 다급한 리듬.

쓰레기통에 부딪히는 빗물의 리듬.

보이지 않는 별이 한숨을 내쉬는 리듬.

그렇게 오랫동안 빗소리를 들었다. 이 쓰레기통 안에서 소년은 언제나 한 명의 여인만을 기다렸다. 아주 먼 거리에서도 그 발소리를 구별해낼 수 있었다.

그런데 이번은 달랐다.

여러 개의 발소리가 섞여 있었기 때문이다. 어느새 그 소리는 웅크려 잠든 소년의 근처까지 왔다. 소년을 부르러 오는 발소리가 무척 낯설었다. 들릴 리가 없는 소리가 함께하고 있었다. 서로에게 도란도란거리는 말소리. 자세히 들어보니 한쪽은 투덜거리고 다른 한쪽은 그걸 달래는 것 같다.

쓰레기통의 어둠 속에서 슬그머니 소년의 입꼬리가 올라갔다. 그리고 평생 동안 바라왔던 것이 무언지도 모른 채 살았으되, 지금 이 순간 그것이 이뤄졌다는 걸 깨달았다.

실선과도 같은 빛이 소년의 얼굴 한가운데를 가로질렀다.

참으로 오랫동안 그를 짓누르고 있던 뚜껑이 열리고,

그리운 얼굴이 모습을 드러냈다.

처음으로 하나가 아니었다.

둘이었다.

3D 프린터로 권총마저 뽑아내는 시대이건만 여전히 소설가들은 자신만의 공방에서 오래된 끌과 정으로 이야기를 빚어냅니다. 쏟아진 탄환처럼 바깥세상은 빠르게 변하지만 소설가의 공방에선 시간이 멈추곤 합니다. 다만 인물을 깎아내고 문장을 두드리는 소리만 들릴 뿐이죠.

소설이라는 조각품을 처음 만들기 위해 어떤 작가는 주제에서부터 출발하곤 합니다. 그 작가에게는 주제가 소설의 시작점인 것이지요. 하지만 저에게 있어 주제란 종착점입니다. 밑그림을 그리고 틀을 짜고 조각의 세밀한 표정과 질감까지 모두 마무리하고 나서야 단단히 굳은 찰흙의 빛깔처럼 제게 발견되는 것이 주제이지요.

이 소설에서 저는 '인간의 자격'에 대해 묻고 싶었습니다.

황폐화된 지구를 벗어나 태양계 너머의 행성으로 이주하는 이야기는 SF에서 오랫동안 사랑받아온 하나의 소장르입니다. 물론 저 역시 그런 이야기들에 매료되어 있고요. 하지만 매번 그런 이야기를 볼 때마다 한 가지 의문점이 절 사로잡았습니다.

과연 우리는 이 별을 떠날 자격이 있는가? 오랫동안 몸담아 온 터전인 지구를 떠나 완전히 새로운 세계로 나아가기 위해서 '우리 안의 병균'을 충분히 들여다보았는가? 하는 물음 말입니다.

주인공 천이도의 목숨을 건 여정을 통해서, 그리고 그의 여정을 함께하는 동료들과의 대화 속에서, 그가 극복해야 했던 온갖 인간 군상들과의 드라마 속에서 독자 여러분도 제 질문에 함께 동참할 수 있었기를 바라봅니다.

아, 한편으로 이 소설은 '아버지와 아들'의 이야기이기도 합니다.

아버지를 따라잡은 아들, 아버지보다 늙어버린 아들, 그리고 아버지를 죽이고 싶어 하는 아들. 이 땅의 모든 아들들에게 그러하듯이 아버지라는 존재는 숙명처럼 따라붙는 것 같습니다. 그만큼 오래 반복되어온 소재이기도 하지요.

저는 이 소설을 통해 부자 살해 이야기에서 한 단계 더 나아가보고 싶었습니다. 아버지와 아들의 관계를 확장시켜서 지금의 인류 VS 완전히 새로운 방식으로 살아갈 신인류의 이야기로 키워보려 했습니다. SF의 본질은 장벽을 상정하고 그것을 뛰어넘으려 하는 도약의 장르라고 믿기 때문입니다. 제 시도는 오래된 장벽을 넘었을까요?

소설 속 방주에는 다양한 생명의 씨앗이 플라스크 속에 담겨 있습니다. 이 소설 역시 오랫동안 제 플라스크 속에 숨 쉬고 있다가 기나긴 해동 작업을 통해 세상에 내보이는 이야기입니다. 그 과정에서 거름을 내어주고, 토양을 살펴봐주고, 무엇보다 따스한 햇빛을 비춰준 분들에게 진심어린 감사의 말을 전합니다.

그대들 덕분에 이 이야기가 마음껏 가지를 뻗을 수 있었습니다. 독자라는 미지의 대륙에 뿌리 내릴 만큼 자라날 수 있었어요. 곧 두툼한 열매를 들고 한 분 한 분씩 찾아뵙도록 하겠습니다.

화이트블러드

초판 1쇄 발행일 2020년 12월 17일
초판 2쇄 발행일 2024년 11월 1일

지은이 임태운

발행인 조윤성

편집 김혜정 **디자인** 서윤하 **마케팅** 이지희
발행처 ㈜SIGONGSA **주소** 서울시 성동구 광나루로 172 린하우스 4층(우편번호 04791)
대표전화 02 - 3486 - 6877 **팩스(주문)** 02 - 585 - 1755
홈페이지 www.sigongsa.com / www.sigongjunior.com

글 ⓒ 임태운, 2020

ISBN 979 - 11 - 6579 - 320 - 3 03810

*SIGONGSA는 시공간을 넘는 무한한 콘텐츠 세상을 만듭니다.
*SIGONGSA는 더 나은 내일을 함께 만들 여러분의 소중한 의견을 기다립니다.
*잘못 만들어진 책은 구입하신 곳에서 바꾸어 드립니다.

WEPUB 원스톱 출판 투고 플랫폼 '위펍' _wepub.kr
위펍은 다양한 콘텐츠 발굴과 확장의 기회를 높여주는
SIGONGSA의 출판IP 투고·매칭 플랫폼입니다.